# BELLE-AMIE

# DU MEME AUTEUR

OUVRAGES DE CRITIQUE LITTÉRAIRE

*Maupassant journaliste et chroniqueur*, Albin Michel, 1956.
*Contes et nouvelles de Maupassant*, en collab. avec A.M. Schmidt, Albin Michel, 1957.
*Bel-Ami*, introduction et notes, Garnier, 1959.
*Maupassant et l'Italie*, Signorelli, 1962.
*Bel-Ami*, collection « Profil d'une œuvre », Hatier, 1972.
*Guy de Maupassant, le témoin, l'homme, le critique*, CNDP-CRDP d'Orléans-Tours, 1984 (2 vol.).
*Fort comme la mort*, préface et notes, collection « Folio », Gallimard, 1984.

ROMAN

*Francis*, L'Amitié par le livre, 1987.

GÉRARD DELAISEMENT

# BELLE-AMIE

*roman*

ÉDITIONS FRANÇOIS BOURIN
27, rue Saint-André-des-Arts
75006 Paris

© 1989 Éditions François Bourin

Lady★★★ passait aux Champs-Élysées, traînée à la Daumont. Un prince d'Outre-Rhin caracolait autour de sa calèche avec toutes sortes de grâces d'Outre-Rhin. « Je vous l'ai déjà dit, prince, vous perdez votre temps. — Je ne suis donc rien pour vous, madame ! — Vous êtes la cinquième roue à mon carrosse. » Mais le prince, comme la mouche du coche, était toujours là, piquant des deux. « Qu'est-ce que je vois à votre main qui brille en plein jour comme un rayon de soleil ? — Moins que rien, madame, un feu de diamant. — Donnez donc que je me chauffe les mains. — Ces étincelles ne sont pas dignes de vous, madame ; autant vaudrait donner un ruisseau à la rivière. — Donnez, donnez toujours, prince : les petits ruisseaux font les grandes rivières... de diamant. »

Ceci se passait avant-hier. Depuis ce jour-là le prince n'est plus à la portière, il est dans le carrosse.

*(L'Artiste)*

En cet hiver de l'année 1826, il gèle à pierre fendre à Moscou. C'est l'heure de midi, aussi glaciale que toutes les autres heures du jour et de la nuit. La même bise mordante, la même impression de fin de monde dans ce grand village enseveli sous la neige et qui semble dormir. Des maisons basses à perte de vue. Quelques clochers, au loin, se détachent sur un ciel uniformément rose et qui mêle sa pâleur tremblée aux rayons incertains d'un soleil malade.

La neige pèse de tout son poids de blancheur cotonneuse sur la rue aux Juifs, une des rues de la capitale, au cœur du ghetto perclus de misères et de souffrances. L'air est sec, traversé de rafales de vent en couperet mais la petite place résonne de cris d'enfants, insouciants, heureux de se réunir, de se retrouver ailleurs que dans ces taudis suspects et noirs.

Au centre de la horde, lancée dans une ronde interminable, une petite fille de huit ans, pas plus grande que les autres. Elle se tient droite et solidement campée sur ses jambes. Elle règle, de la voix et du geste, un ballet toujours recommencé. Ses yeux ont la fixité de ceux des statues. La dureté du métal. Un front têtu. Impérieuse, insensible au froid perçant qui pique les oreilles, pieds immobiles dans la neige collante, Thérèse dirige des départs de course, des sauts et gambades, des formations en colonnes par deux, par quatre, battant l'amble, tournant ou glissant...

Bientôt elle organise une rude bataille de boules de neige — « touché, c'est tombé » — qui jette au sol, pêle-mêle, les maladroits essoufflés. Vaincus... Thérèse vit ses combats avec une fantaisie désinvolte et lucide. Elle ajuste ses pièges avec machiavélisme. Elle prend plaisir à voir bouler les gosses comme des quilles, mesurant la force des projectiles lancés à toute volée à la violence des cris qu'ils déclenchent en s'écrasant sur les faces rougies. C'est Bonaparte à Brienne.

Thérèse Lachmann quitta sa position impériale et se désintéressa du jeu. Elle vint s'accouder sur la margelle chevelue d'un vieux puits dormant, au cœur d'une opulente corbeille tressée de feuillages sombres aux mille épines de glace scintillante. Ni grande, ni petite, mais d'une impassibilité inquiétante, l'enfant en imposait. Dans son visage anguleux aux forts méplats, sans douceur, brillaient deux yeux ardents et pleins de lumière. Les cheveux, magnifique envolée de boucles soyeuses, retombaient sur des épaules fortes et d'une remarquable harmonie. Le corps, qu'on devinait résistant — le froid ne paraissait pas l'atteindre —, s'enveloppait de larges étoffes ruisselantes de couleur. Ses bras et ses mains s'alourdissaient de bracelets et de bagues ramassés on ne sait où, tout le clinquant d'une verroterie qu'elle aimait à montrer. Rien en elle n'était ordinaire: son teint basané de Circassienne, l'amplitude des vêtements dont elle se drapait de la tête aux pieds, la dureté et la beauté du regard...

Thérèse rêvait et sa pensée retournait vers le misérable logis familial. Une enfance difficile dans les clartés incertaines de pauvres niches en torchis entre un père falot et une mère acariâtre cachant son visage ravagé sous les voiles d'un deuil éternel. L'enfant, qui ne posait jamais de questions, avait tôt compris que la plus horrible des maladies expliquait ce drame et qu'une femme défigurée devait s'enfermer ainsi dans son angoisse et sa rancœur. Sa mère avait crêpé de noir tous les miroirs et vivait en recluse. Et pourtant elle avait été belle et fière de sa beauté.

Thérèse, dans ce trou à rat, sans air et sans lumière, tapie dans quelque recoin où elle se faisait oublier, avait appris le silence. Avec des mouvements de serpent, elle se coulait derrière le batflanc qui séparait son pauvre grabat du lit de sa mère et se confondait avec le silence et la nuit. Ce qu'elle voyait, ce qu'elle devinait plutôt, c'était l'éternelle et dérisoire offrande que sa mère dédiait aux restes de sa beauté. Réduite à n'être plus qu'un corps sans visage, elle avait pour cette enveloppe charnelle des attentions sans fin. Le quinquet fumeux, accroché sur le mur suintant, éclairait à peine la cérémonie rituelle dont l'enfant ne se rassasiait pas.

La mère traînait une grande bassine de bois pleine d'une eau à peine tiédie d'où s'échappaient d'irritantes odeurs d'herbes ramassées au printemps dans les bois d'alentour. Elle se dévêtait lentement, caressant avec une jouissance visible les étoffes dont elle s'était affublée, lissait avec des gestes d'automate les teintes les plus vives, les mariait comme un couturier cherchant le plus bel accord. Les minutes passaient, lentes et troubles. Enfin, elle découvrait deux seins fermes dont elle suivait les courbes, jouant avec les aréoles qu'elle gonflait à plaisir. Elle plongeait alors ses mains dans l'eau frémissante et laissait s'écouler de ses longs doigts les gouttes, une à une, sur un buste où elles glissaient un instant, perles de rosée happées soudain par les chaudes étoffes enveloppant son ventre nerveux. Puis elle se dénudait complètement, dévoilant sa chair brune de juive au corps puissant et généreux. Elle recueillait dans ses mains assemblées en conque le liquide bienfaisant dont elle énervait chaque muscle. Ses doigts fins s'arrêtaient pour palper, pincer, interroger, reconnaître chaque endroit sensible avec des mouvements câlins ou saccadés, des élans, des soupirs infinis de bien-être ou des cris rauques de félin irrité. Quand l'eau capricieuse descendait en traits rapides le long des cuisses fuselées, elle poussait devant elle un tabouret bancal, s'asseyait et offrait ses jambes à la caresse de l'eau, se penchait en avant, barbotait dans la cuvette à petits coups pressés et éclaboussait à nouveau son corps tout entier.

Thérèse observait la scène et participait à l'offrande: elle se sentait remuée, émue dans sa jeune chair et se surprenait parfois à imiter un jeu dont elle découvrait les règles. Quand elle cessait enfin ce dialogue insolite, sa mère s'attardait à coiffer ses longs cheveux noirs qui lui mangeaient une partie du visage et tombaient en mèches souples sur ses épaules. Elle ouvrait grands ses doigts qui se perdaient dans l'épaisse toison, s'en couvrait toute la face, y trouvant un refuge où elle s'abîmait de longues minutes.

Thérèse s'interrogeait: l'eau qui calme, qui avive les nerfs, les gouttes qui perlent sur la peau nue, s'échappent en stries vagabondes tout au long de ce corps abandonné, les cheveux qui tombent en vagues sur les épaules, les doigts qui les lissent, courent sur les seins... Pourquoi cette complicité éperdue?

... Les grelots véhéments de quelque traîneau rapide qui débouchait sur la petite place arrachèrent Thérèse à sa méditation. Elle continua à ignorer la bise coupante qui l'avait statufiée mais elle prit soudain conscience des enfants qui se sauvaient en se bousculant à travers les rues environnantes. Elle s'efforça de recouvrer ses esprits, fit jouer ses articulations paralysées, assura son bonnet qui couvrait mal sa chevelure et s'enfonça, sans hâte, vers le fond de la rue. Ce qu'elle voyait ne lui plaisait guère : des maisons basses où n'entraient jamais le soleil et la joie, cabanes ensevelies dans leurs manchons de neige où l'on hiberne sans espoir. Elle savait la lutte épuisante contre la misère qui précipite les hommes dans les tâches serviles et l'alcool, les femmes ravaudant les haillons, torchant les marmots fragiles, tristes de la lourde tristesse des êtres à jamais marqués par le destin. Le ghetto. Pourtant, après une petite enfance dont elle se refusait à dénombrer les duretés, dans la promiscuité vulgaire de la rue et de la pauvreté, elle vivait avec l'espoir d'échapper un jour au froid, à cette misère gluante, aux servitudes acceptées comme fatales.

Elle poussa, dans un geste de colère et de révolte, la porte de la maison, faisant entrer une pluie de neige sale. Elle connaissait les mots qui salueraient son retour. Mais elle s'en moquait!

— D'où viens-tu encore, fainéante? Où as-tu été traîner? Va plutôt laver les assiettes du repas.

— C'est ton travail. Pas le mien. J'ai promis au pope de finir la lecture de son livre.

— Mademoiselle lit pendant que les autres travaillent. Ça te mènera où?

— Très loin, j'espère... Loin de cette prison glaciale, loin de cette ville que je déteste, loin de vous et de vos cris...

— Toujours insolente et tu ne penses qu'à vagabonder.

Traîner, vagabonder, c'était fuir ces deux pièces borgnes qui sentaient la fumée et le graillon, la moisissure et le vieux fromage rance ; c'était retrouver l'espace où se perd le regard, la neige miroitante, des gosses tout simples qu'elle aimait subjuguer ; traîner, c'était oublier les contraintes, créer du rêve et chercher à le rendre possible ; traîner, c'était être libre.

Elle se tut. A quoi bon ? Et d'ailleurs, sa mère n'attendait aucune réponse : rien ne la touchait, ne l'ébranlait. Seul, son sort l'intéressait ! Elle vivait à côté d'un homme qu'elle ignorait — qu'elle détestait peut-être ? — et d'une enfant qui poussait, sauvage. Au demeurant, il y avait sans doute entre la femme défigurée et l'enfant qui aspirait confusément à changer d'existence comme une entente tacite, une compréhension peut-être ?

Au fond de la rue en cul-de-sac se trouvait une église décrépite où s'activait un pope, sorte de castor diligent. Il était l'ami de Thérèse et l'avait baptisée quelques mois plus tôt. Il faisait briller toute chose de sa bonté et de son rayonnant bon sens. Son église froide était un lieu de chaleur pour la rencontre, un lieu d'élévation pour les âmes simples qui venaient y prier. Et comme il avait découvert en Thérèse un terrain fertile, il avait cherché par tous les moyens à apprivoiser ce caractère rebelle à toutes les invites. Il ne désespérait pas cependant. A l'intelligence claire de l'enfant, il avait fait miroiter le grand livre du monde, parlé de ces pays d'au-delà de la Russie où la vie est facile et attirante ; à son imagination, il avait offert les vastes espaces d'un savoir multiple ; à sa sensibilité, il avait fait découvrir l'antique harmonium dont il tirait toutes les musiques.

Thérèse, qui avait l'oreille aussi vive que l'esprit, passait là des moments heureux à écouter l'homme en noir raconter ses souvenirs, à déchiffrer elle-même — un apprentissage de quelques mois — des bouquins aux caractères souvent illisibles, à ânonner les premiers éléments d'italien, à laisser courir de plus en plus vite ses doigts sur le clavier rassurant de l'harmonium.

Quand Thérèse était lasse des leçons du maître, elle allait se réfugier dans l'échoppe paternelle, de l'autre côté de sa pauvre maison. Elle y retrouvait son père, un petit homme à la quarantaine sénile toujours trottinant entre des tas de draps écrus, d'étoffes multicolores et des pyramides de vieux habits que l'inusable artisan ravaudait à longueur d'année. L'enfant se frayait un passage enchanté dans ce paradis de chiffons, de toiles, de bobines qui roulaient sous les pieds.

Ayant salué son père d'un signe de main — aucun attachement particulier ne semblait lier ces deux êtres — elle plongeait dans la fraîcheur des tissus, s'en coiffait ou s'en drapait avec un sérieux de grande personne. Puis, rencognée dans un angle mort, trônant au cœur soyeux d'une montagne de fripes, elle assistait, bouche bée, aux étonnantes coutumes du travail et du commerce local. Elle observait le tisserand, nez en bec d'aigle planté sur un visage grimaçant, creusé de rides profondes, corps sans jambes voûté prématurément, gnome à bonnet pointu et barbiche hirsute poursuivant sans fin son chemin d'automate à travers le ventre rebondi de l'échoppe. Il vivait là, dormant sur ses chers trésors, n'ayant pu entamer avec sa femme une conversation qui ne se terminât autrement qu'en reproches et injures. Le marchand s'était replié dans son antre.

Quand le bonhomme, fouine inquiète et toujours en mouvement, ne caracolait pas aux quatre coins de la vaste pièce, faisant et refaisant le compte de ses reliques, inspectant minutieusement chaque pièce d'étoffe, chaque chute de soierie ou de cotonnade, fruits de pratiques commerciales relevant d'échanges souvent fructueux, il revenait à son métier véritable, le tissage du drap. Alors, juché sur un tabouret, il laissait courir avec habileté ses mains nerveuses sur le métier, tirant les fils, les serrant d'un coup de latte sec et bien ajusté, les amarrant solidement de quelque nœud invisible.

Une clochette au timbre enroué tintait chaque fois que la porte s'entrebâillait et que l'air s'engouffrait dans la boutique sans joie. Ce jour-là entra un bonhomme recroquevillé dans une vaste houppelande qui l'ensevelissait tout entier. Il s'ébroua, éternua, frotta ses doigts gourds. Une grande casquette vernie de crasse cachait un front qu'on devinait obtus et plus ridé qu'une pomme de reinette. Sur son nez aquilin, truffé de verrues flasques, tressautaient des verres de myope.

— Eh, Lachmann, où es-tu, vieille ganache?

Le tisserand jaillit de quelque trou, claudiquant entre les montagnes de chiffons, et grimaça un sourire réprobateur.

— Eh, Joseph! Ferme donc cette porte, c'est toute la Sibérie que tu ramènes avec toi! Tu me feras mourir!

— Bah! Les canailles comme toi ne meurent jamais. Tes étoffes et tes kopecks suffisent à te tenir chaud. Un grigou terré dans son repaire avec des serres plus crochues que celles du vautour, voilà ce que tu es, petit père...

La voix qui interrompit l'étonnant personnage se fit doucereuse et coupante :

— Joseph, si tu es venu aujourd'hui pour gémir et insulter, passe ton chemin. Mais je te connais bien, si je suis un vieux grigou, tu es le ladre le plus fieffé de Moscou. Je parie que tes poches sont pleines de pacotille que tu viens m'échanger contre des étoffes. C'en est assez de ce troc qui ne profite qu'à Thérèse. Elle me vole tout : bagues, bracelets, boucles d'oreilles, fausses pierres, colliers et toute

cette quincaillerie ramassée on ne sait où. Et de frotter, de faire briller. De se contempler devant le miroir... Assez de tout ça, entends-tu, assez!
— Mais...
— Pas de mais! Pas de kopecks, pas de marchandise... c'est-à-dire... pas de fille! D'ailleurs, sale comme tu es, tu n'as pas la plus petite chance d'émouvoir un joli cœur! Va-t'en, mécréant.
— Petit père, prends cette bague... C'est de l'or véritable... Il me faut ce tissu, coûte que coûte.
— Fais voir ça... C'est vraiment de l'or! Où as-tu déniché cette bague? Tu l'as volée, vieux singe. Mais cette fois, je ne t'écoute plus. Le père Lachmann est un grigou honnête. Plutôt la misère que la honte! Allez, file maintenant!

Tête basse, furieux d'avoir été débusqué, le bonhomme tourna les talons, tout en grommelant.
— L'honnêteté, ça mène où? Tu n'es qu'un pauvre juif... c'est tout!

Thérèse n'avait pas perdu un mot de la querelle: « Une bague en or... Une bague de riche... Demain... peut-être... »

La voix du père la tira de ses réflexions ensoleillées:
— Thérèse, tu as entendu cet animal? Il se met à voler maintenant...

Les yeux de l'enfant s'étaient étrécis et son regard, qui inquiétait tant le pauvre homme, avait pris la dureté du métal.
— Cette bague, je l'ai vue briller... L'or, c'est la richesse, la liberté. Comme elle aurait été belle à mon doigt.
— Thérèse!

Elle n'écoutait plus. Une colère froide montait en elle. Elle saisit une tombée de tissu écarlate et la déchira.
— Tu es folle, c'est mon travail que tu détruis...

Elle s'en moquait, toute à son envie de faire le mal, à cette rage contenue qui se retournait contre le marchand qu'elle écrasait de son mépris. Il disparut, lâche, devant le regard de sa fille, tremblant de tous ses membres, incapable de comprendre cette fureur.

Et tout d'un coup elle s'enfuit pour éviter de hurler, de mordre, de maudire, pour se libérer aussi de cet antre qui la liait, l'enchaînait un peu plus chaque jour à la misère. Elle courait par les rues sordides, droit devant elle.

La course, cependant, ramena peu à peu ce calme et cette maîtrise de soi qui faisaient ordinairement la force de son caractère. Elle s'en voulait de cette violence comme d'un gaspillage maladroit. Contre un si pauvre adversaire! Un peu de soleil l'accompagnait et une autre ville se dessinait, s'offrant à sa convoitise. Plus de bas-fonds, de boues gluantes où l'on patauge, de familles entassées entre quatre murs verdâtres, de mendiants grotesques, de filles louées ou vendues, de ces marchés d'esclaves où planent la faim, la maladie, la mort. Plus de ces fenêtres grillagées, renforcées d'épais barreaux, de ces portes lourdes pour des culs-de-basse-fosse, de ces quinquets fumeux et puants, de ces odeurs d'étables et de ces relents de cuisine rance. Plus d'enfermement. De ghetto.

Robuste, Thérèse courait toujours. Elle avait gagné la promenade Novinski, le parc Sokolniki. Devant elle s'agitait un aimable pêle-mêle de messieurs en redingotes et hauts-de-forme, ventres bien nourris et poses avantageuses, de dames endimanchées aux longues robes à volants plissés, taffetas et velours richement rehaussés de perles. Le boulevard commençait à se faire vivant au cœur de Thérèse. Elle reprenait goût à la ville, apostrophait les cochers de fiacre coiffés de leur amusant tuyau de poêle et menant à longs coups de fouet leur carriole en forme de guitare, s'arrêtait pour écouter l'orgue de Barbarie, jouait des coudes dans la foule qui coulait, lente, aux abords du Kremlin. Elle admirait les fringants cavaliers, sanglés de neuf, bottés haut, grognait lorsque passait, dans un joyeux tintamarre, quelque voiture de louage promenant de riches bourgeois moscovites.

Elle arriva enfin, passé les bruyants faubourgs, tout en haut de la colline des Moineaux d'où elle découvrait la ville tout entière, à ses pieds. Le soleil montait dans le ciel transparent : c'étaient, à perte de vue, des murailles après des murailles, aux créneaux marqués comme des morsures, des tours après des tours, fières de leurs toits singuliers, une forêt de coupoles, de bulbes que des millions d'aiguilles glacées faisaient resplendir et vibrer dans un décor des Mille et une Nuits. L'or miroitait sur les clochers ventrus, les couleurs glissaient et se fondaient en un fleuve de diamant dans l'éblouissement du plus féerique spectacle qui se puisse concevoir. Dans ce fouillis de courbes, d'arabesques, de lumières scintillantes, Thérèse découvrait les capricieux détours de l'argent au service du génie : elle devinait, dans l'ahurissant foisonnement des constructions, d'autres palais, d'autres clochetons, toute une forêt de lignes et de formes pleines de caprice.

Fille de la rue, Thérèse se sentait instinctivement attirée par toutes ces richesses, ces couleurs violentes, ces intérieurs somptueux, ces merveilles accumulées au cœur du vieux Moscou, vaste musée architectural que le Kremlin enferme dans son enceinte triangulaire de murailles en brique rouge. Elle compta une à une les tours, que le pope lui avait fait découvrir de sa voix grinçante, jouant à les égrener comme on égrène les perles d'un chapelet : tour du Sauveur, tour du Secret sous laquelle un passage menait à la Moskova, tour du Tsar, tour du Tocsin, tour Saint-Constantin, tour Saint-Pierre, tour de la Trinité, haute de quatre-vingts mètres, tour de l'Annonciation, tour Vodovzvodnaïa, tour Borovitskaïa... Elle oubliait les noms, les mélangeait, recommençait, se rappelait leur histoire, pleine de couleur et de pittoresque. Elle avait alors avec les cathédrales, les églises, les palais, des dialogues secrets où il était question de voltes et d'archivoltes, de belvédères et de caissons, de chapiteaux et de corniches, de frises et de frontons, de lucarnes et de perrons, de rampes et de tambours, de volutes et de voûtes, tous noms qu'elle avait appris en suivant les guides qui débitaient la beauté, comme le pope les mots de la lecture. Bientôt elle en saurait autant qu'eux, sa mémoire, fidèle, enregistrant chaque détail.

Le soleil allait se coucher, le froid mordre plus durement, le vent gémir, lugubre, dans les bois de bouleaux d'alentour et dans les rues du ghetto : il fallait rentrer, calme et lourde de toutes ces richesses accumulées. Demain. Peut-être...

Les jours, les mois, les années s'écoulaient avec une lenteur qui désespérait Thérèse. Grandir ne signifiait rien pour une adolescente murée dans une solitude qui se faisait toujours plus dure. Sa mère s'était un peu plus repliée sur elle-même, maudissant le destin, rendant responsables ceux qui l'approchaient. Le jour n'entrait plus dans la maison et seuls l'intéressaient encore les soins qu'elle apportait à son corps. Le visage, privé d'air et de lumière, s'était encore enlaidi, se cachant de plus en plus derrière l'écran d'une chevelure complice. Elle ne supportait plus la présence de ce mari inconsistant et jalousait Thérèse dont elle découvrait la fraîcheur triomphante. Les repas étaient mornes, suant l'ennui et l'incompréhension réciproques et une sorte de méchanceté larvée présidait aux rares conversations.

L'adolescente, livrée à elle-même, continuait à courir les rues, à se gaver de sensations et de rencontres hétéroclites : à l'éducation donnée par l'école des pauvres, elle préférait l'enseignement du pope et ses découvertes. Elle poussait dru cependant, s'émerveillait des soifs qu'elle sentait naître en son jeune corps plein de santé. Elle lisait de vieux journaux et de vieux bouquins, s'abîmait dans l'écoute de quelques airs tziganes joués au coin des places, recueillait les miettes d'un concert donné dans les plus célèbres salles de Moscou. Elle connaissait les cachettes sûres et les endroits interdits à partir desquels, avec un peu de savoir-faire et beaucoup d'aplomb, on peut s'offrir de merveilleux plaisirs. Elle faisait son profit de tout, sachant observer et séduire, se frottait aux autres, débattant avec un sérieux imperturbable de problèmes et de situations que son âge n'autorisait guère et ses arguments, exprimés avec clarté, étaient solides, durement soulignés d'ironie, de violence et d'étonnante détermination. Le pope lui enseignait l'allemand et la musique.

Elle n'avait pas quinze ans et déjà elle possédait comme personne toutes les stratégies du paraître et toutes les roueries et les ruses de la femme. Elle jouait de la coquetterie avec science, éprouvant du plaisir à se savoir objet de curiosité et d'appétits. Tout en attendant son heure avec impatience mais sans précipitation, le temps de fourbir ses armes, laissant au hasard sa part dans une composition faite de calculs et de machiavélisme.


Ce jour-là, le printemps moscovite, tardif mais doux, avait pris des airs de fête. On célébrait la fête de Pâques. Le cœur de la ville dansait, chantait et une atmosphère de liesse populaire se répandait jusqu'aux lointains faubourgs. Thérèse suivait les groupes endimanchés et les masques qui grimaçaient. Elle s'était faite coquette, arrachant à son père ses plus beaux tissus. Un loup noir cachait son âge tout en ne laissant rien ignorer de sa beauté brune qu'elle soulignait de bijoux d'un sou, bagues brillantes, boucles d'oreilles s'ouvrant en larges cercles... La chevelure, dont elle s'appliquait à rehausser l'éclat, jouait librement, tantôt rejetée en arrière et flottant, tantôt cernant l'ovale impérieux d'un visage d'une étrange fixité.

Elle allait, portée par le tourbillon, frôlait les couples enlacés, les groupes lancés dans une ronde guignolesque, cherchant à découvrir sous chaque masque les signes qui révèlent la position sociale. Plusieurs fois, elle fut tentée de tendre la main aux mains qui se tendaient, de répondre aux invites de lurons en goguette, de faire le vide dans son esprit pour n'être plus qu'un masque parmi les masques. Mais elle résistait et, un brin dédaigneuse, poursuivait, au milieu des cris, des rires et des entrechats, son chemin solitaire, sans entrer dans la ronde échevelée. Perdue dans ses réflexions, elle se heurta soudain à un Pierrot gesticulant de tout son corps souple et gracieux. Bloqué dans un mouvement qui le précipitait, tête première, vers le sol, il se fixa, bras tendus, jambe haut levée.

— Mademoiselle, excusez-moi...

Le ton était retenu, la voix pleine de charme et de déférence. Thérèse, saisie, sursauta.

— Ce n'est rien, monsieur, je vous en prie...

Le Pierrot, que l'on devinait souriant sous le masque, replia sa jambe avec grâce, ramena lentement ses deux bras à la verticale, redressa son buste en un salut de mime inspiré. Il tendit une main que Thérèse serra avec une chaleur dont elle se croyait incapable.

— Savez-vous, mademoiselle, que vous êtes jolie sous ces oripeaux de gitane?

Elle s'était tendue, imperceptiblement.
— Ces oripeaux, monsieur, ne sont que jeux de dames.
— Pardon, je ne voulais pas vous offenser. Mais quelle élégante repartie!
Et il se fendit de nouveau, pantin disloqué et délicieusement grotesque.
— Voulez-vous que nous fassions quelques pas ensemble? Mais vous n'aimez pas la foule, n'est-ce pas? Vous restez seule, curieuse mais étrangère.
— Vous jugez toujours aussi vite les êtres que vous rencontrez? Même sous le masque!
— Je suis, moi aussi, un solitaire. J'aime observer. Je suis un Pierrot qui dort et qu'il faut réveiller. Le hasard aujourd'hui a bien fait les choses. Prenez mon bras, belle inconnue, et écartons-nous de ce bruit et de cette folie.

Ils marchèrent ainsi quelque temps par les rues calmes débouchant sur des jardins et des parcs pleins de fraîcheur et de jeune sève. Un banc les accueillit. Thérèse s'enhardit à son tour, pesant de tout le poids d'une épaule complice sur l'épaule amicale du jeune homme.
— Qui êtes-vous?

Pour toute réponse, Pierrot entoura la taille de Thérèse d'un bras protecteur, cherchant au fond des yeux noirs un encouragement secret. Elle restait un peu tendue, proche et lointaine tout à la fois. Machinalement, elle répéta sa question.
— Qui êtes-vous? Jeune homme de bonne famille ou coureur de jupons?
— Ce que vous voudrez si vous acceptez que je vous vole un baiser.

Un baiser, songea Thérèse, un baiser. Le premier baiser. Et pourquoi pas, si c'est le prix de ma question? Elle s'entendit ajouter:
— Oui, mais répondez-moi d'abord et ôtez votre masque!

Il frémit sous la rudesse du ton, cette espèce de hargne mal contenue qui lui faisait marteler les mots comme des ordres. Il obéit, subjugué par tant d'assurance et par l'éclat métallique de ce regard qui semblait se moquer de son masque.

— Je suis de passage à Moscou. J'habite Saint-Pétersbourg, une jolie maison sur la perspective Nevski... Mon père est commerçant en céréales.

Et il enleva le loup noir qui cachait des traits distingués, pleins d'une juvénile séduction.

— C'est bien, dit Thérèse, ôtant le masque à son tour, je te dois un baiser. Prends-le!

Elle avait dit: « Prends-le! » avec aplomb mais une incompétence que pour rien au monde elle n'aurait avouée. Le Pierrot approcha doucement son visage de celui de Thérèse. Il y eut d'abord le choc de deux regards, la pression accentuée d'un bras nerveux et fort, le contact maladroit de lèvres chaudes. Le garçon tremblait un peu tandis que l'adolescente, le premier frisson passé, trouvait déjà au fond de sa volonté — c'est un acte qu'elle avait, dans ses pensées, cent fois répété — la force de prolonger l'instant, de donner au baiser toutes les apparences de la tendresse et du désir. Elle s'étonnait cependant de rester froide, maîtresse d'un jeu qui lui paraissait somme toute facile. Le plus simple des pièges.

Elle s'arracha d'un coup à l'étreinte qui avait soudé leurs lèvres un long moment et, sans réfléchir, se mit à courir droit devant elle, sous les protestations indignées du crédule Pierrot. Elle fuyait et ne s'arrêta que lorsqu'elle fut hors d'haleine. Thérèse était satisfaite d'elle-même: le moment avait été savamment choisi, la victime bien repérée — même si le hasard y avait eu sa part —, les filets bien disposés, ses nerfs d'une solidité à toute épreuve. Vérifiant qu'elle n'était pas suivie, elle se remémora les étapes d'une victoire totale: trouver une proie, user de charme et d'adresse, tenir tête sans jamais se montrer inférieure dans la joute initiale, peu à peu s'assurer de son pouvoir, donner le minimum et, au moment opportun, dicter enfin ses volontés pour disparaître comme on était venu! Du grand art! Et quelle facilité: les hommes étaient décidément des êtres bien étranges et si faibles! Bien sûr, pas question encore de se découvrir: il serait temps demain. Il fallait d'abord se forger des armes, en mesurer la force et choisir les meilleures. En attendant il faudrait encore supporter la médiocrité, l'incompréhension, faire taire ses impatiences, louvoyer...

— Mes belles étoffes! s'écria le tisserand en voyant apparaître sa fille. Tu me ruineras...

— Cesse de geindre. Je ne suis plus une enfant et tu dois en tenir compte.

— En tenir compte! Oui, certainement: en me débarrassant de toi. Tu es un démon incorrigible, hanté par tous les diables de la terre. Tu n'écoutes rien, ne fais rien d'utile à la maison. Tout cela te mènera où?

— Loin et haut, jeta-t-elle, l'œil mauvais. Je connais déjà le chemin que je dois suivre.

Tant de calcul dans une tête toute neuve et ce regard qui balayait toute velléité de défense. A quoi bon lutter dans ces conditions... Une seule issue: éloigner cette sauvageonne au plus vite, en la mariant. La mère, trop occupée d'elle-même, jalouse d'une adolescente dont elle voyait s'épanouir les charmes et la beauté, serait trop heureuse de supprimer cet autre miroir qui la reflétait, accusant un peu plus chaque jour ses souffrances et ses haines.

Thérèse se taisait. Elle savait que son père voulait la marier et suivait depuis un certain temps les stratagèmes maladroits du tisserand cherchant, parmi ses pratiques, le candidat selon son cœur. On verrait bien et pour lors, quand elle n'était pas occupée à quelques travaux dans la boutique sale, elle courait les rues, continuant à exercer ses pouvoirs sur des victimes indignées ou séduites. Elle avait renouvelé le jeu du masque et, chaque fois, la proie s'était engluée, sans résistance. Mais il faudrait, bientôt, se battre à visage découvert.

Il y avait, parmi les clients attachés à la boutique, un garçon tranquille qui s'appelait Antoine, Antoine Villoing. Français, il était venu s'établir dans ce triste quartier de Moscou. Thérèse, qui avait pris l'habitude d'évaluer de son regard pénétrant les hommes qu'elle rencontrait, avait très tôt percé le personnage: un physique agréable mais pas de santé. Ni de caractère. Un travailleur qui s'épuisait à coudre ses toiles, à couper ses caftans, ses roubachkas, ses siurtuks et ses fraks et à donner une forme à la marchandise qu'il achetait au tisserand. Un bon parti, cet Antoine, pensait le père de Thérèse, un bon ouvrier aussi, avec une clientèle intéressante si l'on en jugeait d'après les commandes qu'il passait régulièrement.

— Antoine, dit-il au Français, nous sommes des amis et le travail nous rapproche. J'apprécie ton courage, ta compétence. Tu connais Thérèse... C'est un beau brin de fille.

— Monsieur Lachmann, je vous vois venir. Mais votre Thérèse c'est un pur-sang indompté et indomptable. Ne comptez pas sur moi. Quand elle me fixe de son regard immobile, je crois bien que j'ai peur.

— Allons, allons... je sais, moi, que tu es l'homme dont elle a besoin pour voir la vie autrement, dans le calme d'un foyer heureux.

— Je ne le crois pas et, au fond de vous, c'est tout le contraire que vous pensez! Vous n'osez pas l'affronter vous-même, elle vous nargue, vous domine, n'en fait qu'à sa tête.

— Antoine, c'est vrai que Thérèse a pris de mauvaises habitudes, qu'elle sait ce qu'elle veut mais je suis sûr qu'elle t'aidera: elle a le sens des affaires,

elle sait compter, vendre, jeter de la poudre au yeux.
— Petit père, ce sont pour moi qualités négatives : elle est froide, dure, inflexible. Je sens en elle un je-ne-sais-quoi de supérieur, un orgueil devant lequel je plie. Et si jeune !
— Tssit, tssit, tssit... nous reparlerons de tout cela. Et n'oublie pas que je consentirais éventuellement quelque sacrifice.
Le siège dura des mois, de longs mois. Et tout à coup le tisserand sentit que la reddition était proche : le travail de sape portait ses fruits. Thérèse, sollicitée, était restée muette — afin qu'on ne l'accusât point, plus tard, d'accord enthousiaste —, murée dans une fierté hautaine. Mais le bonhomme entreprit de hâter l'échéance.
— Antoine, il est temps maintenant de me donner une réponse. Thérèse se fait femme, elle court les rues et s'attarde auprès de maint godelureau. Un jour, elle disparaîtra, ne te laissant que des regrets ! Allez ! Parle-lui et tâche de te montrer persuasif. Je la verrai tout à l'heure et demain tu n'écouteras que ton courage...
Antoine était rentré chez lui tout penaud, tremblant à la pensée d'affronter la jeune fille. C'est qu'elle avait encore grandi, la Thérèse, et si ce n'eût été cet air narquois avec lequel elle vous toisait, Antoine aurait volontiers avoué ce trouble qui l'habitait sous les assauts répétés du boutiquier. Il convoitait cette belle plante, poussée comme l'herbe folle et dont il admirait l'indépendance et la maîtrise de soi. Quelle femme demain ! Et ses yeux s'attardaient chaque fois un peu plus longuement sur le dessin d'un buste déjà opulent, sur des jambes au galbe parfait. Naissaient en lui un sentiment nouveau, un besoin de possession physique que les sous-entendus du père attisaient, comme un feu intérieur toujours plus violent... Ce corps lui appartiendrait, il caresserait ce visage pour en

chasser la dureté, saurait calmer les élans sauvages du félin, attendrir son regard à force de bonté et de patiente douceur.

Antoine ne dormit guère cette nuit-là : aurait-il assez de force pour vivre à côté de cette exubérance, de tout ce qu'il pressentait de calcul, de rouerie, de volonté destructrice derrière l'apparence ? Des rêves de fierté l'assaillaient et chassaient sa faiblesse. Et si le père Lachmann disait vrai : il saurait être un bon mari, elle deviendrait une femme heureuse, une compagne attentionnée et une habile commerçante. Ils auraient une maison à eux, ils deviendraient riches !

Il lui parlerait. Demain.

Le lendemain, Thérèse, qui avait été mise au courant des projets de son père, attendait Antoine de pied ferme. Et devant l'attitude méprisante et souveraine qu'elle affichait, le jeune homme perdit ses dernières velléités de courage. Il bredouilla.

— Thérèse... mademoiselle, je vous regarde depuis... longtemps... Vous êtes très jolie... et j'ai besoin... pour tenir ma boutique... d'une femme solide... habile au commerce.

Elle n'écoutait pas. Que de mots maladroits pour aller au but. Elle le regardait à son tour : grand, pas mal fait, un visage avenant de timide avec des yeux candides mais un teint blafard de garçon déjà épuisé par le travail. A tout prendre, cet Antoine ferait un mari à sa main, docile et malléable. Il était l'évasion, la rupture avec un enlisement qui la liait, qui l'écrasait. Ce mariage qui aurait dû l'inquiéter par la nature même des servitudes qu'il créait serait sa libération. Antoine représentait une première chance, non négligeable. Et de plus, il était français. Souvent, elle s'était posé cette question : par quel étrange concours de circonstances ce Parisien — tout ce qui était français ne pouvait être que

parisien — était-il venu échouer dans le ghetto de Moscou ? Pour Thérèse qui rêvait de Berlin, de Londres et de Paris, sa qualité d'étranger — une autre langue, une autre vie — allait peser lourd dans la décision qu'on lui demandait de prendre.
— ... J'ai quelques biens... une bonne clientèle...
Thérèse, qui avait cessé depuis longtemps d'écouter le bafouillant Antoine, coupa net cet étalage dérisoire de vertus acquises et de richesses à acquérir. Elle s'entendit répondre, se forçant à sourire pour masquer le sarcasme :
— Eh bien, monsieur, il semble qu'on veuille bien vite se débarrasser de moi ici. Je ne me sens aucune inclination particulière pour l'amour et le mariage mais vous semblez attacher tellement de prix à m'accueillir dans votre maison que je ne saurais vous dire non.
— Mademoiselle, vous faites de moi le plus heureux des hommes...
— Laissez là ces mots vides, monsieur, j'essaierai d'être pour vous une bonne associée. Pour le reste...

Pour le reste, le trop crédule tailleur dut bien vite déchanter. Certes les premiers jours avaient pu paraître riches de promesses. Thérèse s'était donnée sans contrainte apparente, semblant prendre plaisir à des jeux où, naturellement, elle se révélait experte et généreuse. Pour Antoine ç'avait été une révélation : ce corps ardent contre le sien, ce désir puissant dont on entretient savamment la jouissance, cette fulguration d'un plaisir si tardivement promis, tout cela l'enchantait et faisait de lui un homme nouveau. Il découvrait l'amour physique, se brûlait tout entier à ces paroxysmes dont il avait jusqu'ici ignoré l'existence. Son amour pour Thérèse avait encore grandi et, maladroit, il cherchait à exprimer des sentiments qu'il contrôlait mal, usant de clichés dont il ne mesurait pas la platitude, posant indéfiniment l'éternelle question :

— Thérèse, tu m'aimes, n'est-ce pas?

Au début, ne voulant pas le décevoir trop vite, elle se taisait ou, quelque peu excédée, s'en tirait par des « oui, oui, bien sûr... » à peine convaincants. Alors, il se faisait tendre, insistant, l'accablant de ces mots d'amour plus usés que ces vieux tissus qu'il ravaudait à longueur de journée :

— Thérèse, ma chérie, tu es un trésor... je t'adore... Et peut-être me donneras-tu bientôt un enfant?

Le jour où il lui posa cette question, furieuse, elle le coupa sèchement :

— Quoi! Un enfant! Je croyais avoir été claire. Mais sans doute faut-il que je le sois davantage. Si par malheur je tombais enceinte, je te quitterais immédiatement. Mon pauvre Antoine! Ne vois-tu pas que nous ne sommes pas faits l'un pour l'autre? On dirait que tu t'ingénies à me donner toujours plus le dégoût de cette vie que je mène : je rêve de vastes horizons et tu n'as à m'offrir que ta pauvre boutique étroite et triste ; je rêve d'évasion, de capitales occidentales riches et policées, tu m'enfermes autour d'une table bancale et d'un lit crasseux, entre les soucis vulgaires du quotidien, les menus travaux de la boutique et les pauvres comptes d'un commerce honnête et sans espoir... Et je dois accepter, en plus, tes jérémiades et la menace d'un enfant. Antoine, j'ai fait de mon mieux pour te récompenser du peu de bonheur et de liberté que tu m'as octroyé. Ne demande pas plus. Aucune entrave, aucun lien ne me retient. Si tu conçois cet enfant comme un piège pour me cloîtrer ici, sache bien que je ne m'y laisserai pas prendre. Il reste que j'apprécie en toi une certaine gentillesse et tes qualités de professeur de français. C'est une langue que j'aime. Une langue, je le sais, dont j'aurai besoin plus tard... Mais rien ne me retiendra ici. Tous mes vœux, tous mes souhaits, je les réaliserai. Il ne tient qu'à toi d'en retarder le plus longtemps possible l'échéance.

Le pauvre Antoine baissait la tête. Il se sentait si faible, si maladroit. Malgré lui, il continuait à harceler Thérèse de serments, de petites attentions niaises et de cadeaux futiles, s'acharnant à ignorer que cette naïveté se brisait sur la carapace de la jeune femme qui sentait monter en elle l'irritation, la révolte, à mesure que s'accroissait la régularité de ces platitudes. Il n'y a pas de sagesse en amour et Antoine en faisait l'expérience. Et sa nervosité, la tension qui le paralysait lui ôtaient le sommeil, aggravaient son état de santé. Thérèse aimait les hommes forts, résistants. Elle assistait, en témoin impassible et distant, à l'écroulement d'un grand enfant, incapable de réagir. Il toussait souvent, par petites quintes pressées qui déchiraient sa poitrine. Négligeant de se soigner — peut-être par vengeance contre la froideur de Thérèse — il maigrissait. Le moindre effort semblait lui coûter cependant qu'une fièvre persistante enflammait ses pommettes. Le mal gagna du terrain, il dut s'aliter et consulter enfin un docteur. Il lui fallut s'arrêter, suivre un traitement draconien, partir de longues semaines pour rendre un peu de vie à ses poumons malades.

C'est au moment où Thérèse, débarrassée d'un époux encombrant, savourait enfin la plénitude de sa liberté, qu'elle prit conscience de l'irréparable : elle attendait un enfant. Une colère froide l'envahit. Ainsi, maladresse ou espoir de reconquête, Antoine avait poursuivi ses chimères. Il avait utilisé le seul moyen capable de l'enchaîner, de la river à tout jamais au foyer conjugal. Tant pis, il serait seul victime. Cette idée d'être mère, elle la rejetait de toutes ses forces. Antoine avait voulu cet enfant, soit, ce serait le sien mais il ne ferait là que hâter sa décision de quitter Moscou. Elle ne dirait rien — à quoi bon — mais préparerait dans le silence un éloignement définitif, sans regret. Elle n'était pas de celles qui se perdent en vains reproches : elle avait prévenu Antoine... Sa maladresse le condamnait.

C'est une femme en apparence sereine que le tailleur retrouva à son retour. Simplement, comme s'il s'était agi d'une chose sans importance, elle annonça, pesant ses mots :

— Antoine, je suis enceinte. Cette nouvelle, sans doute, te fera plaisir. Cet enfant sera tien... Tu as rompu notre contrat. A partir d'aujourd'hui nous vivrons séparés jusqu'à mon départ que, par inconscience, tu viens de précipiter.

Interdit, Antoine fit un geste cependant que son visage se décomposait.

— Je t'en prie, il n'y a rien à ajouter. Ma décision est irrévocable, dit Thérèse en arrêtant net l'élan du tailleur.

Les mois qui suivirent furent atroces pour Antoine. Thérèse, lourde de colère, s'isola au fond de sa chambre, n'adressant plus la parole à l'homme qui devait payer ses coupables faiblesses.

Quand le bébé vint au monde, elle l'ignora. Antoine s'était accroché à un dernier espoir : une mère ne résiste pas au sourire de son enfant. Il se trompait ! Trop heureuse d'avoir recouvré l'intégrité de sa personne, Thérèse laissa le petit aux soins d'une voisine, négligea totalement l'existence d'un mari enfin désabusé et passa le plus clair de son temps à sa toilette ou en promenades dans les beaux quartiers de Moscou. Elle avait retrouvé avec plaisir l'image que lui renvoyaient ses miroirs, heureuse aussi de se sentir regardée, comme si la maternité l'avait transformée en affinant ses traits. Elle s'employait, des heures durant, à faire de son corps un objet de convoitise, imitant sa mère. Elle avait réussi à installer, dans un débarras aveugle, une sorte de douche rudimentaire mal alimentée par un réservoir de fortune. Les pieds dans un immense baquet de bois, elle laissait couler sur son corps l'eau à peine tiède qui s'échappait d'une poire confectionnée à la diable.

Dans la journée, cependant que le tailleur se tuait au travail tout en veillant sur un enfant délicat, Thérèse continuait à inventorier systématiquement les rues du vieux Moscou autour du Kremlin et de la rue Varvarka. Elle satisfaisait ainsi des goûts innés pour les arts. Elle rêvait de luxe en se frottant aux pierres des impasses tortueuses, habillant de richesses éclatantes les lourdes portes sculptées, meublant de velours sombre et de drap d'or les immenses pièces où se pressait, en un décor insolite, toute la noblesse de la fortune et du plaisir. Elle apportait chaque jour un peu plus de soin à sa toilette, mesurant au miroir les progrès accomplis. Elle corrigeait ses traits d'un crayon expert, approfondissait, en les cernant de khôl, des yeux qu'elle avait un peu à fleur de tête, cherchait à affiner le profil d'un nez qu'elle jugeait trop lourd. Elle était passée maître au jeu de l'artifice et elle sentait, au poids des regards qui la suivaient, qu'elle ne laissait aucun homme insensible. Elle avait appris que le mystère, l'ambiguïté, l'envie sont des armes puissantes et elle s'appliquait, machiavélique, à en jouer comme d'un instrument dont on pince les cordes, une à une.

Devant le tailleur, atterré, elle choisissait et cousait les plus belles étoffes qu'elle avait appris à assembler. Ayant entendu dire que la mode occidentale — un mot qui tournait, tournait follement dans sa tête — était aux petits chapeaux, elle avait confectionné avec amour, pour remplacer ses foulards de bohémienne, un adorable bibi rond voilé de tulle qui ajoutait à sa fraîcheur un brin de malignité. Se sachant quelque peu hautaine, elle s'efforçait à l'aisance de race. La remarquable harmonie de toute sa personne, le délié de ses mouvements faisaient le reste. Elle se savait peu encline à la joie et au rire et s'employait à donner le change par l'attitude ou l'expression. Patiente, têtue, besogneuse, elle tendait ses filets comme le tisserand ses fils. Elle avait appris les règles et les récitait pour en exprimer la perfection. Au demeurant elle lisait beaucoup, s'exprimait avec facilité, non sans esprit mais avec quelque sécheresse.

Plus d'un an déjà que son fils était né et Thérèse n'entendait que ses cris de bébé souffreteux. Elle s'étonnait parfois de son incapacité à offrir un peu d'affection et de tendresse à cet enfant, tout occupée qu'elle était d'elle-même et de ses espérances folles. Son fils l'agaçait et son mari, maladroit, était l'objet de ses moqueries et de ses sarcasmes. Toujours éperdument amoureux, il essuyait les quolibets avec une patience sans défaillance. Il ne faisait, le plus souvent, qu'exaspérer la femme, sans émouvoir la mère...

Quand Thérèse ne se livrait pas aux sortilèges de l'eau, aux rites des poudres et des onguents, aux mariages des couleurs assorties à son teint ou encore à la confection d'une robe, elle se mêlait aux riches Moscovites et aux étrangers. Elle fréquentait volontiers les abords des ambassades européennes, cherchant à entrer en relation avec quelques personnages importants. Elle parlait couramment l'allemand et le français, moins bien l'italien, langues qui lui facilitaient les prises de contact. On s'était étonné dans ces milieux fermés de rencontrer cette jeune femme étrange — elle accentuait volontiers son côté « belle juive tcherkesse » —, souple de corps et d'intelligence, mystérieuse et séduisante. Mais elle avait su vaincre ces résistances. Les bonnes fortunes n'avaient pas manqué et Thérèse n'avait eu que l'embarras du choix. Sûre d'elle-même, elle allait d'instinct vers les hommes qui lui paraissaient les plus riches non seulement d'argent mais d'espoir.

En ce début d'été 1837, le Bolchoï programmait l'une des premières œuvres de Glinka : *Le Trio pathétique*. Tout ce que Moscou comptait de mélomanes s'était donné rendez-vous devant ce temple de la musique. Dans la foule, Thérèse observait depuis quelque temps le manège d'un homme seul, billets à la main, et que gagnait l'impatience. Il portait beau : peut-être un diplomate européen que la chance trahissait. Le costume était de bonne coupe, élégant et strict, pas du tout à la mode de Moscou mais choisi dans quelque riche vitrine de Paris ou de Londres, ces villes dont elle enchantait ses nuits et ses espoirs. Et quel chic cette petite pochette d'un rouge vif qui mettait une note gaie dans un ensemble clair et viril ! Les derniers spectateurs s'engouffraient dans la salle dont on commençait à fermer les portes. D'un air désabusé, le personnage s'apprêtait à entrer seul dans le théâtre quand Thérèse l'aborda :

— Monsieur, j'ai cherché en vain une place pour entendre la musique de Glinka... Peut-être que...

Surpris, l'homme regarda longuement l'intruse. L'étonnement s'était marqué sur son visage buriné, la quarantaine un peu fanée, moustache blonde, travaillé de rides précoces. Cette fille, qui cachait visiblement sa jeunesse sous les fards, avait une aisance — un aplomb — qui en imposait. C'était un joli fruit que la Providence lui envoyait. La robe ne manquait pas de goût — un peu trop de couleurs peut-être ? — et seyait à ses formes charnues.

Il balbutia :

— Comte Robert... de... Grandpré... Mademoiselle... mademoiselle... ?

— Thérèse.

— Mademoiselle Thérèse. Eh bien, il se trouve que j'attendais quelqu'un... qui... ne viendra plus. Si vous voulez profiter de cette place... ce sera avec grand plaisir.

Elle esquissa un sourire, jouissant intérieurement d'une situation dont le côté embarrassant l'amusait.

— Monsieur, dit-elle, esquissant une révérence amusée, je n'ose croire à ma chance et à votre gentillesse. Je mourais d'envie d'entendre le Maître...

— Alors, courons, mademoiselle... on ne badine pas avec les horaires au Bolchoï.

Très cérémonieusement, le comte présenta ses billets au contrôle et guida Thérèse au long d'un interminable couloir circulaire, s'arrêtant devant une porte basse qu'il ouvrit toute grande et, s'effaçant derrière la jeune fille :

— Mademoiselle, veuillez vous asseoir...

Thérèse pénétra dans une superbe loge au moment où l'orchestre attaquait, *mezza voce*... Elle avait à peine aperçu la salle qui s'étendait, immense, quelques mètres plus bas. Le comte s'était assis, un peu raide, à ses côtés, jetant de furtifs regards sur des épaules que la jeune femme, avec des gestes très étudiés, s'employait à dénuder. On le sentait intrigué par le naturel de ce jeu, par l'aisance des attitudes, par l'application qu'elle apportait à l'écoute de cette musique difficile, comme si elle eût été un connaisseur averti. D'où venait donc cette curieuse jeune femme et que cherchait-elle ? Elle ne semblait pas farouche et devait avoir appris les meilleurs principes de l'urbanité. Une courtisane ? Mais si jeune... Après tout, on verrait bien et « monsieur le comte » se promettait d'en savoir plus long et d'oublier son infortune en profitant de cette situation aussi piquante qu'insolite.

L'entracte fit sortir la salle tout entière d'une pénombre un peu inquiétante. Des centaines de globes ventrus s'allumèrent en flammes longues ou courtes, jaillissantes ou hésitantes. Peu à peu, les contours de la vaste nef se dessinèrent, incertains, puis de plus en plus nets. Le comte observait sa voisine : la même aisance, vraie ou simulée, la même séduction.

— Mademoiselle, euh ! Mademoiselle, vous aimez vraiment Glinka ou...

— Oui, monsieur, j'aime Glinka, son quatuor, son menuet et ses œuvres vocales que des amis m'ont fait connaître il y a quelques années déjà... C'est une musique savante dont j'admire la phrase mélodique à plusieurs tons superposés. Et puis je suis russe et l'amour de la musique est chez moi chose naturelle. Je me débrouille assez bien au piano. Mais vous-même, vous parlez notre langue avec un léger accent... français, n'est-ce pas ?

— On ne peut décidément pas vous prendre en défaut. Je suis français... grand voyageur et amoureux de très jolies personnes... Mais...

— Je suis de noblesse impériale, fille naturelle de Constantin Pavlovitch, grand-duc de Russie. Que dire d'autre ? Je suis une jeune femme qui s'ennuie à Moscou et veut rompre avec son milieu. Je parle... plusieurs langues.

Elle calquait les intonations, le rythme de ses phrases sur ceux du comte et débitait, sans ciller, quelques gros mensonges préparés de longue date. Elle enveloppait d'une glu insistante et perverse chaque mot, chaque phrase qu'elle distillait dans le chant trompeur de la plus parfaite ostentation. Et elle notait, avec un indicible plaisir, sur le visage du comte, les signes infaillibles de sa réussite : un sourire entendu, un accord secret, la découverte d'une aventure qui naissait. Le châle qui la drapait avait glissé. Le comte s'était penché pour le ramasser, dans le même mouvement. Perverse, la jeune femme prolongea un contact qui fit frissonner l'homme.

— Oh! pardon... excusez-moi... que je suis maladroite!

— Ce n'est rien, mademoiselle, votre châle...

Thérèse dégagea le buste de son siège, offrant aux doigts nerveux l'occasion d'une caresse. Elle souriait, négligeant l'embarras du comte, approchant sa gorge de la main faussement malhabile cependant que son regard où tremblaient mille lueurs dansantes brillait, complice. Il bredouillait, lui, le vieil habitué des situations délicates.

— Mademoiselle, je...

Incapable d'expliquer cette attirance qui le jetait, pieds et poings liés, aux genoux de cette inconnue, diabolique d'aisance. Son regard surtout le subjuguait. Non que les yeux fussent les plus beaux qu'il eût jamais vus. C'était autre chose : ils retenaient, ils s'imposaient, ils dictaient inexorablement leur loi, ils offraient quelque chose de nouveau. La jeunesse? Sans doute! Mais plus encore cet étonnant mélange de rouerie et de calcul. Le comte en oubliait sa longue expérience, sa maîtrise de viveur blasé.

— Mademoiselle, cette œuvre de Glinka ne vous paraît-elle pas trop appliquée, une œuvre de commande?

Il s'empêtrait, enfilait des mots communs, inutiles, sous le regard distrait et un peu gouailleur de Thérèse qui ne faisait rien pour lui venir en aide, accentuant au contraire son trouble et sa maladresse. Sa jambe avait pesé un instant sur la sienne, cependant qu'un joli mouvement de tête cachait le visage éperdu. Robert de Grandpré frissonna de nouveau alors que les flammes hautes et claires du gaz diminuaient d'intensité, viraient au jaune sale puis s'éteignaient. Les premiers accords de l'orchestre surprirent le comte. Sa main se posa sur le bras de Thérèse comme pour bloquer le châle qui recommençait à glisser. La jeune femme prit cette main, moite et crispée, et la retint dans la sienne.

Elle s'était retournée vers le cercle blafard qui cernait l'orchestre et semblait suivre avec intérêt cette œuvrette de Glinka. Elle aimait la musique pour elle-même, depuis toujours, ayant formé son oreille dans les lieux populaires à l'écoute des chansons folkloriques et des grandes envolées romantiques. Et puis le pope lui avait appris le reste. Et, d'abord, à interpréter et à découvrir l'originalité d'une partition, cette richesse intérieure qui donne à la musique sa couleur et sa vie.

— Quelle belle soirée vous m'avez offerte, monsieur, et comment vous remercier?

— En prolongeant quelques moments encore cette « belle soirée », mademoiselle. Je connais, derrière le Bolchoï, un endroit sympathique où l'on sert, « à la russe », quelques délicieuses fantaisies.

— Monsieur le comte, vous allez bien vite. Je n'ai guère l'habitude de ces usages et je me sens lasse. Vous m'avez comblée, ce soir.

— Mais...

— Non — et le ton était devenu sec —, n'insistez pas, vous gâcheriez ce grand plaisir que je dois à votre gentillesse.

Interdit, le comte bégaya:

— Mais, mademoiselle, je veux vous revoir. Demain, nous pourrions déjeuner ensemble...

Thérèse avait levé la tête et regardait le visage inquiet. Elle laissa peser un silence lourd et presque hostile puis, se détendant soudain:

— Eh bien, monsieur, vous avez gagné. Demain, je serai ici, devant le Bolchoï, à midi.

Et, avant que le comte eût pu articuler la moindre parole, elle s'était enfuie à travers la foule qui s'écoulait, lente, comme soûlée de tous ces accords.

Il était resté un moment immobile, un peu hébété. Qui était donc ce personnage fantasque, incompréhensible, qui avait, en quelques heures, accaparé son esprit et son cœur? Lui, si familier des rodomontades de viveur endurci: « Moi, mon cher, les femmes je les choisis, je les utilise et... passez muscade... », lui, le sceptique, le hâbleur, était battu par ses propres armes, piégé. Il se secoua, promena sur la foule qui le portait un long regard incrédule, persuadé que Thérèse allait revenir. Il dut se rendre à l'évidence : la longue file commençait à s'étirer, à se séparer, les derniers groupes d'hommes et de femmes étaient absorbés par la nuit. A la fois furieux et décontenancé, il prit la direction de son hôtel, tout proche.

Thérèse avait joué des coudes pour sortir de cette gangue humaine qui l'emprisonnait. Elle était satisfaite : le comte, affolé, était prêt à tout pour la revoir. Le poisson avait mordu, le reste était facile. Le reste ! Il avait dit « grand voyageur », c'est-à-dire un de ces hobereaux riches et solitaires qui fuient leur ennui et leur solitude à travers les capitales européennes. Exactement ce qu'elle cherchait. Elle avait bien mené sa barque : le comte ignorait tout sinon qu'elle se voulait libre, qu'elle avait du caractère et que ses charmes n'étaient pas de ceux qu'on néglige. Demain, il faudrait pousser ces avantages. Il lui suffirait de persuader Robert de Grandpré qu'il était l'homme qui allait changer sa vie ! Qu'il fût sur le retour, marqué dans sa chair comme dans ses habitudes de caste, peu lui importait. Elle exultait et pourtant elle s'interrogeait : cette conquête n'avait-elle pas été trop facile ? L'homme s'était montré d'une galanterie frôlant parfois l'obséquiosité. Sans vraie curiosité, comme si l'imprévu de la rencontre et les quelques difficultés d'une approche avaient suffi à le persuader. L'épreuve n'avait pas comporté assez d'obstacles. Un de Grandpré n'était point assez sot pour tomber naïvement dans tous les pièges tendus et cependant, s'il avait eu des doutes, il n'en avait rien laissé paraître. On verrait bien...

Thérèse se leva tôt le lendemain, persuadée qu'une grande matinée lui serait nécessaire pour sa toilette et sa parure. Une fois encore elle se livra tout entière à la glissante caresse de l'eau froide qui lui procurait toujours les même joies troubles qu'elle s'employait à exacerber. Puis elle se campa devant son miroir : il lui sembla que l'aventure de la veille l'avait embellie. Elle se voyait plus sereine, sans cette crispation dont s'effrayaient ses proches. Elle n'alourdirait pas ses traits de fards inutiles, se contentant de souligner le dessin des yeux et d'y ajouter quelque mouche narquoise. Elle prit longuement soin de ses cheveux dont elle accentua l'éclat avec une huile que sa mère cachait avec soin au milieu de toutes ses fioles, de tous ses onguents. Elle aimait lisser cette magnifique toison qui s'échappait entre ses mains avides, ondulait en grandes traînées souples.

Il lui faudrait changer de robe... Non que son armoire en fût pleine, mais elle avait consacré la plus grande partie de ses heures solitaires à dessiner quelque patron nouveau, copié de mémoire sur les plus beaux modèles portés par les riches Moscovites. C'était là son trésor, l'atout infaillible de sa réussite de demain. Toute sa richesse, dont elle n'était pas peu fière. Elle passa une sorte de robe-fourreau, très stricte, mais qui ne laissait rien ignorer de ses formes généreuses. De couleur fauve — une belle soie que son mari avait troquée contre de longues nuits sans sommeil —, elle rehaussait encore ce teint hâlé qui donnait à ses traits mystère et assurance. Un châle aux longues franges indociles, négligemment jeté sur ses épaules nues, apporterait une touche plus claire à l'ensemble. Elle esquissa un sourire ambigu.

Du plus loin que son œil ait porté, elle entrevit la silhouette du comte faisant les cent pas. Elle le devina le cœur serré et inquiet à la pensée de se retrouver seul, bafoué. Elle ne s'en émut pas et lui vint au contraire quelque machiavélique pensée: elle ralentit et, tout en observant l'attitude de l'homme que gagnait la nervosité, elle se blottit derrière une colonne de l'immense théâtre. De son poste d'observation, elle put noter tout à loisir l'irrésistible montée de l'angoisse dans ce pantin agité, scrutant l'horizon avec une telle acuité qu'il devait porter, parfois, une main fébrile devant ses yeux fatigués. De longues minutes s'écoulèrent, des siècles pour l'homme désabusé, le temps trop court de la fantaisie satisfaite pour Thérèse, heureuse de constater que la chaîne qu'elle avait tendue était solide.

— Oh! monsieur le comte... excusez-moi... j'ai dû prendre quelque retard...

Tellement sincère, jusqu'à la désinvolture!

— Mademoiselle Thérèse, enfin vous... je n'y croyais plus...

Il semblait épuisé.

— Mais enfin, monsieur le comte, que se passe-t-il? Etes-vous souffrant? Ce n'est pas pour l'inconnue du Bolchoï que vous vous mettez dans un tel état!

Il avait levé les yeux, admiré la grâce un peu insolente de Thérèse, retrouvé quelques couleurs cependant qu'il bredouillait:

— Sans doute avez-vous raison, mademoiselle, je suis bien nerveux aujourd'hui mais, bien qu'il m'en coûte, je dois vous avouer que j'avais une peur affreuse de ne pas vous revoir. Ce retard, cette nuit que vous avez meublée tout entière, votre fuite, hier... Je crois que je tiens terriblement à vous.

Elle avait accentué son air désinvolte.

— Monsieur le comte, est-ce cela que les Français appellent... voyons... aidez-moi... voyons... le... le coup de foudre?

— Mademoiselle Thérèse, ne vous moquez pas et... allons déjeuner. J'ai besoin de reprendre quelques forces.

Le restaurant se trouvait à deux pas du Bolchoï, un de ces établissements chics qui accueillaient les Européens fortunés et les importants commerçants de Moscou. Robert de Grandpré avait retenu une table dans un angle tranquille, à l'abri des épaisses tentures qui le cernaient. Un maître d'hôtel vint prendre la commande, des plats raffinés dont la jeune femme entendait les noms pour la première fois. Elle n'eut garde de se trahir, prêtant la main à tout, amusée.

— Ce menu est merveilleux. J'adore la cuisine française.

— Et du champagne. Votre meilleur...

— Un Dom Pérignon, monsieur le comte.

Il y eut ensuite un moment de silence comme si le comte, un instant terrassé par toutes ces émotions, se détendait. Il avait levé les yeux vers Thérèse qui dégageait lentement ses épaules recouvertes par le châle. Il se précipita, l'aida à faire glisser l'opulente étoffe.

— Que vous êtes belle ainsi parée et comme vous savez choisir les couleurs qui conviennent à votre visage, à...

— Monsieur le comte, parlez-moi plutôt de vous ou je vais finir par croire que vos émotions se bornent à réciter une leçon mille fois répétée devant les femmes.

— Vous êtes injuste, et cruelle, je...

Elle s'était durcie, comme figée, cependant que le maître d'hôtel présentait un choix coloré de délicieux poissons.

— Que vous dire que vous ne sachiez déjà? Blason plutôt dédoré, mais encore assez de terres pour vivre dans une oisiveté agréable. Des terres qui travaillent pour moi. Je m'ennuie en France et Paris n'a plus de secrets. Alors je cherche ailleurs des plaisirs que je ne trouve plus dans mon pays.

— C'est-à-dire d'autres paysages et d'autres femmes!

— D'autres manières de vivre aussi, à l'avant-garde de la création artistique et musicale de l'Europe. J'avais envie de découvrir Glinka et l'idée était bonne puisque...
— Monsieur le comte, vous allez de nouveau...
— Pardon, mais ma vie n'est pas intéressante. Je suis conscient de sa vanité. Je suis un errant, peut-être un instable qui varie ses plaisirs. Prenons plutôt un doigt de champagne.

Il avait levé sa coupe aux mille reflets cristallins, avec un rien de préciosité dans le geste et le plus chaleureux des sourires.

— A votre santé, comme nous disons à Paris.

Thérèse avait, une fois de plus, calqué son geste sur celui du comte, tout en s'efforçant de mettre dans son regard un peu de reconnaissance.

— En vous remerciant encore... Vous êtes un homme généreux. Mais parlez-moi de Paris... Savez-vous que je rêve de Paris ? Mes amies m'ont tourné la tête avec cette vie parisienne qui... qui pétille comme votre merveilleux champagne.

Elle avait posé ses lèvres sur le bord de la coupe : jamais sensation plus exquise, à la fois piquante et ensoleillée, ne l'avait à ce point troublée. Elle laissa longuement le liquide ambré mouiller sa langue, sa gorge, emplir sa bouche tout entière de sucs délicieux et se retint d'avouer les miracles d'une telle découverte :

— Il est somptueux... Je ne connaissais pas ce...
— Dom Pérignon, dit le comte, flatté et enfin heureux. Paris, mademoiselle Thérèse, c'est la ville des plaisirs et des richesses étalées. Vous aimez la roulette russe ? La fortune aujourd'hui... la misère demain.

Attentive, la jeune femme avait noté la pointe finale et l'ombre qui, un instant, était passée sur le visage du comte. Parlait-il de lui-même ? Ce n'était pas possible : l'or coulait de ses mains, s'accrochait à ses doigts, griffait sa cravate, débordait de son gousset. Et d'ailleurs il semblait vouloir faire oublier ses dernières paroles :

— Paris, c'est la vie de rêve pour ceux qui ont flairé la bonne affaire immobilière ou le commerce le plus lucratif. Avec de l'énergie, peu de scrupules et le désir d'arriver, il fait bon vivre à Paris.

La jeune femme avait de nouveau levé sa coupe, trempé ses lèvres avides dans le liquide troublant et sensuel. Elle était à Paris, conquérante, souveraine incontestée. Robert de Grandpré parlait et Thérèse traduisait en images de réussite chacun de ses mots, chacune de ses évocations.

— Il y a des salons féminins où se réunissent les journalistes, les hommes politiques, les grands artistes et les grands écrivains... Victor Hugo, Théophile Gautier, Alfred de Musset... des cabinets particuliers qui poussent au cœur de la cité et qui abritent tout l'or de l'Europe. Il y a, pour les cœurs jeunes et bien trempés, de quoi assouvir tous les rêves de puissance et de plaisir.

— Monsieur le comte... comme vous y allez...

— C'est vrai, mademoiselle, Paris devient la ville qui hante les nuits de tous ceux qui se sentent le courage d'arriver vite, par n'importe quel moyen : M. de Balzac, que je me flatte d'avoir rencontré, l'a bien montré dans un de ses récents romans, *Le Père Goriot*.

Thérèse — magie du champagne et des paroles du comte — s'était à son tour détendue. On avait apporté un onctueux foie gras sur son lit de gelée blonde et des pigeonneaux rôtis dont les morceaux se détachaient avec docilité et fondaient dans la bouche. Lui continuait à vanter les charmes de sa ville et la jeune femme écoutait, faisait sienne chaque évocation. Et le nectar, corseté d'or, emplissait leurs yeux de gaieté cependant que les lumières scintillantes des longues bougies s'accrochaient aux bulles vivantes du champagne. Soudain, il s'était levé, l'œil allumé, avait sorti de la poche intérieure de sa veste un long étui qu'il avait présenté à Thérèse.

— Pour vous, mademoiselle...

La jeune femme, que gagnait un trouble de plus en plus profond, en resta médusée. Un cadeau! Déjà! Décidément elle ne connaissait pas les hommes. Elle dénoua les rubans qui entouraient l'étui et, fébrile, découvrit sur un velours bleu un collier de pierres aux tons chauds. Etonnée, incrédule, elle fut prise au dépourvu. Sa réserve naturelle, déjà mise à mal par les effets du champagne, fondit tout à coup :

— Ce n'est pas pour moi...

— Mademoiselle, acceptez ce modeste hommage à votre beauté, en souvenir de mon passage dans votre ville.

Malgré cet état de bien-être euphorique qui l'engourdissait, Thérèse avait réagi.

— Dois-je comprendre que votre séjour à Moscou se termine déjà ?

— Hélas, je dois partir après-demain. Impérativement.

— Impérativement ? Je vous croyais totalement libre de vos mouvements, je vous imaginais vagabondant à votre guise à travers l'Europe...

— C'est vrai, c'est vrai, mais je dois régler, à Vienne, dans quelques jours, une pénible affaire de vente de terrains qui ne souffre aucun retard. Je poursuivrai mon voyage ensuite...

— Quelle mauvaise nouvelle! Je suis à la fois déçue et un peu triste. Quelle chance vous avez...

— Oui, j'ai décidé, après Berlin, après Vienne, de me rendre à Constantinople. C'est une ville que je veux revoir.

Thérèse s'était composé un visage où s'inscrivaient les marques de la déception. Elle avait longuement médité son projet, mais elle s'était donné un peu plus de temps pour sa réussite. Tant pis, elle essaierait! Les circonstances lui offraient une première chance de fuir enfin ce ghetto qui l'enfermait, cette médiocrité qui la blessait au plus profond d'elle-même. S'il existait une possibilité de se libérer, elle la saisirait.

— Mademoiselle Thérèse, qu'avez-vous? Vous ai-je blessée?

— Monsieur le comte, pourquoi me gâter ainsi, me faire toucher à des joies si vives et... m'annoncer votre départ?

— Vous avez pu vous rendre compte que vous aviez devant vous un homme plus troublé que vous-même: mon émotion, hier soir, au théâtre, mon désarroi tout le temps de la représentation — je ne voyais que vous —, mon bonheur aujourd'hui de vous retrouver et de vous faire plaisir...

Plein de crainte et d'espoir, il avança la main vers celle de la jeune femme. Non seulement elle ne refusa pas ce geste de tendresse, mais elle l'encouragea en prenant cette main qui se tendait, la serrant de toutes ses forces dans la sienne.

— Pardon, monsieur de Grandpré, c'est vrai, mais si vous saviez combien je vous envie: voyager, connaître d'autres mondes, d'autres joies. Ouvrir votre esprit sur d'autres richesses... Oui, vous avez bien de la chance.

Il aurait aimé dire: « Il ne tient qu'à vous. Suivez-moi. Je vous emmène. Vous serez la plus heureuse des femmes. » Il s'entendit répondre:

— Oui, c'est vrai. C'est une chance que je bénis. J'en déguste chaque moment. Ce sera sans doute votre tour bientôt, avec votre famille.

— Ma famille, des gens qui tournent en rond dans leur coquille étroite, qui ne veulent rien connaître des autres, barricadés dans leurs égoïsmes. Je n'ai pas de famille.

— Allons! Assez de pensées attristées. Emmenez-moi plutôt découvrir les vieilles rues de Moscou. Et puis, si vous voulez, je vous propose de nous arrêter à mon hôtel. Nous ferons monter un repas froid. Nous avons encore tant de choses à nous dire!

Jusqu'au soir, Thérèse se montra le plus agréable des guides. Elle ne manquait ni d'esprit ni d'à-propos, ni d'une inattendue culture historique. Elle avait pris le bras du comte et ils allaient, joyeux, emportés par le tourbillon de la rue. Il la regardait à la dérobée : elle paraissait sincère, différente de la veille. Elle semblait s'accrocher à lui, le retenir et quand il osait affronter son regard perçant, il croyait lire : « Ne partez pas ou... partons ensemble. » Mais, au moment de tendre la main, une peur insidieuse le paralysait, une peur faite de tous les interdits, de toutes les angoisses de son âge et il se répétait : « Elle, si jeune, si vivante... Et sa famille... » Et il multipliait à plaisir les incompatibilités, les craintes, tournant en vain dans son impuissance.

Thérèse sentait confusément les luttes intérieures que soutenait le comte. Elle aurait aimé lui répéter : « Mais nous pensons la même chose, nous voulons rester ensemble, alors je vous suis. » Mais elle hésitait à brusquer les choses. Elle n'osait pas tout à fait prendre une décision qui allait si profondément changer sa vie, la modifier sans doute à jamais. Alors elle prolongeait l'instant, elle serrait un peu plus fort le bras complice, mettait un peu de douceur dans un regard plus appuyé, qui les rapprochait un court instant, et entraînait le comte par toutes les rues du vieux Moscou. Son compagnon, radieux, s'extasiait, avec des mots d'enfant naïf, en même temps qu'il sentait grandir son désir de possession, une de ces envies d'amour dont il ne se croyait plus capable. Le viveur ranci, usé par la noce et le jeu, retrouvait les meilleurs moments de sa jeunesse. Montait en lui une chaleur qu'il s'employait de son mieux à cacher. Mais son trouble était si profond que Thérèse n'avait aucune peine à le percer : l'homme lui appartenait, elle tenait sa victoire !

La soirée ne fut qu'une succession d'émerveillements. Le comte l'avait fait monter dans une petite suite du plus bel hôtel de la ville. L'immeuble bénéficiait d'un luxe dont le raffinement étonna si fort Thérèse que le comte, flatté et un peu surpris, manifesta quelque curiosité:

— Vous semblez découvrir ces splendeurs pour la première fois, n'avez-vous pas l'habitude des grands hôtels?

— Je vous ai dit, monsieur le comte, que notre maison, riche d'un grand passé, a perdu beaucoup de son lustre: de grandes pièces sombres, de hauts murs suintants, de vieux meubles mal entretenus... Et dans cette grisaille triste, des spectres d'un autre âge. Laissez-moi, je vous prie, m'extasier tout à mon aise.

Pendant de longues minutes, Thérèse admira l'or des lustres, la somptueuse richesse des tapis d'Orient, la belle ordonnance des tentures. Le petit salon qui précédait la chambre, toute de soie bleue, matérialisait quelques-uns de ses rêves: lumière, couleur, étoffes chatoyantes et meubles cossus.

— Qu'on ne nous dérange pas, avait dit le comte au maître d'hôtel et, doucement, à Thérèse: Venez vous installer dans ce fauteuil. Je vais vous servir un peu de champagne. Il va faire disparaître toute trace de lassitude et de pensées austères.

Ainsi naissent les meilleurs moments d'oubli, de ces moments où tout est lumineux, où l'on se fond — corps et cœur réunis — dans une harmonie délicieuse et secrètement perverse. Thérèse se laissait aller à cette excitation que le vin et la délicatesse des victuailles faisaient couler en élixir de bien-être, Robert de Grandpré avait éteint les petites lampes à gaz artistement habillées dont les flammes, prisonnières, éclairaient chaque coin de la pièce. Seul, le candélabre à six branches argentées jetait les morsures ardentes de ses lueurs qui soudain éclataient en teintes chaudes ou pâlissaient progressivement en une lente agonie de couleurs.

Sur une nappe de toile fine, ourlée de dentelle, brodée aux quatre coins de motifs floraux du meilleur goût, trônait un immense plat rempli de zakouskis étendus sur des lits de salade aux feuilles dentelées, de caviar noir aux irisations vacillantes, d'ailes de volailles, de viandes rouges en tranches... toute une géométrie gourmande amusante à l'œil et tendre au palais.

Les deux convives avaient commencé ce repas princier en suivant les usages, pris au piège d'une situation qui déjouait leurs calculs les plus secrets. Et puis le comte, qui buvait sec — quelques doigts de vodka avalés à la russe accompagnant le champagne —, s'était rapproché de Thérèse. L'euphorie naissante renforçait les plus tendres envies, ces désirs d'étreinte et de possession qui n'osent dire leur nom. La jeune femme découvrait pour la première fois ces plaisirs d'une table gorgée de mille saveurs. Elle avait du mal à ne pas s'extasier. Il lui venait, malgré tous les efforts de sa volonté, des poussées d'enthousiasme où sa jeunesse et son naturel reprenaient le dessus. Elle restait maîtresse d'elle-même cependant, évitant de se livrer entièrement à des élans qu'elle jugeait dangereux. Le plaisir, un peu d'abandon peut-être, avaient seuls leur place dans la stratégie de la séduction. Un long baiser les unit. Un baiser qui donnait enfin au comte le courage de poser la question qui le tenaillait depuis la veille :

— Mademoiselle, Thérèse... Vous dites vouloir quitter Moscou... Aimeriez-vous — ne me répondez pas tout de suite, réfléchissez —, aimeriez-vous m'accompagner dans ce voyage que j'entreprends à travers l'Europe mais que, malheureusement, je ne puis différer ?

La jeune femme voulut prendre son temps mais elle s'entendit répondre, dans l'ivresse de son esprit et de son corps :

— Monsieur le comte... Robert... Vous accepteriez... Partir... partir avec vous... Demain, tout de suite... Quand vous voudrez !

Et, dans un geste dont elle se croyait incapable, elle tendit les bras vers le comte qui, fou de joie, vint se blottir contre elle. Ils échangèrent de nouveau un long, un merveilleux baiser.

Beaucoup plus tard, Thérèse se leva. Elle savourait une joie sans mélange. Elle se dirigea vers une porte basse, au fond de la chambre. Dans la salle de bains, elle aperçut un grand miroir, une sorte de large vasque en marbre rose et une immense baignoire de la même couleur tendre. Elle pensa: « Quel luxe, est-ce possible? C'est comme cela que je veux vivre. C'est comme cela que je vivrai. » Levant la tête, elle se vit dans le miroir. Le comte, derrière elle, put lire sur son visage, un instant crispé, comme une détermination farouche, puis...

— Monsieur le comte, je suis un peu lasse, me permettez-vous de faire un brin de toilette?

— Bien sûr, vous êtes ici chez vous. Voulez-vous que je vous fasse couler un bain?

Puis, toujours un peu inquiet, le comte sortit, laissant Thérèse à ses étonnements.

En un tournemain, elle se dévêtit. La baignoire était pleine d'une eau parfumée. Elle s'y glissa, étonnée de ne pas la trouver froide. Elle avait depuis longtemps habitué son corps aux morsures de l'eau glacée. La tiédeur bienfaisante la troubla comme une caresse, lui laissant une impression de bonheur total multiplié par la vision, dans le miroir, de son corps lascif. L'eau et le corps ne faisaient qu'un, se moulaient l'un à l'autre, étroitement. Complices.

Elle défit sa coiffure, ses longs cheveux frissonnant en ondes souples et caressantes. Elle eut une pensée pour le comte. Que faisait-il? Que pensait-il? Un bref instant, il lui vint à l'idée de l'appeler, de le prendre à ce nouveau piège. Elle se retint: il lui avait manifesté tant de délicatesse. Elle sourit. Ne pas l'effaroucher!

Dans un grand bruit d'eau, elle jaillit de sa gangue liquide, enfila un large peignoir douillet. Une douce chaleur l'habillait. Elle effleura sa peau d'un parfum de menthe poivrée, goûta encore une fois le bien-être indicible de se sentir forte, capable de mener à bien le difficile combat. L'instant d'après, elle rentrait dans la chambre où l'attendait le comte Robert de Grandpré.

***

Pour Thérèse, les semaines et les mois qui suivirent parurent féeriques. Elle avait bravé le destin, tout quitté pour partir avec le comte. Elle vivait enfin. Elle était libre. Des images de grandeur et de faste se bousculaient dans son esprit. Robert de Grandpré s'était révélé amant passionné — ce qui ne déplaisait pas à la jeune femme — et amoureux transi, ce qui l'agaçait.

Cependant, la générosité du comte et l'intérêt renouvelé de ses quotidiennes découvertes tempéraient la froideur et la dureté naturelles de Thérèse. Elle s'efforçait à la reconnaissance, curieuse et appliquée en ses apprentissages. Le comte, au demeurant, semblait avoir tout lu, tout vu et avait entrepris d'affiner la dure écorce de ce pur-sang rétif qui se cabrait à la moindre contrariété. Thérèse se montrait infatigable. De Berlin, de Vienne, elle avait voulu apprécier, non seulement les beautés artistiques mais l'histoire, le développement, la place occupée en Europe par la Prusse et l'Autriche. Elle multipliait les questions et le comte, qui ne voulait y voir que désir de culture, lui répondait sans se lasser, discrètement flatté.

— Monsieur le comte, ces grandes villes sont-elles les plus importantes d'Europe ? Berlin me semble un peu austère, un peu froide... Vienne a un beau vernis et le goût de la musique mais me paraît jeter beaucoup de poudre aux yeux.

— Thérèse, que voulez-vous savoir? Si Berlin, Vienne ont l'importance de Paris? Mais vous connaissez déjà la réponse à cette question. Je vous ai fait lire *Le Père Goriot*. Eh bien! M. de Balzac vous a montré Paris sous son enveloppe véritable. Paris, c'est d'abord Vautrin, « le fameux gaillard », une force qui va, se frayant un chemin de succès dans une jungle inextricable. Paris est une ville en plein développement, une ville en fièvre.

— Quelle fièvre?

— Celle de l'or, Thérèse, dont on se grise du haut en bas de l'échelle sociale. Paris, c'est le désir d'arriver vite. Par tous les moyens. Paris-prodigue, Paris-plaisir. Ostentation jusqu'à la folie... Etre riche et le montrer. Et ce Paris qui se fait ouvre de nouvelles artères, engloutit des millions pour paraître. Oui, Thérèse, avec un peu de savoir-faire et beaucoup de culot, on parvient vite à Paris, et l'or coule, coule, entre les doigts habiles.

— Oui, j'aime ce Vautrin-là. Il a du flair, du métier, un certain panache. Et il ne dédaigne pas de regarder cyniquement les autres réussir!

— Belle analyse, Thérèse! Aimeriez-vous être Vautrin?

— Si je le pouvais, soyez-en persuadé!

Elle avait dit cela sans l'esquisse d'un sourire. Une évidence. Froide et dure comme l'eau du diamant.

— Il me tarde de connaître cette ville.

— Pour vous mesurer à elle? Attention, on ne se lance pas tête baissée dans l'arène. N'est pas Vautrin qui veut.

— Je réussirai, monsieur le comte, je réussirai. Avec de la volonté et... Mais que ce golfe est beau! Vous avez encore une fois réussi le tour de force de nous installer dans le plus bel hôtel de la ville et cette pièce, ouverte aux trois quarts sur Constantinople, c'est l'enchantement.

— Eh oui ! Thérèse, c'est l'Europe et c'est l'Asie, une magie de lumière et de pierres, voluptueusement couchée sur le lit de ses sept collines, baignant dans une eau de saphir et d'émeraude... Et ce ciel rose et bleu, brillant autour des minarets, ces coupoles d'or qui s'irisent dans une gaze d'argent. Là-bas, c'est la Corne-d'Or encombrée de caïques, de mahonnes, d'argosils aux formes étranges, tout un réseau pittoresque de voiles, de filets, de mâts qui tremblent aux bords des murailles crénelées qui les cernent et les emprisonnent... Mais je vais vous faire découvrir le Bosphore de plus près...

Merveilleuse journée. L'une des dernières de ce voyage. Le comte, en effet, paraissait soucieux, préoccupé. Non qu'il se révélât moins attentionné ou moins généreux. C'était un homme qui n'admettait pas les demi-mesures. Tout ou rien. Le faste, l'élégance du geste et de la parole, ce je-ne-sais-quoi de supériorité dans l'aisance qui tiennent lieu de carte de visite. On le connaissait partout et il attachait à sa particule des foules de souvenirs où sa générosité et sa prodigalité faisaient merveille. La jeune femme n'avait qu'à se louer de ses largesses et de son urbanité. Pourtant elle s'étonnait parfois que son amant se montrât moins enthousiaste, nerveux malgré les efforts qu'il multipliait pour paraître enjoué. Quelque chose le tracassait, qu'il n'osait avouer. Elle le regardait : à certains mouvements plus saccadés, à ce léger froncement de sourcils, à ce teint un peu gris des nuits difficiles, à ce front que plissait l'ombre de quelque inquiétude, Thérèse reconnaissait la présence d'un secret. Elle cherchait à se souvenir. Il y avait eu Vienne, la visite de son chargé d'affaires. Il y avait eu aussi quelques gestes d'impatience au reçu de lettres, des silences lourds, des soupirs réprimés, des colonnes de chiffres alignés comme à la parade et que l'on compte et recompte dans l'espoir de s'être trompé, des soirées passées à jouer plus longtemps que d'habitude. Elle avait cru sentir une certaine gêne au soir d'une longue conversation. Mais le tourbillon des plaisirs, la nouveauté des spectacles — le merveilleux au quotidien —, la volonté du comte aussi de ne rien laisser paraître de ses problèmes personnels avaient persuadé Thérèse de l'absurdité de ses craintes. Enfin il y avait eu, ici même, à Constantinople, cette réponse un peu étonnante :

— Mais non, mademoiselle, ces pierres ne m'ont pas ruiné... Elles sont belles, sans plus... Je ne pouvais faire mieux !

Pourquoi ces mots sibyllins, couleur d'angoisse, même si le sourire faisait oublier le propos ?

Thérèse, qui commençait ses apprentissages de femme du monde, en savait déjà long sur ces débauchés nés pour l'argent, vivant par l'argent et terriblement dépendants d'une fortune qui s'amenuise comme peau de chagrin. La fréquentation récente de quelques grands salons internationaux lui avait fait découvrir ces restes d'une aristocratie qui usait ses dernières ressources dans la noce et le hasard. La terre, mal gérée, ne produisait plus. La spoliation faisait le reste. Le nom seul pouvait encore tenter quelque riche bourgeoise éprise de blason. Beaucoup de ces joueurs astiquaient complaisamment le vernis de l'apparence. Des viveurs dont le titre restait le seul bien réel. Des bluffeurs, maîtres en l'art de l'esbroufe et de la tricherie, grands vagabonds de l'insolence et de l'escampette. Alors elle sentait monter en elle une colère violente dont elle mesurait l'intensité à un besoin irrépressible de faire souffrir, à une cruauté dont elle contenait mal l'élan dévastateur. Elle avait envie de cingler de son mépris ces maladroits incapables de conserver le seul pouvoir qu'elle reconnaissait : celui de la richesse. Le comte n'était qu'un faible ! Comme les autres ! Comme son gagne-petit de père. Comme cet inconsistant mari qui remplaçait par des larmes de sensiblerie maladroite tout désir de réussite.

Cependant que la nuit commençait à tomber sur le Bosphore, Thérèse sentait son exaspération redoubler. L'eau, secouée d'étranges frissons, prenait des tons de bronze sale. Sa surface miroitante l'envoûtait, semblait l'appeler. Elle dut faire un effort pour se ressaisir.

— Thérèse, que se passe-t-il ? demanda le comte. Votre visage soudain... Ne souhaitez-vous pas m'accompagner ?

Elle bredouilla :

— Pardon... de mauvais souvenirs... Je vous suis.

Le comte avait senti un grand froid l'envahir. Comment aborderait-il le sujet qui le préoccupait ? Il avait, confus, le sentiment d'une déchirure. Un soupçon qui allait s'avivant.

— Je vous suis, répéta Thérèse.

Ce fut une nouvelle promenade sur les eaux calmes et profondes. Le caïque s'ouvrait un passage enchanté entre la rive d'Europe et la rive d'Asie, à quelques encablures du palais de Tschiragan dont les lignes pures rompaient avec les caprices et les fantaisies des architectes turcs, s'approchait du palais de Beschik-Tash, une sorte de palazzo vénitien venu du Grand Canal pour se poser au bord du Bosphore... Et puis, tout au long de la côte, de pimpants villages, des jardins luxuriants qui se reflètent dans les eaux remuées, se perdent en zébrures qui se cassent, se consolident, se diluent de nouveau quand passent les lourdes barques entrecroisant leurs sillages sous le vol éclatant et sec des mouettes.

Un étrange silence accompagnait l'embarcation légère qui fendait l'eau, rapide et souple. Les deux amants se taisaient, gagnés par la beauté et la sérénité du lieu.

Pourtant il fallait en finir.

— Thérèse... Je dois vous avouer... Depuis...

— N'ajoutez rien. Je sais tout. Vienne d'abord... De mauvaises nouvelles... Votre inquiétude, si mal cachée... Bientôt l'angoisse qui vous a précipité dans les salles de jeu. Le dernier atout: se refaire coûte que coûte... Le meilleur moyen pour perdre le reste. Rentrons, monsieur le comte, si vous le voulez bien.

Le lendemain, aux petites heures, Thérèse quittait Constantinople et le comte. Avec une seule idée en tête: gagner Paris.

Le voyage vers la France n'avait pas été triomphant. Thérèse, malgré ses forces neuves et son ardent désir de se mesurer enfin avec la grande ville, était épuisée. Mais inébranlable. Partie sans un mot, elle avait laissé le comte abasourdi, choqué et malheureux. Elle l'avait abandonné à sa ruine, à sa solitude, à ses pauvres restes de viveur fatigué. La longue route avait mis à mal ses économies. Elle avait dû se défaire de plusieurs bijoux et de quelques robes mais c'était là le prix du combat qu'elle engageait. Le prix de la réussite.

Elle avait partagé ses derniers jours de voyage avec un personnage étonnant. Un petit homme sans âge, volubile et plein d'une malignité qui l'amusait. Galant — ce qui n'était pas pour déplaire à la jeune femme — et plein d'attentions. Sa barbiche taillée en pointe prolongeait un nez fin et trop long et ses yeux chafouins suivaient inlassablement les sauts et gambades d'une pensée toujours en mouvement.

— Ainsi, mademoiselle, vous allez débarquer à Paris... Comme ça... Toute seule... Sans même une maison amie à l'horizon... Sans même une recommandation quelconque... Eh bien, vous ne manquez pas d'aplomb...

Il disait *d'aplomb* avec un accent israélite qui donnait aux mots une saveur inimitable.

— Paris n'accueille pas ses visiteurs uniquement sur leur bonne mine... Vous...

— Oui, je vais souffrir. Air connu, monsieur. Eh bien, je souffrirai. La difficulté est une compagne familière, je crois que le dialogue entre nous sera facilité par l'habitude!

— Oh! oh! vous ne manquez pas non plus de courage. Ni de volonté. Ni de griffes...

— Ni de dents pour mordre. Et n'allez pas me faire le couplet bien éculé de mes armes maîtresses... Je suis séduisante, pensez-vous sans doute. Je le sais! Et je me suis laissé dire que la beauté et l'envie d'arriver se monnayent assez bien à Paris. Or nous voici aux portes de la ville.

Le petit bonhomme en eut le souffle coupé. Il resta la bouche ouverte, le bras arrêté dans son élan.

— Que comptez-vous faire?

— Reconnaître un itinéraire longuement étudié. Et... vous remercier, monsieur.

Elle salua l'homme avec un joli sourire.

Malgré sa fatigue, Thérèse se sentait heureuse. Paris, la ville tant convoitée, s'offrait à elle avec l'immensité de ses rues bruyantes, de ses maisons tranquilles. Et comme familières. Il lui suffirait d'aller droit, tout droit, jusqu'à la Seine. Elle serait alors au cœur de la capitale et n'aurait aucun mal à gagner le Boulevard. Le Boulevard des vrais Parisiens. Le Boulevard du comte de Grandpré.

Elle marcha longtemps, très longtemps... Place de la Bastille — la toute neuve colonne de Juillet —, le boulevard des Filles-du-Calvaire, la place du Château-d'Eau, la Porte Saint-Denis, le Boulevard. Et déjà...

— Eh, mademoiselle, ce sac est bien lourd... puis-je...

Son regard resta froid et la réplique fut sèche.

Elle ne serait pas levée comme l'oiseau pris aux rets du chasseur. Elle choisirait. Par exemple, ce beau gandin, nez au vent, air canaille, canne à pommeau d'argent, très boulevardier de la haute.

— Monsieur, pardon, j'arrive tout droit de Constantinople, j'ai des amis dans le quartier Saint-Paul... Je suis un peu perdue!

Le chapeau haut de forme avait manqué tomber. L'étonnement marquait les traits juvéniles, mais déjà un peu fanés.

— Vous dites *Constantinople*, comme si c'était le bois de Boulogne... Donnez-moi ce sac. Je vous accompagne. Mais d'abord je vous offre quelque chose. Ma gorge est sèche soudain et la vôtre, depuis Constantinople...

— Ne vous moquez pas. Je pourrais vous parler de Vienne, de Berlin, de Moscou... En russe, en allemand, en anglais, en italien ou en yiddish...

— Merci, le français me convient très bien!

Elle s'étonnait. Quelle différence entre cette voix, bien posée, ces yeux pétillants, cette aisance dans le propos et cette tenue ravageuse! Gilet et veste en velours nacarat, gants vert d'eau tendre avec trois boutons flamme, grosses boules en lapis aux manchettes rehaussées de valenciennes. « C'est Paris, se dit-elle, on verra bien ! »

Un groupe de jeunes passait en criant, en dansant, accompagnés de dames masquées.

— Dites-moi, on ne s'ennuie pas à Paris!

L'œil du jeune homme avait soudain perdu son éclat, son assurance, jusqu'à sa candeur joyeuse.

— Oh! on joue à s'amuser, c'est plus grave. On s'ennuie à Paris. L'ennui c'est même le vêtement qui colle à la peau de cette ville frivole, cupide, peuplée de tricheurs... L'ennui pèse ici de tout le poids d'une fébrilité exagérée par la brièveté des heures, le retour des mêmes habitudes et des mêmes plaisirs... Et l'usure qui vous fait vieux à trente ans...

Thérèse, un peu abasourdie, s'était arrêtée et son regard s'attardait devant l'immense et rutilante vitrine d'un bijoutier. Mais, toute pénétrée encore du discours entendu, elle s'aperçut qu'elle ne voyait pas vraiment les ors, les perles, les joyaux exposés. C'est elle-même qu'elle découvrait dans la glace, prise au piège du miroir, comme fascinée. Elle se secoua, rejoignit son compagnon qui parlait toujours...

— Voyez-vous, mademoiselle, le Boulevard que vous découvrez au cœur de cette ville mangeuse d'hommes n'est qu'un lieu de promenade cosmopolite, un rendez-vous d'habitués et de curieux, de viveurs et de gens en place. On se fait voir... Des personnages qui font résonner leur titre usé, leur blason avarié, leur particule éculée ou leur dernière paire de bottes arrachée à la vie militaire et qui partent en chasse dans une capitale qu'ils croient conquérir facilement.

— Des filles qui débarquent de Constantinople avec la volonté de réussir là où les autres ont échoué.

— Sans doute aurez-vous plus de chance et de savoir-faire que moi, mademoiselle !

— De... volonté, monsieur.

— Merci du compliment ! Mais quel plaisir, pour la dernière fois peut-être, de me montrer avec une jolie femme au Café de Paris...

— Pour la dernière fois ?

— Pour la dernière fois, avec ces derniers louis, mademoiselle. Oui, vous avez devant vous un homme fini. Le jeu, mademoiselle. Les dettes... Demain... la prison ? Ne cherchez pas d'autre explication à ma tenue-repoussoir : j'ai seulement voulu singer le monde où j'ai vécu. Je suis las de ces rencontres où il faut se donner pour quelque chose de peur que l'on vous prenne pour rien ! Je suis las de tromper... car je suis un comédien, mademoiselle, rien qu'un comédien. Je cache sous ces oripeaux mon propre mal, ma folie. Je pousse le ridicule de l'élégance jusqu'à l'absurde, jusqu'au vertige. Pour quel profit? Je pousse la vanité à être le maximum du rien! Ma vie n'est plus qu'une triste cérémonie! C'est désormais ma seule façon — et tellement dérisoire — de me croire encore un créateur!

Elle regardait le jeune homme, appréciait son désarroi: charme un peu terni, rides précoces, fleurette blanche sur le revers de l'habit, montre et chaîne en or, monocle négligent perdu dans le jabot de fine dentelle. Un flambeur. Flambé! Elle aimait ses yeux très bleus, ses cheveux très noirs, sa taille finement aristocratique et ce bon goût de se railler soi-même. Du courage dans l'infortune!

— Si vous le souhaitez, pour quelques heures ou quelques jours, je serai votre guide, tout juste le temps de racler les fonds de tiroir et de me retrouver nu... comme un ver!

Thérèse sourit à l'évocation. C'est que l'homme était sec comme une latte, un écrin postiche. Pour une première rencontre parisienne!

— Mais d'abord... passons chez moi déposer votre sac et faire un brin de toilette. Chez moi c'est, pour deux jours encore, un petit appartement à l'Hôtel Nelson, rue Le Peletier, n°11, tenu par l'accorte Mme Maillard, là, de l'autre côté du Boulevard. Allons, mademoiselle, vous demandez mon aide? Très bien. Mais chaque chose à son heure: aidez-moi d'abord à tourner cette page.

L'appartement, garçonnière qui sentait le chic, était presque vide.

— N'ayez pas peur, les huissiers, les déménageurs ont fait correctement leur travail... Il me reste un fauteuil et un matelas... Ah! une autre tenue, un peu fatiguée, arrachée à leurs griffes et quelques bijoux de famille... Mais nous avons quarante-huit heures pour oublier que je suis un homme aux abois, et vous une Parisienne toute neuve...

A situation cocasse, personnalité étonnante. Installée dans un vieux fauteuil, Thérèse, fatiguée mais heureuse — elle aurait pu tomber plus mal —, observait son hôte. Il commençait à se déshabiller lentement, sans gêne apparente et offrait à la jeune femme tout un récital de gestes étudiés dans un cadre qu'il meublait de sa voix et de ses mimiques. Négligemment, il entassait les derniers signes de sa gloire si vite passée: chaîne, montre, monocle, lapis, canne et, suprême élégance, soulignait:
— De quoi bien vivre ensemble deux jours à Paris!
— Ensemble, comme vous y allez...
— Allons, mademoiselle, pas de regret, pas de chaîne... Le grand Victor prolonge, grâce à vous, sa mise à mort. Dans deux jours, adieu Paris, ses plaisirs et ses fastes, l'or et l'argent!
Thérèse n'insista pas. Elle préféra satisfaire sa curiosité.
— Grand Victor, quelle drôle de raison sociale!
— Drôle, en effet, mais bien surfaite à côté de celle du petit Nestor... Nestor Roqueplan, mademoiselle, que vous rencontrerez tout à l'heure. Incarnation du Boulevard, il en est la raison d'être, l'affiche publicitaire et l'esprit, tout l'esprit en ce qu'il a de meilleur et... de moins bon, hélas!
Et comme si ce retour constant à la réalité de sa vie lui faisait mal:
— Ah! je voulais vous offrir quelque chose. Décidément vous me troublez...
Il apportait deux verres ébréchés, un reste de porto, grande cuvée.
— On ferme, railla-t-il. A votre réussite, charmante mademoiselle...
— Thérèse...
— Thérèse, fille de Constantinople et autres lieux, sachez que la fortune à Paris corrige toutes les fautes, que j'ai trop longtemps aimé le bruit que je faisais autour de moi et que je suis dégoûté de ces plaisirs trop faciles...

— Sans en être rassasié...
— Vous avez la repartie un brin corrosive, cela réussit bien ici. On aime volontiers le mot à effet, le mot pour le mot, la sentence qui se veut spirituelle. Vous entrez dans le monde des causeurs... cela coule, coule, sans éblouir vraiment. Heureux les sots, ils éclairent la route! Je parle, je parle, à mon tour... Si vous voulez faire un peu de toilette... Mme Maillard a eu la gentillesse de faire monter de l'eau... et d'ôter les doigts crochus des envahisseurs de ce dernier morceau de savon recommandé par l'élégante parfumeuse qu'est Mlle Martin, au 7 de la rue Grange-Batelière... Ne souriez pas, Thérèse, c'est une habitude que nous avons prise, nous, les habitants de ce grand village qu'est le Boulevard, de situer ainsi nos possessions, nos amitiés, comme nos habitudes, nos commerçants attitrés...

— Oui, ce Boulevard, dit Thérèse avec enthousiasme, je l'ai parcouru aujourd'hui pour la première fois et je trouve qu'il ressemble à un superbe livre d'images... Des images de printemps, côté campagne, avec ces arbres qui reverdissent, ces fleurs qui poussent entre les pavés, toute une végétation délicatement colorée; des images de foule qui se presse, de flâneurs habituels ou de promeneurs d'occasion, côté ville... Vous allez me raconter tout ça, après le bain, monsieur... le... grand Victor!

— Va pour monsieur Victor... ou pour Victor tout court si cette grandeur vous inquiète!

Thérèse retrouvait, l'instant d'après, avec le même inépuisable plaisir les caresses d'une eau presque froide qui ôtait toute fatigue. Elle eut une pensée rapide pour sa mère qui devait toujours, à Moscou, compenser la laideur de son visage par le soin qu'elle mettait à entretenir son corps. Mais c'était déjà le passé. Le désir montait en elle et, un bref instant, elle eut envie de partager son plaisir avec l'homme, à côté, enfoncé dans le noir de ses rancœurs et de ses regrets. Elle hésita et préféra se confier tout entière à l'eau bienfaisante, à l'eau joyeuse qui clapotait, dansait, jouait autour de sa beauté. Elle oublia tout, jusqu'à l'insolite de la situation, pour ne rêver qu'à son bien-être et à ce Paris où elle se trouvait enfin après en avoir rêvé si longtemps.

Une voix la tira de son engourdissement, une voix qui lui sembla un peu irritée.

— Eh bien, Thérèse, vous dormez?

Surprise, elle se rétablit d'un bond et sauta lestement hors de la baignoire. Mme Maillard qui avait si bien fait les choses n'avait pu, sans doute, arracher la moindre serviette à la voracité des déménageurs.

— Voilà, voilà, mais soyez gentil de me trouver une serviette dans mon sac. Cet article ne figure plus à l'inventaire de votre salle de bains.

— Mais vous allez prendre froid!

— Le froid et moi sommes des amis de toujours. Les hivers sont rudes en Russie et la neige, la glace, l'eau froide sont des compagnes fidèles.

Victor arrivait, portant devant lui une serviette déployée qu'il jeta sur les épaules de Thérèse.

— Ne vous sauvez pas... frottez, frottez fort...

Il s'exécutait, un peu machinalement, subjugué par ce corps dont il sentait jouer les muscles longs et fermes.

— Les cheveux maintenant... il ne faut pas les laisser trop longtemps mouillés.

Il s'affairait, malhabile, tête baissée pour ne pas rencontrer, dans la glace, une autre image et le sourire qu'il devinait un rien moqueur. Il emprisonna maladroitement la lourde masse dans la serviette, puis tordit mèche après mèche, avec une application inquiète. Très vite, cependant qu'il enveloppait la tête dans un coin de tissu resté sec, il sut que la belle chevelure noire avait retrouvé son éclat naturel: elle flottait, libre et légère, parcourue par d'ardentes coulées de lumière. Il s'enivrait de la caresse vivante et douce de ces mèches affolées. Une main ferme tira la serviette en avant, vers le buste encore tout perlé de gouttes minuscules. La main du jeune homme avait suivi, continuant à frotter légèrement. Mais l'étoffe, saturée d'eau, glissait mal et les doigts, un instant, rencontrèrent la chair palpitante. La jeune femme se retourna d'un bond, tout entière offerte. Ce fut un long baiser d'allégresse.

La nuit était tombée depuis longtemps sur le Boulevard quand les deux amants quittèrent l'appartement auquel ils venaient de rendre un peu de chaleur. Ils s'étaient beaucoup amusés en s'habillant pour la soirée. Aussi démunis l'un que l'autre, le choix d'une tenue avait été simple. Pour Victor, sa défroque de dandy: habit de casimir noir aux revers et collets doublés de velours, chemise crème, bas de soie noirs et escarpins à boucles.

Thérèse s'était un peu moquée:
— Vous ressemblez à un héron triste. Bien sûr, il reste la canne... Avec quelques moulinets bien sentis... et le chapeau...
— Que je ne mettrai pas.

De son côté, elle avait eu recours au fer de l'excellente Mme Maillard pour redonner une forme et un semblant de fraîcheur à une robe prune seyante mais un peu légère pour le soir.
— Au temps des jupes larges, c'est un peu juste en tissu, avait remarqué Victor, pince-sans-rire.
— Bah! Avec cette mantille noire, doublée façon fourrure grand soir, ça rajoute!

Et dans un ample mouvement de valse, ils s'étaient salués, gommant le ridicule.
— On dira: « Voici d'anciens millionnaires... qui passent! » lança Victor.

Le boulevard des Italiens avait grand air. Thérèse

s'extasiait sur ces globes lumineux balisant les allées et répandant une lueur un peu étrange. Le gaz avait ennobli le cœur de Paris, s'il avait fait disparaître le pittoresque allumeur de réverbères. La douceur de la température en ce printemps précoce faisait déborder les cafés jusque sur les trottoirs et Paris buvait, causait, s'animait, se montrait dans la multitude de ses désirs, dans le foisonnement de ses passions.

— On se croirait au théâtre! dit Thérèse.
— Bravo, bien vu, mademoiselle. Le théâtre du Boulevard... c'est ça. On vient ici comme sur une scène. On se montre après un coup d'éclat — un duel plus ou moins réussi. On tente sa chance auprès d'un parent qui a fait fortune, on y va au culot, botté de frais et sanglé d'épigrammes spirituelles à placer au bon moment, on vient y démontrer son intrépidité de Vide-bouteilles ou de Gargantua déjà désabusé, on y bourdonne, on hume cet air de Paris qui nourrit tous les mondes et sourit aux plus audacieux...

« J'aurai cette audace », pensait tout bas Thérèse qui ajoutait, pour son compagnon, flatté d'être écouté, plus flatté encore par ces regards d'envie qui traînaient à leur approche:

— Je veux tout voir et vous entendre me dire le Boulevard, tout le Boulevard, tout Paris...

Et le bras se faisait plus lourd à son bras.

De la rue Le Peletier, ils avaient gagné l'Opéra, tout proche, qui commençait à se remplir. D'un geste, le grand Victor exprima sa volonté d'une visite impromptue, le temps pour Thérèse d'entrevoir une salle or et blanc jusqu'aux secondes loges, or et bleu au-dessus, le grand lustre scintillant de ses mille cristaux. Et d'entendre le brouhaha infernal d'un public d'initiés.

— A Moscou, on est plus sévère: dans les lignes, les couleurs... et la musique inspire le respect.
— Il y a public et public et celui du Boulevard

est d'une espèce particulière. Vous l'apprendrez sans doute bientôt.
— J'y compte bien.
— On dirait que la ville, vernie de richesses et d'orgueil, a décidé une fois pour toutes de le faire savoir, jusqu'en son Opéra qui brille des bals masqués les plus fastueux et les plus délirants. Mais venez, j'étouffe ici. Perdons-nous plutôt un instant dans ces passages étroits ou dans ces galeries dont le théâtre et les amoureux font la fortune. Ici les rats trottinent, les grands sujets glissent, Saint-Hilaire présente ses féeries à grand spectacle, le bastringue d'*Idalie* dégorge ses flonflons, les snobs jouent de la canne et du cigare, se font sabrer par quelque apache à la coule ou racoler par quelque lorette appétissante.
— Je ne pouvais espérer meilleur cicérone... Et plus dur procureur! Me direz-vous ce que cache tant de dérision?
— Thérèse, je ne vous dirai rien de plus. Je vous ai promis deux jours de découvertes parisiennes et boulevardières. Le reste ne m'appartient plus.
— Soit, nous voici rue Pinon, rue Laffitte...
— Du nom de ce célèbre banquier-ministre dont vous apprendrez la pittoresque histoire, toute d'argent écrite... Vous voguez ici sur des flots de billets: ceux de la banque Audiffret, de la Compagnie des Chemins de fer de la Loire, de MM. Rothschild frères, banquiers. Deux hôtels qui ne valent pas loin de deux millions. Passons et saluons Palmyre... Palmyre Chartier, la couturière des reines et des princesses qu'il vous faudra suivre à travers une envolée de jupons, de dentelles et de strass...
« Palmyre, un nom à retenir », songeait Thérèse.
— De nouveau le Boulevard et au cœur de son royaume, Tortoni. La foule à toute heure. Qui se nourrit de fricassées de poulet froid et de sorbets dans les nuages malodorants des cigares des vieux habitués, fashionables ou chroniqueurs à la mode.

Tortoni et son perron — avec Barbey dans sa cape espagnole —, la chasse gardée des gens qu'on appelle distingués...
— Ah! Ah! vous allez encore être méchant!
— La chasse gardée des clubmen français et étrangers, du cousu main ou du cousu d'or, comme vous voudrez... Je me contenterai de vous les nommer.
— Non! ce serait un jeu de quilles!
— Ceux-là mêmes que vous retrouverez tout à l'heure au Café de Paris... Car voyez-vous, Thérèse, le Boulevard draine sur quelques centaines de mètres les spécimens les plus remarquables de la faune parisienne, réunis pour une haute noce chaque soir recommencée. Mais de grâce, j'ai une furieuse envie de m'asseoir enfin. J'ouvrirai mon album sur le vif à notre table. Je meurs de faim, de soif et de lassitude, de celle que j'éprouve continûment depuis quelques mois au spectacle de cette monotonie, de ce clinquant, de ce paraître où l'on ne sait plus distinguer le bon grain de l'ivraie...
— Attention...
— Pardon. Quelques marches. Comme chez Tortoni... mais nous sommes bien au Café de Paris... Votre plus belle table, garçon.
— Ah! Victor! Bonsoir.
— Bonsoir!
— Que te voilà donc en magnifique compagnie! Je te croyais en plein naufrage, perdu corps et biens!
Thérèse regardait l'homme: maigre, l'œil brillant et vif, des pommettes saillantes, la lèvre ombrée d'une moustache amusante, un éternel sourire.
Elle se sentit tirée doucement en arrière.
— Hypnotisée! Déjà! Méfiez-vous de ce Roqueplan! Il se veut journaliste. Du meilleur et du moins bon. L'amour du paradoxe. Dans le costume comme dans la repartie. Anglomane fameux, il ne mange pas à l'anglaise! Sympathique au demeu-

rant, vous le voyez trônant au milieu de ses amis de toujours. Des noms à retenir: un poète, en bout de table, Théophile Gautier. Talent et intelligence à revendre. A côté: Roger de Beauvoir, écrivain « romantique », dilettante plutôt; Claudin, journaliste et malade du Boulevard; Méry, une laideur pétillante, un causeur éblouissant, une mémoire prodigieuse... d'autres encore...

Un peu interloquée, Thérèse avait compris qu'elle entrait de plain-pied dans le vif du sujet. C'était dans ce monde qu'elle débuterait en se faisant voir et connaître. Elle avait oublié son compagnon et ses yeux couraient dans un décor cossu, en forme de grand salon rond, cerné de hautes glaces et de larges banquettes à dossier de velours rouge. Petites tablées bruyantes où l'on buvait sec, où l'on mangeait dru, entre lesquelles passaient des garçons sérieux, petites vestes serrées, perdus dans leurs immenses cravates blanches, ombres furtives et stylées circulant entre les groupes et parlant à voix très basse, comme pour s'excuser:

— Mademoiselle, cette table vous convient-elle?

Thérèse répondit d'un sourire et d'un hochement de tête cependant que Victor commandait:

— Albert, ton meilleur champagne, pour commencer... Mademoiselle, vos yeux ne semblent pas assez grands pour tout voir: ils observent, scrutent, interrogent. Avez-vous remarqué que ces viveurs, pourtant blasés, autour de Roqueplan, se sont tus dès votre entrée et vous ont examinée sous toutes les coutures, cherchant votre regard et le fuyant quand ils le rencontraient? Vous aurez du succès! Et d'abord parce que vous avez du caractère. Et moi, ça me fait plaisir. Il faut leur tenir tête, ne pas plier, jamais.

— C'est bien ainsi que je l'entends! Mais dites-moi, à cette table là-bas, un peu en retrait du grand salon, un jeune homme très pâle qui ne me quitte pas des yeux.

— Ah! oui... mais je ne le connais pas. Il doit faire partie de l'équipe à Villemessant, le patron d'un nouveau journal, *La Sylphide*. Avec d'autres chroniqueurs on les croise de temps en temps ici, en quête de bonnes fortunes, renseignements ou tout simplement pour se faire voir. A côté de lui, Jules Lecomte, très informé de tous les potins parisiens, qu'il assaisonne à merveille. Lui aussi s'intéresse à une présence nouvelle et votre beauté ne le laisse pas indifférent. Un homme utile qui tient, ici et là, la croustillante rubrique des potins. Si le hasard le place sur votre chemin!

A ce moment, la porte du restaurant s'ouvrit, violemment poussée par un personnage étonnant, une espèce de grand excentrique, immense chapeau relevé en arrière, mèches en désordre, longue barbe hirsute aussi mal tenue que sa chemise fermée par une lourde agrafe d'argent, drapé dans un manteau à triple collet.

Roqueplan avait bondi :

— Saint-Cricq, mon ami, viens nous aider à terminer ce repas. Et raconte-nous les dernières.

L'homme ne se fit pas prier. D'un mouvement théâtral, il envoya sa redingote dans les bras du garçon qui s'empressait et prit place au milieu des convives qui l'acclamaient.

— Messieurs, la table est-elle encore assez garnie pour moi ?

— Thérèse, souffla Victor, c'est Saint-Cricq, une célébrité du Boulevard : on ne compte plus ses foucades. Habitué du lieu, il est la bête noire des garçons. Un jour, il se coiffe d'un saladier ; un autre, il vide dans son thé le contenu entier d'une salière, goûte avec satisfaction et oblige le maître d'hôtel à en faire autant. Une autre fois, il se transforme en clown blanc à grand renfort de cold cream ; non content de l'effet produit, il ouvre sa tabatière et en projette le contenu, par petites pincées, sur son visage : le clown blanc vire au gris sale. Mais sa plus récente pitrerie court le Boulevard : il entre chez Tortoni, se fait servir trois glaces, déguste la première avec une évidente satisfaction, feint d'hésiter quelques instants, enlève ses bottes, verse les deux restantes à l'intérieur et se rechausse, pénétré d'un tout nouveau bien-être !

Cependant que l'agitation redoublait, orchestrée par un Saint-Cricq fort éméché, le garçon avait apporté le champagne et noté :

— Pour commencer, un potage à la reine ; votre relevé...

— Des perches à la hollandaise.

— Va pour les perches... c'est un poisson très délicat. Pour l'entrée...

— Je vous propose une fricassée de poulet à la Villeroy ou un sauté de volaille aux truffes.

— Thérèse ?

— Faites comme vous l'entendez : je découvre les habitudes parisiennes.

— Alors un sauté ! Quant au rôti... Votre filet de bœuf aux morilles me paraît tout indiqué. Je vous laisse le soin, Albert, de choisir nos entremets... Le dessert... nous avons le temps d'y penser.

Obséquieux, visage impassible mais tout à l'écoute du client, Albert ajouta :

— Si vous voulez bien me permettre, je vous suggère un chablis léger pour le poisson, un branne-mouton pour le rôti...

Cependant que le garçon s'éloignait à grandes enjambées mécaniques, silhouette amusante perdue et retrouvée dans les zones d'ombre et de lumière, Thérèse interrogeait :

— Est-ce le menu ordinaire d'un Parisien ? Il me semble que je suis déjà nourrie, jusqu'aux yeux.

— C'est, bien sûr, un menu de fête — nos conventions, n'est-ce pas ! — mais sachez que nous vivons au temps du paraître : comment mieux se montrer qu'au restaurant et, pour corser le spectacle, en faisant largement honneur à la carte ? Il faut être le premier partout, même à table... Au demeurant, la nécessité crée la fonction : le journaliste, l'écrivain, le viveur patenté, habitués du Boulevard, sont de solides fourchettes. Il suffit de regarder autour de vous... A votre santé, belle Thérèse, votre apprentissage ne fait que commencer et vous réserve bien d'autres motifs d'étonnement. Goûtons cette Veuve Clicquot...

Ils goûtèrent, heureux de cette intimité un peu fausse, de cette rencontre insolite qui les réunissait pour mieux les séparer. Et ils firent honneur à ces plats choisis qui n'en finissaient pas de mélanger leurs parfums et de séduire leurs palais : le potage était délectable, les perches d'une finesse exquise, les truffes et les morilles conféraient une saveur originale à la volaille et au rôti.

— Quelle vie, à Paris... murmura Thérèse.

— Quelle vie pour ceux qui ont la chance d'être vraiment riches ! Mais sont-ils tellement à envier ? Et puis pour quelques Crésus avec d'immenses fortunes ou qui parviennent à s'enrichir — par quels moyens inavouables ? —, combien de faux milliardaires en équilibre instable ? Une société qu'obsèdent la fuite en avant, la solitude, la peur du foyer... et qui se jette dans le tourbillon, le factice, l'argent.

— Oui, mais une fortune c'est aussi un bien que l'on gère avec intelligence, que l'on entretient, que l'on ne dilapide pas au gré du hasard et de la fantaisie.

— Oui, Thérèse, la leçon est juste, mais s'adressant à moi, elle est un peu inexacte. Je n'ai jamais fait partie du gratin de la haute noce : j'étais à l'aise, j'en ai profité, j'ai voulu faire durer le plaisir, j'ai tout perdu. Rien à voir avec ces magnats dont on raconte les folies. Tenez, ce financier anglais, M. Hope, par exemple. Il s'est fait construire, du côté des Invalides, un hôtel qui lui a coûté la coquette somme de sept millions cinq cent mille

*Belle-Amie*

francs! Vous avez bien entendu : 7 500 000 francs! Encastrés dans les boiseries, des Rubens et des Jordaens. Dans ses douze mille mètres carrés, un jardin avec des serres, bassins, pavillons... Pour ses dîners, trois salles à manger : la première accueille dix personnes, la seconde, en acajou massif, vingt-cinq et la troisième absorbe deux cents convives. M. Hope donne des bals fastueux, des représentations théâtrales dans un décor peint par l'illustre Diaz! Ne raconte-t-on pas qu'une dame qu'il venait d'inviter pour le lendemain adorait les violettes. Il envoie des courriers à cheval dans toutes les directions quérir ces fleurs à trente lieues à la ronde : la table en sera jonchée. Coût : trois mille francs... Quelle sera sa prochaine folie?

— Vous connaissez bien les potins de Paris, vous aussi...

— Oui, Thérèse, Paris-potin... Les trois quarts des habitués du Boulevard font leurs délices de cette vie-là, de cette richesse-là, de ces rêves dont ils enchantent leurs nuits et leurs imaginations surchauffées... Comme vous commencez...

— Mais ce M. Hope avait-il une... comment dites-vous... une maîtresse?

— Bien sûr, la célèbre Jenny.

Le silence, soudain, les avait interrompus. Ou plutôt, une invitation au silence venue de la table de Nestor Roqueplan et de ses amis :

— Mesdames et messieurs... notre ami Saint-Cricq vient de lancer un défi à notre ami Méry. Il prétend que sa mémoire n'est pas aussi infaillible qu'on le dit : cinq questions lui seront posées et il a un seul droit à l'erreur!

Cris, hurlements de joie, bravos frénétiques. Saint-Cricq avait tiré un papier de sa poche — le coup, bien sûr, avait été savamment prémédité — et commençait :

— Première question : dans *Athalie*, quel est le vers 375 ?

Un léger silence, et la réponse était venue, comme une balle qui rebondit :

— ... *Mes filles, c'est assez, suspendez vos cantiques.*

Un peu décontenancé, Saint-Cricq acquiesça :

— C'est bien, mais facile, trop facile... Deuxième question : retrouve-moi, à rebours et sans hésitation, les vers 683 et 684 du *Cid*.

A peine un effort de quelques secondes et la prodigieuse mémoire répondait :

— *impunité avec, valeureux plus les que*
*témérité la de coups aux exposés soient...*

Incrédulité générale. Toutes les tables suspendues au verdict. Saint-Cricq baisse la tête en signe d'acceptation. Hourras! Bruits de fourchettes déchaînées!

— Troisième question : bien sûr, tu te souviens du chant VIII de l'*Odyssée* et des vers 69 et 70...

— Bien sûr, ami : au chant VIII, le vieux Démodocos paraît devant les Phéaciens : un héraut va le quérir et le conduit au festin. Une belle table a été dressée :... *et il mit une corbeille et une coupe de vin, afin qu'il bût autant de fois que le désir l'y pousserait...* A ta santé, vénérable Saint-Cricq...

Et Méry avale, d'un trait, sa coupe de champagne.

— Rira bien qui rira le dernier! Tu sais Aristote par cœur m'a-t-on dit? Que te suggère le chapitre III de sa *Rhétorique* : chapitre III, paragraphe 7, ligne 3?

— Un instant ! Si je ne me trompe pas, il s'agit là de définir le grand orateur. Il y est dit *qu'un style approprié aux choses contribue beaucoup à entraîner la persuasion. En effet, les auditeurs cèdent à l'impression que l'orateur dit vrai, parce qu'il exprime les sentiments qu'eux-mêmes éprouveraient dans les circonstances que l'auteur évoque...* Dois-je continuer?

— Non! Tu as gagné. Tu es vraiment une bibliothèque universelle. Et vivante, ce qui ne gâte rien!

*Belle-Amie*

Plus fort que notre ami Théophile Gautier. Plus fort que Balzac! Je ne croyais pas qu'il fût possible de posséder une pareille mémoire et de l'avoir ainsi domestiquée. Chapeau, ami.

Grand seigneur, Saint-Cricq s'acquitte de son dû en espèces sonnantes, dans le brouhaha de la salle.

— Est-il possible d'avoir autant d'argent dans son gousset? demande Thérèse à Victor.

— Eh oui! Pour des joueurs comme Saint-Cricq qui cherchent tous les moyens pour engloutir des fortunes!

— Messieurs, clame, beau joueur, l'heureux gagnant, je remets la moitié de cette somme en jeu. Je vous propose, après une réflexion de cinq minutes, de montrer votre esprit au jury, composé de... là-bas, vous, monsieur Écarlate, ça vous donnera le temps de digérer; vous, mademoiselle Victor (il s'adressait, bien sûr, à Thérèse), et vous, monsieur le Pommadé, acceptez-vous de jouer ce rôle? Très bien. En lice, Saint-Cricq, Théo, Roqueplan... C'est tout? Pas courageuse la littérature-qui-mange! Trois traits d'esprit pour chacun. Trois notes. Un vainqueur.

Cinq minutes plus tard, la salle attentive, amusée, écoute les trois concurrents lancer leurs traits d'esprit:

Saint-Cricq: — *Il faut choisir une femme avec les oreilles et non avec les yeux.*

Théo: — *Dis-moi qui tu hantes, je te dirai qui tu hais, H.A.I.S.*

Roqueplan: — *Le demi-monde est devenu un terme impropre, c'est la moitié du monde qu'il faudra dire désormais.*

Saint-Cricq: — *Peu d'hommes savent lacer un corset; tous savent le délacer.*

Théo: — *Dans le monde des arts, on ne se nourrit pas, on mange!*

Roqueplan: — *Il y a deux sortes de vertu: celle qu'on prêche (elle est sublime), celle qu'on pratique (elle est rare).*

Saint-Cricq : — *L'oiseau rare, ce n'est pas la jolie femme, c'est la femme bête.*
Théo : — *L'amour vit de ce que l'amitié refuse.*
Roqueplan : — *Les femmes ne pardonnent qu'après avoir puni.*

— Merci, messieurs, et bravo ! Mademoiselle, messieurs, une note de 0 à 10 pour chacun de ces spirituels larrons... Merci... Saint-Cricq : 8+8+8 = 24, Théo : 9+8+8 = 25, Roqueplan : 8+8+8 = 24. Théo vainqueur pour les beaux yeux d'une femme ! Un connaisseur...

— Je vous dois mon succès et une reconnaissance éternelle, mademoiselle, dit le dénommé Théo en s'approchant de Thérèse. Allez, du champagne pour tout le monde.

— Excellent choix, Thérèse, murmura Victor à l'oreille de la jeune femme, vous avez des dons. Ce Théo — Théophile Gautier — est un très grand poète. Et, de plus, apprécié de tous pour sa gentillesse et sa bonté. Sa mémoire, au demeurant, n'est pas moins fidèle que celle de Méry. La fortune le fuit, mais le talent peut se révéler un placement aussi sûr que la richesse.

— Décidément, quand vous parlez d'argent, vous parlez d'or. Croyez que je suivrai vos conseils. Mais vous ne devez pas vous éloigner. Avec votre expérience du Boulevard, vous allez remonter la pente.

— Thérèse, même si on m'apportait aujourd'hui mon poids en diamants, je refuserais.

— Mais enfin, vous êtes jeune, vous connaissez cette ville, vous pouvez vous rétablir ou alors me direz-vous pourquoi ?

— Pourquoi ? Pour les mêmes raisons qui vous poussent à faire le contraire. Vous voulez arriver, vivre cette vie de folie et de luxe, trouver votre place parmi les grands du monde. Moi, je veux fuir ce monde faux de journalistes en mal de copie, de politiciens en mal de réussite, d'excentriques prodiguant leurs millions dans le tapage du jeu et de la dissipation. Je refuse d'être ici un numéro me produisant à heures fixes, m'installant commodément chez Bignon ou chez Tortoni pour parler de ma dernière conquête, de mon dernier article ou de tous ces grands exploits qui ne se produiront jamais que dans mon imagination maladive. J'aspire à quelque quiétude, à un foyer peut-être, avec une maison bien à moi... Je me répète... Je lis dans vos yeux, soudain, l'incompréhension, voire la critique, mais, Thérèse, à chacun son destin. Je respecte cette volonté que vous allez mettre à réussir.

— Mon imagination n'est pas maladive... C'est peut-être ce qui nous sépare.

— Je ne sais pas, mais, moi, je m'ennuie, je m'ennuie à crier devant le vide des choses et des êtres, devant l'inertie où se vautrent mes amis, devant ces aplatissements auprès des puissants. Je suis incapable de distinguer le beau du laid, le péché de la vertu : tout me devient inutile et indifférent. Seul, le néant... Alors, vous comprenez pourquoi j'admire chez vous cette force, ce réalisme, votre implacable détermination. Moi, j'ai trop rencontré de pantins remontés comme des horloges mécaniques, de ces *gants jaunes* qui font claquer leurs pièces d'or avant de les engloutir au whist, au piquet ou au trente-et-quarante.

— Mais il y a là des gens d'esprit.

— Ah! l'esprit parisien, l'esprit du Boulevard. C'est vrai, il existe... mais il faut le payer! Vous rencontrerez plus souvent l'artifice, la machine que l'aisance et le naturel. Les meilleurs — Musset, Gautier — y succombent, et il ne reste bientôt que le bruit, l'agitation, le désœuvrement comme péchés les plus véniels. D'ailleurs regardez autour de vous...

Au fur et à mesure que la soirée se prolongeait, d'autres personnages venaient s'installer à une des tables du Café de Paris, le plus naturellement du monde. L'un d'eux portait, sur des bottes vernies, un pantalon presque blanc dont les coutures extérieures représentaient des feuilles d'acanthe ; gilet de velours foncé dont il taquinait les trois boutons de rubis ; redingote noire serrée et magnifique ; canne ornée d'un énorme rubis.

— « Le cousin germain de ces demoiselles », comte et excentrique, follement prodigue avec ses maîtresses... Véron... le docteur Véron, tout le vulgaire parisien. L'Opéra et Rachel, le journalisme, la surface de son ventre et celle de sa cravate bouffant au-delà de ses oreilles, sont garants de la place qu'il entend tenir sur le Boulevard. Trône de préférence au Café de Paris, mais ne néglige pas de se montrer un peu partout. Les méchants disent volontiers que ses amis spirituels lui donnent de l'esprit ! Une cible facile. Son double, Armand Malitourne, plus besogneux et inquiétant encore... Las de tout. Et d'abord de lui-même ! Tout le luxe tapageur du Boulevard, toute l'afféterie et le faux-semblant : des lions.

— Qu'est-ce qu'un lion ?

— Je ne vous le dirai pas. Mais Nestor Roqueplan va se faire un plaisir de vous donner la plaisante définition de son ami Roger de Beauvoir ou... la sienne propre ! Nestor... Thérèse aimerait savoir ce qu'est un lion !

— Le lion, mademoiselle, a les cheveux lustrés, la canne à pommeau d'or, les manchettes retroussées, la botte vernie et les gants jaunes. Ses ongles sont taillés artistement en ogives ; il porte une barbe, des cravates de chez Boivin et, dans sa bouche, un cigare. Il aime le thé, les paris, le Jockey-Club et toutes les importations britanniques. Aux premières représentations, sa crinière ondoie, retombe, se hérisse ; il mord, il rugit, il écume, il est insolent, gourmé, étriqué, pincé, corseté, ce n'est pas un homme, mais une vignette... Etes-vous satisfaite ? Ne faites pas ces grands yeux effarés. Ici, nous jouons au lion dont nous possédons — plus ou

moins naturellement — quelques-uns des signes distinctifs. Mais nous ne rugissons pas.
— On peut le regretter!
Thérèse commençait à se sentir lasse, soûlée de bruit et d'excitation. Elle se tourna vers son ami:
— Rentrons, maintenant, voulez-vous?

La nuit fut courte. Il est vrai qu'il restait tant à découvrir. Dès 11 heures du matin, Victor descendit, avec Thérèse, le boulevard des Italiens, salua Frascati, s'intéressa au théâtre des Variétés et, par la rue Montmartre, déambula dans le passage des Panoramas. La foule des badauds était déjà très dense et nombre de femmes dévoraient des yeux les vitrines, les boutiques, balayant le sol de leurs robes majestueuses. Elles étaient ici chez elles, les grisettes expérimentées et autres biches encore tendres, clientes amusées ou tout simplement soucieuses d'être vues et retenues. Eclatantes de jeunesse insouciante.
— Mais qui est donc cet étonnant personnage?
— Cet étonnant personnage, Thérèse — vous avez déjà du flair pour découvrir les meilleures attractions du Boulevard —, c'est Alphonse Karr. Ecrivain et journaliste connu et, c'est plus rare, spirituel. Il se veut original à tout prix: habite rue Vivienne, au sixième étage, un logement presque vide, aux vitres violettes, où il vit à la turque. Il écrit sur le parquet, a le cheveu ras comme le velours d'Utrecht et, comme vous le voyez, se promène accompagné d'un énorme molosse surveillé par un mulâtre vêtu d'écarlate. Sa façon à lui de se montrer. Partout.
On arrivait sur le boulevard Montmartre.
— Regardez, Thérèse, le *Petit Cercle des viveurs connus* se dirige vers le Café de Paris: du Hallay raconte son dernier duel à Horace de Viel-Castel, dent dure et fielleuse, jaloux de Véron dont il envie

la cour de protégés qui l'encense, Villemessant, une puissance déjà. Et des étrangers, surtout anglais: le major Frazer sur son petit cheval noir dont la queue, très longue, lui sert de traîne... Un curieux bonhomme avec sa redingote à brandebourgs, son pantalon à la cosaque et son éternel bolivar incliné sur l'oreille...

Thérèse regardait, admirative: ce n'étaient que cavaliers rasés de frais et coiffés strict, reflets de bottes, attelages princiers avec domestiques sur le dernier siège, panier à quatre places, une amazone en son milieu qui cingle deux poneys noirs, disgracieuses broughams, une rapide demi-daumont à côté d'un tonneau d'arrosage qui va cahin-caha sur une voiture à deux roues, des arbres au feuillage naissant et des groupes de flâneurs agglutinés autour des habitués du lieu. Allées et contre-allées pleines de monde.

— Quelle vie et quelle joie de vivre ici!
— Eh oui! Toujours la fête. Comment voulez-vous qu'il en soit autrement puisque le monde, ce monde-là, vit sur des tréteaux, à l'esbroufe, comme à la parade. Le luxe et pas très loin... la misère.
— Pourquoi ces mouvements de foule, ces entassements de badauds?
— La parade justement, des miettes de l'autre, la grande. Avancez-vous un peu. Montez sur cette borne. Que voyez-vous?
— Un drôle de bonhomme qui enlève, à l'aide d'un mouchoir dont les deux extrémités sont serrées entre ses dents, une pierre énorme. Il... il la balance, la jette par-dessus son épaule.
— C'est l'homme au pavé, un pauvre bougre ravagé et difforme qui hurle d'une voix si puissante qu'il semble décupler ses forces, masque de fauve agonisant qui disloque une carcasse épuisée pour quelques piécettes... Si vous aimez les bateleurs, vous serez chez vous à Paris... Tenez, il me semble entendre Mengin qui tient généralement ses assises

place de la Bourse ou place de la Madeleine, pressons-nous, cela vaut le spectacle.

Au bord de l'allée, un vieil équipage. L'homme place devant lui un coffret qui contient des médailles à son effigie. Tranquillement il se transforme: tunique de velours à franges d'or, brassards bien serrés, cuirasse, manteau de brocart et bottes à l'écuyère, épée et casque étincelant. Salut à Vert-de-Gris, son faire-valoir, qui revêt une tunique très simple et un casque sans cimier. Signal: le « double » se précipite vers l'orgue de Barbarie et joue un air plein d'entrain. Sans accélérer ses mouvements, Mengin apostrophe un ami perdu parmi les badauds, ouvre avec une lenteur calculée un immense parasol rose et le fixe sur le devant de la voiture. Mouvements de la foule qui s'énerve. Mengin, lenteur théâtrale, semble bénir Vert-de-Gris qui cesse de pétrir l'orgue, quart de tour vers le public, geste onctueux pour réclamer le silence. La bouche s'ouvre... se referme... s'ouvre encore. Enfin, il parle *à son peuple*:

«Vous vous interrogez, gentils chevaliers et accortes dames? Pourquoi ces vêtements d'un autre âge? Cet équipage richement caparaçonné, ce carrosse doré, ce superbe parasol? Et tout ce bruit! Mais, voyons, la foule est aveugle, elle a besoin de s'étourdir. Vous voulez savoir d'où je tire ma force! De mon casque... Ainsi je domine l'époque!... Comment? *Charlatan*, dites-vous. Eh oui! charlatan, c'est mon métier, ma vie... un mot qui, comme mon casque, luit, éclate, scintille, fascine... »

— Extraordinaire ce bonhomme, un remarquable comédien... Que fait-il?

— Il vend des crayons... tout simplement! Et ce croisé de la rue se fait souvent impertinent, injurieux, insultant, avec un parterre d'autant plus généreux qu'il sera plus copieusement moqué! Continuons notre chemin. Vous connaissez l'Opéra... De

l'autre côté du Boulevard, ici, à gauche, les Italiens... Et ce bonhomme qui arpente le trottoir, vous le reconnaissez?
— C'est Saint-Cricq. Il marche à côté de son cheval!
— Eh oui! pendant des kilomètres. Chacun cherche la meilleure façon d'être vu, reconnu!
— Devant le Café de Paris, votre ami Nestor...
— Oui, en conversation avec Roger de Beauvoir, gilet doré, canne en corne de rhinocéros. Ils auraient pu briller dans la littérature tant ils avaient d'esprit, et du meilleur, mais la vie parisienne mange tout et affadit à force d'habitude... A trop se montrer, à vouloir attirer l'attention à n'importe quel prix, le meilleur se dilue dans le médiocre, le quelconque.
— Vous ne désarmez pas!
— Je vous mets en garde, c'est différent!
— Pourquoi cette horde de gants jaunes? Est-ce leur quartier général?
— Moins le Café de Paris que, au-dessus, le grand appartement de lord Seymour, richissime amateur de fleuret, boxe et autres sports. Tenez, voici le Maître, grand, solide, tout en cravate nouée avec un art infini. Pas une partie jouée par lui qui ne se soit révélée ruineuse. Pas un assaut glorifié dans tout Paris, pas une mascarade grand-guignolesque qui n'ait été ostensiblement signée de son nom. A tort ou à raison, tant l'habitude crée l'usage! Mais voici Tortoni dont je vous ai déjà parlé...

Thérèse laissait discourir le grand Victor. Non qu'il voulût faire étalage de son expérience parisienne. L'homme n'était ni vaniteux, ni pédant. Mais tout se passait comme s'il eût voulu se libérer de tant de servitudes accumulées, et chaque petite scène de la rue, ses acteurs et ses spectateurs, il les peignait sur fond de noirceur et de pessimisme. La jeune femme n'en retenait que la nouveauté alléchante.

— Voici l'heure de midi, Thérèse. Cette dernière partie du Boulevard, avant la place, charrie tout ce que Paris compte de vautours, voleurs, carambouilleurs, rastaquouères, fashionables, banquiers, journalistes, boursiers, hommes du monde, lorettes, grisettes et courtisanes...
— Lorettes, grisettes, courtisanes... *lionnes* aussi.
— Thérèse, je n'aurai pas le temps, en quelques heures, de vous enseigner ce Paris-là et ses habitants! Lorettes — un bien joli mot pour des filles faisant les cent pas dans le quartier Notre-Dame-de-Lorette — celles qui se vendent, à des prix divers; grisettes, celles dont le métier n'est pas le trafic quotidien. Elles ont un emploi mais ne dédaignent pas, de temps à autre, un moment d'oubli. Quant aux courtisanes, elles ont su s'élever dans le demi-monde en choisissant leurs victimes parmi les fortunes les plus solides de Paris. Et la *lionne*, un mot que Musset a mis à la mode, c'est une courtisane d'un type nouveau. Musset, George Sand... La lionne dédaigne la féminité, elle veut surprendre, étonner: cravache haut levée, botte éperonnée, cigare conquérant. Impertinente, extravagante, elle brave et déconcerte. Espérez-vous prendre place parmi ces bataillons?
— Qui sait? Il y a là un jeu bien excitant!
— Un jeu, dites-vous? C'est vrai... un jeu. J'ai joué le Boulevard par mensonge. Et pour le mensonge. Alors, demandez-moi pourquoi je me suis pris à ce jeu alors même que, très vite, j'en ai eu la nausée. Par lâcheté, sans doute, ou par courage. Et pour exister dans ce monde-là! Car, ici, on n'existe que si l'on joue: le hasard, le faux, le vrai, la vie, la mort... Où sont les limites?
— Il n'y a pas de limites. C'est peut-être cela qui vous a trompé.
— Vous croyez déjà tout savoir, Thérèse. Je vous aurai prévenue. Au demeurant ces trois cents mètres de Boulevard, avant d'arriver chez Tortoni,

sont le cœur de l'Europe. Regardez ces nouveaux hôtels, à l'angle de la rue Laffitte, de l'or... enrichi de quelques pierres! Ici rien n'est épargné: le marbre, le bronze, l'argent, le travail du sculpteur et celui du peintre, toutes les merveilles de la richesse et toutes ses inconséquences. Tenez, qui marche là-bas, au milieu d'une cour d'admirateurs?

— Nestor Roqueplan... qui se grandit avec un superbe chapeau aux ailes gondolées.

— Nestor Roqueplan. Eh bien, Thérèse, ce type est bien celui d'une génération qui veut s'enrichir, vite et sans frein. Le moment est favorable et ce boulevardier, mélange d'esprit et de légèreté, de verve et de cynisme, sera un de ceux — et ce sont les plus nombreux — qui, par paresse ou par goût de l'apparence, resteront au milieu du gué. Condamnés à briller sans s'épanouir, à entretenir la légende du Boulevard.

— Nombreux, dites-vous...

— Presque tous, même les plus grands. Un homme de génie comme Musset vient user ici son reste de jeunesse. Eugène Sue, Dumas, Gautier, Méry, Romieu s'y dispersent et éparpillent leur goût et leurs forces. Ceux qui veulent durer et préserver leur talent ou leur génie se méfient du Boulevard: Chateaubriand s'enferme à l'Abbaye-aux-Bois, chez Mme Récamier, où il entretient une tristesse un peu morbide, Balzac se donne tout à son art...

— Ce sont les premiers qui ont raison: il faut vivre, quel que soit le prix à payer... D'ailleurs votre Balzac n'a pas toujours été aussi sage!

— C'est vrai! mais il a vite compris la vanité de ce monde-là! Continuons à passer en revue ces hauts lieux de la vie parisienne. Regardez cet équipage splendide: c'est lord Seymour qui se rend chez Tortoni. A côté de lui, un autre roi du dandysme: il s'apprête à descendre, princier, de la voiture. Détaillez-le.

— Pantalon collant, gilet-pourpoint, col monstrueux, énormes chaînes d'or au cou...

— Eugène Sue, une figure à la Falstaff : enveloppe épaisse, barbe et cheveux abondants, nez cassé, canne couverte de pierreries. Riche. Vit dans l'opulence d'un jour avare et mystérieux. Se veut distingué. Aussi ne mange-t-il pas en public! Au demeurant, romancier facile, à succès.

— Et là, n'est-ce pas l'omnibus Madeleine-Bastille avec sa caisse blanche rehaussée de filets rouges et ses panneaux aux paysages choisis? Le cocher en chapeau blanc me paraît aussi pittoresque que le romancier dandy.

— Vous voyez clair et juste, c'est bien. Sans doute, avez-vous aussi débusqué quelque flaireur parti en chasse!

— Bien sûr, mais moi, on ne me chasse pas.

— Tstt, tstt, Thérèse, ne péchez pas par désinvolture ou par vanité. Ici, les hommes se livrent à toutes les chasses : ils font le bois — c'est-à-dire qu'ils traquent négligemment leur réserve, ils la savent giboyeuse! — et, selon l'humeur, ils s'attaquent aux femmes honnêtes, à la biche, à la grisette, un gibier qui a besoin de se sentir chassé et se prend, comme l'alouette, au miroir. Au miroir du magasin ou du restaurant. Il y a tout un code savant de la chasse!

— Quand je pense que je vais perdre un si précieux guide! Mais vous ne me dites pas cela sans intention. Est-ce pour mon information ou pour me prémunir contre les dangers qui m'attendent?

— Thérèse, quand cesserez-vous donc de lire dans la pensée de l'autre? C'est vrai que je me suis attaché à vous depuis hier et que, si votre engagement m'impressionne, il me fait peur aussi.

— J'aurais aimé aller un peu plus loin avec vous. Vous avez de la franchise, un esprit généreux, des élans spontanés. Oui, je regrette votre décision. La mienne est tout aussi définitive et j'en mesure les difficultés mais je n'ai d'autres moyens, sur cette longue route, que ceux-là mêmes qui vous font peur. Je ne veux plus revivre la misère, la médiocrité gluante du quotidien auprès d'hommes rivés à leurs chaînes. Par ailleurs, je ne refuse pas la joie, le bonheur, l'amour! Et je sais aussi donner en restant étrangère à ce don! Ça s'appelle... je crois, donner le change! Je ne veux pas croupir plus longtemps au fond d'un trou.

— Alors, que chacun de nous suive son destin puisqu'il ne saurait aller dans la même voie! Mais, observez plutôt la clientèle de Tortoni se précipitant vers la salle du premier étage: les fashionables en manchettes retroussées jusqu'aux poignets, leurs mains blanches, presque laiteuses, au petit doigt orné de grosses bagues, tendent avec onctuosité leur canne au garçon empressé... Quelques jolies femmes qui ont fait arrêter leur équipage devant le café se font apporter des glaces, les célèbres glaces de Tortoni... Ah! une cohorte de gens de Bourse, des journalistes... Entrons à notre tour. Ce buffet est l'un des plus fameux de Paris: je vous recommande les coquilles de poissons et la merveilleuse fricassée de poulet froid dont s'enorgueillit le restaurant. Notre place vous permettra de mesurer l'activité fébrile de ce coin extrême du Boulevard.

— Rien que des gens distingués...

— Qui le paraissent, Thérèse! la fatuité, la montre, l'ostentation, toujours.

La journée passa très vite. Ombres et lumières de la vie parisienne. L'inexorable tristesse du jeune homme se heurtait sans cesse contre l'inébranlable détermination de la femme. Vers le soir, les dernières pièces d'or avaient été jetées au vent des dernières convoitises.

— Il faut me conduire rue Pavée, Victor, c'est l'heure.

— Mais ce quartier est un ghetto mal famé! Les Russes et les Polonais y vivent parqués dans une promiscuité que vous n'imaginez pas! Rues vides, maisons répugnantes. Comme si l'angoisse, la mort rôdaient. Une angoisse palpable, qui pèse sur chaque porte close, derrière chaque fenêtre aux vitres sales, et là-dedans, cloîtrés, des hommes, des femmes, des enfants qui attendent.

— Pour l'instant, je n'ai pas d'autre solution. Nous verrons bien! Et puis la nuit tombe, votre vision de cauchemar sera moins pénible.

Elle s'efforçait au calme. Bravant par avance l'inconnu. La chance viendrait. Un jour...

Quand Thérèse se retrouva seule, au fond de la rue sale et triste, elle connut un moment de désarroi. Elle pensa à Victor, à son courage tranquille et désespéré, à cette façon élégante de s'éloigner sans une plainte. Il avait refusé de la conduire jusqu'au seuil de la misère et lui avait glissé quelques louis avec un dernier baiser. Elle reprit courage avant de frapper à la porte branlante, en contrebas du chemin boueux. La voix qui hurla « Entrez! », avinée et rauque, n'était pas avenante. Mais il fallait bien commencer de payer le prix de son destin.

— Je suis Thérèse, Thérèse Lachmann. Je viens de Moscou.

— Lachmann, Lachmann... ça me dit quelque chose, ah! oui, le tisserand de Moscou... Un bien grand voyage pour une jeune fille. Et le motif de votre visite?

— J'ai quitté la Russie pour venir vivre à Paris. Mon père m'a souvent parlé de vous. J'ai pensé que vous pourriez m'aider à trouver une chambre quelque part.

— Pas ici, en tout cas... Nous sommes six dans cette pièce et c'est déjà assez dur... Il y a, au coin de la rue, une vieille sorcière qui loue des chambres meublées. Peut-être que ça te conviendra. Mais discute ferme. C'est une rapace. Ses doigts sont encore plus crochus que son nez. Tu as de l'argent au moins?

— Oui, oui, ça ira, s'empressa de répondre Thérèse qui avait tout de suite compris qu'on ne l'accueillerait pas dans cet antre fumeux et malodorant.

— Parfait, alors, c'est la dernière maison à main gauche. Et salue le vieux Lachmann, quand tu lui écriras... Il y a si longtemps...

L'air froid de la rue lui fit du bien. Empoignant son maigre baluchon, Thérèse se retrouva au fond de l'impasse, une sorte de cul-de-sac saturé de relents fétides et souillé d'ordures. Le piège au fond duquel elle allait s'enliser. Le piège, qui s'était verrouillé sur tant de proies, les avait enfermées pour mieux les écraser. Elle sentit le dégoût lui glacer la peau. Que serait le réduit où elle allait échouer? *Chambre meublée!* ces quatre murs décrépits avec un bat-flanc recouvert d'une paillasse sans draps, deux couvertures, un broc d'eau et une chandelle à moitié consumée, une chaise bancale et un placard dévoré de vermine.

Thérèse n'eut même pas le courage de discuter le prix. La vieille sentait l'aigre et traînait avec peine son poids de crasse et de misère. Quinze jours d'abri précaire... Huit, car il faut bien manger. Elle s'entendit prononcer: « Je prends la chambre pour huit jours. » Mais elle ne reconnut pas sa voix. Elle paya.

Après que la hideuse mégère eut disparu, la jeune femme enleva sa robe, tira un grand châle de son sac, s'y enveloppa des pieds à la tête et s'allongea sur sa paillasse. Le sommeil la fuyait: elle se sentait enveloppée d'ombres épaisses et d'ennemis invisibles. Prise à la gorge par tant de pouillerie, elle écoutait les bruits d'alentour: une chaise grinçait, un volet battait avec une régularité inquiétante, une souris, quelque part, couinait misérablement en rongeant le bois du placard. Elle se sentit frôlée par quelque chose dont la vision hideuse la fit se dresser sur son séant. Elle ralluma la fumeuse chandelle qu'elle avait éteinte par souci d'économie: la lumière éloignerait la vermine.

Ici, c'était encore pire qu'à Moscou: la mère entretenait sa pauvre maison et le père traquait les rares souris qui osaient lui disputer quelque tombée de drap rude. La vie était difficile mais point aussi misérable. Des regrets déjà? Non. Mais la peur d'être enterrée vivante dans ce trou, de ne jamais plus pouvoir en sortir. Il ne fallait pas rester trop longtemps prisonnière de cette horreur gluante qui vous collait à la peau. Thérèse se rappela les grisettes du passage et leur aisance. Elle était bien aussi belle que ces filles-là. Alors! « Je me battrai... mais jamais plus ça, jamais! » Plus jamais cette lumière livide qui tremble, fantomatique, aux quatre coins des murs infects, cette humidité qui décompose les quelques objets encore vivants et les couvre de moisissures laiteuses, ce froid qui s'insinue partout, paralyse les mouvements, glace les jambes et les pieds, raidit les muscles. « Plus jamais », songeait Thérèse cependant que le sommeil l'anéantissait enfin, prolongeant son calvaire en des rêves plus sordides encore.

Il était tôt le lendemain quand la jeune femme, ivre de fatigue physique et nerveuse, après une toilette sommaire, s'enfuit de l'antre nauséabond qui lui avait servi de gîte. La vieille avait grommelé quelques paroles incompréhensibles qui s'étaient perdues dans le bruit accéléré de la course. Déjà Thérèse remontait la rue triste, glissant sur les pavés gainés de boue grasse, attentive à maintenir un équilibre à chaque moment compromis. Deux ou trois fantômes erraient, sortis d'infâmes galetas, et elle commençait à distinguer les maisons basses — un ou deux étages — si décrépites qu'elles s'inclinaient au-dessus de la rue étroite murée dans son corset d'ombre. Ici, le ghetto pestilentiel où s'agglutinent des êtres rivés à leur condition animale ; à côté, le luxe, la richesse où se vautrent les puissants de ce monde. Et, de nouveau, elle se reprit à répéter, tout en s'éloignant des quartiers marqués de stupre : « C'est là-bas que je vivrai... riche et aimée... »Elle serra les dents, marcha longtemps droit devant elle, un peu au hasard, se perdant au cœur des ruelles, des impasses, des culs-de-sac, répugnantes entrailles où l'humidité verdoyait. Elle rejoignit enfin la Seine, belle et calme, dont les berges se couvraient d'un collier de fleurs blanches et mauves en ce printemps précoce. Elle descendit la pente raide qui menait au fleuve tranquille, s'assit dans l'herbe encore rare. Un trou solitaire. Elle avait besoin de ce calme apaisant, troublé par les seuls jeux d'une eau venant tourbillonner sur des bords plantés de roseaux.

Une fois de plus, la contemplation de l'eau lui fit du bien. Elle suivait longuement des yeux une branche arrachée à un arbre mort, s'amusait de sa course indocile, tantôt filant droit, tantôt arrêtée par un tourbillon plus fort qui lui faisait piquer du nez un instant pour se rétablir sèchement comme saute le bouchon libéré de sa gaine. Soudain, elle eut besoin d'un contact plus intime avec ce fleuve qui allait librement son chemin : elle voulut se glisser dans le courant glacé, se perdre en lui, se laisser emporter avec volupté par le flot. Elle avait oublié Paris, la présence possible des premiers promeneurs du matin. Elle s'était déchaussée, avait retiré sa large et indésirable jupe, relevé très haut le léger jupon de coton et avait pénétré dans l'eau froide avec délices. Si elle avait osé, elle se serait plongée tout entière dans le fleuve qui ôtait toutes les souillures de l'affreuse nuit. Et longtemps, elle s'ébroua ainsi, retrouvant des forces neuves dans la rude caresse du courant. Enfin, elle regagna la berge et, après quelques pas maladroits, fit craquer ses articulations engourdies puis se mit à courir, à sauter, à gambader. Heureuse.

Toute revigorée, Thérèse s'aperçut soudain qu'elle était perdue. Ce petit coin de Seine où elle était parvenue ne lui rappelait aucun des lieux traversés la veille. Elle ne s'en émut point, l'essentiel étant d'avoir retrouvé l'air, l'eau, le soleil qui commençait à monter à l'horizon. Un promeneur, tiré par un gros chien hargneux, lui indiqua la route la plus simple pour retrouver les Boulevards. Elle marcha, comme délivrée, se jurant de coucher à l'avenir sous un pont de la Seine, face aux étoiles, plutôt que de retourner dans l'horrible bauge. Tout en admirant le Palais-Royal et ses galeries, elle remonta vers la Bourse et la rue Neuve-Vivienne, récemment percée. Sur le boulevard des Italiens, elle se sentit déjà comme chez elle, s'arrêta pour réfléchir, souriant à l'image qui venait soudain d'occuper son esprit tourmenté: Mme Maillard acceptant de bon gré de donner un coup de fer à sa robe. Si quelqu'un pouvait l'aider, c'était bien cette vieille habitante du quartier qui connaissait chaque maison, chaque hôtel, chaque commerçant, à une lieue alentour. La brave femme fut un peu interloquée de revoir Thérèse. Elle bredouilla:

— Vous... mais... M. Victor, il est parti... Un si gentil garçon. Et généreux avec ça! Trop même, on a abusé de lui et il a fini par croquer le marmot.

— *Croquer le marmot* est bien joli, madame Maillard. Il est parti, je sais... et j'ai deviné le reste. Mais...

Et elle raconta à l'excellente femme — qui n'en

était pas à sa première épave — sa mésaventure de la veille.

— Vous comprenez, madame, n'importe quoi, mais pas ce repaire! J'ai quitté mon pays pour y échapper. Je n'y retournerai pas. Alors, j'ai pensé à vous. Il reste, au fond de mon sac, un beau bijou. Je voudrais m'en débarrasser, ce qui me permettrait de vivre quelques jours ou quelques semaines dans une chambre du quartier. Le temps de me débrouiller.

La femme avait souri en habituée des situations désespérées dans ce coin peuplé de filles et de femmes en mal de réussite. Gentiment, sans hésiter, elle avait répondu:

— Un bijoutier-joaillier, il s'en trouve un dans cette rue, à quelques maisons d'ici. Dites-lui que vous venez de ma part: c'est un honnête homme et il vous reprendra votre bijou au meilleur prix. Si vraiment la pièce est de qualité. La perte, de toute façon, sera énorme. Les bijoux s'achètent très cher et se revendent... très bon marché. Quant à votre chambre, vous pouvez vous vanter d'avoir de la chance. Si vous avez de quoi payer, je vous mènerai chez un vieux compère, à côté, rue Laffitte: il m'a dit, hier soir, qu'il pouvait louer un petit garni qui ferait sûrement votre affaire. On s'informe mutuellement, vous comprenez...

— Madame Maillard, comment vous remercier...

— Vous me remercierez si vous ramenez quelque argent de votre bijou. J'ai peur de ces généreux donateurs qui vous offrent de faux ors et de fausses perles!

— Vous me terrifiez! J'y vais de ce pas.

Le joaillier accueillit Thérèse avec amabilité. Il ausculta longuement le bijou:

— Or véritable... pierres intéressantes mais assez mal taillées. Ce n'est pas une pièce française...

— Russe, monsieur, achetée chez un grand joaillier de Moscou.

— Tiens, tiens, c'est la première fois que j'apprécie le travail d'un confrère moscovite. Difficile à vendre en France; il faudra retailler toutes les pierres, refaire une monture plus solide. Excusez-moi... je me parle à moi-même. Donnez-moi quelques minutes et je vous fais une estimation.

Il avait chaussé une grosse loupe et alignait des chiffres, pierre à pierre, pesait l'ensemble, réfléchissait longuement. Un homme sérieux ou qui voulait en persuader le client au garde-à-vous. Pieds et poings liés. Et le couperet tomba:

— Je vous donne 1 500 francs.

Thérèse respira... 1 500 francs... 1 500 francs cela ferait bien trois mois d'une vie spartiate sur les Boulevards. Peut-être quatre ou cinq? En faisant confiance à la chance, elle pourrait passer le cap difficile.

— Très bien, monsieur. Il est à vous.

— Je ne pouvais faire mieux. C'est une belle pièce mais...

— N'ajoutez rien... Je vous fais confiance.

De retour chez Mme Maillard, Thérèse aligna fièrement sa richesse.

— Eh bien! on ne s'est pas moqué de vous!

Une petite chambre mansardée l'accueillit. Propre et à deux pas de l'Opéra. Le luxe, le confort et le grand train de vie, ce serait pour plus tard.

Le lendemain et les semaines suivantes, Thérèse parcourut les Boulevards en tous sens. De Tortoni au théâtre des Variétés, elle prospecta chaque passage, tantôt se faisant biche, lorette, grisette ou femme honnête. Le maigre pécule fondait malgré tout à vue d'œil mais Thérèse n'entendait pas s'attacher aux basques d'un quelconque quidam. Il lui fallait découvrir un homme important, par le métier ou par... la fortune. Par le métier et la fortune.

Des mois s'écoulèrent. La chance tardait à se manifester et les brèves rencontres devenaient lourdes à supporter. C'est au moment où elle commençait à perdre jusqu'à l'espoir qu'elle entendit prononcer son nom :

— Mais, c'est Thérèse, je ne me trompe pas !

Elle se retourna vivement. Deux hommes lui faisaient face, détendus, gantés de frais, qu'elle ne reconnut pas tout d'abord, encore que l'un d'entre eux, au moins...

— Mademoiselle, voyons, le Café de Paris, un soir, avec Victor... Nous étions à une table proche de la vôtre...

Soudain, elle se souvint : le jeune homme qui ne l'avait pas quittée des yeux, un journaliste, *La Sylphide*.

— Oui, je vous revois maintenant.

— Que faites-vous, le nez au vent, sur notre territoire ? Qu'est devenu le grand Victor ?

Elle décida de jouer la vérité. Qu'avait-elle à perdre ?

— Il est parti le lendemain même de cette soirée. Je ne l'ai plus jamais revu. Je pense qu'il avait décidé de rompre avec la vie parisienne. Il en parlait en homme désabusé.

— Un curieux garçon, cultivé et sympathique. Trop honnête pour vivre longtemps dans le creuset parisien. Et vous, depuis...

— Moi, moi, je vis au jour le jour... j'apprends ce monde qui m'étonne de plus en plus.

— Désir de s'y faire une place ! La jeunesse et la beauté ouvrent bien des portes ici... N'est-ce pas, Lecomte. Ah ! pardon..., mon ami Jules Lecomte de *L'Indépendant* et, pour vous servir, Guénot-Lecointe, chroniqueur à *La Sylphide*... Nous allions déjeuner dans un petit troquet de la rue Neuve-Vivienne, voulez-vous profiter de notre table ?

Ce fut un déjeuner amical dans une atmosphère

de gaieté. Des habitués bruyants, boursiers qui supputaient gravement l'évolution des cours, viveurs qui se racontaient le Boulevard, l'Opéra et les théâtres parisiens, les dernières aventures des gens en place et les petits calculs nécessaires pour se faire un nom et bientôt une histoire. Thérèse avait vite compris la place énorme que la presse — même sous ses formes mineures — tenait et allait tenir dans ce milieu frelaté et agité de toutes les passions.

Jules Lecomte prétexta un rendez-vous important pour s'éloigner, entre la poire et le fromage.

— Un garçon plein d'esprit et qui fera son chemin, prophétisa Guénot-Lecointe. Dommage qu'il ait commis quelques grosses maladresses et se soit mis à dos trop de monde. Péché de jeunesse! Il se rétablira. Mais parlez-moi plutôt de vous.

— Bah! vous savez presque tout. Malgré une naissance noble, le ghetto de Moscou. Alors, un coup de tête... ou de poker! Me faire une place dans cette ville qui brille pour moi de tous les feux de la séduction et de la richesse: Paris.

— J'aime votre franchise, mais, si je comprends bien, il est plus facile de rêver que de réussir...

Elle regarda le jeune journaliste. Il avait dit cela sans méchanceté, cherchant au contraire le moyen d'offrir ses services. Elle retrouvait les yeux qui l'avaient si longuement dévisagée quelques mois auparavant et ces yeux disaient: « Vous me plaisez, comment puis-je vous aider? »

— C'est vrai, dit-elle avec un léger sourire, et je suis parfois un peu lasse de rechercher l'homme de ma vie. Mais je ne me laisse pas facilement décourager et les Tcherkesses ont la réputation d'être... comment dites-vous, en français... indomptables!

— Quelle coquetterie, feindre de chercher ses mots quand on parle aussi bien notre langue, avec tout juste un petit parfum d'ailleurs... Tchcherkessses!

— Oui, je parle maintenant le français depuis cinq ans. Mais la plus aimée de toutes les langues que je connaisse reste pour moi la musique.
— Musicienne... Intéressant, ça. La musique ouvre certaines portes. Et puis, mon ami Lecomte et moi serons intéressés par votre connaissance des pays étrangers.

Il s'était approché de la jeune femme, comme fasciné par ce corps magnifique qu'elle savait si bien mettre en valeur. Ses yeux surtout l'attiraient, feux follets qui soulignaient l'ironie d'un propos ou le caractère passager d'une boutade. Et puis ces longs cheveux, pas tellement communs sur le Boulevard, qui portaient dans leurs plis des envies de caresses et qui multipliaient les jeux des ombres et des lumières.

Thérèse, qui feignait de rester sur une certaine réserve, l'interrogeait:

— *La Sylphide*? Un grand journal?
— Pas sur le plan politique. Rien à voir avec *La Presse* du puissant Émile de Girardin... mais grand sur le plan de la vie parisienne. Et l'un des plus soignés. Villemessant, notre patron, a vraiment fait œuvre originale. Et quelle équipe! Tous les grands écrivains s'honorent d'y apporter leur collaboration: Roger de Beauvoir, Léon Gozlan, Ourliac et Jules Sandeau, Frédéric Soulié et surtout Arsène Houssaye, Théophile Gautier et Alexandre Dumas.
— Vous-même...
— Moi-même, dans un registre un peu particulier. Je fais la Mode — ma spécialité, le gant — et des *Premiers Paris*, comptes rendus de pièces de théâtre, de premières musicales, nombreuses à la salle Herz.
— Herz...
— Oui, un très grand musicien, pianiste de talent, proche des meilleurs... il a déjà sa propre salle de concert. Thérèse, vous savez que vous avez vraiment tout pour plaire aux hommes...

*Belle-Amie*

Il s'enhardissait, avait posé sa main sur celle de la jeune femme.

— Une belle main, merveilleusement gantée, quel chic... Le gant a sa physiologie, vous savez, et chez des femmes telles que vous... Allez, Thérèse, nous sommes amis et, avec Jules Lecomte, nous serions heureux de vous aider... Vous êtes de notre religion, celle des « arrivistes »... Il se faut entraider !

Belle profession de foi qui ne devait pas en rester là. Guénot-Lecointe et Jules Lecomte se révélèrent vite des amis véritables, pleins de jeunesse d'esprit, des amants éperdus, d'excellents guides d'un monde dans lequel Thérèse brûlait du désir d'entrer.

La jeune femme, grâce à la générosité attendrie des deux compères, avait pu s'acheter quelques robes et prendre soin d'elle-même. Guénot-Lecointe, tellement attaché au détail vestimentaire, l'y poussait, la conseillait. Il arrivait les poches bourrées de produits de beauté, les bras chargés de cartons à chapeaux et de gants. Il les essayait sur la jeune femme qui se prêtait au jeu, sachant bien que tout ce qui singularise dans ce Paris élégant aide la Chance.

Guénot-Lecointe s'éloignait parfois — quelque reportage en province ou à l'étranger —, Jules Lecomte le remplaçait. Elle ne devait jamais oublier, par exemple, son voyage à Baden, aux côtés du chroniqueur, en cette fin d'année 1840, alors qu'elle avait à peine plus de vingt ans.

Baden : le carrefour des célébrités de toutes les capitales européennes. Dans un décor d'opérette, les lumières de Noël scintillaient sur le jaune beurre frais des façades, sur le rose tendre des pignons et sur le vert pistache des portes et fenêtres. Les murs, sur fond de blanc de porcelaine, étaient soutachés à la framboise et au citron. Au loin, les villas, sculptées à jour, étaient ouvragées comme des boîtes en marqueterie et, derrière, les montagnes sombres, d'un vert très noir, s'irisaient de pinceaux d'argent pur. On devinait des lacs paisibles, des cascades grondantes qui s'assagissaient aux bords de la ville.

— Voyez-vous, Thérèse, ici nous sommes bien loin des fureurs parisiennes. Comme si la vie stagnait dans une détente heureuse... Les cancans eux-mêmes y perdent de leur piquant. L'amour y prend des airs de bergeries mondaines et le *flirt* y pousse ses avantages parmi les viveurs, les ducs et les princes, les joueurs et les courtisanes... Baden, un excellent perchoir de cocottes. Les millions changent de main au casino et les passions se font et se défont au rythme affolé des fortunes d'un jour.

Thérèse faisait siennes les leçons qu'elle recevait directement du spectacle du monde, corrigées par l'expérience du journaliste. Elle le trouvait amusant ce Lecomte, moins gourmé que Guénot-Lecointe, fleurant bon le Boulevard.

Soudain dans une des rues de Baden elle fut attirée par une grande affiche : Henri Herz donnait au Kursaal une soirée avec Bach et quelques-unes de ses *Fugues*.

— Ces *Fugues* sont des études compliquées, d'une redoutable subtilité... Ce M. Herz...

— ... est un magicien de la musique, un virtuose du piano. Son habileté d'exécutant est grâce, bon goût, esprit. C'est l'un des musiciens les plus recherchés à Paris, à Vienne ou à Londres. Excusez-moi. Je répète un peu mon ami Guénot-Lecointe ! Mais si vous désirez assister au concert, il y a toujours de la place pour les journalistes parisiens. Et puis je sais que vous êtes vous-même une excellente musicienne : ce serait bien si vous m'aidiez à faire un papier sur cet événement, l'un des plus importants des fêtes de fin d'année.

— Parfait, je connais bien ces *Fugues* et je crois pouvoir passer heureusement cet examen.

Thérèse, le lendemain, s'acquittait brillamment d'une critique difficile :

— *L'homme est distingué, d'une élégance sans ostentation. Le musicien... génial. Incroyable est son instinct de la musique, il la sent, la vit, en prolonge l'âme. Il faut dire que le piano répond merveilleusement aux doigts de l'artiste comme si quelque affinité secrète les liait...*

— Excellent, Thérèse. A ces dons que vous décrivez si bien Herz joint ceux du facteur de piano. Les notes qu'il tire de son instrument sont les siennes propres. Grand artiste, grand professeur — il donne des leçons aux plus jolies femmes de Paris —, grand marchand...

— Un homme qui possède toutes les richesses... que j'aimerais connaître...

— Bien sûr, Thérèse... Mais je doute qu'il accepte de vous rencontrer.

Jules Lecomte avait hésité. Sans doute avait-il voulu ajouter quelque chose. Il avait enchaîné, très vite :

— Demain, il nous faut gagner Francfort et, après-demain, si le temps reste beau et sec, nous braverons le froid et je vous donnerai une idée du morcellement de la Confédération germanique.

Le lendemain fut une autre journée de découvertes cependant que le journaliste préparait devant elle un de ses futurs *Courriers d'Allemagne*.

— Nous quitterons Francfort à pied, très tôt le matin, et nous nous dirigerons vers le Taunus. Nous arriverons à Bokenheim, dans la Hesse électorale, en pays étranger. Nous descendrons vers Roedelheim, chez le grand-duc de Hesse-Darmstadt, puis nous traverserons une enclave appartenant à la ville libre de Francfort que nous avons quittée il y a moins de deux heures ! Ensuite, nous entrerons à Eichborn dans le duché de Nassau que nous abandonnerons pour le Landgraviat de Hesse... Nous verrons au loin la belle montagne du Felsberg où nous déjeunerons, l'appétit aiguisé par une promenade à pied de moins de quatre heures à travers les Etats de cinq souverains!

— J'aime cette vie errante mais moins pour découvrir des pays nouveaux que pour rencontrer...

— ... la fortune sous les traits du prince charmant paré de toutes les grâces et de pas mal de richesses! Je ne me trompe pas, n'est-ce pas?

— Cher ami, je suis née dans un ghetto de Moscou. Pourquoi mentir? Nous sommes de la même race. Mon enfance fut très dure, mon adolescence plus dure encore. La gosse que j'étais, mal nourrie, pauvrement habillée, ouvrait des yeux étonnés quand elle côtoyait les traîneaux des riches Moscovites. Elle mesurait déjà l'injustice d'une condition qui la rivait au joug d'un servage inhumain. Et cette gosse disait, en serrant les dents: « Je sortirai de là et me promènerai à mon tour dans un équipage magnifique dans la plus belle capitale d'Europe. » Et vous avez devant vous cette gosse-là. Alors je préfère rentrer à Paris.

Ils rentrèrent deux jours plus tard.

A Paris, la vie quotidienne — à trois — reprit, amusante et amusée: de théâtre en restaurant, de concert en exposition. Une vie trépidante, heureuse tout compte fait.

Et puis un jour, une bonne surprise que Guénot-Lecointe annonça avec un air de conspirateur:

— Il y a plusieurs semaines que j'essaie de persuader Villemessant, mon directeur, de vous rendre visite. C'est un ami d'Henri Herz... Par lui, le maître acceptera peut-être de vous rencontrer.

— Est-ce possible?

— Ça ne coûte rien d'essayer et puis votre charme est tel! Si nous réussissions, le maître consentirait peut-être à parfaire votre technique

musicale, à vous donner une chance de succès dans une voie... il est vrai bien encombrée. Thérèse Villoing, pianiste, aux côtés du célèbre Henri Herz et... plus tard...
— Allons, vous ne pensez pas ce que vous dites...
— Détrompez-vous, fille de Pologne, de Russie et autres steppes, ce serait le vœu le plus cher de votre suite. Nous savons bien que la rétive Tcherkesse piaffe, sauvageonne indomptée et indomptable. La chaîne que vous consolidez, maillon après maillon, n'est pas encore bien longue. Il faut que vous receviez Villemessant!
— Dans ma mansarde de la rue Laffitte? Il se sauvera avant d'entrer!
— J'ai réfléchi à cela, orgueilleuse Thérèse. Villemessant est un homme important qui aime se donner l'illusion de cette importance. S'il vient vous voir dans votre mansarde et vous rend service, il aimera le proclamer, haut et fort. Cela servira sa gloire. Eternelle faiblesse des grands.

Guénot-Lecointe tint parole. Quelques jours plus tard Thérèse vit arriver un homme remuant, front bas et lèvre inférieure un peu flasque, nez busqué aux narines ouvertes comme pour humer la vie, de toutes ses forces. C'était Villemessant.
— Ah! mademoiselle Thérèse, c'est donc vous! Ce coquin de Guénot ne m'a pas menti. Il m'avait parlé d'une fille belle à croquer, *réussie* en tout point, grands yeux noirs largement fendus, taille et port de reine, cheveux d'un noir ardent...
— Tous vos rédacteurs ont-ils ce talent descriptif?
— Eh! Eh! la riposte vive! Bon, ça... Bien sûr, l'écrin n'a pas la beauté altière du bijou. Triste, ce garni! Ainsi vous désireriez connaître mon ami Henri Herz. Guénot n'a pas assez de superlatifs pour vanter vos connaissances musicales. Votre instrument?

— Le piano! J'y joue Glinka, le folklore russe... Et puis Bach, Haendel... Les *Fugues*... Je raffole de musique!
— Eh bien! Il faut cultiver ça! Raffoler de musique est aujourd'hui le dernier mot du bon ton. Et je vois que vous avez dépassé le menu commun, celui du drame lyrique à la Auber. Votre goût ne dédaigne pas le compliqué, la « nouvelleté »... Il faut aller avec son temps! Bravo!

Il pétillait, le créateur de *La Sylphide*, et multipliait les questions pièges tout en faisant les demandes et les réponses.

— Vous parlez plusieurs langues, bon, ça... Vous seriez capable de raconter des anecdotes de votre Russie, de Vienne, de Berlin, de Constantinople... Bon, ça, aux tables du monde... Avec votre beauté et... malgré une certaine froideur dans ces yeux si fiers...

— C'est que... vous m'intimidez et puis je porte en moi des années de misère.

— Ah! des revanches à prendre. J'aime les caractères bien trempés, qui regardent loin... très loin. Examen réussi. Demain, à 16 heures, Henri sera à mon bureau de *La Sylphide*. Je vous présenterai le grand homme. J'espère réussir aussi bien auprès de lui que Guénot — vous l'avez ensorcelé, n'est-ce pas? — auprès de moi! A bientôt... Je vous aiderai!

Le lendemain, toujours escortée du dévoué courriériste de *La Sylphide*, Thérèse, resplendissante dans une robe lamée d'argent qui moulait chaque ligne de son corps, entrait dans le bureau directorial. Un bureau et un mobilier de financier cossu. Devant les grands yeux étonnés de Thérèse, il avait dit, amusé et sibyllin:

— Voyez-vous, mes affaires sont prospères! Savoir vendre au bon moment, et connaître son public, tout est là. L'idée du feuilleton, dans mon journal, était une idée en or. Je payais la ligne vingt-cinq centimes, elle me rapportait de cinq à dix francs. La veine était bonne... J'affermai successivement les feuilletons du *Commerce*, des *Débats*, et de *La Quotidienne*... L'argent coule, coule, Thérèse. Je vais tarir tous les placers de la Californie. Mais voici Henri Herz...

S'avançait un homme svelte, d'une étonnante finesse de traits encore que le type israélite frappât, dès l'abord : front proéminent, nez aquilin, bouche bien ourlée avec des lèvres fortes, une manière très personnelle de tenir la tête légèrement penchée. La chevelure bouclée remontait en ondulations légères et le collier de barbe allongeait l'ovale délicat du visage. Une retenue et un goût parfaits. Et quelle rigueur dans le maintien! Elégance et distinction. « Ainsi, se disait Thérèse qui ne pouvait détacher son regard de l'homme, voici donc ce don Juan, ce musicien admirable, ce professeur en renom... » L'habit noir et le gilet de piqué blanc, le pantalon noir très serré à la taille, les bas de soie et les souliers découverts, la cravate bouffante de satin noir respiraient le chic parisien.

— Henri, voici Thérèse Villoing dont on vante les qualités de pianiste et dont je n'ai pas besoin de te louer la beauté.

Avec un sourire amical qui marquait d'un pli spirituel le bas du visage, Henri Herz avait salué, un peu timidement. Les regards s'étaient croisés et semblaient ne pas vouloir se quitter.

— Henri, Thérèse souhaiterait paraître dans le concert que j'organise dans ta salle, la semaine prochaine. Veux-tu me donner ton avis sur ses chances de figurer à notre programme? Bien sûr, une composition à quatre mains entrerait tout à fait dans l'agencement de ma soirée. Il y aura du monde, et du beau monde : j'ai réussi à convaincre Alexandre Dumas. Le Tout-Paris suivra! Henri, tu m'écoutes?

— Oui, pardon! Une composition... quatre mains... Mademoiselle, comment jouez-vous? Excusez-moi, le mieux serait que nous nous retrouvions... demain... tout à l'heure et que...

— Henri Herz, l'esprit le plus délicat de Paris, le brillant causeur, l'humour le plus fin, le plus délié, Henri Herz bégaye. Mademoiselle, votre charme fait merveille!

— Monsieur le directeur, cessez de vous moquer si vous tenez à votre concert... Mademoiselle, ne l'écoutez pas... c'est un rustre... Musicienne?

— Musicienne, polyglotte, belle. Que te faut-il de plus?

— Que tu te taises enfin! Des maîtres connus?

— Non, seulement beaucoup de travail, le goût du piano, des mois passés à écouter de la musique russe et Bach, Haendel. Je vous ai découvert, dernièrement, à Baden...

— Bien! coupa Villemessant. Je crois que vous avez fait connaissance. J'attends une réponse prochaine. Au travail.

— Je vous remercie, monsieur le directeur.

— Vous me remercierez après le concert. Et attention, sous ses airs affables, pleins de langoureuse séduction, le maître, le virtuose est un professeur exigeant.

— Dans une heure, venez chez moi, rue de Provence, dit Herz à Thérèse. Et je vous montrerai ma salle, toute proche.

Une heure plus tard, Thérèse se retrouvait devant le musicien, dans un bel appartement, meublé avec goût. Le piano à queue trônait au centre d'une salle oblongue comme un étui de violon, ceinturée de tapisseries et de lourds rideaux, à moitié tirés. Un demi-jour vaporeux nimbait la pièce d'une sensualité presque palpable.

Thérèse qui se sentait mal à l'aise tant la présence de l'homme l'intimidait — et c'était bien la première fois! — ne quittait pas des yeux le piano. Des touches qui lui paraissaient immenses, une gueule ouverte sur un mécanisme moderne et

compliqué. Saurait-elle jouer sur ce bel instrument, flambant neuf?
— Un piano que j'ai créé. Un piano à queue. Vous me direz ce que vous pensez de sa sonorité. Que me jouez-vous?

Pourquoi cet émoi? Où était l'indomptable Thérèse? Elle s'était assise lentement sur un petit tabouret rond revêtu de velours fauve.

— Il est trop haut. Permettez! Levez vos pieds.

D'une pichenette Henri Herz fit pirouetter le siège autour de sa grosse vis de bois. Il fut caressé par les larges boucles soyeuses, s'enivra d'un léger parfum de lavande fraîche.

— Un air tzigane de mon pays... Une composition de Glinka... Une fugue?

— Eh bien! Un peu de tout cela, si vous voulez bien.

Les premières notes tombèrent, franches et vives. Thérèse jouait juste, d'une manière peut-être un peu saccadée, mais volontaire. Elle donnait à ce folklore russe un élan, une sensibilité que sa propre nature semblait démentir. Mais le piano était sa langue. Elle pouvait en tirer les nuances les plus fines. Et l'art de la fugue était sa passion.

Le musicien écoutait, très concentré. Elle avait du talent, cette jolie fille, un doigté naturel et surtout une mémoire étonnante. Aucune partition. Les notes s'envolaient, claires et pures ou lourdes et désespérées. Henri Herz interrogeait ce profil sculpté dans le marbre dur, d'une impassibilité totale. Des sonorités un peu brutales parfois, mais quelle vitalité, quelle richesse!

Le virtuose s'approcha pour mieux voir le jeu des doigts, pour percer peut-être les secrets d'un talent certain mais un peu sec. Leurs têtes s'étaient rapprochées, se touchaient presque et le cœur de l'artiste battait très fort. Tout à coup, pour cacher l'émotion qui le submergeait, Henri Herz profita d'un passage plus lent où la fugue se faisait caresse tendre pour accompagner la jeune fille et donner sa propre couleur au morceau, un autre éclat, plus assourdi, plus romantique aussi.

Le silence tomba dans l'enchantement réciproque.

— Que vous dire, Thérèse?... Mon émotion est si forte. Votre mouvement tzigane, enlevé, vivant, tournoyant... Glinka que vous me révélez, avec sa musique savante, sa poésie sauvage qui attriste, peu conforme au monde d'ici, et cette fugue de Bach dont vous connaissez toutes les subtilités... Mon envie a été trop forte, excusez-moi : j'ai essayé d'apporter autre chose, moins de jeu et plus d'instinct, un rapport plus confiant peut-être avec la sonorité de l'instrument... Et puis, surtout, c'était une façon de vous parler, de vous dire ma joie de vous avoir rencontrée. Nos natures sont différentes, nos goûts, nos amours sont les mêmes.

L'artiste, qui avait joué debout dans l'exaltation de sa passion, avait posé ses mains tremblantes sur les épaules nues de la jeune femme. Elle ne put retenir cet élan qui montait en elle et qu'elle sentait vrai. Profondément. Pour la première fois. Elle posa à son tour ses mains sur celles d'Henri Herz, se serra contre lui, l'attirant vers son buste gonflé de désir cependant que le visage du musicien venait se perdre dans l'opulente chevelure.

Ils restèrent ainsi. Comme soudés dans une pose qu'ils n'osaient abandonner. Thérèse s'interrogeait : « Serais-je amoureuse ? » Mais alors que devenait sa volonté ? Elle se voulait amoureuse sans amour. Comme la vraie Parisienne, au regard spirituel mais jamais tendre. Qui ne donne pas, qui prend. Curieuse de nouvelles conquêtes, de nouvelles capitulations. Dans ces bras qui l'emprisonnaient, elle reconnaissait la présence d'un danger... d'un danger trop doux pour qu'on lui résiste.

Sa peau, sous le léger tissu, était brûlante. La

première caresse la fit trembler. Ces mains de virtuose aux doigts intelligents, habitués à effleurer pour varier à l'infini les sensations, procuraient à la jeune femme un plaisir indicible. Elle s'était laissée aller en arrière et jouissait intensément de ces mille baisers qui énervaient ses seins épanouis. La robe s'ouvrit bientôt, libérant le haut d'un corps frémissant, ivre d'attente. L'instant d'après, elle fut nue devant lui, impressionnante de beauté insolemment offerte... mais aussi retenue, inquiète de ce don d'elle-même qu'elle allait faire. Pour une fois, femme pareille à toutes les femmes, elle appelait comme une délivrance ces bras d'homme qui l'attireraient, ce corps qui se pressait contre le sien. Le temps n'était plus à la tricherie. Une plénitude qu'elle n'avait jamais ressentie l'envahit.

Tout, dès lors, sembla simple entre les amants. Au concert, Thérèse, excellente élève, reçut sa part d'ovations et les chaleureuses félicitations de Villemessant. On avait certes beaucoup travaillé pour gommer quelques disparates, pour faire oublier la technique au profit de l'art, pour donner une âme commune à l'interprète et à l'œuvre. Le virtuose avait obtenu ce miracle d'un seul élan de son cœur éperdu de reconnaissance. On parla de la fille du ghetto de Moscou dans plusieurs journaux parisiens.

Guénot-Lecointe et Jules Lecomte pouvaient s'estimer satisfaits de leur petit sacrifice. Villemessant, de sa réussite.

Les jours, les mois qui suivirent ne laissèrent pas d'étonner Thérèse. La fille calculatrice, rongée d'envies, acharnée à tisser patiemment la toile où viendrait se prendre l'innocente victime, voyait se réaliser tous ses rêves, tous ses désirs. Et l'amour, en plus. Parfois, elle se forçait à ouvrir les yeux : il existait, à ses côtés, un être assez sensible, assez désintéressé — quelle que fût la force de sa passion — pour lui confier sa maison, sa fortune, son destin d'artiste.

— Thérèse, lui avait dit Henri Herz, le lendemain du récital, vous avez été splendide hier soir. Vous avez donné une preuve magistrale de votre talent, fait taire les rieurs prêts à fondre sur l'inconnu qu'ils jalousent parce qu'il vient rompre un ordre, une habitude... Bravo ! Tout est à vous ici : cet appartement que vous saurez peupler d'amis, mon cœur, ce piano, toute ma musique, tous mes biens. Mais Paris vit de commérages : sans doute le savez-vous ! M'aiderez-vous sur ce chemin de félicités un peu folles ?

— Un peu folles !

— Vous ne connaissez pas la vie parisienne. Elle donne à satiété mais le regrette si vite qu'elle reprend sans vergogne ses dons les plus légitimes.

— Mais elle ne peut toucher à votre musique, à votre génie...

— Quand elle est lasse de ce talent, de ce génie — et je n'ai pas de génie, Thérèse —, elle efface tout. Jusqu'à votre nom. Aujourd'hui auteur admiré, tête d'affiche aux cachets fabuleux, aussi connu à Paris qu'à Londres, Berlin, Saint-Pétersbourg... Demain... oublié ! Quant à mes affaires — et quelle qu'en soit l'importance — il faudrait que je puisse les diriger moi-même. C'est impossible... Mais que ce discours ne vous chagrine pas : voici quelques perles qui vous feront souvenir de notre premier concert...

Elle avait été éblouie. Six rangs de perles fines d'un orient si pur que le musicien s'employait maladroitement à fermer sur son cou. Une pièce unique.

— Ne dites rien, Thérèse, j'aime l'argent pour le

dépenser. Pas pour en parler! Et la musique est ouverture, fantaisie, joyau. Celui-là vous va si bien... La robe, celle du concert, est un peu froide. Qu'à cela ne tienne. J'ai croisé Palmyre hier, elle vous attend... Crédit illimité!... La femme d'Henri Herz se doit d'être la plus belle.

— Votre femme, Henri! Je suis déjà la femme d'un pauvre tailleur de Moscou.

— Qui le sait? Les artistes ne s'arrêtent pas à ce genre de détail! Dans quelques semaines je dois donner une dizaine de concerts à Londres: nous nous « marierons » là-bas!

Thérèse avait tout de suite pris cette décision comme un nouveau cadeau. En même temps qu'une nouvelle revanche sur les heures difficiles d'hier. Elle serait *Madame* Herz, Thérèse Herz. La musique et la beauté. L'argent. Elle allait enfin savourer le succès, la réussite. Elle en avait senti l'approche, le frôlement, la certitude dès le soir précédent, dans les bravos du parterre, dans les regards des femmes, dans l'œil narquois de Guénot qui disait: « Cette fois, Thérèse, c'est gagné! »

Elle était désormais une autre. On la regarderait. On la courtiserait. Pour célébrer sa réussite, elle décida d'organiser une soirée. Il lui fallait seulement quelque temps pour préparer sa nouvelle maison, inviter les amis qui l'avaient aidée et tous ceux qui comptaient à Paris dans le monde de la littérature, de la presse et des arts. D'ailleurs, le premier pas était fait. Henri accueillerait ceux par qui le bonheur venait d'entrer dans sa maison: Guénot, Lecomte, Villemessant... S'y ajouteraient Dumas, pressenti par le virtuose et les convives d'un soir, présents au concert, Théophile Gautier qui s'était montré enthousiaste, d'une affabilité tellement naturelle, Roger de Beauvoir, Roqueplan et son amie Esther Guimond.

Il fallait que cette première soirée fût réussie. Thérèse savait l'importance des salons parisiens.

Des salons de femmes qui fascinent la meute des candidats arrivistes, lieux discrets où s'échafaudent les combinaisons politiques ou les coups de Bourse, des salons où se font les notoriétés et tiédissent les rancœurs, des salons où, de toute façon, il faut se montrer. Un jour, elle en était sûre, elle attirerait à son tour les grands du monde, les puissants de l'argent, du journal et de la politique, des arts et de la littérature. Elle aurait l'un des plus beaux salons de Paris. Question de temps... Et de patience.

La première réception parisienne de Thérèse fut une de ces soirées dont on se rappelle après — fait rarissime — la gentillesse et l'humour des propos. La table avait été ordonnée et servie avec soin et les hôtes, souriants, étaient venus assister aux débuts d'une jolie femme soudain associée au destin d'un homme célèbre. Chacun avait redoublé de compliments et s'était fait un devoir d'interroger la belle inconnue. Elle s'était montrée sous son jour le meilleur, sachant raconter l'odyssée d'une jeune fille de noble ascendance — un de ses vieux mensonges ! — passionnée de musique et de grands espaces, rompant avec une vie sans heurt pour ses rêves de réussite parisienne... Elle avait dit son enfance dominatrice, la tristesse des hobereaux russes, le pittoresque des vieilles rues de Moscou, la richesse et l'incroyable variété de ses églises — elle truffait son propos d'expressions russes qui amusaient fort l'assistance —, son « enlèvement » par un comte de vieille noblesse française aux armoiries bien ternies, joueur intrépide, et sa peu glorieuse arrivée parisienne.

L'atmosphère était amicale. La gaieté présidait aux échanges spirituels. Dumas faisait des mots, se gaussait de l'engouement des lecteurs qui voulaient connaître le dénouement de *Monte-Cristo* avant l'auteur lui-même. Roger de Beauvoir tenait la gazette de l'Abbaye-aux-Bois et parvenait à donner des couleurs aux tristesses de Chateaubriand et de

Mme Récamier. Roqueplan parlait du Boulevard, sa vie. Il pouvait, comme personne, imiter les vieux cris de l'ancien Paris et Henri Herz se réjouissait fort de ces musiques de la rue.

*Marr... chand d'habits! Habits! Habits, habits à ven...dre!* (ton grave et important).

*Mou... ron pour lé... p'tits... zouéseaux!* (léger et charmant).

*Voilà le rrré... parateur de faïences et de porrr... celaines* (grasseyant, feu roulant de rrr).

Roqueplan savait aussi se lancer dans une brillante évocation des professionnels du trottoir: les charmeurs d'oiseaux, arracheurs de dents (sabres et tenailles gigantesques) et autres vendeurs de poudres et d'onguents contre les cors aux pieds, les rides tenaces ou le mal de tête. Il décrivait les accoutrements insolites ou les facéties charlatanesques qui font oublier soucis et douleurs bien mieux que les eaux miraculeuses ou le venin de serpent.

— N'est-il pas sympathique ce Paillasse qui raconte devant les trépignements enthousiastes d'un public idolâtre ses voyages sous l'*Hydropique du Cancer* et la *Nouvelle Écorce* où il avait dû se mesurer à de méchants *ours à gants*!

On riait, sans retenue.

— L'homme au pavé... Mengin et Vert-de-Gris: de merveilleux saltimbanques, soulignait Thérèse, ravie de montrer qu'elle connaissait aussi le Boulevard.

Villemessant, qui ne tenait pas en place, ramenait volontiers les conversations sur le travail de chacun, se faisait solliciteur pour *La Sylphide*, incitait Dumas à parler de Girardin et du salon où brillait sa femme dont chacun appréciait le tact, l'esprit pétillant et l'élégance. Mais Dumas se taisait.

Thérèse regardait Théophile Gautier: corps un peu lourd, un air de bonté et de candeur naïve éclairant un visage où rayonnait la franchise, un désir de coquetterie, de très beaux cheveux noirs, parfum d'Orient. Simplicité bon enfant malgré une rayonnante culture. Des appétits rabelaisiens.

— Mademoiselle, vous êtes très belle. Pour un admirateur aussi passionné de perfection des formes, je suis comblé, ce soir...

Elle s'amusa du compliment que Dumas amplifia.

— Un irréductible, notre Théo. Gentillesse, grain de folie... Le plus courageux d'entre nous : c'est par sa plume que nous existons... Celle du poète et du prosateur... Le défenseur téméraire, inconditionnel du romantisme : en littérature comme en peinture... Théo est notre conscience et notre drapeau. Le plus...

— Allons, laisse à Mlle Thérèse le soin d'en juger par elle-même. Et puis ce portrait d'un spadassin en gilet rouge, façon 1830, date un peu. Toi-même tu as changé. Nous sommes déchirés, assis le cul entre deux chaises. Et ce n'est pas une image. Le romantisme a du plomb dans l'aile. La transition sera difficile. Notre ami Henri a bien de la chance... la musique, la beauté, l'esprit...

Guénot et Lecomte admiraient l'écrivain, le touche-à-tout génial d'une presse qui lui devait déjà des centaines et des centaines de brillants articles. Un maître!

— Théo, cette sagesse, ce soir...

— Que voulez-vous voir sortir de mon chapeau : un faiseur de poèmes, de discours, d'histoires obscènes ou de bouffonneries ciselées d'hyperboles et de couleurs orientales, le Gargantua — ô Rabelais — ou le gourmet qui apprécie ce branne-mouton ou ce château-laroze ? Je ne suis pas enclin à des envolées d'esthétique ou de gilet rouge, de calembours ou de calembredaines... Je regarde naître une étoile au firmament parisien. C'est pas beau, ça ? Non! Mais c'est peut-être vrai et c'est beaucoup pour ce

soir. Messieurs, j'ai bien l'honneur... mademoiselle Thérèse, merci...
Jeu ou désir de fuite, cette chute marqua la fin d'une soirée qui resterait pour Thérèse inoubliable.

Période d'opulence, de facilité. De toutes les générosités. Thérèse régnait sans partage sur le cœur d'Henri. Tout lui souriait et s'organisait autour de son plaisir. Les plus belles robes, les chapeaux les plus nouveaux, les bijoux les plus fastueux, les tapis d'Orient, le linge fin et les dentelles. Pas de jour qu'Henri ne s'ingéniât à découvrir le cadeau inédit, la parure élégante qui embellirait la femme et la demeure où elle vivait.

Dans les grands miroirs de l'appartement, elle découvrait une autre Thérèse, plus mûre, plus belle encore, plus sûre de son charme mystérieux, de son regard de feu, de cette langueur dont elle jouait, en magicienne de l'amour. Une seule ombre au tableau : la famille d'Henri dont la présence la gênait.

Le voyage à Londres en cette fin d'année 1841 fut une suite de fêtes. Chaque concert augmentait encore le prestige du virtuose. Thérèse faisait connaissance d'une autre société, plus établie qu'à Paris : le monde des lords enrichis par la terre ou le commerce, la banque ou l'industrie.

La reine de la cavatine ou du grand air est une diva française, Mme Dorus. Londres voit fleurir partout les affiches musicales et le duc de Sutherland offre sa royale maison de Stafford House pour de merveilleuses fêtes dont la musique est le point d'orgue. Mme et M. Henri Herz s'extasient devant les escaliers de marbre blanc habillés de lourds tapis, devant ces colonnes de marbre multicolores, devant ces galeries de tableaux et de sculptures.

— Le duc de Sutherland, glisse Henri à l'oreille de Thérèse, a... l'équivalent de vingt-cinq mille francs par jour à dépenser... Cinquante valets de chambre à la livrée du duc et des richesses accumulées partout... Trop, c'est trop...

Et Thérèse et Henri jouent à se marier. En toute bonne conscience. Une idée de Herz, si passionnément amoureux qu'il croit ainsi s'assurer une possession qui l'exalte. Et puis, Mme Herz, n'est-ce pas, « ça meuble » comme dirait Nestor Roqueplan. Même si la famille traîne un peu les pieds, même si Jacques, le frère d'Henri, émet quelques doutes sur les conditions improvisées de ce mariage.

De retour à Paris, Thérèse se croit tout permis et se permet tout. Avec l'aveugle complicité d'Henri qui dépose à ses pieds des hommages royaux.

— J'ai joué pour toi ce soir. Mon succès est le tien. Que veux-tu ?

Elle voulait... Elle exigeait... Elle faisait couler l'or à la fontaine de ses désirs, chaque jour multipliés. La jeune fille sauvage au corps léger passait inexorablement à l'état de femme, sûre d'elle-même. Trop sûre d'elle-même. N'a-t-elle pas mis à ses pieds l'homme adulé? L'homme comblé ? En perdant les dernières franchises de sa jeunesse, Thérèse, fouettée d'un orgueil insatiable, comprend bien vite que le plus inefficace de tous les amours c'est assurément l'amour-propre. Elle sent confusément qu'elle doit se durcir contre elle-même, au moment précis où tout semble la gâter.

Le 27 février 1842, Villemessant renouvelle sa soirée musicale : on y interprète *Les Trois Grâces*, une fantaisie pour le piano du « dieu de la musique ». Mme Herz reçoit plus que sa part d'applaudissements. Et les félicitations personnelles du directeur de *La Sylphide* qui avait ajouté : « Thérèse, bravo. On parle de vous un peu partout. Vous grandissez à vue d'œil dans les papotages parisiens... Ces dames, dans les salons, vous jalousent. C'est bon signe. Je ne vous avais rien dit de cette merveilleuse soirée organisée à votre retour de Londres. Mme Herz peut se vanter d'un véritable coup de maître : Théophile Gautier, Paul de Saint-Victor, Arsène Houssaye, Wagner, l'immense Wagner avec un récital de Ronconi, pour la première fois à Paris. Vous frappez fort, c'est bien ! »

« Frapper fort », quelle belle leçon ! songeait Thérèse, toujours insatisfaite, malgré les prodiges de générosité de « son mari ».

— J'aimerais tant que tu m'emmènes régulièrement aux Italiens, à l'Opéra. Tout le monde ici parle des sorties au Bois. Je n'ai même pas de voiture. Sais-tu que je monte à cheval, mieux sans doute que tous ces dandys plus fiers de leurs moustaches cirées et de leurs bottes vernies que de leur talent équestre ?

— Tu auras tout cela, ma Thérèse, mais je devrai m'absenter plus souvent. Mon frère Jacques t'accompagnera...

— Penses-tu donc que j'aie besoin d'un chaperon ! Jacques ne m'aime guère et je le lui rends bien... Passe encore pour le théâtre mais je voudrais le voir sur une bête nerveuse au grand galop. Ce serait comique.

Elle avait dit *comique* avec cet accent qui plaisait si fort à Villemessant.

— Tu feras comme tu l'entends.

Et ce fut un récital de folles dépenses au fur et à mesure que Mme Herz, de moins en moins dépendante d'un mari absorbé par ses concerts, jouait seule une partie un peu inégale. Grisée, elle accumulait tout ce qui la faisait briller sur le devant de la scène parisienne. Le brillant est un vernis qu'il faut savoir choisir et entretenir. Elle n'était qu'une jolie femme, une parvenue de la Chance. Elle allait s'appliquer à devenir une dame. Une grande dame.

Ce soir-là, Thérèse s'était rendue chez Mlle Doze, rencontrée au sortir de la Comédie. Une actrice connue, cheveux blonds, mantelet noir et robe à queue. Sa dévotion pour Mlle Mars, illustre professeur d'art dramatique, était bien connue. On avait parlé des autres femmes. Les caprices de Marie Duplessis, les violences de Rachel trouvaient grâce devant Thérèse. En revanche, la future princesse Mathilde qui venait d'épouser l'inquiétant Demidoff et la riche personnalité de Mme de Girardin, charme et talent, la laissaient sur sa réserve. Quant à la reine Amélie, épouse du roi Louis-Philippe, ses pompes et ses œuvres, la conscience du règne, Thérèse sentait confusément en elle, sans la connaître, l'ennemie, fermée au type de femme qu'elle représentait. Une barrière quasi infranchissable.

— Avez-vous rencontré Esther Guimond? L'ancienne... la courtisane des courtisanes...

— Esther Guimond. Un nom familier, sans plus... une invitée...

— Une figure, Esther, aussi à l'aise dans les bras sévères de Guizot que dans ceux, experts, de Girardin ou de Dumas fils... Roqueplan est son lion, superbe et généreux!

— Eh bien!

— Oui! toujours prête à rendre service. De l'intelligence à revendre. A su se composer cent visages. Depuis plus de dix ans on la voit partout, imposant à grand renfort de culot un esprit d'enfer, des liaisons... dangereuses malgré un physique ingrat. Sa vivacité, sa bonne humeur, cette façon d'être proche de chacun, de s'adapter à l'autre, son caractère et son langage sauvent tout.

— Les femmes aujourd'hui s'émancipent, disait Mlle Doze, dans un sourire. Elles prennent conscience de leur valeur, du rôle qu'elles ont à jouer auprès des hommes.

— Ou en dehors d'eux, pour leur propre compte, remarqua Thérèse.

— Faut-il aller si loin sur ce chemin?

— Bien sûr. Pourquoi ne seriez-vous que la seconde derrière Mlle Mars? Marchez sans vous pré-

occuper de quiconque ou vous y perdrez votre naturel. Et le public verra en vous les défauts de l'autre, sans reconnaître vos propres qualités.
— Mais je dois tout à Mlle Mars! s'exclama Mlle Doze.
— Erreur et... faiblesse. Allez de l'avant, seule. Et ne craignez pas de bousculer un peu les quilles sous peine de tomber dans l'oubli, très vite. Ce monde ne me paraît connaître qu'une loi: la raison du plus fort et du plus habile.
— Une si grande expérience à vingt-trois ans... Thérèse, vous me faites peur!
— Je n'ai pas peur. La chance ne vient pas d'elle-même. Et elle ne s'amuse pas en chemin. Elle se gagne. Au prix de tous les sacrifices... Vous le savez mieux que moi, Paris est une jungle avec de l'argent, beaucoup d'argent, de l'or et des diamants. Il faut se montrer d'abord, paraître ce qu'on n'est pas tout à fait, aujourd'hui au balcon, demain à l'avant-scène.
— Vous avez lu M. de Balzac!
— Votre M. de Balzac a décrit la réalité: c'est un homme qui voit loin et clair. Il a exprimé un état de fait avec une rare clairvoyance et il ne me déplaît pas que sa description dépasse parfois la réalité. Son Rastignac est souvent un écolier. Son Vautrin...
— ... est un bandit de grand chemin.
— Comme vous y allez... C'est un homme d'industrie, intelligent, machiavélique, sûr de lui, qui tire les ficelles d'un théâtre dont les marionnettes l'amusent sans jamais le déconcerter. Il lui arrive de faire un faux pas. De tomber. Mais le sourire aux lèvres. Il prépare déjà sa revanche. J'envie son calme, son cynisme tranquille, son art de tendre et de lever les pièges.
— Vous êtes une femme dangereuse, Thérèse!
— J'ai quelques comptes à régler avec la société.
— Mais je me refuse à voir la société aussi pervertie, achetée, vendue, livrée à l'encan. Il y a aussi

des gens de qualité qui ne cherchent pas à tout prix l'argent et les honneurs. Tenez, ce M. Gautier, c'est un homme simple, à la bonté bienveillante, il pourrait sans doute faire fortune dans le journalisme mais, soit qu'il refuse de salir sa plume ou simplement par maladresse — n'est pas Vautrin qui veut —, il végète et tire le diable par la queue.

— Je sais que vous dites vrai. Je connais Théo et l'admire. C'est un homme de cœur et de dévouement, un artiste rare et discret, mais reconnaissez que ce sont là qualités négatives.

— Sans doute préférez-vous les défauts positifs!

— Oui, si le savoir-faire, le désir de s'imposer et la volonté forcenée pour y parvenir sont des défauts!

— Je vous reconnais bien là : maîtrise de soi, volonté, orgueil...

— Mais enfin, est-il concevable de vivre à Paris et de s'enfermer dans une petite vie réglée et précautionneuse quand on peut se prévaloir de toutes les tentations, de toutes les disponibilités, de tous les luxes?

— De tous les risques...

Thérèse s'obligea à sourire. Décidément Mlle Doze avait de la candeur à revendre. Et peu de volonté. Elle continuerait à jouer les « secondes » en attendant de jouer les utilités. Esther Guimond, par contre, avait forcé la curiosité de Thérèse. C'est d'assez mauvaise humeur qu'elle regagna l'appartement où Jacques, le frère d'Henri, semblait l'attendre.

— Madame, voici bientôt deux mois que *votre* mari vole de concert en concert. Vous négligez désormais de l'accompagner et il s'épuise, seul, à boucher les énormes trous que creuse votre prodigalité. Je me dois aujourd'hui de vous mettre au courant de certaines choses.

— Si ces choses vous concernent, je veux bien les entendre. Si elles me concernent, je n'ai que faire de vos conseils. Mon mari saura très bien me les dispenser!

— Disons que je parle en son nom. Henri, malgré les somptueux cachets que son travail rapporte, a de grosses difficultés financières. Les pianos se vendent mal et une mauvaise gestion me fait craindre le pire. Je ne dis rien de vos dépenses insensées...

— Insensées, monsieur, pesez vos mots, seul...

— Oui, votre mari. Eh bien! Parlons-en! Vous le menez par le bout du nez! Il se conduit comme un gamin amoureux! Vous aviez promis de vous intéresser à ses affaires, de l'aider... Et vous le ruinez.

— Ne me rebattez pas les oreilles avec votre petite morale domestique et vos comptes à dormir debout. Je dois me préparer maintenant. A l'avenir, évitez-moi ces tracasseries : elles m'importunent et, d'ailleurs, je ne les écoute pas!

— L'insolente, maugréa Jacques. Henri est aveugle! il se laissera traire jusqu'au dernier centime. Comment éclairer un homme qui se refuse à voir?

Les années ne firent qu'aggraver la situation prévue par Jacques. Thérèse, libre de ses mouvements, menait grand train et Henri la retrouvait, toujours plus sûre d'elle-même, impérieuse et toute-puissante. Il acceptait tous ses désirs, succombait à toutes ses folies.

Il aurait rompu même avec sa famille si l'imprévisible, une nouvelle fois, n'était venu compliquer les choses. Thérèse attendait un enfant. Sa première réaction fut de colère violente contre cet autre maladroit qui la condamnait à la claustration forcée, à des mois de laideur. Henri, alors, fit tout pour l'apaiser.

— Ce bébé ne sera d'aucune gêne pour nous. Mes parents seront tellement heureux de s'en occuper ! Moi, je redoublerai d'activité et, si c'est nécessaire, j'accepterai ces fabuleux contrats que les Américains sont prêts à signer.

Elle s'était détendue. Allons! Rien qu'un mauvais moment à passer. Elle ne perdrait pas sa liberté. Henri, elle l'avait aimé. Sans doute profondément. Mais depuis quelque temps il l'agaçait avec sa passion un peu gémissante, sa tendresse bourrée de prévenances, tous ces liens invisibles qu'il s'employait à tisser patiemment.

— Votre famille n'a jamais su m'accepter, me comprendre. Votre frère joue les censeurs. Vous-même parfois êtes tenté de lui donner raison!

Il ne répondait rien, malheureux. Il savait que de nouvelles largesses, de nouveaux compromis auraient raison de la mauvaise humeur du moment.

La naissance de l'enfant ne fit qu'accentuer le cercle étroit des incompréhensions. La petite Henriette, confiée à Jacques, était de santé délicate. On dut la mettre en nourrice, du côté de Berne. Elle y mourrait à l'âge de douze ans sans avoir vraiment connu sa mère.

Dès la naissance de la fillette, Thérèse reprit sa vie de faste sur la scène du monde parisien. Henri, lui, songeait à l'Amérique.

Heureusement il y avait Théo, Théo le fidèle qui admirait la statue de ses rêves d'artiste. Thérèse le rencontrait au foyer de quelque théâtre où il accomplissait sa besogne de critique, bassement répétitive, et qui dévorait son temps et sa bonne humeur. Plus rarement elle le traînait aux Italiens, s'amusait alors de son goût — elle disait « particulier » — pour la musique. Il en parlait bien, il ne l'aimait pas réellement. Il est vrai qu'avec Théo...

Dans l'éclat des lumières, ils découvraient l'orchestre bruyant et chatoyant, la quadruple guirlande des loges pleines de femmes somptueusement parées. Thérèse, point de mire de toute la salle, sentait monter en elle une excitation étrange, décuplée par la moiteur de l'air saturé de parfums, par ces lumières qui oscillaient, tournoyaient, vacillaient, s'accrochaient aux verres brillants des lustres, aux diamants des bijoux comme des feux follets étoilant le fond plus sombre de la salle.

Théo se détendait et, sous l'œil narquois de sa voisine, secouait sa longue crinière et trouvait les mots de l'émerveillement :

— Vous êtes la plus belle, Thérèse, l'altière forme dont j'ai rencontré le modèle, il y a bien longtemps, du temps de Périclès...

La jeune femme qui ne s'étonnait plus des imaginations du poète l'entraînait alors vers Méry qui pérorait au sein d'un groupe qu'il amusait de son bagou intarissable. Habitué des théâtres parisiens, il faisait le spectacle aux entractes. Sa mémoire infatigable restituait jusqu'aux intonations des comédiens sans grossir exagérément leurs petits travers. C'était un éblouissant feu d'artifice qui se terminait toujours, au bouquet, par des improvisations cocasses ou paradoxales. Alors, oubliant la pièce, il récitait du Ballanche — il était bien le seul ! —, du Dumas, du Balzac, des vers des poètes latins, reconstruisait Rome tout entière. Thérèse se souviendrait longtemps de cette soirée théâtrale où l'on avait oublié la dernière partie du spectacle pour écouter Méry, ses récits fantaisistes, son imagination impétueuse, le feu roulant de son entrain et de sa culture pleine de soleil.

— Vous savez que cette maternité vous a transformée : elle a apporté à votre corps plus d'harmonie, de plénitude. Vos bras, votre buste aux formes riches sans être lourdes donnent des envies d'étreindre et de modeler... D'écrire aussi quelque poème !

— *Le Poème de la femme*, Théo. Ecrit par vous, il serait immortel!

— Quelle magnifique idée, je vais y songer... Mais, Thérèse, vous connaissez les bruits qui courent?

— Beaucoup de mensonges et quelques vérités.

— On dit que vous n'êtes pas mariée avec Henri Herz parce que...

— C'est vous qui colportez les potins, maintenant?

— Est-ce si grave d'écouter aux portes? Est-ce que je brûle?

— Vous brûlez, Théo. J'ai abandonné un mari au fond du ghetto de Moscou. Henri a voulu notre « mariage » londonien : il y a du piquant dans une telle situation! Me ferez-vous les gros yeux?

— J'ai suffisamment d'humour, belle Thérèse, pour apprécier, au contraire, l'absurde de certaines situations. Et puis ceux qui sont assez niais pour se moquer ou critiquer en seront pour leurs frais. Le monde qui nous entoure est plein de tricheurs, de faux-monnayeurs, d'oiseaux de proie! Qui n'a pas son petit ou son gros péché aux bords chiffonnés de sa conscience? Nous vivons la facilité, l'insouciance, la licence. Allons, vous êtes du bon côté de la morale parisienne!

— Vous dites cela du bout des lèvres. Je sais que vous êtes incapable de méchanceté. Mais je sais aussi que ceux que vous épargnez se moquent de votre faiblesse. Ou glosent sur votre.. amoralité. « Théo! disent-ils, il accepterait tout pour contempler une belle statue. Un épicurien blasé sur les choses de la vie! »

— Est-ce si grave? Il faut laisser dire! Savez-vous que votre ami Jules Lecomte paie lourdement quelques propos venimeux qu'il a écrits naguère, en jeune critique inexpérimenté. Il y a une dizaine d'années il avait publié une sorte de pamphlet sur les écrivains qu'il rencontrait alors. C'était ni plus ni moins méchant que ce qu'écrivent la majorité des critiques patentés mais notre Lecomte, faisant bon marché des conseils de ses amis, au lieu de laisser passer l'orage soulevé par ses commentaires, prolongea le combat. Il y répondit. Alors des hommes comme Roger de Beauvoir, Dumas, qui n'ont pas la réputation d'être féroces, se mirent à tirer à vue. Depuis, Jules Lecomte porte une croix si lourde que son travail et sa santé en sont altérés. Il a peur.

— Voici donc la raison de certaines de ses aigreurs, de certains sous-entendus... d'un grand désabusement. C'est un cœur généreux pourtant et je lui dois beaucoup !

— Qui s'intéresse à l'homme profond ? Il vaut mieux être fort, se taire et aller son chemin. Souvent solitaire. Mais vous-même, Thérèse, vous semblez irritée. Ces yeux qui savent si bien exprimer le désir, où passent toutes les langueurs, ont aussi la froideur et la fixité du marbre.

— Bah ! rien ne va plus avec la famille Herz. Ce Jacques est impossible. Il éloigne ma fille et prend plaisir à me dénigrer systématiquement aux yeux d'Henri. Il lui sert, truffée de médisances, une gazette empoisonnée. Et moi je n'accepte pas qu'on m'observe, qu'on me traque, qu'on fasse des comptes journaliers de mes dépenses.

— Il faut parfois composer, Thérèse !

— Jamais ! entendez-vous ? Jamais !

Quelques semaines plus tard, à la fin de l'année 1846, Henri s'embarquait pour un long, très long voyage en Amérique. Thérèse ne devait jamais le revoir.

Libérée des quelques contraintes que son « mari » faisait — discrètement — peser sur elle, la jeune femme avait laissé libre cours à sa fringale de sorties, de fêtes, de dépenses. L'appartement de la rue de Provence ne désemplissait pas, de nouveaux amis venant grossir les rangs des fidèles. Elle les choisissait parmi ceux qui hantaient d'autres salons. Elle invitait peu de femmes — elle les jalousait — mais des célébrités du journalisme, de la politique et de la littérature. Léon Gozlan, le merveilleux conteur, spirituel et vif, qui n'avait pas son pareil pour dérider les tables les plus moroses, Arsène Houssaye, Girardin, très écouté, très courtisé, un homme de presse déjà arrivé et respecté dont elle admirait l'appétit orgueilleux.

Elle savait poser des questions pertinentes avec des reparties incisives. Et quel savoir-faire pour se tenir au courant de l'actualité, des salons, du monde! Elle savourait sa puissance toute neuve et engloutissait en une soirée les généreuses mensualités que lui faisait tenir un mari encore plein de scrupules et de prévenances. Jacques, dans l'ombre, attendait son heure. Elle arriva quand Thérèse reprit ses habitudes anciennes et se mit à prolonger longuement ses agapes avec l'élu d'un soir!

Elle oublie alors toute prudence, la rumeur publique va bon train. Les échos en parviennent vite aux parents d'Henri. On leur raconte ces soirées folles, cette succession de réceptions ou de sorties, cette loge des Italiens toujours pleine d'invités. On leur dit surtout que, parmi les chevaliers servants de la dame, on croise un étonnant Napolitain, Scaramouche grand seigneur, noceur endurci et pur produit du journalisme le plus faisandé, du nom de Fiorentino. Et celui-là, c'est la bête noire de la famille Herz. Il fait partie de la joyeuse cohorte des amis de *La Sylphide*, les Guénot et les Lecomte. C'est un critique dramatique écouté et envié. Jacques Herz ne décolère pas.

— Une cocotte, ce Fiorentino, trop beau, trop bien ganté, toujours paré pour une fête éternelle. Trop madré, portant trop d'étoffes moelleuses qui caressent le regard, chaussé de bottes trop bien vernies, la canne constellée de trop de rubis... Vous êtes la femme d'un homme célèbre, ne l'oubliez pas. Comment pouvez-vous vivre auprès de personnages pareils, vous afficher avec eux?

— Une cocotte, mon ami Fiorentino ou... tout simplement un garçon plus astucieux que les autres, un brillant metteur en scène qui connaît les lois du prestige et ses nécessités? Cela choque votre grisaille bourgeoise et votre petite morale bien conformiste. Que savez-vous des autres pour en parler si légèrement? Que savez-vous de leurs véritables pensées, de leur cœur? Jamais vous ne doutez et votre code est le bon. D'ailleurs, pour vous, il est le seul. Quels combats avez-vous menés pour vous complaire ainsi dans cet océan de certitudes?

— Que me chantez-vous là? Je dis: « qui se ressemble s'assemble » et votre Fiorentino est de la race des coquins un peu trop sûrs d'eux-mêmes et de leurs expédients. Vous-même...

— Et voici le couplet de l'honnêteté. Et si l'honnêteté et ses apparences n'étaient qu'une forme de cynisme avec des Californies de couardise et d'abêtissement qui pourraient bien, un jour, jouer quelque mauvais tour à ce grand pays! Allez, monsieur, vous n'aimez guère le brio de la distinction, le courage et la volonté de réussir.

— Je n'aime pas les parvenus et encore moins ce don Juan qui collectionne... les réussites!

— Dommage parce qu'il faut beaucoup d'art et d'esprit pour attirer par la critique théâtrale les femmes dont on aime le jeu et l'intelligence. Des qualités que vous ne posséderez jamais. Je dérange. Il faudra vous y habituer...

— Brisons là, Thérèse. Le fossé qui nous sépare est infranchissable.

A compter de ce jour, Jacques, aiguillonné par ses parents, ne négligea rien pour diminuer la jeune femme dans l'esprit de son frère. Tout y passa: chaque lettre développait cruellement la dureté de cœur d'une femme qui se souciait de son enfant comme d'une guigne, avec des détails venimeux sur son inconduite et sa vie dissolue, sur son arrogance et sa vénalité qui allaient les ruiner tous. Jacques se transforma en implacable procureur, en homme ulcéré de n'être point écouté, en homme furieux d'être contredit, moqué, bafoué par une force supérieure à la sienne. Et, le cœur déchiré, Henri finit par admettre la nécessité d'une rupture. Il chargea son frère de la signifier à celle qu'il avait tant gâtée et qui le lui rendait si mal. Jacques n'eut pas le triomphe élégant.

— Mademoiselle, avec l'accord écrit de mon frère, le voici, je vous donne une heure pour quitter cet appartement. Vous n'êtes pas Mme Herz — je le sais depuis longtemps — et vous avez sali et ruiné ma famille. Prenez toutes dispositions pour vous éloigner sur la pointe des pieds avec quelques bijoux, vêtements et objets de première nécessité. La rue vous attend que vous n'auriez jamais dû quitter. Nous nous occuperons de l'enfant.

Thérèse avait blêmi, serré les dents. Elle avait joué et perdu. Un dernier regard chargé de haine, un dernier sourire dont l'ironie glaciale fit douter Jacques Herz de sa trop facile victoire. La jeune femme entassa dans son sac de bohémienne robes et falbalas, chapeaux et onguents, bijoux de prix et verroteries clinquantes et s'éloigna, sans un mot.

Le soir même elle s'installait dans une pauvre chambre d'un petit hôtel proche des Champs-Élysées, bien décidée à tout recommencer. En se jurant cette fois d'éviter à tout prix les pièges de l'amour, de la famille... et des fortunes chancelantes! Le Mont-de-Piété lui procura quelques louis. Pour la

première fois elle se sentait lasse, malade. Et elle répugnait à faire appel à ceux qu'elle avait obligés. Théo... cependant. Sa gentillesse, son courage tranquille. Il accourut. Avec un grand sourire qui éclairait sa lourdeur bon enfant.
— Voyons, Thérèse, où en étions-nous restés ?
— Ah! Théo, vous êtes cruel. Vous aviez dit : « Il faut savoir composer ! »
— Et vous m'avez répondu: « Jamais! entendez-vous ? Jamais! » La parfaite logique de nos caractères. Eh bien, je vais vous étonner! Je travaille désormais, grâce à vous, à une œuvre versifiée qui comprendra un poème dont vous êtes l'inspiratrice.
— *Le Poème de la femme*. C'est bien vrai ?
— C'est bien vrai !
— Vite, lisez-le-moi.
— Non: ce n'est qu'une ébauche. Un rêve de statuaire... Plus tard...

Les jours suivants, l'état de santé de la jeune femme empira. Fiévreuse, abattue, incapable de réaction, elle tournait et retournait dans sa tête, une à une, les maladresses qu'elle avait commises. Mais elle ne parvenait pas à en tirer une leçon d'efficacité pour l'avenir. Hier encore elle s'était juré de repartir, de tenir tête. C'était si loin. Elle sombrait dans une mauvaise apathie, la bouche sèche, l'haleine fétide, l'esprit en déroute.

Des heures, des jours, elle allait languir dans cette chambre dont la petitesse l'écrasait, étouffait ses désirs, ses espoirs. Enfermée, annihilée. Et tant de regrets inutiles. A quoi bon ces évocations des premières réussites? La beauté elle-même, quelle dérision! Le miroir, mal éclairé d'un reste de jour blême, lui renvoyait un pauvre visage d'une vilaine pâleur cireuse, marqué de cernes et d'intense fatigue. Elle ne parvenait qu'à se railler durement: la belle, l'intrépide, l'indomptable Thérèse! Et c'étaient, de nouveau, les longues heures d'accablement, une sorte de faiblesse massive qui la plongeait dans un gouffre profond. Et cette conscience atroce de s'y abandonner comme à la seule issue possible. Sans combattre. Sans vouloir combattre. Sans pouvoir combattre.

Elle ne sortait plus et sa faiblesse aggravait le trouble de son esprit. C'est ainsi que la découvrit, quelques jours plus tard Théo, revenu, inquiet, aux nouvelles.

— Holà, Thérèse, vous êtes malade et vous restez ainsi, seule. Que prétendez-vous démontrer? Les amis, ça ne compte plus? Que se passe-t-il?

Pour la première fois, la jeune femme, son beau regard perdu dans quelque sombre contemplation, sentit les larmes couler sur ses joues amaigries.

— Théo, merci d'être venu. Je ne sais pas ce qui m'arrive. Je glisse, sans force aucune, aux limites de l'épuisement, vers l'abîme. Et c'est bien ainsi, sans doute.

— C'est très bien ainsi mais totalement illogique: parce qu'il est absurde de vouloir mourir à vingt-sept ans et parce que vous êtes la volonté, la volonté de vivre chevillée à toutes les fibres de votre corps. Alors, debout, réagissez et je vais vous aider à arranger ça. Je suis, n'est-il pas vrai, le meilleur médecin des âmes et des cœurs malades. Regardez-moi, bien en face, là, au fond des yeux et dites avec moi: « Plus jamais ça. »

Du fond de son désarroi et comme soulevant une lourde chape de désespoir, Thérèse répéta:

— Plus jamais ça!

— C'est bien, je vais de ce pas faire quelques courses. Je veux vous voir manger, d'abord, vous changer les idées ensuite et ça repartira, d'un seul coup!

— Est-ce bien utile, Théo? Cette vie a si peu d'importance.

— Assez, Thérèse! Ne me forcez pas à croire que je me suis trompé sur vos capacités de résistance, d'orgueil. Vous n'êtes pas une de ces femmes ordinaires qui se laissent aller à vau-l'eau sans lutter.

— L'eau, pourtant, Théo... J'aime l'eau, à la manière de ces divinités aquatiques dont le corps, à peine voilé, flotte entre deux courants, caressé par le clapotis de la rivière.

— Thérèse et ses imaginations. Vous avez trop lu les poètes! Le souvenir d'Ophélie marquerait-il les profondeurs d'une conscience un peu ébranlée? Le délire vous sied à ravir, mais je ne vous engage pas à suivre trop longuement cette route. Les meilleurs de mes amis s'y complaisent et...

— Théo, quelle importance! Je ne suis qu'une courtisane!

— Mais les courtisanes sont les grandes prêtresses du monde moderne! Et je soutiens volontiers — à la grande colère de certains de mes amis ou illustres confrères — que les courtisanes-vampires font circuler l'argent et le plaisir. Qu'elles font partie des rouages nécessaires à la société en évitant l'immobilisation des richesses et leur concentration aux mains d'une féodalité vénale et thésauriseuse!

Cette profession de foi, dans sa sincérité, avait touché la jeune femme. Elle s'étonna de pouvoir sourire, de nouveau. Elle est si douce à écouter la mélodie de la chanson dont on a écrit soi-même les paroles!

— Vous ne croyez pas ce que vous dites, mais cette leçon d'un grand professeur est bien sympathique à entendre. Grâce à vous, pour vous, je vais me rétablir.

Et cherchant des forces au fond d'une volonté renaissante, elle se mit à sa toilette. Quand Théo revint avec deux paniers pleins de victuailles fleurant bon les odeurs du marché, elle avait recouvré de la vigueur et caché sa lourde fatigue sous les fards. Elle grignota quelques noisettes, mordit dans quelques figues aux grains épais, avala un verre d'extrait de quinquina et déclara, péremptoire:

— Voilà, je suis redevenue présentable!

— Sinon, dit Théo, je vous aurais cinglée des mots les plus obscènes — et nul n'ignore qu'en ce domaine mon registre est assez étendu —, je vous aurais fouettée, je vous aurais...

— Théo, Théo... qui est incapable de faire de la peine.

— Attention aux idées mal reçues! Pour empêcher mes amis de commettre une grosse bêtise, je suis capable de tout!

Il avait redressé sa petite taille, rentré son ventre bien rond au prix d'une inspiration douloureuse, cambré le torse à la manière du Sigognac de son imagination et placé une dernière botte:

— J'ai décidé de vous guérir. On ne se laisse pas aller comme ça. Et c'est bien l'avis d'Esther Guimond que je viens de rencontrer faisant prosaïquement ses emplettes, à côté d'ici. Ce n'est pas une femme comme les autres, notre Esther: « Quoi! a-t-elle rugi, la Thérèse qui veut s'trotter. A s'figure qu'la cavale c'est facile et qu'là-bas la tortillade s'ra bonne, le pivois excellent, le larton plus savonné, la batouse à limasse plus élégante et qu'les gaffiers savent mieux jacter. » C'est sa façon de parler, mais elle sait varier les tons et les registres, passer du populaire au mondain, du langage des cochers à celui des marquises. Plus elle parlait, plus elle s'étranglait et moi je demandais la traduction. Mais elle ne m'écoutait pas. Déchaînée, pointant un doigt accusateur vers ma tronche interdite, elle continuait, en plein marché: « Sinoque, elle est, la Thérèse, une fille si gironde! Avec un tel savoir-faire! Si encore elle allait au persil — ça doit vouloir dire: racoler! — mais bâtie comme elle est, avec une belle p'lure et sa volonté d'gonzesse à la r'dresse, elle poisse leurs philippes comme elle veut.. Sainte mère ! elle les aura tous, les plus chouettes, les plus dorés, et c'est eux qui descendront la garde, avaleront leurs langues, dévisseront leurs billards... » Puis, se calmant, elle reprit sa belle humeur, éloigna les badauds d'un « Caltez, volailles » sonore et sembla s'anéantir dans une montagne de pensées douloureuses. Sa manière à elle de réfléchir, vous comprenez!

Thérèse regardait le poète, amusée et secrètement heureuse d'avoir découvert tant de sollicitude.

— Et soudain, notre bonne Esther reprit son discours! « Ecoute! La poupée, il faut qu'elle change d'air. Je vais voir Camille, Mme Camille, la grande faiseuse du chic parisien, l'attoucheuse de ces dames, je ne garantis pas l'exactitude du terme! Il faut qu'elle la nippe pimpante et j'te l'expédie daredare en Angleterre. Y a du bon boulot à faire là-bas, du côté d'Regent Street et de Covent Garden. J'ai des tuyaux d'première. Y a des faffiots, du frac, du chic, pour les petites Françaises — (et assimilées) — façon grands boulevards... Tu m'suis, Théo! Bon Dieu, les poètes, on croit qu'i'sont là et hop... la lune! »

— Assommé, balayé, enchanté, j'ai dû balbutier quelques inquiétudes: « Mais, Camille... elle acceptera? Et Thérèse? Destination Londres... elle... » De nouveau le maelström : « Thérèse a été, du temps de sa splendeur, une excellente cliente pour la marchande de falbalas, non? Et puis, l'arnaqueuse, elle connaît la chanson! — Pas moi... — Pauvre arsouille, elle va l'habiller plus richement qu'une princesse. Quant à la Rouquine, j'm'en charge! — La Rouquine? — Rase-mottes, t'as même pas biglé qu'not'Thérèse elle a jamais les ch'veux d'la même couleur! Elle s'les teint, varie les tons et les plaisirs. La dernière fois que j'l'ai vue, c'est rousse, toute rousse qu'elle était. T'es vraiment un paumé, un poète! » Et, là-dessus, laissant le paumé pantelant et plus piteux que jamais, elle court encore!

— C'est assurément plus beau que le récit... le récit du « roi » dont vous parliez l'autre jour....

— Le récit de Théramène!

— C'est ça, mais avec vous et votre folle mémoire, la conversation, c'est un jeu de haut niveau!
— Allons, belle Thérèse, vous ne vous défendez pas si mal et, parfois, j'aimerais avoir un peu moins de mémoire et de lettres et les pieds sur terre. Mais, bah! Nous sommes complémentaires: vous m'apportez la beauté, le culot tranquille, une volonté jusqu'ici indomptable — ce petit accroc ne compte pas —, un beau talent de lorette jamais à court de ténébreuses mais efficaces embrouilles, je vous donne...
— Les noms poétiques de ces choses-là et de ceux qui les portent! Théramène... et là, l'embrouilleur, vous l'appelez comment déjà?
— Scapin!
— Voilà! Scapin! Je serai ce Scapin qui cherche fortune et qui la trouve à travers les mille et une complications de la vie. Et, si je réussis, Théo, c'est là-bas, au cœur de la plus belle avenue parisienne que s'élèvera ma demeure, le palais de mon triomphe. Le mien! Les hommes sont si naïfs!
— Et les femmes sont si belles!

Quelques jours plus tard Thérèse, plus déterminée que jamais, retrouvait Esther. Une étonnante courtisane cette Guimond! Que de leçons à retenir de sa faconde et de son culot! Une professionnelle. Bonne fille au demeurant.
— Alors, te v'là, toute requinquée. Chouette à croquer. Et tu voulais t'faire la malle. Dingue que t'es! Regarde-moi, on me dit laide, pas très r'luisante, mal embouchée, et on a raison! Et pourtant j'ai mis dans ma poche le plus grand journaliste parisien. Émile de Girardin, tu connais! Mes amis: Véron, Malitourne, Romieu, Roqueplan... mon Nestor dont je suis le *lion*, superbe et... généreuse! Plonplon, le prince Napoléon en personne, s'honore de me considérer comme une intime et j'entends

bien continuer à jouer ce rôle dans le panier de crabes parisien !
— Un rôle d'entremetteuse !
— Mazette, ton vocabulaire s'enrichit ! J'ai joué ce rôle, dit Esther en employant soudain une langue plus châtiée, il y a quelques mois pour raccommoder Girardin et Guizot, alors brouillés. Et je m'emploie aujourd'hui à faire de mon grand directeur un... grand ministre !
— Une femme peut jouer un rôle politique à Paris ?
— Je croyais que tu avais lu Balzac, que tu avais entendu parler des salons de Mme Récamier et de Mme Ancelot, que toi-même...
— Mais ce sont des salons littéraires et artistiques. Comme celui que j'ai essayé d'animer auprès de Herz.
— Pas de littérature, de célébrité sans politique. Le remuant M. l'ambassadeur Chateaubriand le savait bien, lui qui revenait sans cesse chercher aide et plaisir à l'Abbaye-aux-Bois... Combien d'autres ! Ah, Thérèse, nous avons notre partie à gagner, là, comme ailleurs ! L'époque est propice à ces jeux et la femme y excelle. Si tu savais comme j'aime rendre service. Qui a dit que c'était « un plaisir pour le cœur et un triomphe pour la vanité » ? J'ai cette vanité et j'ai besoin de ce plaisir : tirer les fils de quelques marionnettes, écouter aux portes et déjouer des complots, faire de rien quelque chose, d'un inconnu un homme important, se réjouir d'une toute-puissance... Je mijote de ces cuisines ! D'autres refusent l'ombre et se projettent en pleine lumière à grands coups de scandales comme Marie Duplessis ou l'incomparable Lola Montès ! Tu as le choix, ma fille, une belle carte dans ta main, pleine d'atouts maîtres. Ne les gâche pas. Je t'aide, aujourd'hui, d'autres t'aideront, demain. Mais attention : un faux pas, ça s'oublie, deux et c'est fini ! Tu retombes dans l'merdier !

— Tu es aussi à l'aise dans le beau français que dans la...

— Dans la vulgarité! Dis-le: c'est vrai. Ça vaut bien tes langues étrangères et j'te garantis que c'langage-là il évite les contorsions, les bouches en cul d'poule et les méningites spirales! Et les hommes i'z'aiment, i'dégustent, i'z'en r'demandent! Mais r'venons à nos moutons. Nous allons chez Camille. Elle est au courant!

— Mais enfin pourquoi t'intéresser à mon sort, à moi qui n'ai plus rien? Ce n'est pas monnaie courante à Paris.

— Bah! Il se trouve que, dans ce monde mesquin qui babille, jacasse, éclabousse, qui fait le paon à longueur de jour et l'imbécile à longueur de nuit, moi, j'aime ramer à contre-courant. Ignorante des petites jalousies et des disgrâces inscrites dans l'ovale des miroirs, des visages tordus d'envie et bavant de méchanceté, la guêpine va son chemin de réussite. A sa main et à sa guise. Je me bats pour rester moi-même et je parais ce que je suis vraiment. Heureuse!

— Que voilà une belle profession de foi! Et combien je l'admire sans...

— Tu as tes propres armes dont tu te sers assez bien! Elles sont plus dangereuses que les miennes! Tu iras loin, très loin!

C'était dit sans l'ombre d'une aigreur jalouse. En femme qui a su mener sa barque avec de bons moments sur la ligne brillante des réussites comme sur les lignes incertaines des combats inutiles quand soufflent les bourrasques contraires et les tempêtes.


L'esprit libre et le cœur satisfait, Esther entra donc ce jour-là chez Mme Camille, au 8 de la rue Rougemont, flanquée de Thérèse, un peu inquiète malgré tout. C'est que, dans ce Paris de l'argent facile, la grande faiseuse passait pour l'arbitre des élégances féminines, à l'égal de sa rivale, Palmyre Chartier. Elle lançait la mode et l'imposait avec une habileté qui en disait long sur ses capacités de création et son sens commercial. Et toutes les grandes dames du faubourg Saint-Germain et du faubourg Saint-Honoré, toutes les parvenues du monde et du demi-monde se donnaient rendez-vous dans ses magnifiques salons. Sachant varier la gamme de ses modèles à l'infini, Mme Camille donnait l'impression à chacune de ses clientes qu'elle était unique, dans une mise en scène étudiée pour attirer, capter, soutenir en virtuose les regards de l'autre.

Mme Camille avait l'œil à tout et n'ignorait rien des lois d'un marché qui se modernisait très vite. Elle avait deviné que Paris faisait peau neuve et que sa place était à l'avant-garde d'une évolution qu'elle se devait de devancer pour la mieux contrôler. Elle vendait très cher des robes et des chapeaux dont elle s'assurait l'exclusivité. A Paris, comme à Londres, à Vienne ou à Saint-Pétersbourg.

Thérèse comprenait mieux son succès aujourd'hui en pénétrant dans son palais de profusion provocatrice. Elle écoutait avec un étonnement mêlé d'admiration cette petite femme active qui se taillait un empire.

— On me dit, Thérèse, que vous avez des états d'âme. Mais voyons, je n'abandonne jamais mes clientes et les aide quand c'est nécessaire. Et pas à fonds perdus. Une jolie femme, en mal de réussite, habillée par Camille, est une vitrine. J'ai besoin de vous pour faire connaître mes modèles. Un seul gage: que je découvre en vous les qualités qui font les bonnes affiches publicitaires. Beauté, volonté de plaire et de séduire, et d'abord par l'élégance de la parure conçue comme un devoir... Montrez-vous, soignez le corps par des attentions permanentes et le vêtement jusqu'à la démesure! Distinguez-vous de la commune égalité et de la triste confection. Ne négligez rien de ce qui vous fait différente et vous met en valeur. Offrez aux regards la courbe de cette gorge magnifique, pincez votre taille, conservez cette chevelure abondante, changez de toilette plusieurs fois par jour et ne négligez aucun détail. Alors vous jouirez d'une force peu commune, le prestige qui est un élément premier de domination politique et de réussite sociale. Vous voulez réussir? Soyez belle et élégante. Eclaboussez, éclaboussez!

Intarissable, en maîtresse femme qui a mesuré ces vertus du chic qui signent la « race » et le crédit, elle poursuivait :

— Voyez-vous, le monde peut vous accepter sans fortune, jamais sans élégance. Vous allez faire connaître mes créations à Londres, dans un grand pays ami...

— Vous y êtes déjà connue?

— Bien sûr! J'ai, parmi mes clientes, les plus célèbres femmes d'Angleterre. Tenez, il y a quelques mois, pour un bal fastueux à la Cour, j'ai créé, pour la belle duchesse de Sutherland, une robe de moire maïs et argent garnie tout autour d'une trentaine de couronnes de roses du plus bel effet; pour lady Gover, un arrangement ponctué de plus de cinq cents roses pompons; pour la comtesse de Kenndal, un somptueux costume Pompadour et, pour la comtesse Shrewsbury — l'une des plus grosses fortunes d'Angleterre —, un modèle resplendissant de fleurs et de diamants. Au moment de la présentation de ma collection, on se bouscule ici mais ce que je veux, Thérèse, grâce à vous, c'est porter la beauté là-bas pour toucher une clientèle plus large. Le grand rayonnement de l'élégance parisienne exporté — je n'aime guère ce mot! — outre Manche. Ce qui se fait de mieux à Paris doit se montrer d'abord à Covent Garden et à Regent Street!

— Dans ces conditions, je n'ai plus aucun scrupule et je puis vous assurer qu'on me verra partout et que le nom de Camille...

Elle sourit :

— Pas mon nom, mes robes. Ou plutôt mes robes inséparables de mon nom ! Quand Esther m'a parlé de vous j'ai immédiatement réservé à votre intention cette montagne de cartons pleins des falbalas les plus excitants : cet ensemble *Venise* pour un bal masqué, cette robe *Océane*, très « marine », une nouveauté, cette *London* brodée avec des fleurs en relief, une longue tenue *Bayadère* à rayures multicolores avec quelques redingotes aux reflets chatoyants, avec ces volants, bouillons, dessins en velours qui se partagent les garnitures et même cette *Visite* en tarlatane brodée et ajourée, garnie de délicieuse valenciennes, assortie à votre teint. Et je ne dis rien de ces chapeaux enrubannés, fanfreluchés, osés ou désinvoltes, classiques ou résolument nouveaux et tous ces colifichets et ces bijoux — vrais — qui feront de vous, Thérèse, la plus belle, la plus excitante des Parisiennes. Croyez-moi, vous êtes *bien outillée*.

— C'est merveilleux... mais je puis vous assurer que vous n'aurez pas affaire à une ingrate. On n'oblige pas impunément Thérèse.

— Croyez-la, Camille, dit Esther, elle sera... comtesse ou duchesse un jour !

— Alors, bon vent, madame de... le nom viendra plus tard.

Thérèse s'est longuement préparée à ce voyage anglais, riche des conseils du bon Théo, des somptueux atours de Camille mais inquiète aussi, lourde de rancœurs et maladresses accumulées. Et elle n'a pas manqué, selon une habitude qui lui est devenue familière, de faire le point, consciente des dangers de la route. Elle se sait belle. Elle a appris à mettre en valeur sa silhouette mais l'approche insidieuse de la trentaine est une hantise continuelle. Il n'y a plus de temps à perdre. Les fantaisies, la vanité sourcilleuse, les fortunes qu'on dilapide, c'est la chance qu'on laisse passer. Thérèse se promet, de toute sa volonté, avec une clairvoyance renouvelée, de mener autrement son destin. Sans droit à l'erreur, c'est-à-dire à la dispersion, à l'insouciance. Désormais il faudra viser haut. Très haut. S'interdire toute velléité de plaisir inefficace ou d'aventure inconsidérée. Tout ou rien. Comme au casino, le quitte ou double.

Quelques jours plus tard, à Londres, la jeune femme retrouvait l'assurance de Mme Herz et s'installait dans une sympathique pension de famille tapie derrière l'église Saint Paul. Un confort très britannique pour un prix moyen. Une discrétion à toute épreuve. Deux pièces cossues et tranquilles pour y fourbir ses armes, à son aise.

Londres. Une ville qui n'a ni l'éclat ni le chic parisien, qui n'étale pas ses richesses et son insolente santé économique. Mais elle gagne en mystère et en force profonde ce qu'elle perd en fantaisie échevelée et en trop brillant exhibitionnisme.

Le printemps londonien promettait d'être beau en ces premiers jours de mai 1847 et Thérèse entreprit de reconnaître les lieux qu'elle avait hantés quelques années auparavant, au bras d'Henri. Voici le Strand et ses théâtres — un clin d'œil à Covent Garden — vers Oxford Street et l'imposant British Museum coiffé des tendres reflets d'un tout jeune soleil, Regent Street, « la plus belle rue d'Europe », « très sélect mais un peu gourmée », pensait Thérèse, comme la marche raide de ces lords fortunés, compassés et hautains. Ces lords qui la toisaient avec dédain pour cacher l'envie que son envolée froufroutante faisait monter en eux. Dédain pour dédain, elle continuait son chemin sans avoir l'air de les remarquer.

Elle traversa Piccadilly Circus et s'arrêta au milieu de Trafalgar Square, souriant aux jeux des fontaines, laissant courir son regard sur la grisaille charmante des pierres séculaires joliment encadrées de jardins fleuris. Elle continua sa flânerie, très chic dans son deux-pièces nacarat frissonnant de blanches dentelles aux manches et au col, ses cheveux flamboyant d'or — elle se les était fait teindre le matin même — retombant en larges boucles sur ses épaules.

Depuis quelques instants, elle suivait par hasard un personnage singulier qui sifflotait un air à la mode en faisant tournoyer avec une rare maestria sa canne à pommeau d'or qu'il tenait d'une main gantée de blanc. Il s'était arrêté pour passer à des exercices plus difficiles : la canne sautait, virevoltait, cabriolait, semblait marquer une pause en plein vol, rebondissait en se cabrant. Thérèse, feignant de s'intéresser à la colonne dédiée à Nelson, gardait un œil amusé sur cet exercice insolite. N'eût été la richesse du vêtement, elle aurait parié pour quelque baladin. Un excentrique plutôt! Continuant à mouliner l'espace, il venait de corser son numéro de jongleur en ajoutant à l'exercice quelques pas de danse, ceux d'un funambule dont il imitait les gestes et les mimiques avec une application consommée.

Grand, sec, tout en angles durs, serré dans une redingote de vison, il alternait maintenant les pas et les petits sauts, retombant avec force grimaces et contorsions sur un fil imaginaire, au grand émoi des promeneurs qui faisaient halte, un instant, pour l'observer. Thérèse, de plus en plus intriguée, promenait son regard du personnage qui se cassait, décomposait ses mouvements, se tassait sur son fil, à la gracieuse statue de Wellington, au buste de Nelson, à l'uniforme de Nelson, au mât du vaisseau de Nelson, d'un Nelson qu'elle avait rencontré à Westminster, à Greenwich, à Windsor et même à Saint Paul et qui se mêlait effrontément à la sarabande! Les images semblaient s'animer en se juxtaposant et Thérèse se surprit à rêver quand, en bon français, le curieux personnage s'adressa à elle:

— Mademoiselle, est-ce l'amiral qui vous intéresse ou le lord fraîchement sorti du Zoological Garden où il prend régulièrement des leçons de mimique, de maintien et de... politesse?

Thérèse, qui avait eu le temps de découvrir l'or piqué sur la lavallière de son interlocuteur, les énormes rubis en boutons de manchette et les diamants aux doigts, feignit d'accepter la boutade:

— On dit en effet que ce zoo contient les plus beaux spécimens de l'intelligence: délié de la raison, charme de la fantaisie, débridé du geste et... de la conversation. Quant à leur toison, elle est d'or, assurément!

— Bravo, mademoiselle! Vous ne manquez pas d'à-propos.

— Comment avez-vous deviné que j'étais... française?

— Le vêtement, voyons! Seules Camille et Palmyre ont cette originalité et ce goût parfait.

— Vous avez gagné! Ce modèle est signé Camille.

Il ne tenait pas en place ce bonhomme et, tout en parlant, continuait à se donner en spectacle.

— Je m'habille chez Humann, je me gante chez Mayer, je me... « bijoute » chez Gillion!

— Les grandes maisons parisiennes, mes compliments!

— J'aime Paris — j'y passe quelques jours chaque mois — et je retrouve mon ami lord Seymour et mes amis du Jockey-Club.

— Un homme de cheval! C'est merveilleux! Moi aussi j'adore ce sport que je pratiquais déjà dans ma jeunesse... à Moscou!

— Moscou, Paris, le cheval, une jolie femme très... très... côsmôpôlite!

Et il riait avec des mines et des pitreries de clown attendri ou naïf, triste ou gai. Un prodigieux comédien ! Extravagant ! Mais riche.

— On m'appelle William Ward. Je suis lord. Voulez-vous, mademoiselle-petite-Française-môscôvite (il prononçait les « ô » de façon inénarrable), voulez-vous partager avec môa mon... petit repas. Ce sera, comme on dit à Paris, sans façon. Allez, je vous enlève ! Oh, j'aime tant enlever les dames ! Juste le temps de faire cônnaissance.

Connaissance fut faite. Elle se prolongea les jours suivants par une installation princière dans un petit appartement qu'il avait loué pour elle, des présents somptueux ou charmants.

Le curieux bonhomme n'aimait guère les soirées mondaines où se montre le Tout-Londres de l'argent et de la pairie, de la banque et des affaires. Mais il fit découvrir à Thérèse un autre milieu, plus typique de la gentry britannique : celui du cheval et des courses. Il possédait quelques-uns des meilleurs chevaux du royaume et n'en était pas peu fier. Et quand il ne montait pas ces superbes bêtes de race, il... les jouait. Ce personnage fantasque était le plus fou des joueurs. Mais comme il paraissait las, parfois, de traquer seul la chance, il avait demandé à Thérèse de remplir les lourdes responsabilités du parieur.

— Mademoiselle, vous jouez pour vous et pour moi. Je me contente de vous indiquer les meilleurs chevaux. Les miens ! Si vous gagnez, tout est pour vous. Si vous perdez, tout est pour moi !

Et dans un grand rire qui éclairait son visage glabre et trop volontairement sérieux, il ajoutait :

— Est-ce que mon français est... bien compréhensible ?

Il l'était, et pour Thérèse qui s'était juré de rentrer à Paris riche d'autant de souvenirs que de livres sterling, lord Ward se montrait le partenaire idéal. Spirituel, munificent, grand seigneur plein d'inconséquences mais libéral et prodigue de toutes les largesses. Avec cela ni encombrant ni exigeant, s'ingéniant à rendre au centuple ce que la jeune femme lui consentait. Au point de devancer chaque besoin, chaque désir. Il avait deviné, à certaines inquiétudes, à de soudaines nervosités, à des questions abruptes et parfois maladroites, la peur qui habitait la jeune femme. Sa propre vie qu'il s'ingéniait à conduire dans le sens d'une originalité outrée, ses conduites en apparence folles et hasardeuses, tout un comportement volontiers excessif et absurde, lui avaient permis de mieux comprendre sa compagne de l'instant, ses brusqueries, ses rudesses, ses incessants appels — formulés ou non — à toujours plus de confort et de générosité.

Le petit appartement où Thérèse s'était installée avait été meublé avec goût et les murs avaient été habillés de satin noir. Elle y recevait tous les jours amis et connaissances. Et d'abord les riches banquiers de la City, cousus d'or et orfèvres en l'art de faire fructifier un portefeuille. Car elle avait décidé de prendre en main ses propres affaires. Thésaurisant, spéculant, elle commença bientôt à se constituer la base d'une coquette fortune personnelle. Elle avait d'ailleurs obscurément compris que ces financiers cossus, gavés de plaisirs achetés très cher, exigeaient d'autres excitants pour épicer, pimenter un ordinaire dont, rassasiés, ils mesuraient, non sans écœurement, la monotonie. Et c'était une révélation pour ces hommes d'argent d'entendre une courtisane les entretenir avec fougue et intelligence de biens et de propriétés, de capitaux et de revenus, de placements et de valeurs, de les interroger sur les cours de la Bourse, les hausses et les baisses, les économies et les rentes les plus sûres.

Un beau jour, lord Ward dit à Thérèse de la façon abrupte qui lui était naturelle:

— Il n'est pas bon que j'aie l'air d'apparaître comme votre prince consort. Nous avons fait ensemble un bien joli bout de chemin! Ce soir, vous le savez, je vous emmène à Covent Garden. Je vous y présenterai à lord Stanley, comte de Derby, un... comment dites-vous en français? un gros « léguiume » londonien! Very important fortûne! Il faut gagner... sa sympathie!

Thérèse avait souri. Elle avait compris. En gentleman, lord Ward s'effaçait, emportant avec lui le secret de son personnage.

Pour cette soirée — point d'orgue de son séjour londonien — la jeune femme avait passé de longs moments à sa toilette: il y avait eu le bain presque froid qui tonifie, le massage qui assouplit, les crèmes qui nourrissent une peau un peu sèche, les cheveux qu'il faut longuement peigner et friser en larges ondulations, le dégradé de bouclettes de plus en plus fines qui s'achève en un casque d'or mousseux et vaporeux éclairant le visage. Un peigne de nacre à larges dents sépare la chevelure surmontée d'un diadème ruisselant de diamants, somptueux présent de lord William. La jupe et le corsage ont été créés spécialement pour l'événement, une robe *Océane* qui ne manquera pas d'étonner et de plaire au parterre. Il faut dire que Camille s'est mise en frais d'originalité. Figurez-vous une marine de peintre-poète: la jupe est en soie turquine moirée, des vagues en tulle et des embruns de gaze. Ici, la mer se découvre pour laisser voir un fond de coquillages et de poissons précieux. Un rubis, d'une eau magnifique, y rayonne. Là, un vaisseau, à travers des flots transparents. La boucle du corsage est un soleil d'or et de diamants illuminant de ses rayons la mer, qui se retire. De ces flots se dégage, magnifique, un corps de femme, étincelant de force et de fierté. D'autres bijoux d'or, sobres et ingénieusement travaillés, spirituels pieds de nez à la tradition, rappellent les triomphes de... Nelson! Le décolleté ne cache rien d'une gorge charmante. Un immense châle de soie enveloppe Thérèse tout entière.

Quand elle se présente devant lui pour une inspection amicale, lord Ward, désinvolte mais admiratif, lui lance :

— Mais voyons, Thérèse, vous avez oublié quelque chose !

Et dans une pirouette, il jette, sur les épaules de la jeune femme, un manteau de léopard, pièce unique et... folle !

— Un dernier hommage à votre beauté !

Covent Garden scintillait de lumières et de couleurs. Un théâtre comme les autres, et pourtant... plus silencieux, plus guindé, plus enfermé dans une sorte de raideur compassée. Une étrange atmosphère pesait sur ces visages froids, sur ces corps tendus, engoncés dans des gilets trop serrés sur des jabots trop blancs.

Thérèse s'était assise sur le devant d'une petite loge de balcon, en seconde avant-scène, d'où elle découvrait la salle entière figée dans une rigueur toute britannique. Lord Ward s'était réservé la place à l'arrière, une place incommode, très en retrait de la salle et du plateau. Il avait soufflé :

— A votre gauche, de l'autre côté de la séparation, lord Stanley, seul dans sa loge...

Grand et maigre, le lord ne la quittait pas des yeux. Il faut dire que Thérèse, en comédienne accomplie, avait su se ménager une entrée remarquée. Comme celle des tribuns qui viennent, devant la scène, haranguer leur public. Elle était restée debout quelques instants pour faire admirer la hardiesse de sa taille et l'élégance de sa tenue, puis, posément, avec des gestes précis, elle s'était assise et son regard avait croisé celui de l'homme qui la détaillait avec une intensité mêlée d'incrédulité. Un visage long encadré de favoris grisonnants, des traits énergiques, le menton volontaire des gens responsables et sûrs d'eux-mêmes, la moustache, très soignée, ourlait des lèvres pincées faites pour l'humour et le dédain.

Thérèse lui avait adressé un sourire, comme une discrète invite. Il s'était raidi, partagé entre le désir de répondre par un salut de politesse ou une mimique réprobatrice. Puis, elle s'était donnée tout entière au spectacle, à cette musique dont elle jouissait, aux stridences des cuivres, aux lamentos des violons, aux aigus filés des flûtes, aux chaudes sonorités des lourdes contrebasses. Elle dédaignait les voix. Seuls la partition et ses arrangements mélodiques la retenaient. Son oreille enregistrait, contrôlait, appréciait. Son œil errait, caressant les moindres recoins de l'immense salle peuplée, au loin, de fantômes gantés de blanc et, plus près, d'ombres d'abord indistinctes mais mouvantes, taches sombres des hommes à plastrons blancs, taches plus nettes des femmes avec, zébrant l'obscure clarté, les éclairs des diamants et des pierres précieuses.

L'entracte arracha Thérèse à ses envoûtements et le lord à l'étrangeté d'une situation dont, pour la première fois, il n'était ni le maître ni l'ordonnateur. Tout le monde s'était retrouvé au foyer, au milieu d'une cohue caquetante qui s'ouvrait au passage de l'inconnue, un brin condescendante, amusée au spectacle de ces visages pétrifiés d'incompréhension et de jalousie.

— Lord Derby, permettez-moi de vous présenter la plus parisienne des Parisiennes actuellement à Londres...

Et c'est vrai qu'elle ne manquait pas de chien, Thérèse, dans cet ensemble fracassant qui jetait l'émoi autour d'elle. Insensible à la fraîcheur du lieu, elle avait largement dégagé ses épaules, laissé flotter son châle et offert la plénitude de ses formes aux coups d'œil envieux ou réprobateurs. Elle remarqua soudain le regard passionné, plein de ferveur amoureuse, d'un homme encore jeune, d'une maigreur inquiétante, avec des pommettes roses de fièvre et de désir inassouvi, qui était venu se cacher — très mal — derrière lord Stanley. Elle avait vu ce visage-là quelque part. Mais où ? Quand ? Là-bas, à Moscou, peut-être ? Mais non, elle se trompait. Il avait disparu presque aussitôt dans la foule indifférente.

— Mademoiselle, dit lord Stanley, je suis enchanté de cette rencontre et de... l'ingéniosité des couturiers parisiens. Est-ce que je dois considérer cette création comme un hommage à la vocation maritime de mon pays, de ma famille ?

Il avait chaussé son monocle à monture d'or, feignant de rechercher quelque détail amusant, et Thérèse avait découvert un nez long et cassé au bout, une chevelure noire aux boucles vagabondes jouant sur un front haut et fier qui cachait en partie des oreilles joliment dessinées. L'homme avait du charme et en usait.

— Savez-vous, comte, dit lord Ward, que Mlle Thérèse est une fine cravache et qu'elle connaît l'art équestre aussi bien que moi !

— Impossible, mon cher !

La deuxième partie du spectacle, qui allait commencer, les sépara au milieu d'une discussion animée à propos du derby d'Epsom qui devait avoir lieu le surlendemain. Les yeux de Thérèse brillaient d'envie.

Lord Ward accompagna Thérèse jusqu'à sa loge et prit congé.

— Good luck, Thérèse...

Et, dans une dernière pirouette, un peu plus grimaçante que de coutume, il se retira.

— Comment ? s'étonna lord Stanley du bord de sa loge. Mon ami Ward est un incorrigible gaffeur : je vois qu'il est capable de tout oublier, même les jolies femmes! A la fin de la représentation, ma voiture sera à votre disposition, si vous le voulez bien...

Le rideau se levait et le comte, impatienté, essaya de mettre un peu d'ordre dans ses pensées. Il appréciait le sacrifice de l'ami en admirant le profil altier qui jetait tant de trouble en son cœur, l'éloignait d'un spectacle qu'hier encore il affectionnait. Jusqu'alors, il avait su, en toutes circonstances, conserver un bel équilibre et une sérénité de bon aloi devant les tentations. Cette fois quelque chose l'inquiétait, le désorientait. Il avait suffi d'un regard, d'un corps sans défaut, d'un mystère aussi pour qu'il se sentît entraîné, pris, attaché déjà! C'était une impression toute nouvelle, à la fois irritante et excitante. Lui, lord Stanley, comte de Derby, amoureux de ces mèches folles qui moussaient dans la pénombre d'une loge de théâtre! Lui, succomber au premier geste de cette courtisane, fasciné par une beauté à damner tous les saints de la vieille Angleterre! Quelle dérision! Et de s'attacher de nouveau à ces épaules nues, à ce buste où brillaient les flammes conquérantes des bijoux. Jusqu'à ce parfum de fleurs sauvages dont il respirait l'âcreté insistante dans laquelle il se perdait. La fin du spectacle déchira le lourd tissu de ses pensées tumultueuses. Il sentit le besoin de s'arracher à ses démons.

— Mais, dites-moi, nous en étions restés tout à l'heure aux splendeurs de notre derby. Vous serait-il agréable de m'y accompagner?

— Je compterais cette chance comme miraculeuse!

Cependant qu'ils se laissaient porter par le flot pressé des spectateurs, le comte s'était alors lancé dans une évocation grandiose du « plus grand événement d'Angleterre »:

— Eh bien, préparez-vous à quelque chose d'inhabituel. De surprenant. Un coup de tonnerre dans la vie bien rangée de notre peuple...

Dès le lendemain, Thérèse se prépara à cette fête du cheval en courant les magasins spécialisés de Regent Street. Le jour venu, elle avait grand air, bien prise dans le gilet serré à l'arrondi prometteur, avec sa longue jupe d'amazone fière, guerrière aux gestes précis, le petit haut-de-forme coquin duquel tombait un long ruban de mousseline rouge s'ouvrant en éventail jusqu'à la taille. L'ensemble était de bon goût et terriblement émoustillant. Le comte en eut le souffle coupé.

— Vous savez que j'ai beaucoup pensé à cette journée, Thérèse. Et si vous me permettez...

Sur un magnifique écrin de velours noir reposait une broche : une cravache en or et diamants. Un présent royal !

— Ne protestez pas. Ce bijou n'est-il pas le symbole d'une passion commune ?

— Mais, comte, nous nous connaissons à peine !

— N'est-ce pas la plus agréable manière de faire connaissance ? En souvenir, je l'espère, d'un inoubliable derby. Mais regardez plutôt...

C'était, roulant vers Epsom, l'immense cortège de tout ce qui bouge, se traîne, s'attelle ou s'accroche : équipages à deux ou quatre chevaux, lourdes pataches, amusants tilburys, boutiques ambulantes des marchands de gingerbeer ou de comestibles, huit-ressorts fastueux ou cabriolets brinquebalants, fiacres grinçants ou vieilles caisses titubant sur la route poussiéreuse...

— J'ai retenu deux places sur l'impériale de l'omnibus. Nos vêtements souffriront un peu mais c'est le seul moyen de bien voir la fête. Dans une même ferveur et pour un seul jour, elle réunit les gens les plus divers, les lords et leurs laquais, l'Africain et l'Irlandais, la haute bicherie parisienne et la haute banque londonienne, le Jockey-Club du monde entier, l'éclopé qui a retrouvé ses jambes, le

phtisique son souffle. Le bavard étant bien le seul à perdre sa voix!
— Amusant et caustique, est-ce là le portrait type du lord anglais?
— Ah! Ah! Ah! vous avez pris les mauvaises habitudes des Français. Etablir des hiérarchies, des classifications, des types. Mais... vous me jugez assez bien, j'aime séduire en étonnant!
— Quel aveu, comte, et la formule ne manque pas d'esprit!
— Les jolies femmes donnent de l'à-propos aux hommes les plus niais! Thérèse, je me sens bien auprès de vous... Et puis, quinze kilomètres bras dessus, bras dessous sur la galerie d'un omnibus londonien, plus sept kilomètres à cheval au milieu des champs avant la Terre promise, quel programme!

« Allons, pensait Thérèse, le séjour anglais, si bien commencé, se poursuit mieux encore. » Et elle se sentait détendue au milieu des cris, des chants, de la couleur, de tout ce pittoresque joyeux, de ce tintamarre bon enfant qui déferlait, qui coulait comme une marée irrésistible et l'emportait vers un destin qu'elle voyait de nouveau auréolé de toutes les réussites.

Elle admirait cette broche que le comte avait agrafée sur son cœur, en suivait d'un doigt expert la forme raffinée. Lui revenaient en mémoire les potins glanés auprès de ses amis d'un soir: « Lord Stanley, l'une des plus grosses fortunes du royaume... Un domaine à Knowsley, une immense propriété en Irlande... La générosité du grand seigneur libéral et du parfait homme du monde... Une écurie de courses... Une belle renommée oratoire et une carrière politique qui ne fait que commencer! »

— A quoi pensez-vous, darling? Vous me semblez bien lointaine!
— Oui, c'est vrai, je contemplais ce magnifique bijou et me demandais...

— Réflexions bien moroses ! Sachez que depuis cette soirée à Covent Garden, vous n'avez pas quitté mon esprit et, si vous voulez profiter quelque temps encore de ce printemps plein de promesses, je vous annonce un été merveilleux... un automne... un hiver...

— Oh là ! Oh là ! Monsieur le comte, je n'ai pas pour habitude d'installer les meilleures choses dans la durée. Les crépuscules sont tristes et les lendemains cuisants ! Je suis de celles qui vivent l'instant et en dégustent toutes les saveurs.

— Je savais Paris peuplé de gastronomes ! Mais ne me désespérez pas ; ne me refusez pas au moins l'espoir...

— Comment le pourrais-je ?

Il avait tendu à la jeune femme, un peu interloquée, une clé.

— Ne vous étonnez pas, cette clé est celle d'un petit hôtel particulier que j'ai loué pour vous au cœur le plus aristocratique de la City.

— Mais c'est un enlèvement !

— Comment dites-vous ? Un enlèvement... *J'enlève*... J'aime ce mot !

— Moi pas, je ne suis pas une petite fille romantique et encore moins une femme qu'on achète comme...

— Comme au marché des fleurs ! Vous êtes un bouquet de fleurs parisiennes, d'odeurs et de couleurs parisiennes, de chic parisien, de beauté.

— Vous savez bien que je ne suis pas parisienne, ni même française !

— Vous ai-je à ce point blessée ? On dit ici que Paris rend parisiens ceux qui y vivent, que Paris donne la grâce, le goût, l'esprit, l'exemple aux autres peuples, même aux Anglais.

Désarmant, ce lord, puissant parmi les puissants. Comment lui résister ?

— Pardon, lord Stanley, tout cela va si vite et je suis bien maladroite !

— Oh! la petite colère vous va à ravir et vous n'êtes jamais à court d'arguments.
— Vous êtes vous-même assez convaincant. Allons, je me soumets et vous ferai l'honneur de « vos » appartements!

Thérèse ne devait pas regretter la trop facile victoire de lord Stanley. Il se montra le gentleman le plus spirituel, le gentilhomme le plus imprévu et le plus généreux. Comblée de présents et de prévenances, d'argent et de bijoux, elle n'avait rien à désirer. La délicatesse du comte était sans faille: il épargnait à l'aimée ces mots infiniment répétés qui usent et ternissent la plus folle des passions. Et ce courage de ne pas dire la révolte qui lui mordait le cœur chaque fois qu'il la sentait lointaine, préoccupée d'autres réussites, possédée par ce besoin fou de se prouver à elle-même l'étendue d'un pouvoir qu'elle voulait tyrannique.

Il lui avait offert un superbe alezan aux attaches déliées, un pur-sang intelligent et racé qu'il avait fait préparer par son meilleur entraîneur. C'était, pour Thérèse, faussement insensible, une attention qui la touchait au plus profond d'elle-même. Elle se souviendrait longtemps de certaines courses enlevées de haute lutte et qui avaient fait d'elle, en même temps qu'une curiosité venue d'ailleurs, la femme la plus heureuse du monde. Car c'était très bien de se montrer aux courses, avec une majesté de reine, de descendre de son dog-cart — cheval irlandais piaffant, voiture bleue sombre, réchampi des roues et train orange — mais posséder à soi seule le vainqueur de la course du jour, c'était la joie pure, le panache.

Thérèse profitait largement de cette vie fastueuse, se frottait avec délectation au contact d'une autre civilisation, pénétrait un monde réservé, distant, cachant son importance derrière l'apparat de l'étiquette et de la robe.

Et surtout elle avait son lord. Bien à elle.

Elle se surprenait à rester des après-midi entières ou de longues soirées devant la cheminée monumentale où éclataient en gerbes étoilées les grosses bûches bien sèches. Le comte s'employait, l'œil brillant de plaisir, à l'initier à la vie de son pays. Elle disait: « J'apprends tout.. Tout m'est nouveau », et profitait des leçons du diplomate qui avait découvert en elle des aptitudes, des connaissances qui l'étonnaient.

— Vous savez, Thérèse, tout ce que vous m'avez dit des conversations écoutées ici et là dans le milieu du journalisme parisien, les conclusions que vous en avez tirées, tout cela va dans le droit fil d'une remarquable intelligence de la conduite des affaires d'un Etat. Vous avez le sens politique. Demain vous y ajouterez ce que j'appelle la *prévision réaliste* des événements, une sorte de déterminisme que seuls possèdent ceux pour qui la politique devient un métier. Sinon un art!

— C'est vrai qu'il se dit beaucoup de choses importantes dans les cafés et les salons et qu'à moins de paraître sot ou indifférent, il faut tenir sa place à l'orchestre. Il se trouve que j'ai assez bien connu — au moins du dehors — la société moscovite, tellement hiérarchisée, que j'ai traversé, l'œil ouvert, bien des capitales européennes et que Paris, aujourd'hui, répond à voix haute à quelques-unes des questions que je me pose.

— Par exemple?

— Oh! des questions simples sur l'énorme disparité des classes sociales, le rôle d'une presse souvent inconséquente, le rôle de l'argent-roi, la forme des gouvernements...

— Questions simples, dites-vous! Questions immenses! Qu'avez-vous tiré de vos observations?

— Que le monde est aux mains des lanceurs d'affaires, au plus offrant, au plus machiavélique, que les vieilles classes s'essoufflent ou disparaissent.

Les rejetons — hier bien nés — de l'aristocratie vendent leurs titres et leurs particules à la riche bourgeoisie montante et régnante.
— C'est le roi qui règne à Paris!
— Faux-semblant! Louis-Philippe danse aux Tuileries et regarde la reine, qui n'a rien compris, s'enfermer et se pavaner dans une Cour sans idées et sans ambitions. Sans lumières.
— Sans lumières, Thérèse! Rêvez-vous de ces salons du siècle dernier où la vie politique, ses théories et ses pratiques, se préparait sous la houlette de femmes intelligentes, passionnées de ces marivaudages où la galanterie le cédait volontiers aux alléchantes constructions diplomatiques?
— Je n'en rêve pas, comte... je recevais, hier encore, dans mon salon, tout ce que Paris compte d'hommes influents, de France et d'ailleurs... J'admire beaucoup Villemessant, plus encore Girardin qui sait que le monde politique est une jungle. Alors...
— Alors, la ruse, les compromissions, les fausses nouvelles qui deviennent vraies le lendemain... Mais vous confondez un peu vite presse et politique, la presse et ses mystères savamment entretenus, la subtilité de ses interprétations, ses changements de cap, la souplesse de la pensée et de l'échine, vous passez gaillardement du journalisme au gouvernement des peuples. Les Anglais — vous en conviendrez — ont une belle et noble maturité politique. Et ici la liberté n'est pas un vain mot.
— Venez vivre à Paris! C'est la ville la plus libre du monde!
— Attention! Il se pourrait aussi que votre royauté soit la pire des tyrannies. On crie: « Enrichissez-vous » et semblent s'ouvrir, comme par magie, toutes les facilités, toutes les tolérances. Mais l'essentiel, Thérèse, la liberté du citoyen, le droit à la justice, le véritable accès au vote égalitaire, reste verrouillé, bâillonné. D'ailleurs les nouvelles de

France sont mauvaises. Comme dans l'ensemble d'une Europe travaillée depuis plusieurs années par le double ferment des aspirations libérales et nationales. S'y ajoutent des difficultés d'ordre économique. Votre gouvernement est fragile. Et Paris vit dans la hantise de 1830. D'après mes derniers renseignements le mécontentement est général : disette paysanne, faiblesse des liquidités financières qui entrave l'essor industriel. Les bourgeois eux-mêmes grognent et Guizot, au lieu de lâcher du lest, interdit, se montre maladroit. Lui qui propose si volontiers les modes et les idées anglaises sur la promotion de la société par l'industrie, la richesse, l'argent-roi, ne semble pas se pencher de très près sur les raisons qui ont fait la maturité politique de l'Angleterre.

— Je ne savais pas que vous vous teniez si bien au courant de la politique française. Je ne regretterai pas le régime de Louis-Philippe encore qu'il permette au plus habile, à celui qui le veut vraiment, d'arriver vite !

— D'arriver trop vite, Thérèse. Il y a les biens personnels, le désir légitime d'aller le plus loin et le plus haut possible, mais faut-il oublier pour autant le bien public et celui de la nation tout entière ? Cette conversation est passionnante mais elle va devenir dangereuse car je vois vos yeux s'enflammer, vos traits se durcir. Allez, nous reprendrons cette haute discussion plus tard et je n'esquiverai pas les questions personnelles : cette richesse d'aristocrate comblé par la naissance, les avantages qui en découlent, le poids trop lourd des inégalités. La misère me navre, Thérèse, et je fais de mon mieux pour aider les plus défavorisés. Mais j'ai soif de vivre, de posséder, d'aimer... Venez, c'est l'heure sacrée de la prière quotidienne !

— Je ne vous croyais pas entiché à ce point de votre « cup of tea » !

— Plus que cela, Thérèse. L'heure du thé, pour les Anglais, c'est l'heure égalitaire par excellence !

— Vous vous en tirez à bon compte!
Elle s'était détendue. Les habitudes n'ont pas que de mauvais côtés!
— Savez-vous ce qu'on dit à Paris de la femme anglaise, la femme-thé?
— Les Français sont impertinents mais nous le leur rendons bien!
— Comte, comme vous vous défendez!
— Pardon, un petit mouvement d'orgueil... britannique. Mais que dit-on à Paris?
— « Il y a quelque chose que la femme anglaise aime mieux que vous et moi, c'est elle-même; quelque chose qu'elle aime mieux qu'elle-même, c'est sa réputation; quelque chose qu'elle aime mieux que sa réputation, c'est son thé! »
— Que voici une bien amusante calomnie. Criante d'injustice. Car je suis un homme-thé! Et puis je soupçonne fort la boutade d'être anglaise! Nous aimons furieusement nous railler nous-mêmes!

Ainsi passaient les semaines, les mois et Thérèse continuait à mener une vie de courtisane adulée. Elle restait des heures à sa toilette, prenait un évident plaisir à se farder. Les yeux sont de velours noir et possèdent cet éclat étrange qui appelle le plaisir en engourdissant la volonté, les cheveux et les sourcils sont teints en blond clair, les lèvres d'un rouge un peu sanglant et les ongles d'un rose soutenu. L'ensemble perd en naturel ce qu'il gagne en élégance.

L'année 1847 s'achève dans l'euphorie des fêtes et des cadeaux. La rue londonienne, à la veille de Noël, resplendit: Regent Street regorge d'activité fébrile et tend au chaland médusé toutes les merveilles des cinq continents. Le comte ne sait plus comment gâter Thérèse même en exigeant qu'elle change de robe et de fourrure à chaque sortie! Il sent monter la jalousie autour de lui et se persuade que c'est le prix de son bonheur. Posséder la plus belle femme de Londres, à tout le moins la plus excitante, la mieux habillée, la plus richement parée, c'est, à coup sûr, tenir son rang dans une société qui ne connaît que l'appétit de puissance. Et de jouissance. Jusqu'à la démesure.

Et l'on se retrouvait dans la grande salle tranquille pour quelques moments de détente active :

— Vous étiez belle, Thérèse, hier soir, dans votre ensemble vénitien. Le comte et la comtesse de Shrewsbury m'ont dit que vous êtes apparue comme l'étoile de leur bal masqué. Ne m'a-t-on pas demandé en confidence le nom de votre parfumeur! « Comment ce parfumeur prépare-t-il des extraits qui reproduisent aussi exactement l'odeur d'une fleur dans sa pureté ? Quels sont ses secrets ? »

— Dois-je le dire ?

— S'il vous plaît...

— Le parfumeur s'appelle Guerlain, rue de la Paix. A Paris. Quant à ses secrets, je ne les connais pas. Et, croyez-moi, il les garde précieusement au fond de son officine! Remerciez bien vos amis. Je sais par expérience que le *high life* n'apprécie pas beaucoup les courtisanes!

— Chut! Chut! Votre Camille est inimitable. Cette tunique en zamite frangée d'hermine, quelle grâce! Le bal tout entier n'avait d'yeux que pour vous. Comme je vous aime!

Il ne disait pas qu'il avait couru les joailliers pour trouver un collier, diamants et pierres assorties, somptueux présent de Noël, des pendants d'oreilles circulaires avec des rubis carrés retenus par une sertissure d'or. Et qu'il avait dépensé des fortunes en bracelets émaillés de Saint-Marc et de son lion, en bagues à côtes, chaton octogonal, dragons et lions ailés avec des chiffres anciens.

— Camille est une merveilleuse couturière mais vous êtes le plus généreux des hommes.

La sachant avare de compliments, il se sentit un instant heureux, aimé peut-être !

Pour cacher son trouble, Thérèse, tout à trac, fit diversion :

— Et ma gazette, comte ?

— La situation en France s'alourdit. Le mouvement gagne une partie de l'Europe.

— Vous croyez à une nouvelle révolution ?

— Oui, les Français ne savent pas évoluer sans heurts. Je me demande parfois s'ils ont la tête bien politique. Guizot accumule les erreurs : il court au-devant du danger, la fleur à la boutonnière ! Quelle témérité inutile ! Émile de Girardin, que je tiens pour un grand publiciste, entretient le doute en accueillant les articles de Lamartine mais déclare quelques jours plus tard : « Pourquoi tant de ministres passent-ils sans laisser de traces ? C'est que la chose qui les occupe le plus n'est pas de se former des convictions mais de recruter des votes afin de conserver une majorité. » Est-ce bien au député de Bourganeuf de... ?

— Je connais les habiletés de mon ami Girardin ! Mais alors, tout va changer en France ? Vous me faites peur !

— Ne craignez rien ! Les opposants existent qui revendiquent plus de liberté, de droit et d'indépendance, mais, comme en 1830, c'est la réaction qui triomphera finalement.

— Seriez-vous devin ?

— Oh non ! J'observe des efforts sympathiques, lucides mais mal organisés, sans discipline commune. Des groupes, des coteries, des vanités, des utopies surtout, Thérèse, qui ne sauraient mettre à mal les puissants de l'heure. Il y aura encore de beaux jours à Paris pour la vie de plaisir et la fête permanente qui ajoutent leurs ferments de décomposition morale à la fragilité ambiante.

— Dans tout Anglais un professeur de morale sommeille !

— Rien n'est simple en politique. Il y a les principes, les partis et leurs tendances et... les espoirs des peuples. Nos sociétés sont trop inégalitaires. Trop de richesses dans les mêmes mains ici, trop de souffrances à côté. Il faut corriger tout cela ou alors...

— Mais le profit est source de développement économique, d'emplois plus nombreux. La fête et le plaisir dont vous vous faites le grand inquisiteur font vivre les couturiers, les brodeuses, les petites mains, les joailliers, des centaines de petits métiers cependant que les mécènes et les salons aident à développer la littérature, les arts...

— C'est vrai, Thérèse, mais des millions de malheureux crèvent de pauvreté au fond de leurs trous à rats.

— Et ne font rien pour en sortir.

— Tous les jours des enfants meurent de faim et des armées entières d'hommes et de femmes succombent à des tâches surhumaines. Tenez, vous savez que je possède, en Irlande, de grandes terres familiales. Eh bien, c'est dans ce comté que les fermiers irlandais se sont réunis pour tenir un meeting. Des milliers de petits paysans qui veulent former la *Tipperary Tenant League* pour faire valoir leurs droits sur les terres des landlords. La presse fait état de péril grave contre la propriété. Difficile question...

— Oui, j'ai connu ces misères-là et j'ai juré de m'en sortir. J'emploierai à cela toutes mes forces, toute ma volonté, toute ma haine... Que les autres en fassent autant !

— Thérèse, ne parlez pas de haine !

Les semaines qui suivirent devaient voir se réaliser les craintes du comte. A Paris, les journées de février 1848 furent sanglantes. Thérèse sentait grandir son inquiétude en même temps que son ennui.

La vie anglaise lui pesait. Paris — monarchie ou république — lui manquait. Ses amis aussi, Théo surtout. Et osait-elle se l'avouer? — son rôle d'inspiratrice... *Le Poème de la femme!*

Elle en était là de ses réflexions un peu désabusées, ayant épuisé les charmes et les largesses de la vie anglaise quand, flânant au hasard des vieilles rues londoniennes, elle entendit prononcer son nom par une voix rauque et essoufflée:

— Thérèse, Thérèse, vous, seule... enfin!

Interloquée, elle reconnut l'homme de Covent Garden, ce visage blême, mangé de fièvre.

— Monsieur... vous connaissez mon nom? Vous ai-je rencontré quelque part?

— Si je connais votre nom? Mais enfin, Thérèse, la maladie m'a-t-elle à ce point changé? Regardez-moi bien!

Emue autant par l'état de délabrement physique de l'inconnu que par cette sorte de ferveur qu'il mettait à l'interroger, la jeune femme fit un effort pour situer ce visage émacié, ces yeux si limpides, ces traits qui, en se décontractant, commençaient à trouver leur place dans le souvenir. Et soudain:

— Pierrot... mais oui, c'est le Pierrot de la rue Varvarka à Moscou, ma première rencontre... mon premier baiser... mon premier amour!

— Thérèse, vous vous souvenez. Et si gentiment! Mais allons prendre quelque chose: je n'ai plus de jambes!

Il se laissa tomber sur le confortable fauteuil d'un pub discret et douillet qui les accueillit dans l'étrange lumière tamisée qui filtrait, rouge et chargée de poussières microscopiques. Si peu impressionnable qu'elle fût, Thérèse se taisait, paralysée par l'intensité presque insupportable du moment.

— Excusez-moi, dit Pierrot, je vous dois une histoire qui fut longue et douloureuse, mais qui se termine heureusement aujourd'hui où je vous rejoins.

La voix, submergée par l'émotion, sifflait et les mots venaient mal comme le souffle qui lui manquait. Elle s'effrayait de ces yeux creux, de ces rides profondes qui ravinaient un visage hier encore serein, éclatant de santé juvénile. Pierrot se mit à tousser par quintes irrépressibles qu'il s'efforçait de contenir au prix d'efforts surhumains. Le mouchoir, qui cachait les dures contractions de sa bouche douloureuse, se teintait de sang. Il parvint à calmer cette toux irritante, à retrouver un peu son souffle.

— ... Oui, je suis le Pierrot de votre souvenir. Quand nous nous sommes séparés, je suis retourné à Saint-Pétersbourg, triste à mourir, sachant que j'avais laissé mon bonheur et ma joie de vivre dans la liesse de Moscou. Alors — le destin n'est que signes — ma mère que j'adorais et qui m'aidait à traverser ma solitude est morte... Mon père, malgré tout son courage et des affaires florissantes, s'est mis à boire comme s'il voulait, systématiquement, détruire sa santé. Il m'a quitté il y a deux ans. La maladie s'est emparée de moi, une proie facile. Et je n'ai guère résisté. J'ai alors réalisé toutes mes affaires et couru le monde, à votre recherche. Je vous épargne le récit des mécomptes, des espoirs et des désespoirs qui ont meublé ces mois. Jusqu'à cette soirée de Covent Garden où je n'ai pas osé vous aborder. Votre trace de nouveau perdue... et retrouvée aujourd'hui.

De grosses larmes coulaient sur son visage exsangue. Cette confession l'avait terrassé. Des tics nerveux l'agitaient et ajoutaient encore à son immense détresse.

— Pierrot, c'est vous qui m'avez donné mon premier espoir, mon premier courage, que puis-je faire pour vous?

— Rien, sans doute, et cependant... Thérèse... je vais mourir. Dans quelques jours ou quelques semaines, je vais quitter cette terre inhospitalière. Non! ne vous récriez pas. Les médecins sont formels et moi, je le sais, je le sens, je suis à bout de forces. Mais je vous aurai vue. Je vous aurai dit ma solitude, ma longue quête que j'achève aujourd'hui. Il me reste à retourner mourir là-bas, à Saint-Pétersbourg, auprès des miens. J'ose vous le demander : ramenez-moi dans mon pays, accordez-moi ces quelques moments supplémentaires de bonheur. Et acceptez ce qui me reste. Une fortune encore importante et que le Pierrot d'un jour vous prie de garder, au nom du premier baiser, au nom de cette passion que vous avez suscitée et pour laquelle j'ai vécu, jour après jour. Une seule prière, ne tardez pas. J'ai vu dans vos yeux tout à l'heure la peur qui vous habitait en regardant ma faiblesse... Oui, Thérèse, c'est bien la mort que vous avez lue sur mes traits.

— Donnez-moi quarante-huit heures pour boucler quelques valises et mettre un point final à mon intermède londonien... Allez, Pierrot, courage, la volonté permet de triompher de tous les obstacles...

Un sourire éclaira un instant le pauvre visage.

— Si je pouvais déjà, grâce à vous, rentrer dans mon pays.

— Quarante-huit heures, Pierrot... Reposez-vous. Soignez-vous. Vous guérirez !

Le soir même, Thérèse annonçait son départ à lord Stanley. Il comprit qu'il ne pourrait la retenir et s'inclina avec élégance.

Le voyage vers Saint-Pétersbourg fut long, pénible. Le corps épuisé, la poitrine déchirée par les quintes de toux, Pierrot sentait la vie le quitter et Thérèse devait l'aider de ses forces à elle, intactes et résolues, et de ses paroles de réconfort et d'espérance. Quand enfin on toucha au but, le malade bénéficia d'une de ces rémissions que connaissent bien les médecins et qui annoncent la fin. Thérèse redécouvrit avec émotion le pays de son enfance. Le printemps répandait alentour une étrange douceur.

— Vous souvenez-vous, Thérèse, il y a maintenant quinze ans, je crois? C'était aussi le début du printemps à Moscou... La même tendresse des êtres et des choses, les mêmes souffles de renouveau. Je naissais à la vie, à la joie... On vit, on meurt. Si vite.

— Mais vous allez mieux!

— Oui, je vais mieux. Et c'est bien ainsi que je veux partir. Juste le temps de mettre de l'ordre dans mes affaires. Et comme je vous l'ai dit, tout est à vous ici: la maison, mes biens, tout. Assez sans doute pour que vous ne m'oubliiez pas. Soyez heureuse, Thérèse...

Et quelques jours plus tard, il partit, pour toujours, sans bruit, avec le même sourire, par un beau jour ensoleillé.

Peu de temps après, ayant vendu tous les biens que Pierrot avait placés, comme une guirlande de fleurs printanières, sur son chemin, Thérèse rentra en France: elle avait quelques comptes à régler avec Paris!

Ses premières visites furent pour Théo, pour Esther, pour Camille. Elle payait les dettes à l'amitié, à la compréhension, au flair. A la confiance.

— Crénom, avait dit Esther, te v'là toute requinquée. Plus belle que jamais et prête à t'faire une place au soleil. Tu as toutes les chances, cette putain d'révolution a mis Paris sur les genoux. Tout l'monde se r'garde d'un sale œil, le pognon a peur! Il est aussi rare que la clientèle distinguée! Mais c'est l'moment d'se mettre dans ses meubles. J'connais d'ces p'tits hôtels qui s'vendent pour une bouchée d'pain. Tiens! Place Saint-Georges, en face de l'auguste demeure de M. Thiers, un hôtel de nabab, avec salons incorporés! « Du cousu main »,

dirait Camille! Un peu excentré, mais pour un début! Et puis M. Thiers!
— Mieux que M. Girardin!
— Eh! Eh!
Esther n'avait pas menti. L'hôtel particulier fut acheté et la place Saint-Georges ne tarda pas à accueillir les amis d'hier qui se pressaient autour d'une table abondamment garnie. Et les amis des amis, ceux de Théo d'abord, qui semblaient avoir souffert plus que d'autres du chaos politique où s'était enfoncé le pays. Le plus souvent Théo lui-même ne venait pas.
— Que se passe-t-il, qu'est devenu ce bel optimisme?
— Les temps sont fous, Thérèse. Et la politique a vidé Paris de sa meilleure substance. Il ne fait pas bon être artiste ou poète aujourd'hui. Après le printemps du peuple et les faux espoirs nés alors et si bien orchestrés par quelques bourgeois et réformistes intelligents comme Ledru-Rollin, Arago, notre Lamartine, après l'euphorie du suffrage universel, de la liberté de presse et de réunion, c'est le choc en retour, la liquidation de toutes les conquêtes. La révolution sociale n'y survivra pas. Quel gâchis!
— Il y a autre chose, Théo, j'en suis sûre. Je n'aime pas que mes amis me cachent leurs soucis, peut-être leurs peines. Vous seul me connaissez un peu. Vous seul sentez que, derrière la carapace, un cœur, un vrai cœur bat. Il bat pour vous, vous le savez. Dites-moi... Tout simplement. Même les courtisanes...
— Il n'y a rien qui vaille la peine d'en parler. Il n'y a de bon que la solitude et la révolte. Ma mère...
De grosses larmes soudain.
— Pardon... Théo!
Elle comprit la pudeur de cette détresse et se tut. Comme elle allait se taire les jours et les semaines qui allaient suivre. Mais elle ne le quitterait plus,

l'obligeant à vivre dans son ombre réconfortante et fidèle. Elle s'ingénierait, tout en respectant sa douleur, à tromper son ennui et sa solitude. Théo la suivrait au Bois dont il aimait la vie secrète, les couleurs printanières et le jeu des eaux vives, il la suivrait dans de longues promenades à la campagne, autour de Paris. Elle multiplierait les tête-à-tête dans la douceur d'un petit salon complice. Elle allumerait de grands feux dans la cheminée et cependant que joueraient sur fond de tentures claires les belles flammes rouge et or de l'âtre, elle se ferait tendre et... maternelle.

Et, un soir, plus calme, plus tendrement discret et moins lourd de pensées obsédantes, Théo s'était confié à elle :

— Thérèse, ma mère, ma... mère... est morte.
— Et je n'étais pas là. Et je ne savais pas.
— Vous savez maintenant et vous êtes la seule à mériter cette confidence. Je n'oublierai jamais ce que vous avez fait pour moi.
— Il y a heureusement, dans la vie des êtres, des moments qu'on ne prévoit pas, des actes qu'on ne calcule pas, des amitiés qui vous grandissent. Il ne faut pas manquer ces moments-là. Ce sont les meilleurs. La vie, au demeurant, reprend trop vite son cours.
— Oui, que de tristesses, Thérèse ! Une mère tant aimée qui s'en va, une révolution qui n'en finit pas de confisquer ce qu'elle a donné. Le chaos !
— Exactement ce qu'avait prévu lord Derby, mon chevalier londonien. Mais ce n'est qu'un mauvais passage. L'argent se cache. Laissez les choses se remettre en ordre. Et tout recommencera comme avant !
— Ne peut-on faire des vers dans la quiétude ? Entouré de quelque respect et reconnaissance ! Est-il souhaitable que rien ne change ?
— Théo ! Un peu de patience. Mes amis anglais, des hommes d'Etat influents, ne sont pas pessi-

mistes, ils m'ont persuadée que cette traversée difficile n'est qu'un mauvais moment à passer.

— Pardon, Thérèse, n'écoutez pas le vieux radoteur.

— Et reprenons, si vous le voulez bien, le dialogue où nous l'avons laissé... J'ai beaucoup pensé à ce *Poème de la femme*. Que vous manque-t-il ? Le modèle ?

— Peut-être... Mais, Thérèse, je ne suis qu'un contemplateur ! Quand j'étais dans la peine, vous êtes accourue.

— Théo, je ne vous demande rien. Si je puis, à mon tour, aider l'artiste, le créateur, quelle joie ! Le reste importe peu... Donnez quelques minutes au modèle pour se montrer sous son meilleur jour !

Elle disparut un instant, puis revint, transfigurée, prenant la pose. Son apparition sembla réveiller une imagination tout entière séduite, obsédée par l'altière beauté de la femme. Théo se mit à déclamer :

*Au rêveur qui la chante et l'aime*
*Ouvrant l'écrin de ses trésors*
*Elle voulut lire un poème,*
*Le blanc poème de son corps.*

*D'abord superbe et triomphante*
*En grand costume d'apparat*
*Elle traîne d'un air d'infante*
*Un flot de velours nacarat...*

Il fit une pause, puis reprit :

*Parfois une Vénus, de notre sol barbare,*
*Fait jaillir son beau corps des siècles respecté*
*Pur comme s'il sortait de sa jeune beauté*
*De vos veines de neige, ô Paros, ô Carrare...*

Le poète s'était arrêté. D'un coup. Comme subjugué par la beauté de son modèle.

— Théo, que se passe-t-il ?
— Je ne sais pas. Une sorte d'asphyxie. C'est toujours un peu comme ça lorsque je redécouvre la beauté. Je ne me lasserai jamais « de la perfection exquise de la forme ». Je voudrais « *le satiné des chairs, la rondeur des contours, la suavité des lignes, la finesse...* ». Comme hier, Thérèse : « *Le corsage s'ouvrit et les deux blancs trésors apparurent dans toute leur splendeur. Les cheveux de l'infante à demi pâmée se dénouèrent et sa robe tomba sur ses pieds comme par enchantement. La chemise glissa d'abord des épaules. Elle leva un peu son genou pour l'empêcher de tomber tout à fait. Ainsi posée, elle ressemblait parfaitement à ces statues de marbre des déesses...* »
— Que récitez-vous là ?
— Des passages de *Mademoiselle de Maupin*. C'était... en 1836 !
— Quelle mémoire ! Ça me rappelle cette soirée avec Méry !
— Nous avons en effet ce point commun !
— Ce corps, cette statue que vous décrivez si bien, il vous appartient, Théo.


Le lendemain et les jours suivants Thérèse joua longuement les modèles. Elle retrouvait le poète dans l'atelier qu'il avait aménagé en haut de sa maison, accroupi comme un Turc sur de lourds coussins, rêvant, faisant des vers ou recopiant avec une lippe gourmande les caractères sanscrits découverts dans *La Délivrance de Sakountala*, cette dramatique histoire d'*Anneau fatal*, écrite au IV$^e$ siècle après J.C.

Les visiteurs qui passaient leur donnaient des nouvelles de cette révolution qui n'en finissait pas de brouiller les cartes. Théo évoquait les poneys et l'équipage qu'il avait dû vendre, les contrats qu'on révisait à la baisse ou qu'on dénonçait purement et

*Belle-Amie*

simplement, ses ressources qui maigrissaient à vue d'œil... Et la horde famélique des amis venait remplir l'atelier. On se serrait autour du poêle et la bonne humeur palliait la frugalité des repas.

Théo travaillait à *Émaux et Camées*, seule richesse née de cette période difficile. Il trouvait à nouveau en lui des raisons de s'émouvoir, de s'enthousiasmer, de dépasser l'admiration pour atteindre la pure jouissance esthétique.

Pendant plusieurs mois Thérèse et Théo restèrent très liés. Cependant que la jeune femme s'installait dans l'hôtel particulier qu'elle avait acheté place Saint-Georges et poursuivait avec le poète, au long des après-midi et des soirées, un dialogue où il n'était question que de beauté plastique, d'émerveillement réciproque et d'amitié. Car Thérèse, après l'échec de son aventure avec Henri Herz, après les bonnes fortunes sans lendemain, après les réussites londoniennes, s'était retrouvée dans un Paris blessé, inquiet. Il fallait prendre patience. Attendre des jours plus heureux. La présence de l'ami qui était devenu son amant lui était bonne et salutaire. Comme un passage tranquille et chaleureux.

Pour Thérèse, Théo, c'était quelqu'un. Un homme, le seul, qui lui en imposât. Son physique épais qu'il affublait, selon l'heure et le degré d'enthousiasme, de tenues romantiques ou turques ou arabes, ses cheveux longs, sa barbe souvent hirsute, ses petits gilets et breloques tintinnabulantes ou ses burnous majestueux, ses immenses chapeaux de demi-mondaine, ses petites jambes prises dans des culottes très serrées l'amusaient. Mais elle respectait en lui son originalité. Et puis, il appréciait le luxe — ce n'est pas pour rien qu'il avait naguère roulé en coupé capitonné de grenat — et l'aidait à s'installer, apportant sa touche insolite aux arrangements des nouveaux appartements. Il parlait, parlait. Si bien. De tout. De théâtre, de danse, de poésie et de roman. De peinture. De ses tristesses quand il racontait ou écrivait ses mécomptes et ses inquiétudes : « Je suis panné et très panné... » Thérèse, qui ne se déridait pas facilement, riait. Elle avait de la reconnaissance pour ce gros matou dont la bonhomie était infinie et qui savait souffrir en silence.

Elle comprit, en ces années douloureuses, la profondeur de la détresse de Théo. Elle fit tout pour lui permettre de s'en sortir et supporter les besognes viles qu'il multipliait pour aider les siens. Pour aider ses amis. Pour payer ses créanciers aussi. En échange, il avait écrit pour elle les vers qui allaient paraître dans *La Revue des Deux Mondes*. Des vers parmi les plus beaux, elle le sentait, de ceux qui auraient demandé de longs efforts, de ceux qui feraient l'admiration de Hugo, de Baudelaire. Le poète, astreint aux pénibles tâches de la critique, aux servilités courtisanes, sortait de sa gangue et Thérèse était consciente d'assister à cette éclosion.

— Théo, comme ils sont beaux ces vers!
— Merci, Thérèse! Quelques dizaines de ces vers-là valent sans doute mieux que les trente mille lignes de prose que nous griffonnons bon an, mal an!

*Jusqu'à lundi je suis mon maître (...)*
*Les ficelles des mélodrames*
*N'ont plus le droit de se glisser*
*Parmi les fils soyeux des trames*
*Que mon caprice aime à tisser...*

— Mais cette prose que vous dédaignez, est-elle donc si mauvaise?
— Elle m'étouffe, Thérèse, et je la renie pour cela!
— Un jour viendra où vos mérites seront vantés, où vos dessins et vos peintures illustreront vos œuvres, où l'Opéra reprendra *Giselle* et *La Péri*. Vous oubliez un peu trop vite que M. de Balzac, il

n'y a pas si longtemps, avait besoin de vos conseils et... de quelques-uns de vos portraits!

— Bah, je ne suis qu'un dilettante!

— Vous êtes un artiste, toujours. Avec le relief, le mouvement, le pittoresque, le caprice aussi qui vous va si bien!

— Dites-moi, Thérèse, le séjour anglais vous a mûrie! Vous parlez avec une assurance! Vous devriez noter ces réflexions-là quelque part. Dans un journal peut-être? Mais... je pèse un peu lourdement sur vous depuis quelque temps. Il me prend des envies de ciel bleu, de soleil triomphant, de grands horizons pleins de beauté et d'œuvres d'art! Je vais partir pour l'Italie.

— Vous avez raison, Théo. Je vous comprends. Vous me reviendrez pétillant de malice avec de beaux vers plein les poches et la tête bourrée de couleurs, de formes, de rêves un peu fous!

— Oui, ceux du Titien, du Tintoret, de Bellini, de Véronèse et de Tiepolo. Venise, Thérèse, « son sein de perles ruisselant »!

Cependant qu'elle regagnait la place Saint-Georges et qu'elle se demandait une fois de plus: « Pourquoi est-ce que je me sens si bien auprès de Théo, si confiante, si proche de lui? » Thérèse crut soudain entrevoir une partie de la vérité: « C'est que, pour la première fois, j'ai rencontré un homme simple. Un cœur simple. Un homme qui vous regarde bien en face. Une belle intelligence dans un immense visage. Oui, c'est cela, un homme sans idée préconçue, sans jalousie et sans haine. Qui sait la vanité des jugements et de la critique. Un homme sans fiel. »

S'étant donnée tout entière à ses amitiés retrouvées, à Théo l'enchanteur, à l'installation de ses appartements, Thérèse avait oublié tout le reste. Sa vie, depuis quelque temps, était allée au grand trot, au galop des sollicitations et des solliciteurs et l'amitié prenait le reste. Elle avait ainsi négligé une famille dont elle recueillait, par ouï-dire, les nouvelles : « Votre mari, madame Villoing... Votre fils... Ils sont à Paris... Votre mari est mort hier, le 15 juin, et votre fils est en pension chez les frères, à Passy. » Mauvaises nouvelles, bonnes nouvelles ? « Il faudra que je m'occupe au moins financièrement de l'enfant... Quant au père, ce maladroit, je l'ai toujours connu malade ! » Tout ce qui lui rappelait sa vie d'autrefois, à Moscou, créait en elle un profond malaise.

*
**

1850 voit se réveiller les énergies parisiennes. Le Boulevard reprend des couleurs, la Guimond prophétise le retour des années folles et Girardin joue les tuteurs inspirés. Thérèse a soudain décidé de s'éloigner de la capitale. Elle va d'abord en Suisse pour prendre les eaux et se reposer. Et puis, un peu plus tard, elle se rend à Baden.

Baden rayonne dans son cirque de montagnes, doucement caressée par un soleil joyeux. Au cœur de la ville, le kiosque à musique fait recette. Mais moins que le casino où se presse une foule de princes, de banquiers, de diplomates. Les plus jolies femmes visitent les vieux châteaux, les ruines, se font éclabousser aux cascades et enlever dans les vallées ombreuses et pleines de mystères. Baden, c'est l'antichambre de Paris, le lieu où l'on peut attendre, dans la joie et le plaisir, que la situation en France s'éclaircisse enfin. On y évoque la dictature inéluctable. Les viveurs, vautours et autres aventuriers y répètent leurs partitions, des airs connus, joués et rejoués.

Thérèse, en ce bel été, n'a jamais été aussi

attirante. Elle veut plaire ! Et les victimes ne se comptent plus qui tombent dans les lacs du chasseur, dans les pièges parfumés où ils se prennent. Dans le monde frelaté qu'elle fréquente, parmi les irréductibles qui s'entassent, le soir, autour de la lumière crue de la lampe Carcel qui éclaire violemment le tapis vert du casino, elle rencontre beaucoup d'hommes riches, très riches. Ils perdent, chaque fois un peu plus, sous l'œil froid d'un croupier impassible, et se ruinent. Certains, avec vulgarité, crispés et pleins d'insolence. D'autres, avec des manières d'habitués un peu blasés. Un seul trait commun : le jeu les tient, les ligote jusqu'au banco infernal qui les précipite dans l'engloutissement final.

Parmi eux Thérèse a remarqué un personnage singulier : lourde tête carrée enveloppée d'un collier de barbe bien taillé, nez fin, lèvres pincées, visage poupin, des yeux d'une étonnante fixité, un reste de cheveux plaqués tournant sur l'oreille. La raideur académique des grands de ce monde. Le costume trop strict, le gilet bien boutonné sur un estomac bien nourri. Des mains soignées et un peu molles de prélat ennuyé jouent négligemment avec une badine. Une manière de calmer son angoisse et d'en dévier le cours. Des bagues. Trop de lourdes bagues. Quelques mots ont été échangés.

— Monsieur le marquis, vous n'avez pas de chance, ce soir !

La voix est un peu traînante qui répond, lasse et incertaine :

— Dites plutôt que je n'ai jamais de chance. Pas plus ce soir qu'un autre soir ! Et pourtant le plaisir de votre présence, auprès de moi...

— J'ai observé votre manière de jouer. Peut-être que je varierais un peu moins mes relances. On m'a parlé de loi des grands nombres, de retour inéluctable des mêmes chiffres.

— Une jolie femme a forcément raison ! Puis-je

vous demander de placer ces modestes restes d'une soirée difficile ?
— Je n'ai pas voulu prétendre...
— Non, non, faites-moi ce plaisir. Perdus pour perdus !

Thérèse joue la petite pile de jetons placés devant le marquis, non sans avoir encore longuement suivi le jeu et noté mentalement les chiffres sortis. Elle gagne. L'homme s'est levé d'un bond.
— Magnifique, madame, continuez ! Ne vous arrêtez pas en si bon chemin !

La soirée fut heureuse. Et bénéfique !
— Monsieur le marquis, j'ai eu un grand plaisir à retourner la chance. Mais je ne recommencerai pas !
— Et pourtant, vous êtes une magicienne, vous savez transformer la boue en or, des petits jetons de rien du tout en longues barres précieuses. Tout ceci est à vous, bien sûr. Avec mon admiration !

Décidément le personnage a de la générosité, du savoir-vivre et... un titre qui sonne haut et fort dans la tête de Thérèse. « Un marquis... Célibataire... Fortune personnelle ? Biens fonciers ? »

Thérèse veut en savoir plus. Elle se renseigne. Une recherche assez simple quand on est entouré d'amis qui ne demandent qu'à parler. Il s'agit d'un aristocrate portugais portant le beau nom d'Albino Francesco de Païva Araujo. C'est bien un marquis à part entière — un titre réel, une grande famille — mais une fortune écornée. Des dettes que la mère, lassée de demandes continuelles, ne paie plus. Le spectre du jeu. L'homme sans doute est habile : il sauve les apparences et donne, avec grâce, ce qu'il ne possède pas !

« On verra bien », se dit Thérèse qui reçoit du fier Portugais les hommages les plus appuyés, les fleurs les plus rares et les compliments les plus éloquents. Bientôt, des déclarations passionnées. Elle s'en amuse d'abord, gentiment impertinente ou lointaine, repousse une fougue toute latine en prenant soin de ne rien casser.

Elle réfléchit, écoute au fond d'elle-même l'écho un peu insolent qui l'obsède: « Madame la marquise de Païva... Madame la marquise de Païva... » De quoi faire sortir tout ce qu'il y a de rancœurs et de jalousies recuites chez les dames du faubourg Saint-Germain. La Guimond seule applaudirait: « Thérèse, tu les as bien eues! » *Les?* Toutes celles que tord l'envie, qui grimacent de méchanceté, qui bavent de regrets réchauffés et de calomnies hyperboliques.

La femme, chez Thérèse, ne se sent pourtant pas attirée par ce gentilhomme qui s'enveloppe de distinction et de rouerie diplomatique pour faire passer ses habitudes de viveur. Ce n'est assurément pas l'homme de ses rêves. Celui-là, elle le veut beau mais sans éclat. Se réservant la possibilité de paraître en première ligne. Elle le veut riche, bien assis dans la société. Or, il y a chez le marquis des bizarreries, des compromissions, des coups fourrés, toute sa vie est faite d'emprunts et d'expédients. Thérèse tient à conserver son rôle de croqueuse: elle n'entend pas être croquée, ni escroquée.

Affolé de passion, le marquis se ruine chaque jour un peu plus en fleurs et en cadeaux, s'extasie, implore, s'agenouille.

— Monsieur le marquis, vous n'êtes pas un enfant. Que voulez-vous de moi? Pourquoi cette comédie?

— Vous êtes belle, Thérèse, je vous aime.

— Mais tous les hommes m'aiment! Heureusement qu'ils ont le bon goût de ne pas me le siffler aux oreilles et d'éviter de le montrer trop ostensiblement. Ce serait le Carnaval! Vos génuflexions sont puériles et indignes de votre qualité.

— Vous êtes dure, Thérèse. Et injuste. Chaque jour qui passe me fait mal, je ne vois que vous, vous êtes mon seul univers.

— Savez-vous, marquis, que je me suis fâchée avec tous les hommes qui m'ont parlé d'amour en ces termes ? J'ai horreur des superlatifs et des petits noms d'oiseaux ! Ne pouvez-vous m'aimer sans cette outrance, sans ces cris de pâmoison et ces manifestations de mauvais goût ? Si je veux être regardée, admirée peut-être, je déteste qu'on me montre du doigt.

Ainsi rabroué, le marquis s'éloigne, boudeur et malheureux. Thérèse, elle, continue à exciter la curiosité masculine. Elle se montre partout, parée comme une reine. Elle fait admirer sa virtuosité de cavalière lancée, bride abattue, dans les allées forestières, corps soudé au cheval ou dressé sur les étriers, le ruban du chapeau tendu comme un trait de lumière écarlate.

Un soir, Thérèse est invitée dans un vieux burg dont quelques pièces ont été transformées en redoute des Mille et une Nuits : le grand salon, majestueux, est entouré de serres donnant directement accès à la salle de bal. Jardins de roses, bouquets de cytises, de lilas ou de chèvrefeuille, sorbiers aux blanches fleurs, ébéniers aux grappes d'or, orangers et jasmins... Des nuées d'oiseaux aux riches couleurs pépient alentour, de fraîches fontaines murmurantes prêtent à l'air embaumé une délicieuse moiteur, un peu oppressante. La salle est tapissée d'étoffes précieuses d'un blanc tendu et de jaune brodé d'or. Le buffet resplendit au gré d'exquises girandoles d'argent portant des centaines de bougies qui éclairent en tons dégradés des édifices de homards, des châteaux de pâtisseries, de subtiles géométries de volailles rissolées, des palais d'entremets et des corbeilles de fruits de toutes formes et de toutes couleurs.

Thérèse joue là son meilleur rôle. Elle porte une robe noire de satin gaufré avec bandes de velours pourpre où s'épanouissent des marguerites. Sur ses épaules largement découvertes tombent des cheveux abondants, chiffonnés en bandeaux relevés en arrière et enroulés avec des tourbillons de perles.

Elle s'est souvenue du rôle de Mérope en étudiant son masque d'impératrice romaine : elle a durci ses traits de noir ardent, ceint son front d'un magnifique diadème de diamants, présent de lord Derby, qui mêle l'éclat de ses pierres à celui d'un collier à six rangs de perles. Des gestes, des poses, un port d'une altière élégance, des regards lourds de tragédienne consommée, elle est l'astre d'une soirée où le luxe le dispute à l'opulence, le plus beau cadeau pour le galant d'une nuit qui paierait cher le droit... de prendre son bras.

Le lendemain, le marquis, honteux et mortifié, se plaint amèrement :

— Qu'avez-vous fait la nuit dernière ? Je vous cherche en vain. On me dit que vous courez partout où l'on s'amuse, où l'on se fait admirer dans le fol étalage de sa beauté et de ses parures. Se pourrait-il que d'autres... ?

— Holà ! marquis, un pas de plus et je me sauve. Et cette fois, pour toujours. Se pourrait-il que vous ayez rencontré une jolie comtesse ? Se pourrait-il que vous soyez retourné, malgré vos promesses, au casino ? Perdu et reperdu ! Se pourrait-il... ? Si tel a été votre bon plaisir, vous m'en voyez ravie ! De quel droit irais-je vous interdire de vivre comme vous l'entendez ! Se pourrait-il que vous soyez jaloux alors que nos relations ne sont que d'amitié ? Se pourrait-il que vous ayez oublié que je suis une femme libre, indépendante, et qui entend le rester ? Se pourrait-il que vos humeurs soient à ce point atrabilaires et discourtoises ? Alors... vous m'en voyez désolée. Adieu !

— Pardon, Thérèse, l'amour que j'ai pour vous me fait déraisonner.

— Vous devriez en effet vous comporter en homme sensé, discret, qui sait qu'on ne gagne pas une femme comme on gagne au tapis vert, qu'il y faut la manière, toute de galanterie et de patience. L'homme qui me mettra dans une cage — fût-elle constellée de diamants — n'existe pas.

— Mais...
— Il n'y a pas de *mais*, monsieur le marquis. J'entends aller à ma guise et ne me donner qu'à ceux qui s'en montrent dignes. *C'est à prendre ou à laisser*, comme le dit crûment mon amie Esther.
— Esther?
— Esther Guimond, pour vous servir. Une... courtisane — puisque le mot est à la mode —, une courtisane parisienne qui professe les mêmes théories mais les illustre avec une verve, avec une gouaille devant lesquelles je ne suis qu'une apprentie. C'est salé, poivré, pimenté et ça fait mal!
— Mais je vous aime, Thérèse!
— Décidément, vous n'avez pas beaucoup d'imagination! Et si peu de vocabulaire. Air connu, mélodie incertaine!
— Et je veux vous épouser!
— Air moins connu mais tout aussi inquiétant. Je ne suis pas faite pour le mariage. N'est-ce pas ce que je viens de vous montrer?
— Qu'importe! Je saurai m'effacer, vous laisser vivre, ne point vous créer d'embarras. Tout ce que vous désirez, pour être de temps en temps auprès de vous!
— Que voilà bien un nouveau langage! Mais trop tardif pour être vrai. Des mots que tout cela, marquis. Et des réalités qui démentent ces belles déclarations. Il ne sortirait rien de bon d'une union ainsi ficelée. Les hommes sont-ils à ce point fous qu'ils donneraient jusqu'à leur chemise pour le baiser d'une courtisane!

Humilié, cinglé par la morgue corrosive de la jeune femme, le marquis puise dans son amertume des mots de révolte et de courage:

— Soit, Thérèse, je suis un maladroit et un imbécile! Comme tous les amoureux du monde. Mais je reste capable, si forte soit ma passion et faible ma défense, de faire au moins aussi bien que beaucoup de vos soupirants.

— Le mot n'est pas joli et vous savez que j'ai horreur des soupirs et des plaintes.
— Je vous offre un nom que vous cherchez. N'est-ce pas...?
— Lucide, enfin, monsieur le marquis, mais ne tombez pas d'un excès dans l'autre. Des noms, ça se trouve, à Paris!
— Le mien s'assortit de quelques biens, non négligeables!
— Des terres hypothéquées, quelques dettes criantes, d'autres flottantes, d'autres incessantes! Un passé et un présent d'aristocrate que vous ne semblez pas honorer de la meilleure manière.
— Est-ce le titre que vous voulez ou la manière dont on le porte?
— Et si je vous répondais qu'il est dangereux, peut-être inacceptable de séparer ce qui ne fait qu'un! Mais vous redressez la tête! Le combat me plaît, encore que je reste persuadée qu'il ne peut rien sortir de bon de ce mariage. Quelle que soit ma réponse, je vous aurai prévenu!
— Je demande si peu, Thérèse. De toute façon, il vous sera possible d'exiger des garanties, par contrat. Et vous vous apercevrez alors que vous ne risquez pas à fonds perdus.
— Ah! Ah! Le joueur se réveille à son tour. C'est beaucoup mieux. Accordez-moi quelques jours de réflexion. Mais attention! Cessez de m'espionner, d'écouter les ragots et de pleurnicher! Dites-vous que la vérité n'est jamais celle qu'on rapporte. Plus riche ou plus pauvre, elle est autre. Alors, levez la tête, marquis, et marchez droit et fier, bravement, au milieu des bavards et des rieurs. Ils se tairont et cesseront de rire! En fin de semaine, je quitte Baden. Avec ou sans vous.

Le retour à Paris ne fut pas glorieux. Seul, M. de Païva affichait une joie de façade, la joie d'un homme qui n'a pas encore gagné un combat difficile mais qui garde l'espoir. Après de pénibles débats intérieurs, de ceux qui mettent mal à l'aise les consciences — même celles, bien larges, des courtisanes —, Thérèse doit se rendre à l'évidence. Ce titre, elle le veut. Elle l'aura donc! Quel qu'en soit le prix. Mais au meilleur prix!

— Marquis, voici ma décision. Je vous offre l'hospitalité chez moi. Le temps d'étudier cet « intéressant » contrat et d'en tirer les conséquences. En attendant...

— Je crois déjà entendre le notaire et le juge. En attendant...

— Nous restons des amis que des affaires importantes ont réunis. Rien que des amis, monsieur le marquis.

Par cette attitude non équivoque, Thérèse entend donner toutes ses chances à... l'adversaire. Elle sait que ce projet de mariage est semé d'embûches. Mais « madame la marquise » tout de même! Alors elle décide de laisser Païva Araujo mettre au point le contrat avec son notaire.

Ce notaire est un petit bonhomme plein de tics, air chafouin, tout en courbettes... Thérèse et le marquis lui font face. Quand il vient trôner dans son fauteuil Louis-Philippe et ouvre cérémonieusement le contrat, Thérèse sourit, malgré l'insolite d'une situation qui la met mal à l'aise. La lecture commence d'une voix aigrelette et sifflante:

— « Par ce contrat, les futurs époux adoptent le régime de la séparation de biens et déclarent se soumettre à la loi française... Ils seront domiciliés à la même adresse, au numéro 2 de la rue Rossini... la totalité du mobilier garnissant l'appartement restera à la future épouse. Son apport comprend également un million en diverses valeurs, actions et argent... »

Thérèse semble s'amuser de plus en plus à la lecture du document.

— « De son côté, le mari offre le majorat de Lessa dans la province de Minho au Portugal (long silence comme si le petit notaire allait commettre quelque sacrilège) tout en prenant à sa charge le paiement d'une dette d'honneur provenant de son père et s'élevant approximativement à... 1 200 000 francs. »

Le notaire, sous le regard accusateur de Thérèse, se tortille en tous sens, triture les pages du contrat, roule et déroule les pointes d'une moustache peu soignée, fuit le regard de la jeune femme qui le perce à jour.

— Voyons, notaire, avez-vous fait de bonnes études mathématiques ? Additions et soustractions ? Sans aller plus loin. A l'actif — sous bénéfice d'inventaire naturellement — un domaine de Lessa pompeusement nommé pour la circonstance *majorat* plus « un million en diverses valeurs... ». Au passif « 1 200 000 francs d'hypothèques... » Faites le calcul !

— Euh ! Vous faites bon marché de la valeur d'une terre...

— Tout aussi grevée d'hypothèques que celle...

— Madame...

— Monsieur, pouvez-vous apporter la preuve du contraire ? A moins que la fonction principale du notaire ne soit de présenter obscurément les choses qui ne peuvent être précisées. Il n'y a en tout ceci qu'ombres inquiétantes et mystères plus ou moins savamment révélés. Je retrouve ici quelques-unes des qualités du marquis !

— Thérèse, je puis vous assurer...

— Vous ne pouvez rien m'assurer. Mais brisons là ! Je suis de bonne humeur aujourd'hui. Ces calculs d'apothicaire et vos tristes figures me sont garants de l'ambiguïté de vos tractations. Je ne m'attendais pas à plus de clarté et d'honnêteté.

Tant pis pour vous! J'accepte ce contrat avec ses chausse-trappes et ses pièges si peu dissimulés. Mais c'est bien mal commencer votre lune de miel, marquis!

Et Thérèse s'était prêtée au jeu qui la faisait marquise et lui laissait les mains libres pour se débarrasser, à son heure, d'un homme qui confondait un peu trop les affaires et la prestidigitation! Désormais elle était Madame... Madame de... Madame de Païva... Madame la marquise de Païva. Et une joie sans mélange l'inondait rien qu'à la pensée de se voir marchant, la tête haute, parmi les grands du monde. Elle rejoignait les rangs fermés d'une aristocratie arrogante même si l'authenticité du titre — en ce qui la concernait — et la manière de l'obtenir, non sans quelque reniement de caractère religieux, prêteraient toujours à gloses peu amènes et à interprétations malveillantes. Elle était la marquise de Païva. Et saurait le rappeler à ceux qui l'oublieraient.

— Ma Thérèse, s'exclama Esther, tu m'étonneras toujours! Te v'là marquise de Païva, maintenant. Mais comment est-il, ce gommeux? A part son *de*?

— On ne peut pas tout avoir, Esther. A part son *de*... Il m'aime!

— Pénible, ça!

— Il plastronne et court les casinos.

— Un joueur! Je lui prédis entre deux mois et deux ans!

— Peut-être, mais sa gourmandise apaisée, il devra s'attendre au pire! Tu me vois passer mon temps à éponger ses dettes? Et puis il n'est pas mon genre!

— Thérèse, t'es quand même une sacrée cliente!

— Je me montre digne de la confiance que tu as placée en moi!

— Dans ces conditions, je suis quand même heureuse que tu aies épousé ce... marquis, modèle boulevardier revu et corrigé par un zeste d'aristocratie portugaise! Pour un beau mariage, c'était un beau

mariage!
 L'union avait été célébrée le 5 juin 1851 sous l'œil cérémonieux d'un diplomate portugais et celui, un brin amusé, de Théophile Gautier, témoin de Thérèse. Quelques signes de connivence en disaient long sur l'attitude des deux compères, heureux que leur amitié ait survécu à ce qui n'était, à tout prendre, qu'un accident de parcours! L'imagination du poète et un soupçon de malignité trouveraient là source à bons mots futurs, à une conspiration fraternelle contre ce marquis aussi amoureux que maladroit.

 Les premiers jours de son nouveau mariage passèrent très vite pour Thérèse. Elle aimait ces changements de vie. Et puis, c'était chaque fois un peu plus de célébrité, un peu plus d'admiration, de ces petits pincements d'orgueil qui font chaud au cœur des courtisanes.
 — Thérèse, cette fois c'est la haute marche, dit Théo.
 — Une marche, un peu plus reluisante que les autres. C'est tout. Avec un nom qui est un titre!
 — Presque un titre de gloire! Madame la marquise de Païva! Un titre que j'habillerais volontiers de quelques riches couleurs, éclatantes et gaies. De quelque poème sonnant la charge comme un cri de victoire.
 — Théo, Théo, toujours prêt à vous enflammer, à faire naître et briller des images folles. Si vous n'étiez pas poète, mon poète...
 — Thérèse... pardon, madame la marquise, il ne faut jamais demander à la folie d'être raisonnable! Mais ne voyez là nulle méchanceté. Ce que j'apprécie chez vous, c'est votre calme, l'assurance avec laquelle vous mettez le pied sur des fondrières, la force — quasi mystique — de votre regard, ce quelque chose qui envoûte, qui prend au piège et qui ne trouve grâce, parfois, que devant votre dévoué ser-

viteur! Car je sais, moi, que vous n'êtes pas cette pieuvre ardente aux mille tentacules qui lacère et prend à toutes mains. Derrière l'enveloppe, quelque chose se cache...

— Halte, Théo! Avec votre air bonhomme vous faites sortir de l'amie les vérités qu'elle s'emploie à vouloir ignorer. Je ne suis qu'une femme qui a souffert et se donne le plaisir de savourer une espèce de vengeance. Peut-être aussi une femme qui voudrait rire, montrer autre chose que de la froideur, du calcul, qui voudrait aimer l'amitié et l'amour, la poésie et la beauté. Et peut-être bien que vous êtes le seul homme qui permette ces évasions, ces élans, ces envies de laisser tomber les masques. Les autres, Théo!

— Quoi, les autres, ils sont différents, voilà tout!
— Différents, dites-vous! Ils s'accrochent à moi, me déchirent de leurs dents. Que puis-je faire?
— Ne pas les encourager!
— Seulement me défendre et tirer le meilleur parti de leurs envies et de leurs bassesses. On ne compose pas avec ces... « différences ».
— C'est l'autre point de vue! Ce marquis?
— Ce marquis ne me plaît guère. Il joue, me coûte cher et il est incurable. Dans ces conditions, je ne lui ai pas caché...
— Que son espérance de vie conjugale était des plus fragiles! Madame la marquise de Païva commence à trépigner, à secouer le joug... Monsieur le marquis, prenez garde!


Mais le marquis se refusait à prendre garde. Enchanté des bonnes dispositions montrées par Thérèse, enivré par cette femme qu'il croyait tenir fermement dans ses bras, amoureux et aveugle, il pensait pouvoir tout se permettre. Et cela durait depuis de longs mois déjà.

Peigné, lustré, ciré, guindé, il courait du Café de

Paris à Tortoni, racontant à la cantonade, avec des airs de naïve supériorité, les joies d'un homme qui possède la plus belle femme de Paris.

— Mais, marquis, lui avait dit un jour Roqueplan, on ne vous rencontre pas souvent avec madame à vos côtés. Votre lune de miel comporterait-elle des clauses... de séparation de corps ?

— Seule la jalousie vous fait parler, monsieur !

— Le vulgaire dit volontiers qu'on est jaloux de ce qu'on aime. Pour moi...

— Monsieur, vous allez vous montrer grossier.

— Lucide, marquis, lucide ! Sans plus.

Tout autre qu'un personnage aussi infatué de sa personne aurait profité de cette perfidie pour réfléchir. Mais le pouvait-il ? Persuadé qu'il était le maître incontesté de la situation, le marquis s'encanaillait dans les tripots, se laissait dépouiller par quelque habile tricheur, se faisait admirer par son élégance un peu trop voyante et perdait encore, à quitte ou double, en choisissant des chevaux sur lesquels il était le seul à placer sa confiance. S'accumulaient les billets sur le néant, les promesses sur du vent, les hypothèques sur des terres lointaines. Jusqu'au jour où il fallut comparaître, l'oreille basse, devant le juge implacable.

— Ne me dites pas que vous avez encore perdu aujourd'hui.

— Pourtant, Thérèse, j'étais sûr de mon coup !

— Comme les autres fois !

— Un cheval magnifique... Si vous l'aviez vu. Vous auriez misé plus fort encore !

— Monsieur le marquis, je joue rarement aux courses ! J'aime trop les chevaux pour cela ! Je les monte, je les respecte. Alors ruinez-vous tant que vous voudrez mais ne m'entraînez pas dans vos aventures. Tirez autant de traites, de prêts et d'hypothèques que vous voulez sur vos châteaux... en Portugal mais ne m'importunez plus. Et souvenez-vous que s'il m'arrive de jouer, c'est, toujours, avec l'argent des autres !

— Mais, Thérèse, je suis...

— Vous êtes aux abois, vos créanciers n'ont plus confiance, vos amis s'excusent en se réclamant poliment de leur toute fraîche générosité, le Portugal ne répond plus et moi, qui ai montré des trésors de patience et une largesse qui ne laisse pas d'étonner, je m'en tiendrai désormais aux termes stricts d'un contrat dont les articles ont été épuisés, les uns après les autres.

— Mais alors que vais-je devenir ?

— Attendre patiemment la meute des solliciteurs, prêteurs, créanciers, juges et procureurs ou...

— Ou ?

— Fuir, fuir très vite, marquis, pendant qu'il en est temps encore !

— Mais, je vous aime, Thérèse...

— Non, vous *n'aimez* que ma fortune. Et ce mot est devenu chez vous si commun, si habituel qu'il recouvre désormais toutes vos envies, tous vos besoins. Et puis, il me revient que, non content d'user et d'abuser de ma générosité, de jouer les maîtres chanteurs, vous vous répandez en racontars sur votre puissance maritale. Mes amis s'étonnent ! Dans notre monde, s'étonner c'est se moquer et j'ai horreur qu'on se moque de moi. Vous n'avez rien compris, monsieur le marquis, vous avez tout piétiné, tout gâché. Adieu, monsieur !

Paris panse ses plaies. La révolution de 1848 a échoué et la république, même modérée, ne va pas survivre bien longtemps. Brisée aussi, la monarchie bourgeoise. Sous des dehors de théoricien social, Louis-Napoléon devient l'homme de tous, le défenseur de l'ordre devant l'« anarchie rouge », l'espoir des bourgeois, un instant rudoyés, des propriétaires terriens, du clergé et même des ouvriers. Habilement, le prince-président de la République de 1848 se débarrasse de l'Assemblée le 2 décembre 1851 et rétablit l'Empire un an plus tard. Paris, curieusement, respire. Et le Boulevard reprend ses airs de fête. L'appétit de transformation, de développement se double d'un incroyable appétit de richesses et de jouissances. Les Pereire, les Talabot, les Enfantin, tous les chevaliers de la banque et de l'industrie feraient périr d'inquiétude tous les Nucingen de Balzac. La société bouge, craque, s'enrichit, spécule et chante le prophète Saint-Simon qui avait rêvé des bienfaits de la route, du rail, des ports, de l'industrie, d'un empire qui se créerait de toute la vitesse d'une grisante modernité. Le lanceur d'affaires qui investit, le banquier qui fait circuler l'argent apportent leurs « capacités » au développement d'un monde en révolution permanente et qui laisse pantois les contemplateurs scrupuleux et timorés d'hier. L'argent n'a plus de ces chastes timidités de demoiselles rencognées dans leurs chambres bien closes, grises et tristes Ursule Mirouet. L'argent remue Paris, explose à la une de la presse et de la politique, éclate en diamants somptueux sur les robes des courtisanes, se montre, se voit, se touche.

Thérèse, qui a senti le vent tourner, retrouve peu à peu ses habitudes. Son retour de Baden au bras du beau marquis Francesco de Païva a fait sourire ses amis. Sans les étonner. Le départ précipité du marquis leur a fait hocher la tête, comme une chose prévue. La marquise, non sans quelque fierté, est revenue à son quartier général de la place Saint-Georges. En retrait du boulevard, elle y apprécie un calme à peine troublé par les allées et venues nerveuses d'un petit homme serré dans un vêtement trop strict qui arpente à heures fixes les rues tranquilles d'alentour. C'est un politicien très connu qui sort de l'« hôtel d'en face », tel le diable d'une boîte.

« M. Thiers », murmure-t-on avec respect sous les arbres chenus de la petite place un peu désuète et si charmante.

Les premières années du règne de Napoléon III vont aller dans le sens des désirs de Thérèse. Abandonnant à leur désœuvrement la caste momifiée, ses bellâtres et ses snobs, tous les chevaliers du faux et de la médiocrité exténuée, pantins dégradés, démonétisés, choses mortes qui traînent leur solitude et leur stérilité, Mme de Païva fait entrer dans son hôtel diplomates européens, artistes en renom, journalistes influents, hommes d'affaires et banquiers, tout le Paris lancé dans l'aventure d'un furieux renouveau, alliant sans scrupules goût du luxe et génie de l'affairisme. Paris est un vaste chantier. Le meilleur et le pire. L'argent roule, creuse son chemin de spéculations hasardeuses, d'achats et de ventes à hauts risques, d'emprunts et de profits plus ou moins licites, de combinaisons équivoques. Entre les espoirs d'hier, si malheureusement envolés, et les nouveaux espoirs qu'une situation stabilisée laisse entrevoir, Thérèse se contente d'observer. Et de recevoir royalement dans l'espace un peu étroit de ses appartements de la place Saint-Georges. Elle ne veut pas se tromper une nouvelle fois et si elle peut s'enorgueillir d'avoir bien négocié l'entracte Païva, couronnant une brillante campagne anglo-russe, elle entend désormais marquer le pas, utiliser tous les atouts qu'elle a mis dans son jeu, sans brusquerie. Elle est riche, très riche, et elle s'emploie à faire fructifier cette richesse, non par les fantaisies de la chance mais par les jeux contrôlés du hasard boursier et immobilier.

On voit dès lors les banquiers envahir les salons de la marquise et tenir de longs conciliabules secrets avec l'hôtesse sur les avantages comparés d'opérations mystérieuses qu'elle rendra lucratives, par tous les moyens. Et des moyens elle n'en manque pas, qu'il s'agisse de son talent pour les spéculations avantageuses, des relations qu'elle multiplie autour de sa table — la première de Paris, murmure-t-on — ou de son alcôve dont la réputation n'est plus à faire.

Ayant appris que la Cour de France se voulait novatrice, plus large et plus somptueuse que jamais, Thérèse a pris l'habitude de réunir chaque vendredi tout ce que Paris compte de personnalités de premier plan. Son salon, magnifiquement décoré, fleuri, resplendit des mille feux de ses candélabres à deux, quatre, huit branches argentées ou dorées. La lumière brille, lèche des montagnes de soupières ventrues, de plats d'un ovale parfait, ciselés à l'or fin et débordant de rôtis, de salades, de pièces de pâtisseries dégoulinantes de crème, d'entremets, sans compter les « réserves » en quantités monumentales.

— Mon Dieu, quelle recherche! jeta un soir, incrédule, l'attaché russe, plus chamarré qu'un général, avec ses énormes moustaches dont les crocs inversés semblaient piquer quelque viande appétissante.

— C'est l'art de la table, mon cher, recherche et profusion.

— Mieux qu'à la Cour! remarqua un jeune plénipotentiaire autrichien, très imbu de sa nouvelle puissance, sanglé dans une tunique rouge à brandebourgs épais. Pensez-vous que notre hôtesse serve souvent ses amis avec une telle munificence?

— Oui, sans doute, vous découvrirez bien vite que le monde parisien est une parade, une... exhibition. Il faut faire mieux que le voisin devenu concurrent direct. Et les femmes jouent leur rôle avec une adresse diabolique!

S'était approché un grand échalas, très à l'aise dans un costume de coupe anglaise, canne à pommeau d'argent et long fume-cigarette d'écaille.

— M. de Bamberg connaît la maison mieux que moi. Il va vous dire ce qu'il pense de l'hospitalité de Mme de Païva !

Le consul de Prusse qui avait fait ses premières armes depuis bien longtemps était un familier de la haute bicherie parisienne. Son aplomb l'avait poussé dans tous les lieux où l'on se montre et fait assaut d'élégance et de servilité. On ne comptait plus ses succès, les vrais et ceux dont il se prévalait, tel un coq perché sur ses ergots. Il s'était frotté aux écrivains, aux artistes et on colportait que le départ d'Henri Herz, dont il était l'ami, n'avait pas changé ses habitudes. L'invité de Mme Herz avait pris un moment une place plus proche dans l'intimité de l'hôtesse, l'abreuvant de compliments épais et d'abondantes digressions sur l'évolution des États allemands vers une unité à laquelle il aspirait, lui, Bamberg, de toutes ses forces. Habile à s'insinuer partout où il fallait exposer et défendre la cause prussienne, personnage aussi retors que machiavélique, disposant les diableries et les sacs d'embrouilles pour les mieux dénouer, Bamberg s'était fait une spécialité de reculer pour mieux sauter, tissant sa toile avec une opiniâtreté souriante et implacable.

— Mme de Païva est l'hôtesse la plus belle et la plus occupée de Paris.

Une réponse sibylline qui convenait bien au personnage mais qui ne pouvait satisfaire la curiosité vibrante du jeune diplomate.

— Splendide en effet. Mais *occupée*, monsieur le consul ?

— Comment définir autrement une femme qui mène sa vie personnelle à grandes guides, gravit à pas de géant tous les échelons de la société, se rit des obstacles en les balayant, prend l'argent où il se trouve, le fait fructifier, s'attribue honneurs et titres, côtoie les plus grands noms de la littérature, des arts et de la presse, tient table ouverte — et quelle table, comme vous voyez — et poursuit à sa guise une irrésistible ascension... Mieux qu'une courtisane, mon cher, si c'est ce que vous voulez me faire dire. Une femme dont la réussite s'inscrit dans l'excellence.

— Mais les moyens...

— Mon cher, votre métier et les rôles que vous êtes appelé à jouer devraient vous enseigner qu'en ces circonstances seule compte la réussite. Et dans le cas qui nous intéresse, nous touchons au savoir-faire le plus éclatant, à la volonté la plus délibérée soutenue par une fortune éloquente.

— Je ne suis pas sûr d'aimer beaucoup la femme que vous décrivez!

— Voyons, voyons, je vais me permettre deux remarques. La première en forme d'étonnement! « Comment se peut-il que, dans ces conditions, vous soyez ici ? » Et la seconde qui, somme toute, est une réponse à la première: « Vous n'avez pas à aimer ou à ne pas aimer Mme de Païva. » On vous envoie ici parce que ce lieu est, mieux que tout autre à Paris, celui où l'on s'informe, où l'on place ses propres banderilles, où l'on sert son pays. Ne me dites pas que vous méconnaissez le pouvoir des femmes en politique. L'histoire, la grande comme la petite, est pleine d'exemples dont certains s'inscrivent en lettres d'or dans le grand livre de la civilisation et *Cherchez la femme* figure, c'est bien connu, dans maints grands projets ou réalisations qui ont fait le monde où nous vivons.

— Est-ce à dire que vous-même accordez de l'importance à cette courtisane?

— Monsieur, non seulement j'attache du prix à la beauté, ce qui n'est après tout qu'une manière très personnelle de rendre justice à Mme de Païva mais, de plus, je lui sais gré de son accueil princier, de sa manière élégante d'être courtisane, de me donner l'occasion de rencontrer le Tout-Paris des lettres et des arts, de la finance et du journal. J'apprends plus ici en écoutant M. de Girardin qu'à la Cour, lieu guindé et secret s'il en fut!

— N'est-ce pas là une sorte d'espionnage?

— Mais enfin, jeune homme, qu'avez-vous appris à l'école? Tout bon plénipotentiaire, attaché ou consul, ne doit-il pas multiplier les observations, enregistrer les échos, mesurer les tendances, s'accorder aux mouvements divers pour mieux les comprendre, apprécier la valeur d'une campagne de presse — celles de M. de Girardin sont d'une importance! — et, tous ces éléments réunis, exercer son savoir avec mesure et discrétion sur tous les claviers du jeu politique, en servant son pays?

— Oui, bien sûr, mais...

— Il ne peut y avoir de *mais*, monsieur. C'est ainsi que Mme de Païva est pour moi un remarquable révélateur de ce qui se passe et s'entreprend à Paris. Je l'écoute, elle me fait l'honneur de m'écouter à son tour.

— Voulez-vous dire qu'elle sert ainsi les intérêts de la Prusse?

— Vos propos, mon cher, frisent la naïveté. Vous avez tout à apprendre. Et vous m'excuserez de ne répondre à votre question que par une pirouette un peu évasive. Qui sait?

Décontenancé, contrit, le jeune homme se perdit dans la foule bruyante. La maîtresse de maison, à qui rien n'échappait, rejoignit Bamberg dans une envolée de mousseline rose sur laquelle brillaient les diamants les plus merveilleux et les perles les plus fines.

— Qu'avez-vous raconté à ce pauvre garçon? Il fait si piteuse mine.

— Marquise, je suis tout simplement abasourdi. Le représentant de l'Autriche tombe du nid! Tout l'effraie ici, l'inquiète, le consterne, il se pose mille questions comme s'il s'était fourvoyé dans quelque caverne des *Mystères de Paris*.

— Bamberg, mon ami, dites-moi plutôt comment

vous trouvez ma soirée... et donnez-moi quelques nouvelles de Prusse.

Les quelques réponses de Bamberg se perdirent dans le brouhaha. Cris, exclamations, hurlements. C'était, autour de Roqueplan, déchaîné — il avait bu force champagne —, la plus folle des mascarades ! Mal à l'aise dans une énorme paire de bottes à l'écuyère, il dansait une gigue effrénée, tournait, vacillait, titubait, pour s'affaler, à bout de souffle, au fond d'un fauteuil. Cynique, plein d'esprit et d'inconséquence, Nestor, en ces moments de folie, voyait son visage mangé de tics affreux.

— Pourquoi ces bottes de sept lieues ? interrogea Girardin.

— Des bottes que je ne quitte plus ! Elles sont mes compagnes, jour et nuit. En réaction contre les bourgeois qui se chaussent de pantoufles !

— On vous rencontre souvent, paraît-il, à une heure bien tardive, du côté de la rue Le Peletier !

Un peu dégrisé, Roqueplan allumait une pipe de racine, la mordillait nerveusement et jetait :

— Aux petites heures de l'aube, tout se ferme à votre nez ! Je raccompagne donc mon ami Claudin jusque chez lui, rue Le Peletier. Et lui me raccompagne jusque chez moi, rue Taitbout ! Et l'on recommence. Quand Gustave est las de ce manège, quelques heures plus tard, c'est mon cheval qui me tient compagnie ! Jusqu'à l'ouverture du Café de Paris où je reprends la place dont on m'avait frustré...

— Ça n'est plus le Paris de Louis-Philippe !

— Paris s'embourgeoise, Paris « s'haussmannise », je ne m'y reconnais plus.

Il bondit de son fauteuil comme un pantin, attrapa au vol une coupe claire et irisée et poursuivit ses entrechats au milieu des groupes en criant :

— Buvons, messieurs... boire c'est oublier ! Marquise, mes hommages. Ne croyez-vous pas que le Boulevard est devenu bien triste avec ces flâneurs qui ne savent plus flâner, ces bambocheurs qui ignorent tout des plaisirs de la table, ces badauds qui ne voient rien, ces conversations crème fouettée, plus creuses que les cerveaux, avec ces mêmes tics, ces mêmes gestes, cette même élégance apprêtée et si mal portée?

— Vous êtes bien lugubre ce soir, monsieur Roqueplan, dit Thérèse sans s'émouvoir.

— C'est sans doute que je vieillis, marquise. Je n'ai même plus ces joies profondes qui étaient miennes à la vue d'un beau vêtement et ma collection de pantalons, de gilets — plus admirable que celle de mes tableaux de maître — commence à me lasser.

— Ami, souvenez-vous de cette soirée aux Italiens où vous apparaissiez avec un curieux chapeau aux ailes gondolées.

— Je lançais la mode ou protestais contre la laideur: les très hauts chapeaux d'alors me convenaient si mal! C'est comme les friands de la lame. On dit que, désormais, ils prennent des leçons, s'épuisent en *une-deux, une-deux,* en *contre de tierce* et *contre de quarte,* en *coupez-dégagez* et *froissez-tirez-droit*... mais qu'ils manquent leur cible à tout coup! Les fleurets et le courage sont mouchetés, il reste des bravaches qui veulent la une du journal tout en estimant qu'« ils sont trop forts pour se battre ». Mais il me semble, marquise — à moins que mes yeux ne me trahissent —, que vous avez décidé, vous aussi, de vous moquer des bourgeois...

— Que voyez-vous donc, ami?

— Je vois des bottines en satin blanc à pointes remontant sur le cou-de-pied, l'une des pointes est... rouge, l'autre... bleue; la pointe bleue a un talon rouge, la pointe rouge un talon bleu!

— Eh bien, vous voyez très clair, ce me semble!

— Attendez. Le haut de la bottine se termine en dents aiguës, bleues d'un côté de la tige, rouges de l'autre, et rehaussées par de petits galons d'or. Quant à la gorgerette plissée en mousseline elle vous sied à ravir. C'est délicieusement excitant et... comme piège à curieux, on ne fait pas mieux!

— Monsieur Roqueplan! Mais... vous portez monocle maintenant.

— Une faiblesse, marquise! Mon verre solitaire! Ma révolution à moi!

— L'esprit vous perdra.

— C'est tout ce qui me reste, marquise. Et tout juste assez pour vous défendre, à l'occasion.

— Ai-je besoin d'être défendue?

— Non, certes, d'autant que ceux qui titillent un peu votre réussite n'ont pas le courage de vous affronter...

Et la maîtresse de maison allait de groupe en groupe, ayant un mot pour chacun, s'attardant auprès de ceux qui l'amusaient un instant d'un trait d'esprit, la flattaient sur son élégance ou l'informaient des derniers potins de la politique ou de la diplomatie.

Quand, à l'aube, elle se retrouva seule dans sa grande baignoire rose, elle se plut à songer au chemin parcouru! L'eau jouait sur la peau bistrée de son corps qui frémissait sous les caresses liquides. Elle songeait à Théo, à ce *Journal* qu'elle avait commencé, sur ses conseils. Elle le tenait maintenant régulièrement, y notait les événements de sa vie, ses opinions, ses impressions. Qu'allait-elle écrire ce soir?

Elle rêvait, comme portée par ce bien-être qui lui rendait de nouvelles forces. Elle appréciait sa solitude, cette volonté d'avoir su repousser les amants acharnés qui s'enivraient de sa force et de sa beauté. Ce Bamberg avait une suffisance teutonne qui l'agaçait: elle le soupçonnait, au demeurant, de se prévaloir un peu trop bruyamment de ses succès.

Ce Rambuteau était la fadeur même et Gozlan commençait à la fatiguer avec les outrances de ses blagues marseillaises. Elle se vit sourire à l'évocation de ce jeune chiot autrichien, sa maladresse, sa naïveté. Celui-là au moins l'aurait amusée, elle se serait sentie de taille à défendre l'Autriche tout entière en lui donnant quelques leçons... mais c'eût été perdre une fois encore un peu de cette liberté que sa manière de vivre rendait si rare. Elle songeait à Roqueplan : il avait vieilli, celui-là... quelque chose comme la fin d'une époque. La vie parisienne vous change un homme : sa légèreté d'hier, son goût du vêtement qui le transformait chaque soir, son esprit qui devenait peur panique des autres, de l'opinion des autres ; et Roger de Beauvoir, le beau Roger qui traînait derrière lui tous les regrets d'un mariage manqué. Pourquoi ce drame profond ? Roger était toujours amoureux de Mlle Doze qui avait ébloui les spectateurs de la Comédie-Française. Deux vrais amis. Leurs enfants ? « Je me chargerai de l'un d'eux », se dit-elle... Elle frissonna comme si l'eau soudain était devenue glaciale, l'eau complice de ses joies et qui la trahissait, peuplant son rêve de masques hallucinants : un visage ravagé de tics, un autre que détruit implacablement le remords. Vieux en quelques années !

Elle se secoua, se dressa, puissante, dégoulinant d'eau légère embaumant le jasmin, regarda courir en tous sens les nervures liquides qui s'épanouissaient tout au long de son corps, apprécia sa peau lisse et douce, faite pour les jeux dangereux de l'amour, négligea quelques lourdeurs aux hanches et aux cuisses, un soupçon de ventre, examina un instant le visage un peu las, dénoua ses cheveux. Ils étaient restés beaux et descendaient, souples et vivants, en longues boucles, frémissant du plaisir de n'être plus contraints. Thérèse glissa ses doigts dans la masse ondulante, s'emplit de la jouissance de mille contacts légers. Elle se dit que tout passait trop vite, qu'il n'y avait pas un instant à perdre. Qu'il fallait continuer à aller de l'avant, sans faiblir.

Le lendemain, elle se laissa conduire vers le Bois au rythme capricieux de ses alezans et de l'humeur de son cocher. A quatre heures, en plein mois de juin, le soleil cognait. Très dur. Thérèse ne pensait à rien et regardait, un bras passé négligemment dans une embrasse. Le bercement était agréable malgré les cahots de la rue. La Concorde avec ses grandes fontaines éclaboussées, l'obélisque doré en son sommet et qui semblait fumer tant l'air brûlait et poudroyait, les chevaux de Marly qui se détachaient sur la masse sombre des grands arbres... Sur les Champs-Élysées la mode était aux immenses cravates comme autant de bavoirs colorés avec des gants cœur de chêne et d'imposants chapeaux, si trapus qu'ils faisaient disparaître leurs propriétaires. Thérèse esquissa un sourire. Des Anglais, en jaquette courte, rythmaient leur marche trop raide avec leurs parapluies. Elle arriva à la future avenue de l'Impératrice, à la grille dorée du Bois: c'était un long défilé de voitures sur quatre rangs, des chevaux qui piaffaient faisaient claquer sec leurs sabots et cliqueter les cuivres des harnais; les cochers, cravatés de blanc, se tenaient droit sous le soleil qui les brûlait, le front haut, le torse bombé pour faire remarquer leurs livrées éclatantes. Thérèse admira leur immobilité, puis son regard s'accrocha aux poils de quelques bonnets de gendarmes à cheval, surveillant la foule qui s'écoulait lentement, s'agglutinait en masses vibrantes, se déroulait en larges canaux jusqu'à l'horizon. Un étonnant spectacle de marionnettes agitées qui brinquebalaient, s'étiraient, gesticulaient, emportées par le flot pressé et haletant.

Thérèse aimait ce grand rendez-vous quasi quotidien du Tout-Paris de l'amour vénal : les grisettes venaient y faire leur apprentissage de filles de marbre avec toutes les biches ayant acquis un semblant de célébrité. Elle s'amusait à en nommer quelques-unes, celles de la grande ménagerie parisienne. Elle observait le parcours d'une beauté fardée, traînant une robe à volants en queue d'étoile filante et portant un chapeau débordant de fleurs... Un flâneur la suivit quelques instants, la rejoignit, se dandina avec une grâce pataude, retroussa sa moustache cirée en pointes assassines et... débusqua la belle, flattée.

Thérèse se rappela être venue un jour ici avec Roqueplan qui n'avait pas cessé de parler.

— La petite Inca là-bas. Trop riche. Je lui ai vu dans un bal une robe lamée d'argent massif avec dix-huit volants de billets de banque ruchés et de gros lingots d'or dans les cheveux. Un peu plus loin, Mme de... : le « front stupide et fier » de la Vénus de Milo. Au XVI$^e$ siècle, ces femmes-là assassinaient leurs amants. Aujourd'hui, elles... elles engraissent !

— Nestor, vous êtes incurable !

— Oui, incurable ! Regardez, le bel Émile, dans son dog-cart. Il caresse, extatique, ses grands favoris. Il prête son regard langoureux d'artiste manqué à une jolie rouée venue tout droit d'Italie : un faux Titien mais assez bien replâtré !

— Prenez-vous des notes ?

— C'est selon !

Décidément le spectacle ne changeait pas. Thérèse demanda à son cocher de la ramener chez elle.

Bien assise sur la réputation de son salon et la solidité de ses millions, Thérèse continue, au fil des années, à cultiver son goût pour l'éclatant, à la limite de l'insolence. Elle se sent partout à l'aise :

dans le monde de la haute bamboche qui s'installe confortablement sur les champs de courses, sur le Boulevard ou à Deauville, dans les salons blanc et or de Tortoni, au Café Riche où, grande dame, elle vient remonter le moral de Roger de Beauvoir, entouré de Saint-Victor, d'Eugène Scribe, de l'éternel Fiorentino, du charmant Théodore de Banville et d'Edmond About, sous l'œil froid et coupant de Charles Baudelaire trônant à une table voisine ; elle assiste à l'ouverture de la rue de Rivoli, du nouveau pont d'Arcole et de l'avenue de l'Impératrice ; elle apprécie les succès de la reine Pomaré et de Céleste Mogador dont elle lira bientôt les *Mémoires* ; elle défend Haussmann contre ceux qui l'accusent de dilapider la richesse publique — cet appétit de grandeur, ce gigantisme, elle connaît et elle aime — ; elle admire le jeune et spirituel Aurélien Scholl que lui présente Dumas au *Mousquetaire,* un Scholl qui commence à établir solidement sa réputation de boulevardier et de séducteur impénitent ; elle ne manque pas une inauguration, accompagnée de Villemessant, tyran capricieux, sans préjugés ni scrupules, homme de parade et de vent.

On la retrouve à l'Opéra, aux Italiens, aux Variétés dont elle aime, à l'entracte, le foyer : bruit, travestissements en tous genres, blagues épaisses et dévoilées, c'est le rendez-vous de la folie boulevardière et du vaudeville ; elle prend le temps de recommencer à persifler Théo qui bourdonne dans tous les salons parisiens et revient place Saint-Georges chargée de tous les potins et calomnies d'Horace de Viel-Castel, diplomate et historien, que tolère ou encourage l'« orgueilleuse » princesse Mathilde...

— Vous, Théo, en mathildin !
— Au lieu de manifester votre colère dédaigneuse, louez-moi de servir de trait d'union — avec un peu d'inconscience, je vous le concède — entre des maisons où ne devraient souffler que l'esprit et l'harmonieuse amitié.

— Ce n'est pas inconscient qu'il faut dire, Théo, c'est fou... fou à lier.

— Mais, marquise, ce sont propos que j'entends ailleurs et je devrais me retirer dans un monastère si je prenais ce concert de voix irritantes ou irritées pour argent comptant. Je m'emploie à rester Théo, ami de chacun et de... chacune, en homme tolérant et qui fait « son miel de toutes choses » comme disait le merveilleux La Fontaine.

— Bon, bon, vous aurez toujours raison. Une pirouette chasse l'autre !

— Pourquoi les êtres sont-ils à ce point égoïstes, et aveugles ? Je vois les journaux cracher sur ceux qui les soutiennent et les justifient, les jaloux siffler leurs venimeuses invectives, les nantis se plaindre de la dureté des temps, l'argent haïr l'argent, les combinards parler de fanatisme et les spéculateurs se lamenter d'être gouvernés par des lanceurs d'affaires ! Si vous n'aimez pas Gobseck, n'en dégoûtez pas les autres ! Pourquoi s'entêter à vouloir donner raison à Balzac et à son pessimisme, celui de *La Fille aux yeux d'or* ? Tout le monde ici se veut De Marsay, Rastignac ou Vautrin mais refuse, bien sûr, de l'admettre.

— Parlez-vous de moi, Théo, en échauffant ainsi votre bile ?

— Je parle de tous ceux — et sans doute êtes-vous de ceux-là — qui ont des paroles dures pour le temps où ils vivent mais acceptent tout ce que ce temps leur permet.

— Théo, ne vous ai-je pas montré qu'en toute circonstance, si j'entendais profiter de cette société, je ne portais pas de jugements inconsidérés sur elle ? Je suis une femme, Théo, je ne suis qu'une femme et les petites piqûres d'amour-propre dont je vous gratifie n'expliquent pas cette grosse colère. J'ai l'impression que vous n'êtes pas bien remis encore de la détestable comédie de Barrière, à laquelle — vous en souvient-il — j'ai assisté à vos côtés.

— C'est vrai, Thérèse, je n'ai guère décoléré depuis huit jours. Tout ce romantisme morbide autour des *Parisiens de la Décadence*. Ce Barrière! On ne joue pas impunément les Pétrone et les Juvénal, on ne parle pas de stupre, d'abaissement à propos de cette ville en mouvement, si vivante, on ne fait pas frémir le parterre avec ces miasmes putrides dont se nourrit une imagination malade... Que ces messieurs le veuillent ou non l'humanité est en progrès... Le mot de décadence me semble éculé et je chante les passions qui sont les forces vives de l'humanité. Et me démentirez-vous, belle Thérèse, si je soutiens qu'aimer la bonne chère, le vin, les femmes, la musique, les arts — même si cet amour se pare forcément d'excès qu'on peut stigmatiser — est un signe de santé et de vitalité? Après tout un coulissier me paraît préférable à un Caraïbe et l'histoire — malgré les humeurs noires de quelques romanciers et moralistes constipés — retiendra que cette époque féconde, généreuse parfois, fut une longue fête et non une entreprise de démolition où tout est synonyme de corruption.

— Eh bien, Théo, voilà une fort belle tirade, j'espère qu'elle vous a soulagé de votre bile.

— Thérèse, Paris est une de mes passions et je me penche à son chevet comme le médecin sur le malade. Et Paris me fait peur: tout y va si vite, tout s'y achète si facilement et s'y transforme à la manière de ces boîtes de jouvence, *A la reine des abeilles*, boulevard des Capucines qui, dans ses sachets de satin offre le rouge et l'incarnat, le noir indien et le blanc d'azur... tous les masques!

— Vous n'aimez pas tout à fait cette désinvolture triomphante dans laquelle s'engage le Second Empire, celle des quadrilles de la fête, celle de l'entourage politique et économique de l'empereur...

— Le bruit qui monte m'assourdit un peu et comme Baudelaire j'entends *les cuisines siffler, les théâtres glapir, les orchestres ronfler...* et surtout, sur-

tout j'ai peur de ceux-là mêmes qui devraient se taire parce qu'ils sont plus gâtés que les autres. La semaine prochaine, je vous amènerai Delacroix. Ne serait-ce que pour vous prouver que votre salon reçoit les mêmes honneurs que... certains autres!
— Merci, incorrigible Théo, et oubliez vos remarques trop... féminines!

Delacroix, en 1855, est un homme chargé d'ans et d'œuvres. Individualiste, ce romantique passionné en impose par un visage long et maigre, un nez droit et des yeux qui semblent vous pénétrer jusqu'à l'âme. Il a conservé une belle chevelure chaude et souple. Thérèse a reçu le grand peintre avec sa magnificence habituelle. Le dîner a été superbe. Mais, au cours de la conversation, intimidée par une présence dont elle mesure la richesse intérieure, elle sent l'homme lui échapper. Elle n'est pas de taille à suivre les savantes arabesques concernant le réalisme dans l'art, sujet qui semble le passionner. A l'exclusion de tout autre. Seul, Théo peut se mesurer à lui.
— Le but de l'artiste, commente Delacroix, dans le silence général, n'est pas de reproduire exactement les objets, mais de toucher l'esprit par mille traits particuliers qui portent l'imagination au-delà de cette vue même. Et, depuis quelques années, je veux donner une nouvelle image d'un romantisme prophétique et messianique. J'ai, je crois, préfiguré le Hugo de Guernesey. Mais excusez-moi, marquise, j'ai cette désagréable habitude de revenir sans cesse à ce que j'appellerais volontiers mes hantises. Je ne suis pas un invité de bonne compagnie!
Quelques heures plus tard, à Gautier qui le reconduit, il se montrera dur, très dur :
— Je reconnais, mon cher, que l'hôtesse est belle comme savent l'être les Circassiennes, que son salon ne manque pas de goût et de brillant, que sa table est abondamment servie mais...

— Mais...
— On y meurt d'ennui. L'atmosphère est guindée, déplaisante à souhait. Des propos d'auberge! Quelle société! On cause, on cause et cela coule ou se précipite, se délaye dans les pires lieux communs. Qu'ils sont rares les gens — comme vous — qui ont quelque espace dans la pensée et du talent pour l'exprimer.
— Pardonnez-moi, mais je vous crois injuste. Comme nous le sommes tous, nous, les artistes, seulement préoccupés de notre travail.
— Sans doute, mais est-ce trop demander à un salon véritable qu'il nous écoute?
— Un salon *véritable*, cher ami, est un salon cosmopolite. Chacun y joue ses propres accords.
— Et c'est la cacophonie ou le pénible silence.
— Non pas. Ces salons accueillent les poètes, les font connaître, parfois aimer. Tous ces gens ne sont pas forcément des médiocres, affamés d'argent, de réussite, de plaisir et de politique, murés dans leurs désirs de vivre bien à Paris. C'est le monde sous ses aspects multiples que voit une femme pas comme les autres qui n'ignore rien de l'existence de l'Art...
— Vous êtes trop généreux pour ces tripotages, pour ces avantages qu'on tire de la mode et du snobisme artistiques.
— Mais ces tripotages sont pour les artistes une sauvegarde. Du pur mécénat.
Dialogue de sourds. Delacroix se fera rare chez Mme de Païva. Cependant que le bon Théo verra le fossé s'approfondir entre les purs — créateurs solitaires — et les acheteurs, spéculant sur le génie.

Quelques semaines plus tard tout Paris parlait de la première du *Demi-monde*, de Dumas fils, une pièce follement applaudie comme si ce monde-là prenait plaisir à se sentir fustigé, percé à jour. Nestor Roqueplan et Théo vinrent mettre Thérèse en garde.

— Je vous admire, madame, vous passez à travers le temps et les jalousies sans vous retourner et sans fatigue apparente. Vous rendez coup pour coup mais sans irritation excessive... Et cependant on parle beaucoup de vous et pas toujours en bien!

— On parle de moi, Nestor, que peut espérer de mieux une courtisane?

— Certes, mais il y a des propos qui blessent. Ceux de M. Dumas fils par exemple.

— M. Dumas fils. Feriez-vous par hasard allusion au *Demi-monde*?

— Par exemple, avec les nombreux commentaires de presse qui ont suivi!

— De la publicité, mon cher, rien que de la publicité!

— Méfiez-vous tout de même. Il y a des ragots qui traînent un peu partout...

— On ne pardonne pas la moindre réussite. Que devrais-je reprocher à M. Dumas fils? D'avoir transformé l'expression *femmes du monde* en *femmes du demi-monde*, d'avoir inventorié les aimables péchés de cette demi-mondaine: toilette, correspondance, location d'une belle voiture, le thé avec quelques messieurs, le théâtre, la modiste, les hommes d'affaires? Publicité vraiment. Et puis ce M. Dumas, qui n'a ni la largeur d'esprit ni la gentillesse de son père, est un écrivain de la pire espèce... un moraliste. C'est un petit esprit, coincé, desséché entre ses préjugés de caste et la déplorable façon qu'il a de les exprimer. Du théâtre, ça, un triste portemanteau pour atrabilaires en rupture de fantaisie et de réalité.

— Mon cher, vous n'aurez pas raison avec notre Thérèse, avait glissé Théo.

— Sans doute, sans doute, mais la calomnie... Même si les caractères sont lourdement tracés, si la charge est trop grosse, la pièce a connu le succès et...

— Et *L'Artiste* m'assimile à la baronne d'Ange comme d'autres le font pour mon amie Esther. C'est la rançon du succès, le prix à payer dans ce Paris qui ne donne rien pour rien. J'aime ces attaques qui éloignent de mon salon les jaloux — et d'abord les femmes — pour n'y laisser que les amis ayant l'esprit assez ouvert, assez libre, assez généreux aussi pour comprendre que ceux qui refusent le monde... et le demi-monde doivent se faire ermites ou l'accepter comme il va. A votre santé, monsieur Roqueplan... monsieur Gautier...

Et la marquise, aiguillonnée par les propos amicaux qu'elle se refusait de prendre en compte, se lança de plus belle dans la fête parisienne. Elle aimait défier et gagner. Mais ses vraies préoccupations étaient ailleurs. Elle avait doublé un cap, un cap dangereux, celui de sa trente-cinquième année.

Bien sûr, elle avait conservé ce corps merveilleux que Théo continuait à célébrer à l'envi mais, à des riens, à ces petits détails qu'elle débusquait, chaque matin, à sa toilette, elle sentait les prémices du changement. Une taille qui s'empâte légèrement, une peau qui manque de souplesse avec quelques granulations intempestives, un visage surtout qu'il faut soigner avec plus de minutie pour dissimuler des cernes plus appuyés, des paupières plus lourdes, un dessin général qui se fige un peu aux commissures des lèvres, aux coins des yeux, toujours plus saillants, un menton qui s'arrondit malgré les massages et les crèmes... Rien sans doute de très grave, la possibilité de donner encore le change, mais pour combien de temps?

Et puis il faut pouvoir rivaliser avec ces jeunes lionnes chaque jour plus nombreuses, qui entendent se faire une célébrité, la fête revenue. Aux côtés d'Esther, Thérèse sillonnait les routes du Bois et paradait aux courses du Jockey-Club, se rendait en tous lieux où les chevaux portaient des cavalières, intrépides amazones, fréquentait les courses où les lorettes, en bataillons serrés, s'offraient à l'œil bienveillant des trousseurs de gotons.

Ce jour-là, à Longchamp, le printemps mettait de la gaieté au cœur d'Esther.
— Hé! Thérèse, le petit commerce ne va pas mal aujourd'hui.
— Ces filles sont des effrontées!
— Marquise, que sommes-nous donc?
— Pardon, tu as raison, comme toujours. J'oublie que Paris m'a donné ma chance et que j'étais plus maladroite que ces beaux museaux!
— Ah, j'aime mieux ça et quand tu me voles mes expressions, tu es parfaite. Une marquise, quoi!
— Esther, tu n'es pas charitable!
— Charitable? Avec toi? Ah, non alors! Tu es plus fortiche que moi. Et cette bon dieu de volonté. Tu manges avec, tu dors avec... Que veux-tu donc que tu n'aies déjà!
— On n'a jamais tout, Esther, et je veux tout. Tant qu'il y aura des fortunes plus grandes que la mienne, des salons plus célèbres que le mien, des hommes plus désirables et plus riches que ceux que je fréquente, des destinées plus remarquables et remarquées...
— Ah, voilà le grand mot lâché! *Remarquées*... Foutue civilisation du clin d'œil! Qu'est-ce qui fait courir, sauter, danser, se pavaner les femmes du monde et du demi? Etre la plus belle, la plus riche, la plus enviée. Etre la première au festin de la vie avec des crocs grands comme ça, une envie plus grosse qu'une montgolfière, des jalousies sataniques et la volonté de bousculer toutes les quilles... Rien que de la pose et de l'ostentation!
— Erreur, Esther. Ne fais pas celle qui ne sait pas. Tu sais ce que coûte de soins, de patience, de

savoir-faire cette nécessité de tenir un rang à Paris. Un rang toujours contesté, une place qu'il ne faut jamais laisser vacante. Mais changeons de conversation. Dis-moi, qui est ce jeune fou, là, un peu plus loin, qu'on voit depuis quelques mois dans tous les lieux où Paris s'amuse et qui, paraît-il, jette par les fenêtres argent, esprit, ardeur et fantaisie?

— Décidément, rien ne t'échappe et surtout pas les bons partis! Celui-là m'est bien connu, figure-toi. Un fou! Tout droit sorti de sa province vendômoise. Grosse, très grosse fortune terrienne et aristocratique. Un Gramont-Caderousse. Et duc. Un vrai. Pas en peau de toutou! On le dit pressé — une petite santé — d'épuiser sa fortune en excentricités, générosités et folies en tous genres. L'article te séduirait-il? Dépêche-toi, pendant qu'il lui reste encore quelques forces et beaucoup, beaucoup d'argent!

— Raille tant que tu veux. Moque-toi de moi, horrible sceptique que tu deviens.

Tout en parlant, les deux femmes s'étaient approchées du groupe où Gramont-Caderousse détaillait les qualités d'un magnifique alezan, un de ses chevaux de course.

— Je te laisse au milieu de la ménagerie, souffla Esther. Et je le joue à trente contre un!

Le duc faisait très gentleman. Il avait les traits fins, une tête assez petite et un cou très long pris dans un faux col droit, immaculé. Une chevelure d'un roux brûlant tombait sur des épaules un peu voûtées. Des moustaches soignées et des favoris moussaient sur un visage pâle légèrement marbré de rouge. Sa redingote « fumée de tabac » lui seyait à ravir!

— Ce cheval est de race, il a déjà gagné plusieurs grands prix... C'est une bête magnifique et, de plus, facile à monter. Qui veut l'essayer? Madame, demanda-t-il en se tournant vers Thérèse, m'accorderez-vous ce plaisir? Ne craignez rien, je reste à vos côtés.

La marquise ainsi invitée — elle avait tout fait pour cela — s'installa sur l'échine vernie de la bête avec une désinvolture qui en disait long sur ses habitudes de cavalière.
— Je crois avoir eu la main heureuse.
Le duc avait dit cela tranquillement, en grand seigneur du pesage de Longchamp, correct jusqu'à l'onction.
Thérèse se taisait. Elle s'étonnait de l'aisance du jeune homme — vingt-cinq ans à peine — et se prenait au jeu de cette séduction un peu facile.
— Le cheval, madame...
— Le cheval, monsieur, est un très vieil ami. Nous avons ensemble caracolé dans la plaine russe, couru à Chantilly, sauté à Epsom.
— Dites-vous la vérité?
— Ai-je donc l'air de mentir? Epsom, oui, monsieur, au bras de lord Derby... qui m'a fait découvrir un peuple tout entier amoureux de la plus belle des courses.
— Vous avez eu cette chance! Il faut que vous me racontiez cela. Pardon! Je... m'emballe! Je vous serais tellement reconnaissant. La seule course manquant à mon palmarès... les circonstances, vous comprenez... L'année dernière, tout était prêt... et puis...
— Je vous raconterai volontiers.
Et le jeune Gramont qui avait oublié la suite de ses admirateurs n'eut d'yeux que pour Thérèse. Elle était vêtue d'une longue jupe de soie qui moulait harmonieusement ses formes pleines, d'un gilet très chic en velours ocre et d'une casquette à glands qui lui donnait un air à la fois martial et déluré.
— Cet ensemble, madame...?
— Je suis la marquise de Païva.
— Oh, pardon! J'aurais dû... Votre élégance, l'aisance avec laquelle vous passez au milieu de cette foule, Epsom... J'aurais dû reconnaître en vous la grande dame dont on parle tant à Paris. Son fameux salon...

— Allons, duc, oublions cela et soyons amis, simplement.
— J'apprécie l'offre, marquise. Et pour marquer notre rencontre, je vous enlève, voulez-vous? Etes-vous venue en voiture?
— Ma foi non! Avec mon amie Esther Guimond, nous avons pris bourgeoisement le chemin de fer.
— Merveilleux! Dans la cohue, la poussière et le bruit...
— Ce qui m'a rappelé la route vers Epsom!
— Ma voiture n'est pas loin.

C'était un splendide huit-ressorts bleu foncé attelé de deux demi-sang piaffant dans leurs harnais tintinnabulants.

— Voulez-vous prendre la place des cochers? Je vous vois si friande d'exploits équestres.
— Est-ce un exploit équestre que de descendre vers Paris?
— Hé! Hé! Ces chevaux sont nerveux et le seul sifflement du fouet leur donne une folle envie de gambader.
— Est-ce que cette folle envie ne serait pas un peu la vôtre? On dit...
— On dit déjà tant de choses: viveur, bambocheur, « gavroche de haute futaie » — n'est-ce pas joli! —, noceur, flambeur... et, moins souvent, duc et gentilhomme!
— C'est un beau palmarès! Et cependant vous êtes depuis peu à Paris.
— J'y vis depuis quelques mois — un an bientôt — qui ont suffi à me faire connaître. J'aime toucher le premier le poteau d'arrivée et je mène ma vie à toutes brides, en tous lieux où la fête bat son plein.

Elle souriait, cependant qu'elle donnait aux alezans le signal du départ. De la course. De la ruée. Ah, le duc voulait de l'émotion, de l'ivresse! Eh bien, on allait en parler demain dans les échos parisiens, venimeux et pervers. Il aimait les sensations fortes: il serait exaucé!

De la voix et du geste, Thérèse guidait les chevaux qui passaient à bride abattue sur les boulevards noirs de monde. Le duc, qui conservait en toutes circonstances un flegme britannique, ne pouvait cacher une certaine inquiétude. Une crispation du visage, la nécessité de conserver un équilibre à chaque moment compromis, la crainte — même inconsciente — de l'accident effaçaient quelque peu le sentiment d'admiration qui l'habitait pour tant de culot, de témérité élégante. La foule qui coulait, lente, se creusait au bruit furieux de la victoria lancée à pleine vitesse, se fendait, comme le flot tranché par l'étrave du navire, de chaque côté des chevaux qui frôlaient les promeneurs apeurés. Des jurons fusaient. Thérèse, dans l'euphorie du bruit et de la vitesse, se grisait d'un sentiment d'orgueil dont elle savourait la sereine puissance.

Elle arrêta enfin la voiture. On était devant Tortoni.

— Ai-je mérité une glace à la vanille, mon cher duc?

Encore secoué par le vent de la course et les frayeurs accumulées, Ludovic de Gramont-Caderousse, le souffle coupé, balbutia:

— Je vous offre... Tortoni tout entier... mais pas de chevaux, ni de huit-ressorts!

— Auriez-vous eu peur, monsieur le duc?

— Non, pas du tout. Mais en plusieurs endroits, j'ai cru que ma dernière heure était arrivée et j'ai vu la mort dans les yeux de quelques quidams. Au demeurant, je vous présente mes hommages, marquise, et mes sentiments cahotés mais admiratifs! Cocher, voulez-vous reprendre les rênes. Mme de Païva est sans doute fatiguée...

Le cocher, qui s'était ratatiné au fond de la voiture, ne parvenait pas à desserrer l'embrasse qu'il avait enroulée autour de son poignet, croyant l'accident inéluctable. Blême, flageolant sur ses courtes jambes, le haut-de-forme enfoncé jusqu'aux yeux, il retrouva sans déplaisir la place que son maître avait imprudemment prêtée.

Thérèse s'installa à la terrasse de Tortoni. Elle riait du bon tour qu'elle avait joué et le duc, un peu rasséréné, se mit à rire de la même façon : le gentleman retrouvait ses esprits et son humour !

— Marquise, me direz-vous maintenant ce que coûte une promenade menée aussi rondement ?

— C'est à vous d'en décider, monsieur le duc !

— Fort bien ! Je ne vous demande que quelques minutes. Le temps de vous délecter d'une plombière maison, un caprice des dieux !

Et, pirouettant joliment sur lui-même, le duc disparut dans la foule. Thérèse — qui ne se posait jamais aucune question — prit conscience du mouvement de la rue, de la tiédeur de l'air printanier, du laisser-aller des promeneurs, de tous ces badauds portés par leurs désirs inconnus. Elle évaluait toutes les richesses étalées, ces robes fastueuses, couvertes de pierreries scintillantes jouant dans le soleil, ces voitures criant leurs blasons orgueilleux, équipages écrasant de mauvais goût pour la plupart mais ruisselant de luxe insolent et dominateur. Elle s'interrogeait sur l'envie qui déformait tous ces visages quand le duc se retrouva auprès d'elle, essoufflé, les pommettes enflammées, mais radieux :

— Pour le brillant cocher !

Tremblante — elle connaissait la folle générosité du duc —, Thérèse défit un emballage à la feuille d'or et mit un long moment, sous l'œil amusé du jeune homme, à trouver l'ingénieux système de fermeture du petit coffret recouvert de velours. Sur un lit de perles noires, un diadème en diamants, une pièce royale, une folie, une fortune incroyable.

Elle répéta, mécaniquement :

— Pour le brillant cocher...

Puis, peu à peu consciente :

— Mais ce n'est pas possible! Pourquoi? C'est insensé.

— Un présent digne de vous, madame la marquise de Païva. De votre beauté. Un geste insensé peut-être mais qui nous ressemble et nous rassemble ce soir. Vivre, n'est-ce pas savoir jeter sa fortune par-dessus les moulins pour une main qui hésite, un regard qui perd sa superbe et devient étincelant de désir, de plaisir, pour un mot de surprise, d'étonnement, pour un élan de joie ?

Il a tout pour lui ce jeune homme, pensait Thérèse: le goût de la vie, de la distinction et ce grain de folie qui fait paraître normale la plus inconsciente des prodigalités.

— Ce soir, décida le duc, péremptoire, nous dînons chez Bignon, mon repaire. Je vous ferai déguster une sole aux crevettes arrosée d'un bouzy rouge dont vous me direz des nouvelles! Et comme la chance se joue sur un tapis vert!

— Duc, tout cela va trop vite!

Et cela devait aller plus vite encore dans les jours et les mois qui suivirent. Thérèse, au cœur d'un tourbillon de plaisirs, est la plus gâtée, la plus adulée des femmes. Elle ne trouve pas, au fond de sa mémoire, un homme qui aurait pu ressembler au duc; tant de sang-froid pour perdre au jeu, tant de naturel pour se débarrasser des bavards, des gens vulgaires qu'il déteste et raille d'une manière piquante, l'œil amusé, la lèvre rieuse, la fine moustache blonde frissonnant de satisfaction. On aurait dit que, pressé de vivre — Thérèse avait deviné la maladie qui rôdait, tenace, remarqué le souffle court, l'incapacité de l'effort prolongé —, Caderousse s'ingéniait à varier les folies que procure

l'argent qui coule d'une source inépuisable. Il avait apporté la fête permanente place Saint-Georges, dans le salon de la Païva, fait fuir les habitués trop tranquilles, remplacé les trop sages conversations littéraires et artistiques par la débauche d'un esprit neuf, impudent et sceptique. Théo, que rien ni personne ne désarçonnait, appréciait :
— Votre duc, mais c'est Lauzun en personne.
— Théo, c'est la folie que je prends pour guide!
— Bah! « Vivez, si m'en croyez... », vous aimez le tintamarre, les bourrasques, le paraître et l'ostentation du paraître, vous êtes comblée!
— Vous êtes sévère. Mais j'ai parfois l'impression de ne même plus exister. Que dit Esther? Je n'ose plus la rencontrer!
— Esther jubile. En s'effaçant, le jour de votre première rencontre avec le duc, elle savait. Elle m'a dit en parlant de vous: « Elle voulait piéger, la Thérèse. Elle est prise. Mais c'est bien ainsi. Tu vois, Théo, à sa place, et à son âge, j'aurais fait de même. Les occasions qu'on laisse traîner, pfftt... » Et je ne vous décris pas le joli geste de la main, le joli bruit de langue avec lesquels elle a accompagné ce pfftt flûté à souhait, coquin et un peu égrillard.
— Egrillard, Théo. Si vraiment la postérité retient quelque chose de mes aventures avec Caderousse, elle insistera sans doute sur le côté, comment dites-vous, *égrillard* de nos relations. Elle se trompera. Le duc est plein d'appétits mais sa jeunesse n'a rien de triomphant. Il est malade et les folies continuelles de la journée et de la nuit le trouvent épuisé, le souffle rauque, déchiré de quintes douloureuses pour des matins sans gloire.
— Qui laissent Mme de Païva frustrée et mécontente!
— Je n'ai pas d'amour pour ce garçon, Théo, il est trop jeune, trop excessif, il mord dans la vie avec des dents de loup pour tromper le mal secret qui le ronge. Mais qui résisterait à tant de générosi-

tés ? Pas de jour où il ne trouve le cadeau qui enchante, le mot qui encense, le sourire qui apaise. Et tant de distinction !

— C'est ça, Lauzun ! Un nom, un titre, une fortune dont on se sert avec élégance et désinvolture. La marque d'un grand seigneur.

— Oui, Théo, c'est cela sans doute qui me retient auprès de lui dans cette ronde des plaisirs. Le voir sur un champ de courses, un peu hautain, sûr de lui, commander à une armée de grooms anglais et de serviteurs apportant « le lunch de monsieur le duc » ; le voir sur la plage de Deauville ou présidant avec aisance à la naissance de Trouville, au milieu des crinolines toujours plus amples, des corsages tout menus sur des bustes minuscules ; le voir dans une salle en fièvre gagner ou perdre avec la même bonne humeur ; le voir revenir des chasses de Meudon tout guilleret malgré sa malchance, tout cela me séduit. Et je n'en finirais pas de vous conter ses frasques quotidiennes, ses inventions, ses mots. Il sait toujours s'excuser de sa prodigalité par la plus jolie des pirouettes : « Oh ! vous savez, Thérèse, l'arithmétique n'est que l'art de soustraire correctement ! » Alors, dans un élan qui le fait crépiter de joie, il sort de sa poche une pierre plus grosse que celle de la veille, un bijou commandé chez le dernier joaillier à la mode. Je serai bientôt plus riche de ces merveilles qu'une princesse des Mille et une Nuits !

— Ne me dites pas que vous le regrettez !

— Théo, j'ai pour les bijoux, pour les diamants une passion charnelle. Leur éclat, leur pureté, leurs feux me procurent une émotion dont je mesure mal l'intensité : c'est une ivresse, une drogue dont je n'assouvirai jamais le plaisir.

— Cette fois, en tout cas, c'est la notoriété !

— Oui, un peu tapageuse ! Rendez-moi cette justice que la Thérèse que vous avez connue avait plus de discrétion.

— Sans doute, mais on ne choisit pas sa manière de réussir! Seriez-vous lasse, déjà?
— Je ne sais. Songez que demain il se bat pour moi. Un malheureux naïf a exprimé trop haut sa jalousie, en termes mal choisis et le voici proprement condamné à se battre. Trop, c'est trop et je n'ai que faire des bravoures inutiles.
— Péché de jeunesse. Après-demain, tout sera oublié!

Après le duel qui s'était terminé à l'avantage de l'offensé, le duc qui avait senti l'hostilité de sa compagne entreprit de s'excuser:
— Vous savez, Thérèse, un homme d'honneur ne saurait laisser passer la grossièreté et l'outrage.
— Mais il n'y a pas de commune mesure entre la rigueur du châtiment et la gravité de la faute, avait répondu Thérèse. S'exposer soi-même à la mort, c'est absurde. Tous ces gens qui se battent et parfois se tuent sont-ils conscients de la gravité de leur geste et cet honneur qu'ils défendent n'est-il pas le plus souvent qu'un moyen commode vers quelque renommée à reconquérir? Et ce ne sont pas les meilleurs qui ont le dessus mais les récidivistes d'une pratique aussi cruelle que gratuite. Girardin m'a raconté son duel fratricide avec Carrel, le rédacteur en chef du *National*, pour une pauvre histoire d'honneur chiffonné. Les deux hommes furent blessés mais Armand Carrel en est mort. Très affecté, Girardin dira: « Plus jamais ça! » Mais d'autres recommenceront. Pour rien. Et Girardin ne peut que répéter: « Plus jamais ça! »
— C'est vrai, Thérèse, mais je ne puis accepter l'insulte et la bêtise...
— Contentez-vous de les combattre et de les ridiculiser par l'esprit et l'intelligence!

Quelques jours plus tard un grand bal fut donné dans les salons d'Arsène Houssaye. Quel régal pour les yeux que cette profusion d'œuvres d'art, d'émaux, de pierres flamboyantes et de délicates porcelaines, d'ivoires si chers au collectionneur ! Thérèse avait décidé de briller de tout son éclat : une robe-crinoline en taffetas rose, deux tuniques au point d'Angleterre où s'accrochent diamants et perles, gros bouquets de roses-thé à feuillage d'or. Dans chaque cœur de rose, d'autres diamants, les plus beaux. Une rivière en octaèdres au clivage parfait éclaire son cou et ses épaules avec une parure complète montée en émail bleu et figurant des fleurs de myosotis : une merveille avec collier, bracelet, Sévigné et cache-peigne. Un loup cravaté d'or massif dissimule le visage. Mystérieuse derrière son loup étincelant, Thérèse ne rencontre que des yeux allumés de désirs insatiables, des corps affamés de caresses, des propos ardents et fous... et l'œil narquois du maître de maison qui cache son âge sous une chevelure longue et bouclée, une barbe de patriarche plus parfumée que celle des Danubiens de ses lectures.

Mais qui est donc cette reine de Saba qui attire tous les regards ? Elle porte un corsage de velours nacarat tout parsemé de brillants, d'émeraudes et de saphirs, un mantelet ponceau bordé d'une large bande d'or et couvert de plumes d'autruche à nervures d'or et... sur la tête, un double diadème : une véritable galerie d'or en arcade avec, se balançant, une poire en diamants, un collier d'émeraudes, un torrent d'or, de diamants, de pierreries...

— Il y en a là pour plus d'un million, grince Thérèse. Mais qui est cette femme, cette reine ?

Le duc, au retour, devant les silences de Thérèse et la colère froide qui plisse son front et bride ses yeux, lance, soudain :

— Demain, tu auras le plus beau diamant noir de Paris. Une pièce unique que j'ai fait tailler pour toi par le meilleur joaillier de la rue de la Paix. Mme Juriewiez en mourra de jalousie...

Ce bijou — elle entendait la horde de l'envie l'évaluer à 500 000 francs —, Thérèse le mit pour la première fois à l'inauguration du Café Anglais, grande maison blanche avec de multiples salles de réception et d'autres... plus intimes comme les salons particuliers et ce Grand Seize — une pièce feutrée du premier étage — dont tout Paris parlait alors. Une soirée-souvenir — le Café de Paris venait de fermer ses portes — avec les amis d'hier, tous ceux d'avant la révolution de 1848 et les jeunes loups qui se multipliaient aussi vite que le permettaient les progrès de la presse et la faveur que les étrangers accordaient à une ville qui poussait et donnait le ton à l'Europe tout entière.

Au Café Anglais, Thérèse retrouva Arsène Houssaye noyé dans sa barbe plus fournie que celle de Léonard de Vinci, son maître à penser. Elle admirait l'érudition de l'inspecteur général des musées de province, tout fier d'un nouveau poste où s'épanouissait ce brin de condescendance de l'homme adulé des princes et de l'empereur, coqueluche des femmes qui goûtaient son esprit et l'accablaient d'œillades caressantes pour être conviées à ses redoutes. Thérèse l'avait vu sourire à chacune et montrer qu'il pouvait seul réunir dans ses salons le duc d'Albe et le maréchal de Canrobert, les Dumas et Gustave Doré, Banville, Théophile Gautier et Girardin, Thiers, Janin, Gaiffe et Paul de Saint-Victor où ils croisaient les masques d'authentiques duchesses et de maintes lorettes à la conquête de Paris! Dans cette barbe dont Banville disait qu'« il se faisait souvent du bruit mais jamais de réponse », elle cherchait des sourires entendus, des clins d'œil faussement ensommeillés, des esquisses de grimaces, une bonhomie calculée faite d'emprunts tardifs à toutes les cultures. Il avait, ce soir, le vin triste.

— Madame la marquise, comment vont les affaires?

— Les affaires, dites-vous ?
— Oui, ce monde existe-t-il pour d'autres raisons ? Vous avez connu le Boulevard hier. On savait s'amuser, blaguer, causer... Les femmes ont tué tout ça !
— Les femmes, monsieur Houssaye ?
— Mais oui, madame. C'est à la fois votre grandeur et votre faiblesse. Vous ne vous contentez plus d'être belles, de charmer, d'aimer et de nous aimer. Une race est née dont j'enregistre les progrès, jour après jour : la femme-homme d'affaires qui ne se satisfait plus de régner sur nos cœurs... la femme-chiffres, la femme-argent, la femme-calcul... la femme-maîtresse, dans son salon, à la Bourse.
— Monsieur Houssaye, est-ce une leçon que m'administre votre proverbiale sagesse ?
— Oh, non ! C'est un constat, un peu amer... N'avez-vous pas le génie de la finance ?
— Mais pourquoi les grands hommes d'aujourd'hui refusent-ils à la femme ce qu'ils acceptent volontiers pour eux-mêmes ? L'argent doit rapporter et je songe sérieusement à me faire construire une nouvelle demeure...
— Elle sera magnifique, je n'en doute pas, mais ce monde m'inquiète. Son matérialisme dont la femme hier encore nous préservait...
— Ce monde vous réussit bien ! Enviez-vous les pauvres succès de M. Ponsard ? Si vous aimez le courage inutile, libre à vous. Allez-vous, à votre tour, fustiger les profiteurs du régime ? Le théâtre de M. Dumas fils vous tend les bras.
— Il n'y a plus de chevaliers, plus de castes...
— Monsieur Houssaye, vous allez me refaire le couplet des chevaliers d'industrie mais n'étiez-vous pas vous-même à ce fameux dîner Millaud-*Million* cette semaine ? Les fastes qui mêlent les loges, l'orchestre et le parterre ne vous effraient pas. L'opéra — le grand — et la chanson des rues... Journal, affaires et banque !

— Je vieillis, marquise, pardonnez-moi.

— Je vous suivrais beaucoup mieux si vous parliez de veuleries, de petites lâchetés, de jalousies forcenées, de filouteries, tout cet art souterrain de l'arnaque et du contre-pied. N'est-ce point plus dangereux que la volonté de paraître et d'arriver, sans souci du qu'en-dira-t-on?

— C'est vrai, sans doute, mais il y faut une force que je ne possède pas!

— Allons, monsieur Houssaye, vous devriez venir place Saint-Georges un peu plus souvent. Vous me diriez comment vous avez établi votre propre fortune, comment vous réussissez auprès du pouvoir. Décidément vos inquiétudes de ce soir ne me semblent pas aller dans le sens de... vos choix personnels!

Et Thérèse se leva de table avant que Houssaye puisse lui répondre. « Bah! songea-t-elle, ce monde qui se plaint d'être trop heureux! Que la vie est trop facile! Faux-semblants que tout cela! » Une voix familière la fit sursauter.

— Vous me semblez bien soucieuse ce soir, madame de Païva!

— Monsieur de Girardin! L'éternel conspirateur! Il y a un siècle que je ne vous ai vu. Vous me manquez.

— L'éternel conspirateur vous manque. J'étais dans votre salon... attendez... le mois dernier! Nous... conspirions ensemble!

— Ah, le mot vous choque! Mais quoi: n'avez-vous pas traversé l'eau, le feu, la tempête, l'or et l'argent, les procès, les duels sanglants et les fleurets mouchetés, Chateaubriand, Delphine, Balzac et Louis-Philippe, Cavaignac et Guizot, la prison et l'Algérie, la Crimée, au creux de la vague, au cœur de la vague, au sommet de la vague, la plume acérée, la plume amère, la plume libre, la plume proscrite, seul contre tous, *La Presse* au poing, tantôt un peu monarchiste, tantôt un peu républicain, toujours napoléonien... Ministre ou rien!

— Eh bien! *Rien*, marquise, est-ce conspirer? Et qui vous donne cet élan et ce souffle?
— *Rien*, monsieur de Girardin. L'admiration. Votre puissance, celle de la presse...
— Qui conduit tout droit dans les cachots.
— Comme dans les salons de Louis-Napoléon, de l'empereur!
— Vous simplifiez, marquise. Vous oubliez l'exilé, le proscrit, le combat pour des idées, le combat contre l'arbitraire. Pour une presse libre.
— Je vous l'accorde. M'accordez-vous... que vous êtes aussi... un peu... opportuniste!
— Décidément vous me cherchez quelque mauvaise querelle, aujourd'hui. Je vous savais frondeuse.
— L'admiration, monsieur de Girardin, l'admiration seulement!
— Il est vrai que... qui admire beaucoup... châtie beaucoup. Mais... marquise... un combat — le plus pur combat — n'emprunte-t-il pas à l'opportunisme? J'ai écrit le 14 décembre 1848 pourquoi les pouvoirs sont tombés; je les ai avertis; ils ont fermé l'oreille à des avertissements sincères; ils sont tombés. J'ai annoncé au gouvernement de 1830 sa chute. J'ai annoncé au général Cavaignac sa défaite. J'ai écrit, je me le rappelle parfaitement: « J'annonce à tout pouvoir, quels qu'en soient la forme et le nom, qui suivra les mêmes errements, le même sort! » Ce que j'ai dit hier, je le répéterai demain. Et on ne m'écoutera pas! Je devrai chaque fois reprendre les mêmes luttes. Si c'est cela l'opportunisme. Alors... j'aurai toujours les mains libres. On ne musèle pas plus Girardin que la Païva!
— Bravo! Voilà du meilleur Girardin! Mais... que pensez-vous de votre nouveau César?
— Comme vous y allez! Mon nouveau César est intelligent, généreux à sa manière, habile à se concilier les extrêmes. Il sait écouter à l'occasion... Un lourd passé de proscrit et de conspirateur!

— Beaucoup d'âpreté et d'opiniâtreté... La censure?

— Affaire à suivre. Mon César se veut sincèrement démocrate. Et tant que les apparences seront sauves! Au reste, la France est forte, dynamique. Elle sue la richesse. Elle est enviée, courtisée par l'Europe entière. Mais je note avec intérêt que Mme de Païva s'intéresse à la politique. Elle n'est pas la seule. Dirigée par des lanceurs d'affaires, la France? Non, non! *Cherchez la femme*. A bientôt, marquise, nous reprendrons ailleurs cette édifiante conversation!

Il l'avait plantée là, avec un peu d'irrévérence. Il avait rendu coup pour coup avec une fougue, une élégance et une hauteur de pensée heureuse. Sa mauvaise humeur ayant fondu dans le feu d'une conversation animée, Thérèse se sentait lasse et chercha le duc : il était en grande conversation avec une jolie femme, la Deslions. On la disait en froid avec son banquier cousu d'or. Elle avait des yeux magnifiques qui laissaient filtrer quelque inquiétant et langoureux mystère. Un profil attachant de reine d'Egypte.

Thérèse rentra seule, ce soir-là. Ce bijou magnifique qui avait fait jaser autour d'elle était un cadeau d'adieu : on ne retenait pas très longtemps Gramont-Caderousse. Le lendemain, elle disait au duc, simplement :

— J'ai fait avec vous un bout de chemin bien agréable. Vous avez été l'homme le plus généreux, le plus inattendu. Le plus insatiable aussi... Nous nous rencontrerons souvent dans ce Paris de la fête quotidienne, dans mon salon qui reste le vôtre. En toute amitié. Toute attache, duc, nous semble indésirable, à l'un comme à l'autre. Mais... prenez soin de vous!

Thérèse avait besoin de ménager ses forces. Ces

derniers mois, à la remorque du duc, lui étaient devenus pénibles. Impression de ne plus conduire le bal, de céder à tous les caprices, au bruit, au feu d'artifice. Elle voulait paraître, sans doute, mais dans les meilleures conditions, en des lieux choisis, en réponse à quelque certitude efficace. Sans être forcée. Caderousse, c'était la folie permanente, la griserie, l'orgie de la vitesse, du combat pour rien, la bohème fortunée qui se veut radieuse et conquérante et vous laisse épuisé, vidé dans la tristesse froide des petits matins.

Et puis Mme de Païva a rencontré dans le sillage de Bamberg, un nouveau visage. Celui d'un jeune Silésien — on l'appelle « Monsieur le comte » — qui promène, avec une réserve bien peu parisienne, sa prestance silencieuse et un peu ennuyée. Elle s'est renseignée aux meilleures sources : grande famille, richissime, des terres, des mines de métaux ferreux et non ferreux, charbon, industrie lourde, le sens inné des affaires, le goût de l'ordre et du travail. La ferveur nationaliste. Sur le moment, Thérèse s'est contentée de l'écouter. Avec un sourire en pensant à Gramont-Caderousse ! Elle a observé, l'air un peu absent, comme absorbée par d'autres préoccupations, le dessin bien ourlé de l'oreille qu'encadrent des cheveux noirs tombant dru et raides, la frileuse naissance d'une barbe soigneusement taillée, le menton qu'adoucit l'esquisse amusante d'une fossette, le nez droit qui s'élargit aux extrémités : force et naturel. Le vêtement est quelconque : grande redingote sombre avec deux lignes de boutons grelottants, le jabot sage, surmonté d'un col droit qui emprisonne le cou et que cache une large cravate bouclée en nœud torsadé du plus curieux effet. La main gauche volontiers engagée sous le pli de la redingote. Pose et immobilité napoléoniennes.

Thérèse a souri. Comme on sourit à quelque image émue et qui ne laisse pas insensible. Elle réfléchit. Un homme jeune: vingt-sept ans à peine. Elle n'a pas voulu se mettre à compter ce soir-là: on ne construit pas sa vie sous forme de différences. Elle l'a revu, au hasard d'une première. A l'Opéra? Aux Variétés? Qu'importe. Elle est sûre que son regard a cherché le sien. Mais Caderousse était à ses côtés. Le bruyant Caderousse. Le regard s'était détourné.

Aujourd'hui, elle est libre à nouveau. Seule devant ce miroir qui renvoie fidèlement la cruelle vérité. L'obsession, l'idée fixe! Non! Comme il est impossible de se rendre maître du temps, il faut l'oublier. Faire comme si rien ne passe, rien ne périt, rien ne meurt. Risquer tout. Remontant un peu plus tard dans la matinée la grande avenue des Champs-Élysées, elle prend une décision qui l'obsède depuis déjà longtemps: se faire construire le plus bel hôtel de Paris. Un défi tout balzacien, comme elle les aime. N'a-t-elle pas amassé une immense fortune? Et y a-t-il un meilleur moyen de l'utiliser?

Cet hôtel sera fastueux dans chaque détail, unique et royal. Un hôtel qui fera pâlir de jalousie les plus huppés et qui drainera chez elle tous les curieux, tous les voyeurs grimaçant de haine froide et de convoitise recuite. Les femmes surtout. Elle y créera le plus beau salon de la capitale. Des salons féminins il en naît aux quatre coins de Paris. Il faut donc marquer sa supériorité. L'intermède Caderousse — si difficile à vivre par certains côtés — lui a été bénéfique. Fouettée d'orgueil, prise au piège de la ronde infernale du luxe et des plaisirs, elle sait qu'il n'y a d'autre réponse au paraître qu'encore plus de paraître, d'autre réponse à la richesse qu'encore plus de richesse. Elle a su entretenir le mystère sur ses réussites financières. Les succès anglais. L'héritage russe. D'immenses pactoles. Ses amants d'un soir ou de quelques soirs lui ont rapporté de l'argent, des bijoux, un fleuve de liquidités, d'or, de pierres que grossit le commerce des placements fructueux, des coups de Bourse heureux. Connaît-elle l'étendue de ses possibilités financières? Sans aucun doute et c'est sans hésitation, quelques semaines plus tard, qu'elle achète au numéro 25 des Champs-Élysées un terrain pour un peu plus de 400 000 francs.

Et afin que Paris n'ignore rien de sa fortune, elle décide de donner un magnifique souper pour fêter l'événement. Comme la frénésie de la musique la soutient et l'anime, elle fera de cette soirée un grand moment artistique. Le comte sera présent. Et Jacques Offenbach, déjà fort connu des mélomanes parisiens. Elle s'est amusée de sa gloire précoce et des premiers succès de cet Allemand de Cologne qui parodie si joliment les fables de la Fontaine et qu'Arsène Houssaye a engagé comme chef d'orchestre à la Comédie-Française. Elle a apprécié la musique de son *Décaméron*, où elle a retrouvé les amis de toujours: Dumas, Gautier, Méry, Gozlan, Houssaye lui-même. Elle a ri aux larmes — pour la première fois de sa vie — à *Oyayaye ou la Reine des Iles, anthropologie musicale de Jules Moinaux, musique d'Offenbach*, une bouffonnerie **où** le piquant de la musique le dispute à l'outrance salace du livret. Bouffon, bouffonnerie, opéra-bouffe, comédie-bouffe... Des mots amusants pour un monde qui crie sa joie de vivre et d'être heureux par l'argent et pour l'argent.

Quand Jacques Offenbach fait son entrée dans le grand salon, aux côtés de son violoncelle, la marquise n'a d'yeux que pour lui. Un peu étrange en vérité ce petit bonhomme sans âge, d'une maigreur insoutenable. Il est engoncé dans un gilet d'un jaune douteux, serré dans une veste rose trop courte qui tire les manches et remonte très haut vers un jabot coquin; le bas du corps est pris dans un pantalon noir tire-bouchonné à la diable et dont les extrémités balayent le plancher et recouvrent de vieux escarpins vernis. Détails que tout cela: il y a cette canne qui virevolte, qui monte et descend pour examiner l'endroit et ses invités, cette canne qui semble déjà accrocher les notes les plus spirituelles sur une partition offerte à sa gouaille et à son dédain.

Surtout, Thérèse n'oubliera jamais ce front bombé et ces yeux d'une vivacité extraordinaire qui cachent, sous des besicles, tous les lazzis, toutes les ironies, toutes les clowneries d'une verve qui chatoie, primesautière et si heureuse, en apparence. Des yeux qui parlent, sautent, bondissent, interrogent, rient de ce grand rire débridé de la vie. Elle n'oubliera jamais non plus la révérence qui plie le bonhomme sec, la voix enrouée comme une fausse note de violoncelle.

— Matame, je vous brésente mes hommaches...

A cet instant s'effacent de sa pensée les meilleurs d'entre ses amis. Elle devient esprit, musique, fantaisie par la grâce de tout ce qui chante, étincelle dans la magie des notes imaginées, ponctuées, découvertes par l'étrange personnage.

— Monsieur Offenbach, comment faites-vous?

Et puis, aussitôt:

— Excusez-moi, ma question est tellement impertinente!

— Impertinente, matame? Mais c'est la vraie guestion qui me hante, me fait ce que je suis, fou et grotesque, inquiétant et lucide, emporté par le mouvement frénétique de mon corps et de mon esprit où se mêlent tous les gourants, toutes les harmonies comme toutes les monstruosités des hommes qui, berdant leur mesure, ont berdu leur ombre! Une bonne guestion, matame, mais à laquelle je ne buis répondre. Mais on m'assure que vous jouez fort bien du piano. J'aimerais tant vous entendre...

— Ne croyez-vous pas, monsieur Offenbach, que vous mettez le monde à l'envers?

— Mais, matame, je passe mes jours et mes nuits à mettre le monte à l'envers, sans peut-être m'en rentre compte, car ce monte a-t-il un entroit et un envers? Il se rit volontiers de lui-même, se trombe de bartition, marche à reculons, se gausse de tout, fait son miel de blaisirs intertits et se tétourne frileusement du sérieux des choses. Dites plutôt, matame, que je saisis exactement le vrai brofil du monte!

— Il ne faut pas devenir grave, monsieur Offenbach. Je vous obéis!

Les invités avaient oublié tout protocole, la table brillamment servie et le ruissellement des étoffes, des ors, des joyaux que les chandelles éclairaient par places, laissant dans l'ombre des espaces sombres où glissaient des pinceaux de grisailles obscures. Quelque tenture persane, quelque vieux meuble, quelque tableau de maître en recevaient la fugitive et palpitante caresse. On fit cercle autour du grand piano. La marquise, ses épaules superbes offertes à tous les regards, commença à jouer. Derrière elle, Jacques Offenbach, raidi dans une impatience qui grandissait avec son étonnement, ajoutait, aux notes d'une fringante danse russe, le contrepoint muet de son inspiration. Il avait posé sa canne, pianotait à son tour cependant que son corps tout entier s'échauffait.

Bientôt, il n'y tint plus. Ayant chuchoté deux mots à l'oreille de la marquise, il s'approcha du clavier, satan inspiré, et se mit à souligner la danse de quelques notes. D'abord retenue — le génial musicien surveillant du coin de l'œil les réactions de l'interprète — la phrase s'enhardit, se fit plus soutenue. Les notes, piquées une à une, se mirent à courir sur le clavier, folles dans la griserie des aigus, grondantes dans le sérieux des graves, passant en rafales sur la musique de l'interprète qui, gagnée par l'euphorie, rendait éclat pour éclat, croche pour croche, soupir pour soupir. Le délicieux bouffon s'envolait de droite et de gauche, sautait sur un pied, se recevait sur l'autre, les bras en ailes de moulin retombant à la volée sur l'instrument. La marquise suivait la cadence imposée, malgré son calme naturel.

Ce fut une ovation sans fin. Offenbach avait pris le bras de Thérèse avec une galanterie exquise, à peine marquée de gauche naïveté. Tous deux rayonnaient. Le lutin, du bon tour qu'il avait sorti de la boîte de Pandore ; la marquise, d'avoir réussi cette fusion idéale de deux manières opposées que venait de lui révéler l'habile, le bondissant duettiste d'un soir.

On soupa, l'esprit plein de musique. On s'amusa. Théo, plus chevelu qu'un roi franc, soupirait d'aise malgré le peu d'inclination qu'il disait avoir pour la musique ; Gozlan, plus bouclé qu'une midinette, faisait des mots ; Esther, qui tenait mal l'alcool et le champagne, fleurissait sa conversation d'un vocabulaire haut en couleurs qui provoquait l'hilarité générale cependant que Girardin avait perdu ses manières hautaines et brusques et qu'Arsène Houssaye, barbe en éventail, abondait en traits galants et choisis. Le coin des ambassadeurs buvait sec et manifestait bruyamment sous l'œil fureteur de Jacques Offenbach, lorgnon baladeur et cheveu indocile. Il improvisait, mimait, accompagné de son hôtesse qui incarna les faire-valoir enthousiastes. Un peu alourdie dans sa crinoline pourtant délicieusement mousseuse, elle soulignait chaque refrain, subjuguée par la féerie des sons, des mouvements et des houles accompagnant les accords impétueux de l'artiste.

Quand elle fut lasse, Offenbach sortit, d'une

housse un peu défraîchie, son inusable violoncelle poudré jusqu'à l'âme — un double auquel il s'identifiait — et préluda par d'accortes cadences. En vrai magicien, il joua, à la demande tacite d'un public prompt à s'enflammer, laissant courir les notes de plus en plus vite avec de brusques lamentos au milieu des fureurs échevelées. Et l'interprète de tourner sans fin dans un corps à corps bondissant avec l'instrument devenu vivant entre ses mains. Ce fut la plus bouleversante des soirées. Thérèse en avait oublié le comte ! Elle s'excusa, maladroitement.

— Monsieur... cette musique... ce musicien...
— N'ajoutez rien, marquise, j'ai pris beaucoup de plaisir à cette soirée. Grâce à vous, je commence à découvrir la vie parisienne. Je suis comblé : la maison, la table, votre bon goût et ce funambule — c'est bien le mot français ? — ont composé un menu de choix. Quant à vous, marquise, que de talents réunis : vous êtes une musicienne accomplie et votre salon est le plus beau de Paris.
— Mais je vous ai négligé, comte. Me le pardonnerez-vous ?

Elle avait senti dans les mots, trop polis, comme un regret, un reproche peut-être. Ce hobereau était si peu parisien. Et pourtant, le plus sincère des compliments. Elle se taisait, pleine de confusion. Elle était ailleurs : dans la musique, la danse, le délire de ces moments enchantés auxquels elle avait sacrifié.

— Non seulement je vous pardonne, madame, mais j'attendrai avec impatience le retour de semblables instants. A bientôt, madame.
— A bientôt, monsieur.

Après le départ de ses invités, Thérèse revint dans la grande salle miroitant des lueurs affaiblies des chandelles au milieu de la profusion des corbeilles croulant sous les fleurs et les fruits, des plantes grimpant le long des murs et retombant en délicates ombrelles. Elle essaya d'analyser les pensées contradictoires qui l'habitaient. Debout au milieu de l'immense pièce comme le capitaine au centre de son navire, elle prenait peu à peu conscience de son apparence : une forme un peu grotesque noyée dans une trop vaste crinoline... et de ses sentiments : un retour progressif et difficile à la solitude, la bouche et le cœur un peu amers. Avec insistance s'imposa alors le visage du comte. La solidité dans la gaucherie. Et si loin de Caderousse qui dévorait la vie à belles dents ! Elle se surprit à sourire. Elle entendait Esther : « Ma fille, il faut savoir passer la main. Ou tu continues à suivre la haute volière qui caracole jusqu'à l'essoufflement ou tu découvres la poule aux œufs d'or que tu couves et conserves. On m'a dit qu'un beau et puissant seigneur d'outre-Rhin faisait le tour de ta crinoline avec des yeux énamourés ! »

On desservait les tables. Des formes passaient, les bras chargés de vaisselles étincelantes. La pièce peu à peu se vidait, se dévêtait, bientôt elle serait nue, chargée d'ombres et de mystères. Thérèse songea à sa lassitude, à l'âge qui venait avec son cortège dérisoire de petits désagréments. Que voulait-elle encore ? De l'argent ? Bien sûr. Mais elle en avait déjà beaucoup. Toujours plus de notoriété ! De puissance parisienne pour dépasser ceux et celles qu'on lui comparait. Mais rien d'incompatible avec la présence d'un compagnon. Et quel compagnon !

L'eau froide du bain, une nouvelle fois, lui parut revigorante. Des frissons la parcouraient comme un bien-être qui repoussait, chassait les fatigues accumulées. Elle prit un petit miroir à main en pur cristal taillé : la fatigue cernait les yeux, boursouflait les chairs, tirait le front que gagnaient de fines lignes de rides, en éventail. Elle chercha comment effacer les traces trop visibles du lent travail de sape que le temps inscrit sur la fragilité des êtres. Elle ramènerait ses cheveux, toujours drus et frais, en larges boucles sur le front et s'en couvrirait, comme d'un casque. Elle se ferait reteindre en blond pour éclairer le visage. Rassérénée, elle se détendit dans la caresse mouvante de l'eau et le tendre frôlement de sa chevelure. Elle se secoua, se sécha et s'effondra sur son grand lit parfumé, ivre de fatigue et de pensées tumultueuses. Elle prit son *Journal* y jeta quelques réflexions amusantes... l'histoire savoureuse que lui avait racontée Théo à propos d'Offenbach :

*Trois joyeux compagnons se faisaient voiturer en calèche découverte. L'un d'eux était M. Dumas, le deuxième M. Offenbach, le troisième, votre serviteur. Il faisait chaud: maître Offenbach, monté sur ses deux longues jambes emmanchées d'un long corps qui ne se nichaient qu'à grand-peine, occupait à lui seul la banquette de devant. Depuis longtemps il manœuvrait de çà, de là ses allumettes dans l'espoir toujours chimérique d'avoir enfin ses « jambées » franches. Inutile manège. A la fin, fatigué de ce supplice de Procuste, il s'étend tout de son long sur la banquette et laisse flotter en dehors ses échasses. A ce moment, le carrosse ralentit son train.*
  *— Qu'y a-t-il, cocher ? Pourquoi donc ne marchez-vous plus ?*
  *— Est-ce que c'est sa faute ? repartit Dumas. Tu ne vois pas que c'est Offenbach qui met ses bâtons dans les roues !*

Elle dormit tard, le lendemain, et se réveilla tout à coup en se rappelant ses méditations moroses de la veille et ce comte qui occupait toujours son esprit. Pour se changer les idées elle se fit apporter ses plus belles toilettes, des déshabillés de soie vaporeux, des dessous arachnéens, des chantilly noirs plus fins que les plus fines dentelles. Elle s'attardait sur des flots de mousse chiffonnée éclatant en corolles semées de diamants, foisonnantes de points de Bruxelles avec des volants torsadés, noués, prolongés en une traîne pleine de retroussis et de guirlandes lourdes de pierres et de diamants. Une folie de Caderousse! Elle se parait de ces merveilles, savourant leur légèreté comme le toucher d'un rêve. Les unes laissaient voir sa nudité, les autres cachaient, dans le mystère de leurs tons sombres, des formes qu'on devinait offertes au plaisir. Elle passa très vite du côté des crinolines affalées comme des poupées cassées en tas dérisoires. Robes-martyres qui l'engonçaient, l'empâtaient, gênaient la liberté de ses mouvements et de ses attitudes. Elle ouvrit toutes grandes ses armoires. Il y avait là des centaines de robes : une fortune et tant de souvenirs. Possédée d'une envie fiévreuse de toucher, de peser tous ses trésors, elle vida tiroirs et commodes, coffrets et écrins, traçant au milieu des étoffes et des dentelles des chemins de lumières phosphorescentes qui brillaient comme sur les étangs, le soir, d'étranges feux follets. Il y avait là combien de millions jetés en pâture au regard affamé de la convoitise et de l'orgueil? Cette joie de la possession, ces signes de la puissance, de la notoriété, de la supériorité l'embrasaient tout entière.

De nouveau, l'image du comte s'inscrivit comme en surimpression au milieu de ses richesses : « Une des plus grosses fortunes d'Europe. Des mines inépuisables. Un avenir politique dans un pays qui aspire à l'unité. D'autres combats à mener, à sa mesure. » Et, comme le rêve n'était pas son fait, elle se mit à réfléchir : « Bah ! Nous verrons bien. Il ne faut pas précipiter les choses. Je retrouverai ce comte, l'étudierai, saurai s'il est aussi puissant qu'on le murmure ! »

**Pendant les mois qui suivirent Thérèse eut tout le**

temps de mettre au point une stratégie où elle excellait. Le comte, au demeurant, souvent retenu par ses affaires, voyageait beaucoup, quittait Paris pour de longues périodes. A chaque retour, sa première visite était pour la marquise, touchée par cet intérêt constant et renouvelé. Elle le laissait un peu s'enferrer, se prendre au piège de sa séduction, jouant auprès de lui le rôle difficile de guide savant et rusé de la vie parisienne. Il se voulait bon élève, docile et appliqué.

— Vous savez tout de Paris, marquise !

— Si vous voulez dire par là que mon salon retentit de tous les échos du boulevard, du monde et de la Cour, vous avez raison, monsieur le comte.

— C'est une ville extraordinaire. Une ville qui regorge de richesses. La banque de l'Europe. On assure chez nous que vos banquiers gouvernent à Paris. Que l'intelligentsia, grâce au génie de ses élites artistiques, littéraires... et même politiques, donne le ton au monde. Et je ne dis rien de la transformation d'une ville qui fait peau neuve sous nos yeux.

— Toujours vrai, monsieur le comte. La haute finance est immensément prospère et puissante, cosmopolite et internationale. Mais la réalité est contrastée : faste et prodigalité, accès quinteux de hausse et de baisse à la Bourse qui élève la spéculation et le trafic au rang de nécessité habituelle.

— Ce dont les plus habiles profitent !

— Certes... Faste et prodigalité ! Et puis, la fête est permanente comme s'il fallait que les yeux se détournent des problèmes essentiels et des fautes du régime. Il fait bon vivre et réussir à Paris mais ce monde est souvent futile qui se barricade dans ses privilèges.

— Dans ses privilèges. Deux ou trois révolutions n'ont pas suffi aux Français pour...

— Non, monsieur le comte. La caste subsiste qui ronronne autour des princes. Elle se barricade dans ses dernières forteresses et reste imperméable aux ouvertures extérieures. Et cet empereur est un colosse aux pieds d'argile. Il voit sans doute loin et haut, il est intelligent mais seul et sa lenteur à exécuter est proverbiale. Sa diplomatie manque de netteté! C'est une âme pleine de contradictions et d'incertitudes. Il passe pour pacifique mais il aime la guerre!

— Vous semblez bien le connaître!

— Je m'intéresse à tout! J'ai les oreilles ouvertes et je parle en vieille écouteuse de potins, en vieille habituée des tours, retours et détours de la politique. J'absorbe les idées du jour orchestrées par mes amis journalistes.

Elle se passionnait et le comte, surpris par tant d'assurance, voyait tout le profit qu'il pouvait tirer de semblables propos. Son admiration allait grandissant.

— Marquise, vous êtes la plus captivante des femmes de Paris.

— Savez-vous, comte, que vous êtes un dangereux séducteur!

— Séduire consiste, je crois, à piéger l'autre, à le prendre aux lacs de savantes roueries auxquelles je n'entends rien. Ce sont des armes trop féminines. J'essaie d'exprimer, maladroitement, ce qui est et ce que je ressens. Vous êtes belle, marquise, dans toute la force de votre rayonnement. Une femme comme on les encense, chez moi. J'ai souhaité vous revoir. Je dois repartir immédiatement pour la Silésie. Ne dites rien maintenant. Je vous invite dans mon pays. Venez vite m'y rejoindre. Sinon, attendez-moi, je crois que je suis très amoureux de vous!

— Monsieur le comte, vous êtes beaucoup plus jeune que moi. J'aime la vie parisienne. Et plus encore ma liberté. J'ai aussi quelques comptes à régler avec le Faubourg. J'ai décidé de faire construire sur les Champs-Élysées un hôtel particulier. Je ne dévierai pas de ce chemin. Malgré l'envie que j'aurais de vous rencontrer plus souvent.

— Eh bien, marquise, je voulais seulement entendre ces mots-là. Vous aimez Paris, j'aime Paris. Vous voulez vous y faire construire un hôtel, vous l'aurez. Nous y ferons venir vos amis et le monde entier. Et ne me dites pas que je rêve. Je suis un homme logique, rationnel. Ce que je possède sera à vous. Vous serez le point de mire de tout Paris. Et je vous aime, Thérèse. Est-ce assez?

— C'est trop, comte. Vous occupez beaucoup mes pensées depuis quelque temps. Et puisque vous m'assurez d'une liberté que je chéris, puisque vous m'offrez une collaboration sans détour ni idée préconçue, sans jalousie ni mesquinerie, il se peut, monsieur le comte, que vous fassiez de moi une autre femme. J'ai une envie folle de revoir Berlin, une ville inscrite dans mon souvenir. La Prusse est un grand pays.

— Vous êtes trop indulgente pour mon pays, marquise. Le temps des certitudes n'est pas encore venu mais il est permis de rêver. Et nous sommes quelques-uns, à côté d'un roi, hélas bien faible, et de santé chancelante, à croire au succès de l'unité allemande. Un homme surtout que vous avez peut-être rencontré à Paris, Bismarck, mène le combat avec brio et une obstination sans égale. Actuellement plénipotentiaire prussien à la Diète de Francfort, il refuse la faiblesse du roi Frédéric-Guillaume, parcourt l'Europe et prépare en sous-main cette unité autour de la Prusse. Il s'informe, s'entremet, tisse patiemment un réseau d'amitiés et de connaissances qui serviront... bientôt!

— Je ne connais M. de Bismarck que de réputation. Girardin m'a parlé, à l'époque, d'une entrevue que l'empereur avait eue avec ce diplomate. « Un futur grand, très grand homme d'État, a jugé l'empereur. Et qui ose s'affranchir de tutelles encombrantes », a-t-il ajouté. De toute façon votre engagement m'intéresse, et je serai à vos côtés... Je vous étonnerai!

— Etonnez-moi, madame!

Sur ces mots, le comte Guido Henckel de Donnersmarck, seigneur de Silésie, prit congé de la marquise de Païva.

Le chemin de la réussite absolue ne s'embarrasse ni de pitié ni de contingences subalternes. « Voilà un homme qui donne sans demander de contrepartie, se disait Thérèse, un homme qui va jouer un rôle important, un homme dont j'aime la jeunesse retenue jusqu'en sa gaucherie naturelle et sa lourdeur narquoise. Pourquoi ne pas saisir cette nouvelle occasion qui couronnerait le dernier acte d'une pièce à goût de victoire inachevée? »

Ainsi raisonnait-elle pendant les semaines qui suivirent l'éloignement du comte. Non qu'elle participât moins à la fête parisienne. Et d'ailleurs elle note qu'en ce temps de règne impérial le goût du faste et de la fête grandit encore. Avec tous ses paroxysmes: richesses étalées dans les bals et les redoutes, artifices et faux-semblants développés jusqu'à l'absurde satiété, chasse effrontée de la femme. Thérèse regarde la Cour donner le ton, et les princes et les ministres. Elle voit les étrangers, cousus d'or, s'abattre sur Paris comme volées de moineaux, jouer gros jeu, s'exhiber en tous lieux où le plaisir s'affiche, impudent et vainqueur. Les nababs de la haute noce s'entourent d'un cortège de lorettes en mal de réussite qui remplissent d'échos retentissants les rubriques mondaines et satiriques des journaux. Une presse qui accueille avec délectation les frasques, fredaines, folies d'une société qui perd son équilibre avant de perdre son âme et se rue au plaisir dans l'ivresse démoniaque de montrer une supériorité de pacotille. Elle s'en ouvre à son fidèle ami et conseiller:

— Théo, que se passe-t-il? Ce n'est plus la facilité qui submerge Paris, c'est la licence avec des dieux qui s'appellent l'argent, l'or, le diamant, le luxe, le jeu débridé, l'écurie de course, le Jockey-Club, Baden et Eros, l'équipage flambant neuf, la courtisane et le petit crevé.

— Oh là, madame, quelle mouche vous pique? Ces dieux-là ne sont-ils pas les vôtres depuis toujours? Je suis sans doute un bien médiocre témoin de ce temps mais ces faux dieux me semblent hanter Paris depuis de longues années.

— Sans doute, mais il devient vraiment trop facile de se dire courtisan. Et de l'être en effet! Passe encore pour Mme de Castiglione ou l'incomparable de Tourbey, la dame aux yeux de violette, qui tient salon et courbe sous son joug spirituel la fine fleur des beaux esprits — n'est-ce pas, monsieur Gautier!
— mais on saute un peu vite aujourd'hui de la rue au lit du prince: Bellanger et autres Schneider sont des étoiles avant d'être sorties du ruisseau!

— Est-ce la jalousie qui vous aiguillonne? On dit que cette dernière vous aurait remplacée — avec quelques autres — dans le cœur d'artichaut d'un certain Gramont-Caderousse...

Thérèse tempêtait mais acceptait — du seul Théo — ces leçons assenées sans ménagements. Du seul Théo, témoin sceptique et compréhensif du monde parisien.

— Vous parlez aujourd'hui comme le grand, l'immense Flaubert, revenu de tout, détestant le monde et ne vivant que pour son art, son travail, ses maîtres dont il nous entretient avec une dévotion sans mélange. Mais Flaubert n'est pas la Païva!

— Que se passe-t-il en moi, Théo?

— Vous allez me le dire, capricieuse Thérèse. Un homme nouveau sans doute!

— Comment faites-vous pour deviner mes pensées secrètes?

— Ah bah! Vos secrets sont parfois les miens. Vos interrogations, vos hésitations sont les miennes. Et puis, je commence à bien vous connaître, non?

— Un homme, un Allemand, très riche, m'offre tout ce qu'une courtisane...
— Un peu lasse de la vie de courtisane...
— ... peut espérer. Mais j'hésite. Je reste parisienne et veut le rester, toujours...
— ... jalouse de conserver une place enviée...
— Théo, me laisserez-vous parler?
— Mais je ne dis rien!
— Je veux cet homme mais j'ai peur de perdre mes amis, vous, Théo!
— J'aime les petites faiblesses de la grande Païva! Pourquoi la courtisane enviée, jalousée, détestée peut-être, a-t-elle soudain besoin d'un peu de tranquillité aux côtés d'un compagnon sage... sans toutefois perdre les avantages acquis?
— Théo, ne continuez pas à persifler et à répondre à côté. Pourquoi est-ce que je tiens tant à vous conserver alors que je suis sûre d'atteindre désormais à la totale réussite?
— J'ai déjà répondu, plus ou moins directement, à votre question. Sans doute parce qu'on n'atteint jamais à la réussite absolue. Vous aurez tout : puissance, notoriété, grandeur ; vous égalerez les plus riches et les plus heureux mais ce sont là satisfactions un peu factices dont vous concevez parfois la futilité.
— Non! On n'a pas fini de parler de la Païva! Quand j'aurai mon hôtel!
— Vous m'avez posé une question qui exige quelque réflexion, un effort honnête de connaissance de soi. Vous me demandez pourquoi vous avez besoin de moi! La réponse est encore de l'ordre de l'amour, d'un amour plus grand, plus fort que les autres. Vous avez besoin de moi, belle Thérèse, parce que je ne vous parle pas le langage que vous aimez entendre, que je ne vous fais pas miroiter l'éclat des diamants et le luxe des hôtels, l'argent qui roule, qui coule et déborde, à flots pressés et tentateurs. Vous tenez à moi parce que je vous

étonne, heureux et fier d'un art qui se dégage des pièges de la vie et me fait communier avec des joies autrement fécondes que les vôtres, avec des richesses uniques. Et la musicienne qui est en vous le sent parfois lorsqu'elle s'élève au seuil de la création. C'est bien l'impression que j'ai eue l'autre soir quand vous jouiez avec Offenbach.

— Ces choses-là sont-elles possibles ?

— Elles le sont, Thérèse, et vos amis les meilleurs vous apportent ces vibrations, vous entraînent, à votre insu, vers ces hauteurs que vous pressentez, que vous refusez peut-être mais que vous exprimez aujourd'hui... par ce besoin magnifique que vous avez de nous. Vous m'avez dit souvent, Thérèse, que le miroir tournait à la hantise. Que voyez-vous donc dans ces miroirs ? Une femme toujours belle, mais qui commence à vieillir. Et qui prend peur. Aujourd'hui, vous regardez mieux, et derrière le miroir vous apercevez une femme que le contact avec les autres a enrichie, qui commence à distinguer autre chose qu'un être physique. J'attends avec impatience l'hommage promis de votre *Journal*. Si je n'étais pour vous qu'une caution misérable, vous ne me reverriez jamais et c'est le garant d'une autre vérité, plus profonde et plus mystérieuse qui reste à vos côtés et que vous commencez à découvrir.

— Est-ce que je mérite tant de sollicitude ? Ce *Journal*, Théo, quel lien entre nous !...

Et elle alla le chercher pour lui en montrer quelques passages.

— Regardez, dit-elle, en revenant avec le petit carnet vert. Voici ce que j'ai noté hier soir :

*Le grand Opéra prépare une représentation extraordinaire au profit de la Caisse des Artistes. Je donnerai, pour la tombola, un magnifique vase de Sèvres. Ma pingrerie !*

*La fille de Mlle Doze, ma filleule, vient de plus en plus souvent place Saint-Georges. Un jour, elle restera auprès de moi. Je l'adopterai.*

Houssaye : « *La conversation de Mme de Païva était toujours pleine de remarques pertinentes, d'aperçus nouveaux. Comme chez le docteur Véron, les raseurs n'étaient pas invités deux fois.* »
*Chez Arsène, insolent flatteur, vous savez bien que des raseurs il y en avait ; Théo alors se mettait à croquer l'un ou l'autre, au dos de mes menus ! A moins qu'il se moquât gentiment de Saint-Victor et de* « *sa phrase qui ne sort jamais qu'en voiture à la Daumont, attelée de quatre métaphores pur-sang que montent des adjectifs poudrés* ». *Délicieux Théo !*

— Je retrouve, de vous, cette merveilleuse lettre qui commence par : « *Divers contretemps, indispositions, fatigues, chemins impraticables, m'ont fait, à mon regret, perdre deux Vendredis ; mais, à celui qui vient, je reprendrai, malgré vents et marées, ma place à votre droite. Si je suis malade, on me couchera, voilà tout...* », et se termine ainsi : « *Au banquet de Platon, je n'ose dire d'Aspasie, il n'y a que des gens d'esprit ; il faut être brillant, dès le potage. Si je suis terne, vous me pardonnerez, pour cette fois (...). Je prends votre pied dans ma main et le porte à mon front en signe de servage...* »
— Et vous osez conserver de tels papiers !
— Le cœur a ses raisons, Théo !
— Vous restez Thérèse. Je resterai Théo. J'aurai besoin de vous. Vous aurez besoin de moi. Rien ne sera changé en apparence dans nos vies, dans nos caractères. Un jour, je vous amènerai Saint-Victor, les Goncourt, Flaubert... d'autres encore qui passeront comme des ombres mais laisseront ce quelque chose qui fait notre complicité. L'échange, le don, d'autres vérités comme l'art et la création vous sont

aussi nécessaires. Vous nous donnez, par votre beauté, par votre hospitalité généreuse les moyens de créer et nous vous faisons participer à cette création. Et de cela vous vivez, sans le savoir le plus souvent. Votre mérite, marquise, c'est justement d'en avoir quelquefois le sentiment et de ne pas vouloir vous séparer de la meilleure partie de vous-même! Mais ne me faites pas commettre le péché d'orgueil!

— Inébranlable Théo qui sait si bien les choses, connaît si bien les êtres qu'il capture et prend.

— Eh oui! Je vous donne la joie d'être capturée, d'être prise sans aliéner un seul moment de votre liberté! Rien de contradictoire en tout cela!

— Comprendra-t-il, lui, le hobereau?

— On ne résiste pas à Mme de Païva. En ses domaines, c'est elle qui capture et prend! Et un homme amoureux!

— En tout cas je vais aller à Berlin les yeux dessillés, grands ouverts sur moi-même.

— A nous deux, Berlin!

— Sauvez-vous, je vous H.A.I.S!


Avant de quitter Paris, Thérèse a fait une visite rapide à son terrain des Champs-Élysées. Elle n'a pas oublié les paroles du comte: « Vous voulez vous faire construire un hôtel, vous l'aurez. » Elle n'était pas pressée cependant, soucieuse avant tout de ne pas singer les plus somptueuses demeures de Paris. Elle ne ressusciterait pas la Grèce chère au cœur du comte de Choiseul, encore moins le mauvais goût pompéien du prince Napoléon, dont Esther Guimond lui a fait un portrait au vinaigre, moins encore les salons du Casanova de ces dames, Arsène Houssaye, des salons où se donnent les plus belles fêtes costumées et masquées de Paris à l'image des nuits vénitiennes. Elle ne veut pas d'un château en plein Paris comme celui du frère de Ferdinand de Lesseps ni d'un hôtel rose à la manière du duc de

Brunswick. Elle entend mettre sa griffe sur des projets, encore mal définis sans doute, mais qui naîtront sur les tables à dessin du meilleur architecte parisien. Alors elle prend son temps, note scrupuleusement les impératifs auxquels devront se soumettre les créateurs, demande à ses amis de dénicher l'oiseau rare, seul capable de construire le grand hôtel de la marquise de Païva.

Et la presse semble se faire l'écho de ses rêves. On peut lire dans *L'Artiste* : « *L'hôtel des Champs-Élysées de la marquise de Païva, à deux pas de l'hôtel de Mme Le Hon et du véritable musée de M. de Morny, va bientôt sortir de terre. Il semble que cet hôtel sera le rendez-vous des hommes de lettres et des diplomates et qu'il sera plein des plus rares trésors. Sans parler de la maîtresse de maison, cette jeune Circassienne qui est intelligente alors que sa beauté lui permettrait de ne pas l'être...* »

A Berlin, Thérèse se sent un peu seule, mais elle a décidé, avant d'avertir le comte de sa venue, de remettre de l'ordre dans ses idées. Cependant qu'elle flâne dans Altkolln, dans les vieux quartiers aux rues étroites et commerçantes, elle prend mieux conscience de l'importance de son succès à Paris, auprès de ses amis. Berlin d'ailleurs ne l'enchante guère. C'est une ville moderne aux belles rues trop rectilignes, aux maisons de briques monotones. Point de vieilles pierres lourdes d'un passé plein d'histoire.

Son hôtel, suranné mais sympathique, domine Unter den Linden avec ses quatre longues rangées de tilleuls et ses cinq voies bien dessinées pour les voitures, les cavaliers, les piétons... Elle suit du regard le flot montant et descendant des passants, cette bousculade d'images sérieuses ou cocasses. Mais la Sprée n'est pas la Seine et la porte de Brandebourg rappelle trop les Propylées. L'Opéra a quelque chose de colossal, un temple grec avec ses colonnes corinthiennes, ses statues d'Apollon, ses lourds bas-reliefs mythologiques. Vivante fourmilière en plein développement, la ville est bien une future capitale et de cela Thérèse se sent certaine comme si, déjà, elle se rapprochait de l'homme qui allait venir et lui parler de son pays avec des mots de ferveur et d'ambition.

Ces mots, elle devait les entendre quelques jours plus tard cependant que le comte lui reprochait gentiment d'avoir attendu si longtemps avant de lui donner de ses nouvelles. Aussitôt qu'elle avait signalé sa présence à Berlin, il était accouru, toutes affaires cessantes. Elle l'avait regardé, fébrile, hésitant. Il était mal à l'aise devant cette femme dont il pressentait la solidité et dont il redoutait le savoir-faire que les obligeants diplomates de son pays lui avaient décrit avec une certaine cruauté. Elle avait observé les traits réguliers, non sans franchise, les yeux clairs et légèrement rêveurs, une timidité qu'elle mettait sur le compte de son propre maintien, toujours un peu autoritaire. Une nouvelle fois, elle s'étonna... Pourquoi elle, une femme déjà mûre, lourde d'un passé incertain ? Que voyait-il en elle ? Une beauté orgueilleuse dans sa force tranquille, le chic que Paris dépose dans l'allure, le maintien, l'esprit et l'éclat de la grande courtisane ? Et puis, et puis, elle songea tout à coup à Théo. N'était-il pas possible qu'autre chose, cet acquis de culture, cette dimension supérieure glanée auprès des maîtres, ait influencé le comte ? Elle remercia Théo d'un sourire que l'homme accepta comme sien :

— Seriez-vous, marquise, heureuse de me revoir ?

Elle n'avait plus envie de tricher, de mentir, de

préciser ses conditions. Elle se sentait à son tour gagnée par un sentiment qu'elle n'avait pas connu depuis Henri Herz. Mme de Païva était amoureuse, amoureuse de ce jeune et beau garçon qui s'offrait avec tant de persévérance.

— Voyez-vous, marquise, je vous ai aimée dès le premier jour quand je vous fus présenté — par Bamberg? — au milieu d'une cour d'adorateurs... Ne dites rien, marquise, je vous aime pour votre beauté, pour votre sang-froid, pour la force que je pressens en vous, femme de passion et de raison...

Elle n'avait rien répondu. Des mains qui s'étreignent devaient sceller une longue, très longue communion, malgré l'incapacité où se trouvait la femme de se libérer de ses scrupules. Dès lors, le comte fut pris, fasciné, enchanté... accaparé.

— Madame, je croyais qu'aucune femme n'aurait assez d'emprise sur moi pour me détourner de mon travail et de mon engagement au service de ma patrie. Je vous vois et j'oublie tout. Je veux faire de vous la plus heureuse des femmes.

Thérèse ne répondait toujours pas. Elle écoutait ces propos sans bien comprendre ce qu'ils représentaient, sans y croire tout à fait, peut-être. Elle avait entendu tant de serments, tant de rodomontades, tant de ces mots d'amour qui n'ont de valeur que dans l'instant où on les prononce — et encore —, tant de ces mots agaçants et puérils que l'amoureux extasié croit nécessaire de ressasser, qu'elle se tenait, malgré elle, sur ses gardes.

Cependant elle sentait chez le comte une nature différente, une force qu'irradiaient la passion et la certitude. Elle discernait aussi entre eux une correspondance de goûts, les mêmes désirs de réussite, par l'argent, pour le pouvoir. Guido — elle en était chaque jour plus certaine —, Guido ferait d'elle l'une des femmes les plus riches de Paris avec une nouvelle raison d'aller plus loin encore: la volonté d'un homme qui entend participer à la création, à la puissance d'un pays, l'Allemagne, dont elle se sentait déjà — auprès de lui — solidaire.

Et pourtant elle s'étonnait de ce trouble qui la gagnait, un trouble fait de mille pulsions contradictoires : envie d'aller au-devant des désirs du comte, envie de dire oui dans un abandon total. Elle était sûre à présent de la chance qui s'offrait, insolente autant qu'inespérée. Elle restait là, cependant, pétrifiée, incapable de répondre au mouvement qui la poignait, à cet élan qu'un mot, un geste aurait scellé dans l'euphorie de l'instant. Elle doutait encore, en femme de raison et d'expérience — et de quelles expériences! Elle continuait à le regarder intensément comme pour essayer de lire la vérité au fond de ses yeux où elle ne découvrait que tendresse, affolement et espoir.

— Marquise, ce silence, cette mine sévère ou inquiète... que se passe-t-il? Auriez-vous peur d'être trompée, d'entrer dans un jeu de dupes? Hélas, je sais mal, sans doute, vous dire cet amour qui me pousse vers vous un peu plus chaque jour; vous flairez quelque tricherie, quelque aventure sans lendemain, vous butez sur des arguments que je considère comme sans valeur, ceux de nos âges et de nos conditions sociales, vos attaches parisiennes et mes fidélités allemandes... Que sais-je encore? Je comprends tout cela mais croyez que j'ai réfléchi, profondément. Je suis un homme du pays profond avec des certitudes, des racines, une honnêteté... Je ne me lance pas dans cette aventure à la légère. J'aime une femme, Thérèse, et pour cette femme, pour en faire ma compagne, un jour peut-être ma femme, je suis prêt à donner plus que moi-même, ayant conscience au demeurant de pouvoir satisfaire à tous ses désirs, si grands, si impérieux fussent-ils.

— Comte, excusez-moi, mon attitude n'est pas une offense envers vous, elle n'est qu'une réaction d'étonnement qui me paralyse. Sans doute suis-je prise dans une situation que je ne connais pas. Pour la première fois je me trouve devant un homme qui donne sans rien exiger en retour, qui élève l'esprit de compréhension jusqu'au sacrifice. Et la courtisane que je suis, habituée aux marchandages hasardeux et mercantiles, se trouve désarmée devant tant de franchise et d'élan généreux. Je crois bien, comte, que vous avez levé tous mes scrupules, fait taire toutes mes inquiétudes et toutes mes résistances. Demain, si vous le voulez, nous partirons pour Paris, d'immenses projets nous attendent et nous les réaliserons ensemble. Vous avez effacé, aujourd'hui, la Thérèse qui, selon l'humeur et la nécessité du jour, n'hésitait pas à se vendre à l'encan... Une autre femme est née...

Et elle se jeta dans les bras du comte, fou de désir et de bonheur.

De retour à Paris, Thérèse apprend que l'architecte qu'elle cherche depuis de longs mois déjà pour son hôtel, l'architecte que Napoléon III lui-même considère comme le meilleur — il l'a félicité lors d'une récente exposition —, s'appelle Pierre Manguin. Il joint à ses talents de bâtisseur ceux de dessinateur, de maquettiste, d'inventeur, d'ordonnateur. Thérèse l'enlève... à prix d'or.

— Je veux, monsieur Manguin, le plus bel hôtel de Paris.

— Il sera fait selon vos désirs, madame.

— Le plus bel hôtel de Paris, ça veut dire le plus riche, le plus grand, le plus somptueux: marbres, onyx, or... que sais-je! Ça veut dire que j'exige autour de vous les meilleurs artistes, les meilleurs artisans... Ça veut dire que vous serez le maître organisateur, sous ma responsabilité, bien sûr. J'entends tout voir, tout apprécier. Je vous confie un travail de longue haleine — je le sais, mais le temps importe peu — pour un résultat exemplaire qui fera de vous un homme célèbre.

L'esprit plus libre, animée d'une volonté et d'une joie renouvelées, Thérèse entend présenter le comte à ses amis et... à la capitale tout entière. Se succèdent alors les premières au théâtre, aux courses, aux inaugurations, aux bals princiers, à tous les grands événements de la vie parisienne. Ils fréquentent, côte à côte, tous les lieux où les yeux crépitent de curiosité, où les conversations vont bon train et inscrivent en termes de roman la dernière sortie de la grande dame de la place Saint-Georges et de son comte silésien.

Guido, d'abord un peu dépassé par le rythme effréné de la course aux avant-scènes, en avait pris rapidement la mesure et commençait à se montrer capable de donner le change en toutes situations. Son amour pour Thérèse avait encore grandi au hasard des caprices de sa compagne. Plein d'inexpérience et de candide maladresse, le jeune homme avait découvert le plaisir et la passion et en demeurait émerveillé. Il s'était livré pieds et poings liés à cette émotion radieuse et partagée.

Désormais Thérèse s'épanouit, dans l'allégresse de toutes ses possessions. Quand elle ne reçoit pas, elle se montre et d'abord sur le chantier de son futur hôtel. Des mois durant elle suit les efforts de Manguin qui fait et refait ses plans — un étage, puis deux étages selon les vœux du comte lui-même — , cherche une originalité, transforme un pavillon luxueux en grande maison de style Renaissance. On fera immense, écrasant de somptuosité. Thérèse exulte malgré le temps qui passe et feint de rire des libelles qui courent sur le Boulevard et que Théo, friand d'anecdotes, lui rapporte, de façon quelque peu imprudente :

— Il ne sort pas vite de terre ce majestueux hôtel. La ville s'inquiète et les bons mots courent Paris... Après le « Qui paye y va »...

— Un peu facile, non !

— Oui, mais quel succès !

— Et que dit-on de mon hôtel ?
— On dit, avec des variantes, suivant la source, qu'il ne verra jamais le jour...
— Si le mot est bon, vous me mettez sur le gril.
— Eh bien.... On dit...
— Allez-vous cesser de jouer au chat et à la souris !
— Eh bien, Murger, le grand auteur des *Scènes de la vie de bohème*, aurait dit : « L'hôtel de Mme de Païva sera bientôt achevé. On vient de poser le trottoir. » Dumas fils vous honore d'une version plus directe : « La seule chose qui reste à faire, c'est le trottoir. » Scholl, le journaliste crédité de tout l'esprit de Paris — il vous a rendu visite à Londres, je crois ? —, apporte un peu de familiarité : « Ça va. Le principal est fait. On a posé le trottoir... »
— C'est tout ?
— Presque, marquise. Avec votre bienveillante autorisation, une dernière version. Celle qu'on m'attribue : « Ça va bien. On a déjà posé le trottoir ! »
— C'est assurément la meilleure. Elle est vraiment de vous ?
— Je n'en ai pas le souvenir... Mais...
— Mais vous en êtes fort capable. Eh bien, j'espère que Gautier va répondre à Gautier et à ces méchants persifleurs. Il y a quelque temps un ami m'a rapporté une autre version, particulièrement méchante, attribuée, sans doute à tort, à Roger de Beauvoir.

*Quand donc finira-t-on ce bel hôtel d'albâtre*
*La Païva, pourtant, ne manque pas de plâtre...*

Malgré les calomnies, les travaux avançaient. Et, place Saint-Georges, les salons de la Païva voyaient s'accumuler les plus riches tableaux, les meubles sans prix, les cadeaux incomparables, un véritable musée que les plus mondains de ses détracteurs désiraient visiter. Pour admirer et grimacer de dépit. Et, signe de son étonnante ouverture d'esprit, d'une curiosité politique aiguisée hier près de lord Stanley, Thérèse tenait table ouverte aux plénipotentiaires allemands, aux industriels et banquiers venus se pencher sur les aspirations d'un pays tendu vers un patient effort d'unification. Elle applaudissait à des conciliabules où les chiffres — ceux des bénéfices de l'industrie lourde prussienne par exemple — voisinaient avec la lecture des cartes de l'Europe. Des flèches, impatientes, se tendaient vers des noms de provinces et semblaient les cerner: Thérèse lisait Schleswig-Holstein, Lauenburg... d'autres flèches bondissaient vers l'Autriche et d'autres plus inquiétantes vers la France et son Alsace-Lorraine.

Rien de précis encore dans ces dessins, dans ces vastes araignées qui tissaient peu à peu leur lente progression en se nourrissant des dépouilles des victimes qui iraient s'accumulant, prises aux lacs d'une lente, prudente mais inexorable conquête.

— Que prétend représenter cette carte? interrogeait Thérèse qui suivait passionnément cet étrange puzzle — que commentait avec chaleur et intelligence un jeune chargé d'affaires poussé en avant par Bismarck — comme une sorte de vêtement déchiré et dont on réunirait, pour les coudre ensemble, les morceaux séparés.

— Il nous faut réaliser l'unification de ce grand ensemble germanique fait de provinces qui ont leurs particularismes, se montrer intraitable et imposer à nos voisins l'image d'une force neuve et conquérante. C'est le sens de l'action d'un homme comme Bismarck qui montre une volonté inflexible dans la conduite de ses desseins...

— Mais ces tentacules de pieuvre?

— Ils ont tendance, je vous le concède, à frémir dangereusement vers des pays qui pourraient jouer un rôle important dans ce vaste effort d'unification.

— La France en tout cela ?
— C'est un grand pays qui peut s'opposer aux vues d'un Bismarck pour des raisons diverses. Un pays à surveiller... Et puis il y a ces provinces limitrophes, l'Alsace et la Lorraine...
— Ne me dites pas que votre Bismarck caresserait le projet, un jour...
— La diplomatie est un jeu compliqué qui vit de quelques idées claires et de beaucoup de mystère, un jeu qui fait alternativement pencher la balance vers un camp ou un autre. Vous comprenez, marquise, que la réalisation de nos espoirs va susciter des jalousies, des inquiétudes, des réactions dont certaines pourraient être virulentes... Les volontés de Napoléon III sont imprévisibles... Il tend la main aujourd'hui, il peut la retirer demain...
— Mais tout ceci est très excitant !
— Excitant, avait répondu le chargé d'affaires, mais délicat, plein d'inconnues dangereuses. Il est bien tôt, aujourd'hui, pour donner un sens véritable à ces directions. Ce qui est sûr c'est que l'unité se fera autour de la Prusse grâce à quelques hommes de caractère qui devront pallier les faiblesses royales et prendre en main les destinées de notre peuple. La santé de l'empereur est une complication majeure qui risque de retarder les efforts de Bismarck. Il faut faire preuve de patience. Marquise, peut-être ai-je trop parlé ce soir, je me suis laissé aller à quelques espérances sans contenu, sans consistance véritable... Ne prenez pas ces propos au pied de la lettre et surtout n'en parlez pas !

Le jeune diplomate avait lancé cette remarque d'un air entendu. Comme s'il voulait effectivement inviter ceux qui l'écoutaient au secret tout en ne croyant pas que ce secret serait respecté !

L'heure, à Paris, était à la fête et depuis 1855 — année où Napoléon III avait, pour la première fois, rencontré Bismarck et parlé d'alliance — on se félicitait de l'amitié franco-allemande ! Dans ce concert plein d'harmonies quelques idées hors de saison ne retiendraient guère l'attention. On en parlerait cependant et des hommes comme Villemessant ou Girardin s'étonneraient, réfléchiraient et les salons en recueilleraient les échos. Ceux de la Cour, de l'entourage des princes, de la grande banque... La Païva ne serait pas la dernière à poser des questions, à donner des avis, à proposer ses bons offices, une manière aussi de faire fructifier sa fortune.

Cependant, en cette année 1860, la marquise est toute à sa joie de vivre enfin une sorte de triomphe permanent. Femme d'argent, elle ne compte plus et sa prodigalité fait la chronique parisienne. Les plus méchants s'acharnent, trouvent des mots qui seraient terribles en d'autres circonstances. Lancée au bras de Gramont dans les folies de la grande bamboche, on l'excuse. Assagie, presque heureuse au bras de Guido rayonnant, elle est la cible de tout Paris qui se déchaîne... On l'assassine d'épigrammes sur cet hôtel qui sort de terre mais n'avance pas, sur une ladrerie que démentent les plus folles dépenses et comme la courtisane s'est rangée les envieux, les jaloux, les cuistres, mortifiés et venimeux, font assaut de mépris et d'insolence.

Il est vrai que Mme de Païva est partout. Flanquée du comte, homme tranquille qui semble ouvrir des yeux admiratifs sur un monde qu'il continue de découvrir, elle court à la vente des tableaux de lord Seymour et en ramène un curieux Bonington — la mode qui spécule achète des œuvres d'art —; aux Champs-Élysées où elle joue les architectes; à Longchamp où elle fait admirer son équipage en face de celui du duc de Morny, un huit-ressorts à quatre chevaux fringants; aux Italiens où elle assiste à la chute d'*Il Crocciato in Eggito* de Meyerbeer, prise dans la houle des sifflets et vociférations, pour se retrouver, ce soir-là, crinoline fatiguée et diamants en désordre, dans le tohu-bohu du Café Anglais. Guido lutte désespérément pour frayer un passage à l'imposante marquise qui se bat pour garder dans ses cheveux éclatants de soleil on ne sait quel oiseau des tropiques d'un bleu vénitien avec une large queue épanouie en fusée de petits rubis. Quand enfin ils ont traversé la foule des salons, jeté un coup d'œil à la cave travestie en grotte bachique, ils recouvrent un peu de calme dans le salon du Grand Seize où ils sont accueillis par Théo et Léon Gozlan.

— Marquise, vous voilà bien froissée ce soir, constate le spirituel Léon.

— Froissée mais comblée : songez que, dans la même journée, je vois Baudry se mettre à travailler sérieusement dans *mon* hôtel — elle oubliait volontiers, en ces moments-là, la présence de Guido! —, *mon* équipage damer le pion à celui du duc de Morny, Meyerbeer mordre la poussière et le Café Anglais resplendir comme aux plus beaux jours!

— Qu'en pense monsieur de Donnersmarck? glisse Théo, un tantinet perfide.

— Oh! moi, je m'amuse, je m'amuse. Et si Thérèse aime, j'aime, monsieur Gautier. Et cette vie m'intéresse.

— Vous intéresse, comte?

— Oh! vous savez, je n'ai pas l'habitude de ces fastes et... pas encore le goût. Chez moi la vie est plus calme. Ici tout est fou, large, gaspillé. La moindre chose est étudiée, pesée...

— A son poids de diamants...

— A son point de perfection aussi, dans le plus petit détail des toilettes comme des parures. Oui, je m'intéresse à cette société épicurienne, coquette, raffinée.

— Egoïste et futile, comme les modes.

— Eh, Théo, la mode s'amuse, ne soyez pas sévère! proteste Léon.

— Mais le goût dirige et il est éternel.

— Pas de civilisation plus éphémère que celle que nous vivons! Je vous l'accorde. Et que d'amants on tromperait plus tôt s'ils n'étaient que des maris!

— Décidément, vous êtes en verve ce soir, monsieur Gozlan, et notre Théo, bien grincheux! dit Thérèse. Souvenez-vous qu'à mon arrivée à Paris je vous ai fait gagner à ce jeu-là! Méry vous a déjà répondu: « Si vous êtes misanthrope, faites-vous ermite, mais si vous tenez à vivre dans le monde, laissez-le aller comme il va! »

— Pardon, marquise, un peu de spleen...

— Un abcès et un homme de génie finissent toujours par percer! lance Gozlan, intarissable.

— Eh bien! Voilà le genre d'esprit que j'endure en vous attendant, marquise!

Le comte intervint:

— Messieurs, il y a chez moi une sorte de proverbe qui dit à peu près ceci: « Celui qui, avec un chapeau pointu et ses cheveux en manteau de cour, est si ridicule à vos yeux doit vous trouver bien niais de porter le costume de tout le monde... »

La marquise part d'un grand rire, applaudit. Les deux compères, un peu interloqués, apprécient. Décidément, le comte apprend vite...

A ce moment, dans un bruit d'enfer, une joyeuse cohorte envahit le salon. A sa tête, passablement éméché, Gramont-Caderousse, au milieu d'un essaim de jolies femmes en déshabillés galants, fouillis de dentelles, chapeaux délurés, à peine gênées dans leurs corolles de soie et de batiste sur lesquelles elles semblent posées. Les hasards de la bamboche ou du baccara, des allées de Longchamp ou du foyer des grands théâtres les ont aguerries et elles répandent, au-delà des parfums de Guerlain, une humeur enjouée, facile, qui efface ce qui peut traîner de trop capiteux ou de trop lascif dans leurs attitudes.

Gramont-Caderousse salue galamment la marquise, commande du champagne « pour tout le monde » et entreprend de raconter pour la dixième fois l'épisode tragi-comique du Vaudeville. Refusant droit d'exister à un acte imbécile, *Le Cotillon*, il a tenu tête au public, au directeur, à la police. Emmené au poste, c'est Morny lui-même qui est venu l'y chercher. Applaudissements... Alors, fastueux, il distribue alentour quelques diamants sortis de ses poches comme *menue monnaie* et, dans l'exubérance la plus folle, entame une partie de poker avec un entourage qui triche à tout-va.

Théo, visiblement étonné mais toujours compréhensif, ne manque pas l'occasion de s'offrir le bouquet.

— On trouve dans tous les rangs de la société des gens aptes à faire fortune, mais il faut être de race pour se ruiner convenablement!

Les invités se quittent aux premières heures de l'aube. Thérèse et le comte retournent à leur hôtel particulier.

— Votre ami Théo, dit le comte, est vraiment un étonnant personnage: il tient autant de place à table que dans la conversation qu'il illumine de ses paradoxes ou de ses aphorismes. Ce poète est le plus fin des diseurs et Léon Gozlan qui n'a pourtant pas sa langue dans sa poche — et quelle langue! — en a perdu le souffle!

— Je suis heureuse d'être l'amie d'hommes de cette qualité, c'est ma manière de conquérir Paris. Elle en vaut bien une autre, n'est-ce pas! Mais le monde parisien, mon cher, est une longue suite de mécomptes, de jalousies, de rencontres hasardeuses ou sublimes... Tout cela se fait et se défait dans le tourbillon de la fête ou le sérieux des conversations. Et les choses ne sont pas réussies en un jour: j'ai quelquefois souffert, comte. Et beaucoup appris. Par exemple qu'il faut aller lentement, ne pas brûler les étapes ni vouloir à tout prix changer de peau. Nous sommes dans le monde des apparences, du déguisement et le titre n'est pas tout. C'est ce qu'a bien compris M. Worth par exemple.

— Le grand couturier ?

— En voilà un qui a su mener sa barque. Elégance et culot. Vendus à prix d'or. Cher, toujours plus cher. Qu'importe, ces dames en redemandent : « Monsieur Worth, s'il vous plaît... » Quelle manière il a d'envelopper, de toucher, de faire attendre ! D'asservir. Dans le corset, la crinoline, le lacet, le ruban, le petit gilet bien serré à la taille, la ceinture et le bandeau. C'est le maître de la fermeture, du piège. Profusion et provocation. Tape-à-l'œil et mise en scène : « Madame la marquise, regardez-vous dans ce miroir. Quel chic ! On vous contemplera... Une petite seconde... Marquiiise... » Son coup de bluff le plus réussi : une robe différente pour chaque femme. Il agit comme un tyran aux moustaches de grenadier ! Ses clientes admirent, et filent doux. Et j'admire avec elles ! Pour un peu, il se prendrait pour Delacroix : « Je suis un grand artiste, madame, et je compose pour vous ! » Pirouette. Deuxième tableau... Chaque fois que j'entre dans ses salons, j'ai l'impression de pénétrer dans un empire. Nous sommes chez le maître, le souverain de la mode parisienne. Quel flair ! Le Machiavel et le Napoléon de la haute couture !

— C'est vrai, à Paris, la mode est si puissante. Mais les salons aussi, et le vôtre en particulier.

— Mieux vaut un salon qui accueille des artistes qu'un salon qui croit asseoir sa supériorité sur l'argent. Pour y attirer les meilleurs, il faut tenir table ouverte, offrir le confort et le luxe... mais il faut aussi briller et faire briller, faire venir les gens de talent, ceux qui placent l'intelligence et la beauté plus haut que la fortune. Les hommes sont souvent de grands enfants et le génie ne paie pas toujours. Théo, qui est l'un des meilleurs poètes de son temps, tire le diable par la queue ; il est ici comme chez lui et se donne l'illusion d'être là où il devrait être, selon son mérite. Offrir l'illusion, Guido, et l'entretenir, faire que ces talents qui sont la grandeur d'un pays vivent parfois comme ils devraient vivre. C'est notre récompense et peut-être notre fierté.

— Grandeur, fierté, voici bien des mots qui conviennent à votre caractère. Pour ces mots-là et pour le bonheur que vous me donnez un peu plus chaque jour, je suis passé chez Froment-Meurice, le joaillier de l'impératrice. Il m'a assuré que ce bracelet en or massif orné de camées et de cabochons est le plus somptueux qu'il ait jamais serti.

Tout en parlant, il entoure le poignet de Thérèse d'une pièce étincelante, lourde à l'œil, caressante au toucher, ruisselante de pierres finement enchâssées dans un motif torsadé.

— Comte...
— Marquise, je ne vous gâterai jamais assez!

Une longue étreinte les réunit. Le souffle court, haletant, ivres de caresses ardentes, lèvres gonflées au goût de pulpe fraîche, accordés dans un plaisir qui les noue, les deux amants ne sont plus que ferveur partagée, jusqu'à la lassitude heureuse...

Guido a pris entre ses mains le visage de Thérèse, auréolé de mèches folles alourdies de sueur. Il regarde intensément les yeux où passent, brillantes, les gouttes d'or d'une lumière vagabonde. Il se tait, plein d'adoration muette, serre plus fort ce corps aux muscles longs et fermes, dans l'extase d'une beauté dont il mesure la force et l'étrange pouvoir au cœur même de la possession.

Cinq années se sont écoulées depuis que la construction de l'hôtel des Champs-Élysées est commencée. Cette fois, la marquise s'impatiente.

En revenant du Bois, elle interpelle Manguin avec quelque rudesse et, parcourant les échafaudages d'un pied sûr, elle dit son fait à chacun, d'une voix gutturale chargée de reproches.

— Monsieur Manguin, quand cesserai-je de jouer les amazones de l'air sur des échelles branlantes et des montagnes de plâtras?

— Vous êtes un peu injuste, madame la marquise. Le gros œuvre est achevé, artisans et artistes travaillent désormais aux aménagements intérieurs et, bientôt, à la décoration d'ensemble. Mais ne prenez-vous pas plaisir à entrer dans l'hôtel par les chemins les plus périlleux?

— Allons, monsieur Manguin, la réplique est jolie mais je vois bien que certains de vos gens traînent les pieds. Sans doute observent-ils, et vous avec eux, que la sinécure est agréable et que la prolonger...

— Madame, venez les voir s'acharner.

— S'acharner... je les vois, chaque jour, et je m'inquiète.

— La perfection, marquise...

— Se paie cher, très cher. Ce M. Legrand, par exemple, que vous venez de découvrir, est aussi discret dans ses paroles que dans ses gestes. Il pousse le rabot avec une déférence!

— C'est un habile artisan.

— Allons, nous jugerons sur pièce. Il faut me sermonner ces gens-là...

Pendant des mois encore Thérèse n'a d'yeux que pour cet hôtel qui n'en finit pas de s'achever. Malgré ses visites quotidiennes, malgré ses colères répétées contre « des gens payés à ne rien faire », elle doit en prendre son parti. D'ailleurs, elle reconnaît bien volontiers qu'elle ne simplifie pas la tâche du maître architecte : aujourd'hui, il faut déplacer cette cheminée, trop centrale ; demain, il faudra agrandir une chambre pour y faire entrer un lit royal ; tel motif décoratif est trop important. Alors, elle patiente, préférant, au bout du compte, obtenir ce qu'elle veut. Elle est consciente que le Tout-Paris l'observe avec une curiosité qu'elle n'est pas mécontente d'entretenir.

C'est à Théo, en 1867, qu'elle fera les honneurs d'une première visite. Jusqu'alors, elle a refusé à quiconque l'entrée de l'hôtel : il ne faut pas détruire l'effet de surprise. L'hôtel a grand air avec son imposante façade de pierre et de marbre travaillée de sculptures, avec ses trois niveaux de style Renaissance qui s'ouvrent sur de larges baies. Théo, qui continue à rêver d'un monde où la beauté des formes le dispute à la richesse des œuvres d'art, qui songe aux poètes lisant leurs vers dans l'onyx et le marbre de Paros, ne sera pas déçu. Un peu écrasé seulement par tant d'excessives richesses, heurté par quelques disparates. Mais sa bonté légendaire et son amitié pour la marquise lui interdisent toute critique. On ne marchande pas le bonheur, fût-il marqué par quelque indécence, aux limites du bon goût.

— Que dites-vous de cette porte de bronze s'ouvrant sur le vestibule ?

— Beau travail, Thérèse, de la force et de la majesté mais permettez-moi d'adorer ce banc de marbre rouge, en griotte d'Italie si je ne me trompe : cette chaleur du rouge et du brun mélangés, ce jeu des ombres et des lumières, ce toucher tendre comme l'eau des regrets...

— Théo et ses marbres, Théo poète et savant. J'ai bien pensé à vous, ami, en construisant cet hôtel : les murs, les marches et la rampe du grand escalier en onyx... « Marbre, onyx, émail... »

— J'ai vu, j'ai admiré les ineffables couleurs disposées en cercles concentriques, yeux largement ouverts sur la beauté et le marbre jaspé, finement rubané de vert et de noir, les veines de l'agate, les fantaisies de la cornaline...

— Cette cheminée en marbre noir...

— Ah! le noir détesté, qui porte malheur, qui est marqué par le mal, celui-là, Thérèse, luisant et pur comme les perles de La Mecque, il brûle mon âme.

— Qu'allez-vous inventer pour cette autre en malachite, d'un beau vert diapré avec ses encadrements de bronze doré?

— Je me tais et j'apprécie que vous ayez fait travailler si longtemps des artistes qui seront célèbres demain.

— Ce sera le cas de Dalou qui a décoré les portes de ma grande bibliothèque et quatre des figures d'angle du salon et la grande Diane couchée, au-dessus de nos têtes.

— Ce Dalou ira loin, marquise, et sa Diane — le saviez-vous? — est la reproduction d'un des plus beaux émaux de Bernard Palissy.

— Votre connaissance, Théo, en tous domaines! Oui, j'ai aidé de nombreux talents. Lafrance, Delaplanche, un prix de Rome qui s'est chargé de la cheminée du grand salon... Et Cugnot, un autre prix de Rome, et Jacquemart qui a taillé dans le bronze, Legrain et Cartier-Belleuse surtout dont la facture tourmentée me séduit... Mais que pensez-vous de ma salle de bains?

— On pourra vous chicaner sur une certaine ostentation de la richesse, dire que « trop, c'est trop », que vous avez suivi aveuglément les goûts de l'époque... Quant à moi, je ne m'érigerai pas en juge! Cette salle de bains est celle d'une sultane des Mille et une Nuits: carrelages et cheminée massive en onyx, marbres de toutes nuances, céramiques vénitiennes, baignoire en bronze argenté, robinets sertis de pierres précieuses. Vous avez choisi ce que vous aimez, l'allégresse pour le corps.

— ... d'une courtisane, dites-le!

— Madame la marquise de Païva, je ne mélange jamais la Beauté et... le reste et toute mon admiration va vers ces *Amours* de marbre et de bronze... dont votre hôtel est largement pourvu... et, dans

votre chambre, au-dessus de l'autel, pour Aurore, déesse de l'aube qui plane sur l'Empyrée...
— Pardon, Théo, vil charmeur... Il me reste à vous montrer mon Baudry qui, au moment d'entreprendre — un peu grâce à moi, non? — un immense travail pour le futur Opéra, a peint le plafond du grand salon...
— C'est un rêve, marquise, grâce du dessin, harmonie délicieuse des tons, distribution savante des motifs... Jusqu'à ce quelque chose de narquois dans cette Vénus de chair directement issue d'une toile de Véronèse. Une apothéose, la vôtre, madame.
— Merci, de tout cœur. Et retenez cette date: le 31 mai, je pends la crémaillère.
— En présence de Bismarck, je pense? On dit que vous l'avez reçu déjà.
— C'est vrai. Voulez-vous que je vous lise ce que j'ai écrit à ce propos dans mon *Journal*?
Elle alla le chercher, sans attendre sa réponse, et, devant Théo qui souriait de son impatience, elle se mit à lire:

*Cette soirée de septembre pourrait marquer à jamais ma destinée. Je regardais l'homme: un physique à la fois puissant et fragile, une nervosité mal contenue qui le pousse à quitter la table pour faire quelques pas dans le dos des invités, une brusquerie, mais matoise, calculée, une façon directe d'aller au but, autant d'aspects étonnants d'un personnage qui, soudain, s'avança vers moi:*
— *Madame, vous recevez fort bien vos amis et, puisqu'en cette soirée, je suis de ceux-là, je vous en remercie. On dit Henckel fort épris de vous. Or, il se trouve que j'apprécie fort Guido Henckel von Donnersmarck et, par-dessus tout, l'étendue de ses relations internationales, sa loyauté envers la Prusse... Je sais, en ce qui vous concerne, le remarquable itinéraire parisien qui vous a menée si loin, si haut et, à Berlin, vous passez, en ce qui concerne les questions*

*financières, pour une manière de génie. J'ai besoin, pour le combat que je mène, de toutes les énergies, de toutes les habiletés, de toutes les forces. Une réussite qui ne s'exprime pas par une volonté — donc un pouvoir — en politique n'en est pas tout à fait une. J'ai pu, ce soir, m'entretenir avec Girardin, une des clés de l'opinion publique française. Et c'est votre ami ! Quel prix j'attacherais, madame, à suivre le combat — souvent imprévu — qu'il poursuit...*

*Troublée, j'avais balbutié :*

*— Il en sera fait... comme vous le souhaitez, monsieur l'ambassadeur...*

*A quelques jours de là, l'empereur rappelait Bismarck à Berlin, toutes affaires cessantes. Et le faisait ministre d'État et président du Conseil avant de le nommer, quinze jours plus tard, Premier ministre et ministre des Affaires étrangères !*

— Marquise, vos relations m'impressionnent ! Et je suis sûr que ce M. de Bismarck est un homme étonnant. Mais j'ai horreur des inaugurations... Avec ou sans lui, ne m'infligez pas ce supplice. La foule sotte et bridée, les hosannas menteurs et les regards vipérins, tout le Faubourg se rengorgeant pour mieux vomir ses sarcasmes... Non, mille fois non !

— C'est vrai. J'avais pensé inviter le ban et l'arrière-ban parisien, les ducs, les comtes, les princes et les ministres, le monde et le demi, les pannés titrés et le Jockey-Club, la grande banque et la presse tout entière... Et puis j'ai changé d'avis. Cette société-là qui ne m'a pas toujours fait l'honneur de me réserver un strapontin à sa table en sera pour ses frais de curiosité. Ce sera une réception comme les autres, à peine un peu plus belle que d'habitude, une visite guidée par les artistes sous la conduite de Manguin et... la table que vous connaissez !

— Dans ces conditions, marquise, je serai votre... deuxième chevalier servant !

Lorsque Thérèse s'installa aux Champs-Élysées, après plus de dix ans d'attente, la presse parla très peu de cet hôtel qui refusait de se montrer. On s'en tint aux descriptions dithyrambiques des habitués qui versaient l'huile bouillante des compliments sur l'amertume des jalousies. On se vengeait en colportant quelque méchante boutade, quelque vilaine appréciation des Goncourt, ces profiteurs atrabilaires d'une table dont ils ne dédaignaient jamais les plaisirs.

Cependant qu'elle s'assure une première place dans l'histoire anecdotique de la société parisienne, madame la marquise de Païva mesure les progrès que lui valent ses actions souterraines dans le domaine de la grande politique européenne: Bismarck l'honore d'une seconde visite et l'encourage à soutenir le comte Henckel de Donnersmarck qu'il tient en très haute estime.

Les mois passent. La politique la passionne de plus en plus, mais Thérèse, plus fière que jamais d'avoir suivi Guido et d'avoir cru en son attachement, s'effraye du climat qui règne en France et des bruits qui courent sur sa personne. Un après-midi, après avoir reçu quelques amis, elle retient Théo auprès d'elle. Elle voudrait lui lire encore quelques passages de ce petit carnet vert qu'elle tient depuis des années et où elle inscrit les faits et gestes de sa vie, ses pensées, ses impressions.

— Je choisis. Juste les dernières années. Je ne peux tout lire. Seulement la politique. Ah, la politique, Théo ! De quoi demain sera-t-il fait ? Mais commençons quand même par Pontchartrain, ce fut une si belle surprise !

*1863* — *Guido m'apporte aujourd'hui le château de Pontchartrain comme il aurait fait d'un colifichet :* « *Pour vous, madame !* » *Cérémonieux et moqueur. Un château ! Nous en avions parlé. Comme ça. Sans plus. Et aujourd'hui il me fait châtelaine. Est-ce que c'est bien pour moi ? Un château ! Un parc avec de grands arbres chenus, des allées qui courent entre les haies taillées artistement, des serres pleines de fruits exotiques, une chasse, des étangs, un monde nouveau pour moi seule. Un cadeau de quelques millions. Cet homme-là est généreux jusqu'à la folie. Comme l'amour.*

*J'ai visité le château. Comment est-ce possible ? Les rois eux-mêmes devaient sentir battre leur cœur devant le perron somptueux. J'avais mis ma plus belle crinoline, ma plus longue traîne. Péché d'orgueil. Tant pis. La cour d'honneur : des balustres la ferment. Façade imposante. Dôme et campanile. Comme je suis petite devant tant de grandeur. L'enfilade des salons. Je recevrai ici : une pièce immense, royale. Là, nous nous retrouverons entre amis. Théo me disait un jour :* « *Vous m'avez tout donné !* » *Il se trompait : pour lui j'irai cueillir mes plus beaux fruits et je lui ferai goûter les meilleurs poissons de mes étangs que je pêcherai moi-même. Celui-là est le meilleur. Pardon, Guido !*

*Je me perds dans l'enfilade des pièces, je caresse l'orme veiné de longues traînées noires, le chêne clair aux limpides caresses, le merisier habillé de couleurs tendres...*

*1864* — *L'on dit que la princesse Mathilde s'agite beaucoup en ce moment. Elle conseille* — *judicieusement* — *à l'empereur de réfléchir aux conséquences de sa politique extérieure. Le goût de Napoléon III pour le secret est mal perçu, ici. Et comment choisit-il ses ministres ? Il hésite. Fait l'aumône. Tiens, tiens, la princesse marcherait-elle sur les pas de la Castiglione ? C'est bien, on ne peut rester neutre devant la gravité de tels engagements.*

*Il naît partout des sosies de l'empereur. Voix, gestes, attitudes, tortillements des crocs de la moustache, œil absent. Sourire blasé. Le tout enfermé dans le grand Cordon. Quand un pays s'amuse à ces jeux!*

*1865 — La ruée des étrangers aux fortunes fabuleuses. Paris-sur-noce. Paris-sur-prince. Voici Paul Demidoff, solide comme un roc, beau et gai buveur, Galitzine, d'Orange; Paris-sur-duc: aux côtés de Caderousse, déchiré par la maladie, voici Rivoli, éclatant de folle jeunesse. Sur-marquis: de Modène. Sur-lord. Sur-baron. Sur-vicomte. Des joueurs qui gagnent ou perdent des centaines de milliers de francs en une seule soirée. Sans le savoir. Comme ennemis de leur propre plaisir. Pour la montre. Pour la parade. Voici les grandes semailles de Paris-sur-diamants. Haute noce princière: à la hollandaise, pour s'étourdir. Haute noce à l'anglaise, à la russe, à l'orientale.*

*Khalil-bey. Envoyé de la Sublime Porte. Le roi de la fête. Une encolure de taureau triste et des petits yeux cachés derrière des lunettes bleues. Sans nerfs. Pour le meilleur et pour le pire: quinze millions à dépenser!*

*Demidoff. Un hôtel rue Jean-Goujon. Le mécénat. Ricard décore la salle à manger. Les plus grands peintres du temps. Des écuries en bois des îles. Plafonds lumineux. On peut mieux faire!*

*Invités au bal des Tuileries. Sommes désormais très en Cour! M. Bismarck fait recette quand il vient à Paris. Vivent les Allemands. Une soirée de fastes. L'empereur, en manteau vénitien gris perle; l'impératrice, fouillis de plumes et de pierreries, toque et robe de velours ponceau. S.A.I. la princesse Mathilde, domino et masque mais le loup ne cache pas le visage. La presse parle de moi: « On s'étonnait et on se plaignait de ne point voir la belle comtesse de Païva, mais nous l'avons devinée sous un domino ruisselant de dentelles. »*

*1867 — On inaugure l'Exposition universelle. Paris, la ville de ma jeunesse inconsciente, s'américanise. Guido se passionne pour les énormes canons de son ami Krupp qui font bon ménage avec quelques belles toiles de Millet et... les bateaux-mouches.*

*« Pourboires ». « Compensation ». La presse n'est pas tendre pour les dernières fantaisies de son empereur qui fait réclamer à la Prusse les frontières alsaciennes de 1814, le Palatinat bavarois, Mayence et la Hesse cis-rhénane!*
*— Ce fou, a commenté Guido, il assassine la France. Bismarck a retourné l'Europe contre lui!*

*Théo continue d'animer mon hôtel! De le préserver de la blague gratuite qui gangrène les salons trop mondains. Me présente de nouveaux amis. Saint-Victor dont il ne cesse de vanter les mérites. Eternel voyageur, immense mémoire, journaliste, historien et romancier il est le « Vénitien du feuilleton » et le « Don Juan de la phrase ». Un beau cadeau de Théo... Les Goncourt: Jules, un peu en retrait de son frère. Je les regarde. Deux têtes penchées sur le même ouvrage. Deux voix mal accordées qui trouvent leur unisson dans le travail commun. Dans la critique... des autres. Se plaignent beaucoup que justice n'est pas rendue à leur œuvre! Ont l'air d'apprécier la maison, la table, la soirée même.*

*« Ont l'air », me dira plus tard Théo. Edmond, le mousquetaire, un brin hirsute, Jules, élégant et poudré. Méfiance. Ils prennent mais ne donnent rien. Que de commentaires sévères, bilieux, souvent injustes! Et si on les égratigne ils vous lapident, vous dépècent. Mais l'œuvre est singulière, précieuse, intéressante. Ils savent si bien vous jauger, vous étiqueter, en naturalistes. Qui taillent dans le vif. Et si la maison est bonne — pas seulement la table — ils reviennent! Et Sainte-Beuve? Apparition timide, compassée.*

*Belle-Amie* 263

*Pendant ce temps, Paris boit, chante, crie sa joie de vivre. Offenbach au pupitre. Et le chœur des étrangers accourt dans la « cité souveraine » pour « connaître l'ivresse » et, comme le baron de Gondremark, « s'en fourrer, s'en fourrer jusque-là ». Tous les grands et les riches du monde sont de la fête, celle de* La Belle Hélène *ou de* La Grande-duchesse de Gérolstein. *Bismarck est là, près de son nouveau roi, Guillaume I$^{er}$. Il s'amuse, comme un fou. Rit sous cape. Sa manière à lui de préparer les grandes manœuvres.*

*Théo m'a enfin amené Flaubert. Quel personnage! Des sarcasmes, des rébellions, des paradoxes. Et quelle culture qui cherche à se cacher dans les propos outranciers ou gaulois! Mais toujours l'image explose, la phrase déroule le sortilège de ses rythmes. Il raconte et l'on se tait. Chaque histoire, chaque propos découvre une aventure... de l'esprit. Il m'a longuement observée!*
*Il me semble que je ne suis plus la même auprès de tels hommes!*

*De longues discussions sur l'Allemagne, ce pays à naître. Sans l'aide de Napoléon III qui poursuit sa politique de légèreté et d'insignifiance. Je dis à Guido ce que je sais, ce que j'entends. Ce que je pressens. Comment le faire objectivement, sans animosité. Ce Paris qui reste si cher à mon cœur. Tirée vers la Silésie, vers un château à construire (pour mieux me faire oublier Paris?). Sans joie devant un tel projet. Rester ici, vivre ici mais les événements qui se préparent le permettront-ils?*

*Que veut Napoléon III? Que cherche-t-il? Qui écoute-t-il? Une proie facile pour les malins. Guido se frotte les mains. Il pense aux bons tours que Bismarck a dans son sac. Le régime vacille: autoritaire, libéral... Que de timidités, d'atermoiements. On avait annoncé: « la paix règne » mais on s'est battu hors des frontières: en Italie, en Chine, en Syrie ou au Mexique. Ici, l'héroïsme, là, l'ambiguïté et la fête. L'étoile de l'ouverture libérale, Emile Ollivier, s'allume. Timidement. Aidé de Girardin, qui enrage. Guido s'étonne. Il a eu l'occasion, par personne interposée, de décrire la situation à Bismarck. Et puis ce Rouher qui brouille les cartes. Girardin qui tempête dans la* Liberté *contre les retours de l'autoritarisme.*

*Longue conversation exaltée avec Guido. Il voudrait que je l'aide à recueillir les bruits, les potins, tout ce qui se dit un peu partout. J'admire son combat, celui de tous les patriotes de son pays. Je fais de mon mieux. Cette Cour que je n'aime guère, ces maladresses d'enfant trop gâté. Mais cette impression si désagréable de tromper Paris. Mon cœur est partout. Partout déchiré.*

*1868 — Nous recevons depuis quelques mois une nuée de diplomates prussiens. Férus de tout ce qui se fait, se dit, se prépare dans l'entourage de Napoléon III. Guido et moi nous efforçons de répondre simplement, exactement, sachant trop bien que nos propos pourraient être grossis ou dénaturés. Je me pose toujours mille questions. Je me refuse à être une espionne qu'on utilise et achète à des fins purement subversives. Je freine Guido de mon mieux... Je veux rester parisienne puisque je ne peux être acceptée comme française. Mais l'incurie, la faiblesse, l'incroyable légèreté de ce monde politique est effrayante. Quand je pense à l'application, à la rigueur, à la ténacité que met Bismarck à réaliser ses projets. Sans dévier d'un pouce. Et le jeu, en lui-même, est passionnant. Alors je me laisse aller à dire une toute petite partie de ce que je sais, de ce que je vois et entends. Et c'est déjà un accablant témoignage: la Cour s'amuse, rêve, danse, se travestit — des masques, encore des masques qui faussent ou cachent la vérité* —, *s'agite autour de rien, néglige l'essentiel. Les généraux, tout droit descendus de quelque opéra-bouffe* — *ah! l'œil malin d'Offenbach, le lorgnon malicieux, fouineur* —, *sont d'une candeur à pleurer. Orgueilleux et outrecuidants.*

*L'Empire tout entier comme un jeu de quilles: libéral et optimiste, pessimiste et autoritaire. Ollivier et Rouher laissent aller!*

*Comment ne pas dire ces vérités-là* — *au demeurant partout colportées* — *quand l'empereur entend se mêler seul de cette chasse gardée. D'un côté, Bismarck, un roi inébranlable, qui sait ce qu'il veut, et qui observe, combine, enveloppe, tend ses pièges où tombe, à chaque fois, l'empereur. Une ligne bien tracée. De l'autre, l'impuissance, l'incompétence qui s'exprime en rodomontades, en actes inconsidérés. Une ligne floue, sinon folle et affolée. Une politique larmoyante. De redditions en aumônes. D'aumônes en pourboires. Ridicule. Et Théo qui ne voit rien! Et Girardin qui hurle avec les loups. Malgré Esther qui tempête!*

*Diablesse, moricaude, wagnérienne,* ESPIONNE — *celui-là me choque au plus profond de moi-même* —, *hautaine, froide et sévère jusqu'au défi, méprisante, prodigue ou avaricieuse, orgueilleuse fée Carabosse, grande horizontale ou putain, tête à tenir le « gros 9 » (en association sans doute avec Esther Guimond), bacchante, pétroleuse, dégrafée, boursière, gueuse, poseuse, catin, démoniaque, juive et circassienne... j'aurai accumulé les défauts de la Castiglione au féminin, de Khalil-Bey, de Narishkine et du prince Citron au masculin. De toutes les lionnes et lionceaux du Boulevard. Quelque chose comme une souveraineté...*

— Voici, Théo, quelques extraits de mon *Journal*. Du *Journal* de Thérèse Lachmann devenue marquise de Païva... Pour le meilleur et pour le pire!

Théo avait écouté cette longue lecture sans rien dire. Il avait bougonné ou hoché la tête à tel ou tel passage, mais il avait attendu que Thérèse eût achevé sa lecture pour prendre la parole.

— Pour le meilleur, Thérèse. Quand on fait preuve de tant de lucidité, de volonté, d'intelligence et — pourquoi pas — de sensibilité, on ne saurait être mauvaise. Et je la connais bien, ma Thérèse. Ne l'ai-je pas un peu formée et beaucoup... choyée. Mais oui, c'est pourquoi je vous mets en garde. Attention à la politique ! Si votre vie s'arrêtait aujourd'hui je dirais que vous avez touché à la réussite absolue... Je vous sais insatiable ; il vous faut plus, encore plus. Après le triomphe mondain, il vous faut l'engagement politique pour atteindre une nouvelle dimension. Ce comte — qui vous aime et vous gâte peut-être à l'excès — vous embarque vers des rives dangereuses, vers des pièges que vous ne soupçonnez pas. Je suis un mauvais politique et je m'en moque mais j'écoute, comme vous, Girardin, si bien informé. On parle de bruits de bottes à nos frontières. Napoléon III, mal entouré — trop de coquins et de voleurs —, fait n'importe quoi. Méfiez-vous de Paris, Thérèse. Cette ville est une vieille coquette qui reprend vite ce qu'elle a donné. N'oubliez pas que si Guido est un bon Allemand qui travaille pour son pays, Thérèse est une vraie Parisienne, de nulle part. Je sais que vous ne m'écouterez pas...

— Tout ce que vous dites, Théo, est juste et vous vous montrez implacable. Et j'ai tellement peur que vous ayez raison !

Et l'histoire, bien sûr, devait donner raison à Théo. L'équilibre européen est totalement rompu.

Bismarck isole la France. Comment Thérèse n'accepterait-elle pas les propos de Guido, moins méprisants que réalistes : « Ces Français ne méritent pas leur richesse... Ils trompent jusqu'à leur histoire. » Elle s'interroge sur l'attitude de Girardin qui fait passer les errements de la politique intérieure avant les folies de la politique extérieure. Girardin fait *sa* guerre, mène *son* combat et se perd en spéculations boursières. Il soutient Napoléon III sous prétexte qu'une autre attitude lui aliénerait les lecteurs de *La Presse*. Incroyable inconscience !

En ces temps d'incertitudes et de dangers, Thérèse prend peur. Guido lui apporte tout ce qu'elle n'a pas eu avant lui. La richesse. Totale. Inexpugnable. La sécurité. L'impression aussi de lui être indispensable. Sa manière de prouver son amour, de l'associer à ses projets, nouvelle dimension de sa réussite. Paris, la Silésie, demain Berlin. Mais au prix de quels déchirements ! Cette impression si désagréable d'être infidèle à Paris, à l'amitié. Si Théo avait raison. Si elle allait tout perdre !

On dit partout que la guerre est imminente. Que fait Napoléon III ? Il se fait plébisciter ! Et Girardin le soutient ! Dure année 1870. Au début de juillet, la situation s'aggrave à propos d'une éventuelle candidature Hohenzollern au trône d'Espagne. Tout le monde à Paris pousse à la guerre. Beaucoup plus qu'à Berlin où Bismarck, tout en jouant le dessous des cartes, ne croit pas beaucoup à leur réussite. Paris cependant crie : « Un Hohenzollern en Espagne ! Bismarck veut encercler la France ! »

Côté farce : Girardin est fait sénateur de l'Empire. Piégé. Le pouvoir le remercie d'avoir écrit dans *La Liberté* du 13 juillet : « Si la Prusse refuse de se battre, nous la contraindrons à coups de botte à repasser le Rhin et à vider la rive gauche. »

Bismarck a tiré les ficelles en grand stratège qu'il est. C'est la France qui assume le rôle d'agresseur. Il n'y a plus qu'à poser le détonateur : ce sera la dépêche d'Ems.

En hâte la marquise de Païva et Guido Henckel de Donnersmarck quittent Paris pour la Silésie. Après une dernière visite à Théo qui vient d'essuyer un très dur malaise cardiaque. Il a beaucoup changé. Seul, le sourire est le même. « Nous reviendrons », dit Thérèse, d'une voix qui ne veut pas trembler.

La guerre ne pouvait être plus expéditive : capitulation de Sedan, l'empereur prisonnier, chute de l'Empire, Paris investi, Thiers négociant à Versailles les préliminaires de paix, le traité signé à Francfort... Tout cela en quelques mois. Six semaines pour mettre la France au pas : perte de l'Alsace-Lorraine, armée détruite, Napoléon III trahi de toutes parts. Exilé. Guido promu... gouverneur de Metz !

Thérèse est déjà lasse de Berlin qui clame trop ostensiblement sa joie. Inquiète du sort réservé à l'Alsace-Lorraine, émue par la tristesse de Metz devenue une ville morte, elle pense aux prophéties de Théo.

— Monsieur le comte, me reconnaissez-vous le droit d'avoir peur pour Paris qui va d'insurrection en insurrection ? Pourrons-nous y retourner un jour sans rougir ? Mon salon, mon château ? Comment serons-nous accueillis ?

— Je sais vos craintes, Thérèse, et les partage. J'ai tout fait pour que vos intérêts soient respectés. Des ordres stricts ont été donnés : vos biens n'ont pas souffert. Ils ont été soigneusement protégés. Nous allons bientôt revoir cette capitale qui vous manque tant.

— C'est vrai, Guido. Ce château de Neudeck que vous faites construire pour moi sera magnifique. Et

Lefuel, l'un des architectes préférés de Napoléon III, est l'homme idéal pour concevoir et mener à bien une telle entreprise.
— Mais votre cœur est ailleurs.
— Cette ville de Metz...
— ... est bien rébarbative dans sa réserve pleine de froide rancœur.
— Oui, et je vous sais gré de devancer si bien mes désirs et de participer à mes craintes. Je n'oublierai jamais Paris et si j'ai aidé, dans la mesure de mes moyens, votre pays, c'est qu'en moi j'ai la volonté de tout entreprendre pour rapprocher la France et l'Allemagne. J'ai horreur des duels inutiles, du sang versé gratuitement, il faut que ces nations, complémentaires, apprennent à vivre ensemble.
— Il y a chez vous de la générosité et une étonnante appréciation de la situation générale. Mais vous devancez l'histoire. Pour l'instant nous n'en sommes pas là. Il faut d'abord mieux connaître les clauses du traité de paix. Nous pourrons en parler quand vous le voudrez...
Thérèse avait perçu comme un rien d'énervement dans l'attitude de Guido. C'est qu'il se sentait un peu à l'étroit dans une ville sans sourire et sans joie. Même s'il ne partageait pas les inquiétudes d'une femme déchirée dans ses amitiés. A Berlin, Thérèse s'accusait de négligence : plus de ces longues séances de soins pour effacer, corriger, embellir... Pourquoi? Pour qui? Guido ne manifestait pas, en ce domaine, de désirs particuliers. Peut-être était-il satisfait au fond de lui-même d'avoir une compagne bien à lui, moins courtisée, moins souveraine. Il s'était épaissi : excès de table, de tabac, la barbe broussailleuse, une certaine lenteur de mouvement... Il rendait compte à Thérèse de l'état de Metz avec une ponctualité de soldat, en prenait le pouls, analysait en profondeur les données psychologiques, celles auxquelles Bismarck attachait tant

d'importance. Appréciant la finesse des femmes en ce domaine, il questionnait son épouse lors de ses quelques discrets passages à Metz:
— Quelles impressions avez-vous de cette ville malade?
Elle répondait simplement, avec clarté. Non sans quelque lassitude:
— Pensez-vous qu'il soit possible de dire ainsi, à chaud, ce que pensent ces gens? Ils sont brisés, inquiets. Tristes au fond d'eux-mêmes.
— Déjà désireux de revanche?
— Qui sait? La potion est cruelle. Il faudra faire preuve de souplesse, de compréhension.
— Je pense que le chancelier est assez averti de ces problèmes pour s'en persuader. Peut-être devra-t-il céder sur Belfort... Vous savez que Bismarck m'a demandé de l'aider à voir un peu clair dans ce délicat problème des réparations financières à exiger de la France. Nous en avons parlé, ici même, à Metz.
— Le pays est riche, très riche. Et les Français paieraient très cher pour être débarrassés des soldats prussiens.
— Vous avez sans doute raison, Thérèse. Bleischroeder, l'habile banquier dépêché par Bismarck, avance timidement le chiffre de trois milliards. J'ai proposé le double. Au grand étonnement du chancelier qui croyait la France ruinée à jamais!
— Je vous appuie de toutes mes forces.
— Le problème est pendant. Thiers regimbe. Dès que cette affaire sera réglée nous pourrons retourner à Paris.
— Revoir mes amis. Et Théo dont je lisais le délabrement sur son bon visage avant mon départ. Et Girardin...
— Parlons-en de votre Girardin. Avez-vous lu ce fol article du 21 août dans *La Liberté*: « S'ils nous envahissent, ces bandits et assassins prussiens... »
— Bah! Girardin n'est pas à un éclat près. Il

s'emballe, s'enthousiasme pour l'engagement du moment, se bat puis... réfléchit, revient à une plus juste appréciation des choses et tourne bride. Il n'est plus à Paris mais sa réapparition est proche et il nous réserve encore bien des surprises!

— Vous ne croyez pas si bien dire. J'ai appris qu'il vient de rentrer à Paris, la tête pleine d'espoirs politiques nouveaux. Après des mois d'errance il a encore étonné ses amis, se rapprochant de Thiers et de Gambetta qu'il avait combattus. Paris, toujours sans mémoire, lui fait fête. Il sait — le rusé bonhomme — que la presse ne tardera pas à redevenir cette quatrième puissance plus forte que jamais. J'entends dire que le temps des réceptions, du faste et de l'artifice s'annonce à nouveau, que Jeanne de Tourbey et la princesse Mathilde reçoivent... comme avant... Allez-vous rester en arrière? Madame, il est grand temps de partir. Paris nous attend! Et Théo!

— Merveilleux Guido! Je suis prête... Partons!

Quelques semaines suffiront à Thérèse pour renouer les fils des habitudes anciennes. A ceux qui sont surpris de ce retour dans un pays encore déchiré, elle prend soin de s'expliquer, de dire son fol amour pour Paris qui lui a tant manqué. A ceux qui ont jugé son départ comme une fuite, sinon comme une trahison, elle parle du grand espoir qui, depuis longtemps déjà, l'anime.

— Prenez garde, a dit Saint-Victor, l'un des premiers à revenir dans les salons de la marquise, Paris n'oublie peut-être pas aussi vite que vous le pensez. Il y a ce général von Thann qui a froissé bien des consciences en défendant un peu ostensiblement votre hôtel parisien et votre château de

Pontchartrain. La ville qui accueillait si volontiers ce qui venait d'Allemagne est aujourd'hui foncièrement hostile.

— J'aurai beaucoup à me faire pardonner, c'est vrai et je vais m'employer désormais à rapprocher deux grands pays qui ont tout intérêt à se comprendre et à s'aimer. Je hais la guerre, Saint-Victor...

— Sans doute, sans doute, mais l'entreprise est difficile, madame. Elle n'admet ni l'erreur, ni le double jeu. Je vous sais habile, experte en l'art... diplomatique mais que de pièges tendus sous vos pas !

Quelques jours plus tard, Guido, rayonnant, annonce à Thérèse :

— Madame, je suis en mesure de vous offrir ce qu'aucun amant, aucun château n'a représenté à vos yeux. Ce que je n'espérais plus...

— Dites vite, comte ! Cet automne sera le plus beau !

— Mes avocats ont résolu les dernières difficultés qui s'opposaient à l'annulation de votre mariage. Vous êtes libre et dès demain, si vous le souhaitez toujours, nous pourrons nous marier.

Ce disant, il la regardait intensément. Demain, elle serait *sa* femme. Il lui sembla que son visage était rajeuni par la joie. Elle avait dépassé la cinquantaine, mais elle avait gardé le même profil altier et non sans délié, les mêmes épaules solides et pleines d'opulente générosité qu'il avait toujours connus.

— Oui, mon ami, cet automne sera le plus beau, le plus heureux... Mais savez-vous que Paris ne va rien comprendre : Thérèse, la courtisane, épousant son prince, envers et contre toute logique.

— Certes, madame, une alliance impossible pour mille raisons mais que notre attachement a rendue possible ! Comme vous, pourtant, je crains les réactions. La jalousie, comtesse. Et Paris a souffert et souffre encore. L'armée allemande dans la capitale, Bismarck lui-même à Versailles ont transformé le climat : les Parisiens sont devenus germanophobes.

— Bien sûr, mon ami, mais nous avons l'habitude de l'adversité !

Et c'est ainsi que « Thérèse, Pauline, Blanche Lachmann, veuve de feu François, Hyacinthe, de son vivant *banquier* à Moscou... fille de feu Martin Lachmann, de son vivant *capitaliste* à Moscou... » épousa, en l'église évangéliste de Paris, église de la Rédemption, « Guido, Georges, Frédéric, Endmann, Henri, Adalbert, comte Henckel de Donnersmarck », le 28 octobre 1871.

La petite fille du ghetto avait obtenu sa victoire. Les témoins du mariage en apportaient une preuve éclatante : le comte Léon Henckel de Donnersmarck, Lefuel, de l'Institut, l'architecte de la Cour et bientôt de Neudeck, Turgan et Dumont de Montcels, les habitués des Champs-Élysées avant la débâcle. Seul, Théo manquait. Très souffrant, il n'avait pu se déplacer. Thérèse s'était vêtue sans recherche, par dignité, mais dans sa chevelure resplendissait le diadème de l'impératrice Eugénie.

Après un retour qu'on avait voulu discret, après un mariage qui consacrait de longues années de vie commune, la marquise, devenue comtesse, reprit ses habitudes parisiennes. Dans une ville encore triste, ici et là saccagée, elle fait revenir ses amis de la première heure, en attire d'autres aussi, issus de la guerre et de ses tourments. Avec adresse, sous l'œil froid de Guido, elle sait éviter les froissements, adoucir la morgue de son compagnon, qui, à côtoyer l'entourage de Bismarck, a pris des poses un peu dédaigneuses, de la raideur et... beaucoup d'embonpoint. Ses longs cheveux et une barbe qu'il s'efforce de soigner sans y parvenir laissent peu de place au visage lourd mais non disgracieux. Un éternel cigare qu'il tripote, mâchouille, suçote, ne quitte jamais ses lèvres arrondies.

— Décidément, comte, ce cigare est votre double, radieux ou triste, enthousiaste ou fatigué!

— Bien vrai, Thérèse, mon double, mon... comment dites-vous?... mon parapluie.

— Paravent plutôt, comte. Derrière lui vous cachez votre mauvaise humeur passagère ou votre... machiavélisme!

— Machiavélisme, Thérèse. Ai-je tant progressé?

— Comte, je suis fière de vous, de votre rang, de votre savoir-faire, des occasions que vous me donnez d'approcher le chancelier, du rôle que vous me faites jouer. Grâce à vous, je suis membre d'une des plus importantes familles allemandes, dans l'ombre d'un des plus grands hommes d'un grand pays!

— Moi aussi je suis fier de vous, Thérèse. Et vous réussissez à merveille dans votre nouveau rôle. Combien de fois le chancelier m'a-t-il demandé: « Qu'en pense Thérèse? » et aujourd'hui, fort civilement: « Qu'en pense madame la comtesse? »

— Sérieusement? On dit volontiers que Bismarck se moque des ragots et plus encore de celles qui les récoltent.

— Le plus sérieusement du monde! N'écoutez pas ce qu'on colporte ou ce que le chancelier laisse croire! Il est un peu inquiet en ce moment. Il souhaiterait qu'on l'éclaire sur l'attitude de Girardin. Il aimerait que son journal...

— Mais voyons, que fait d'Arnim, l'ambassadeur d'Allemagne à Paris? Serait-il un ambassadeur pour rire? Bel homme, au demeurant. Hautain et tourmenté. L'oreille de l'empereur Guillaume, à ce qu'on dit.

— Laissez-le s'installer. Ce n'est pas un client facile. Mais il saura s'accommoder de Thiers. De toute façon, Bismarck préfère des hommes réalistes comme le méprisant et dur Bleischroeder, son conseiller et banquier, ou plus souples... comme moi-même. Et votre bon sens, votre flair surtout, comtesse... Votre connaissance des milieux parisiens.

— Il y a d'autres salons mieux placés que le mien! Je n'ai jamais rêvé des lauriers de Mme de Castiglione ou de Mercy-Argenteau. Ni de ceux, inquiétants, de Mme de Kaulla! Mais il est vrai qu'Esther m'a donné depuis longtemps le goût de la politique. Et comme on ne saurait la prendre au sérieux, ce qu'elle dit et fait passe pour inoffensif. Son tablier de cuisine cache des sauces... très piquantes!

— Elle a toujours autant d'influence sur Girardin?

— Elle continue à le voir. Je l'ai rencontrée hier : « Tiens, ma Thérèse. On revient au nid! Comment vont *tes* Prussiens? » Ce rire de gorge, tout râtelier dehors! Elle a ajouté: « Napoléon a eu ce qu'il méritait. Girardin a fait le pitre. Sûr qu'il a une revanche à prendre. On va magouiller ça ensemble. »

— Eh bien! eh bien! Profitons de ses vertus!

— Elle est fidèle en amitié. Je vais d'ailleurs la revoir demain, je dois la retrouver chez Théo. Il est bien seul! Elle a résumé sa situation en trois mots: solitude, maladie, résignation. Il paraît que la mansarde où il s'est réfugié, auprès de ses deux sœurs servantes, est petite, empeste la fumée de cigare et en dit long sur son état de faiblesse.

Le lendemain, comme prévu, Thérèse se rend chez son vieil ami avec Esther.

— Quel bon vent vous amène? demande Théo en les voyant entrer. Quel gâchis depuis votre départ, Thérèse! Je vous avais bien dit que la politique était la pire des choses. Elle assassine les bons ouvriers en faisant fuir les mécènes. Ne grognez pas, **je n'ai** pas manqué de cigares! Vous m'avez man**qué, m**arquise... Pardon, comtesse! Que voulez-**vous,** je ne suis pas fait pour les coulisses du journal et les combinaisons de la politique.

— Inc...
— Incorrigible, Thérèse. Vous allez vous répéter. Parlez-moi plutôt de vous. Il semble que votre réussite atteigne les sommets. Vous avez toujours aimé monter, monter. A ces hauteurs, ma vue se trouble... Et dans ces conditions, votre présence ici est un don du ciel.
— Théo! A quoi pensez-vous? Des paradoxes... Vous vous asphyxiez! Jouer les pédants de Molière et vous affubler en bouffon de la Comédie-Italienne ne nourrit pas son homme! Vous allez sortir de votre caveau et venir respirer l'air du large...
— Thérèse enfourche sa monture. Sancho Pança! Il est trop tard. J'ai tout donné. Ma portion congrue. Tout entière. Mon père, mes femmes, mes enfants... j'ai tout donné. Et on m'a réduit à l'esclavage: celui du journal, du pitre, du voyageur qui ne peut même pas garder pour soi le meilleur et doit raconter, se raconter. Aujourd'hui, ma maison: détruite. Alors ce réduit: c'est encore mieux que l'hospice.
— L'hospice, jamais, Théo!
— Voyez-vous, marquise — j'aimais bien, « marquise » —, j'ai dit souvent *jamais*, moi aussi. Et puis *jamais* arrive, avec cette sale guerre, en plus. Et c'est à prendre ou à crever. Je crève doucement! La tête qui fout le camp, ces jambes, qui ne me portent plus, se couvrent d'ulcères, cette toux qui déchire ma poitrine...
— Et que vous soignez à grand renfort de cigares puants et de regrets qui vous écorchent vif.
— Je m'en vais en fumée! C'est moins triste!
— Théo, Théo! dit Esther, on ne va pas te laisser mourir ainsi. Nous, tes vieilles complices. Ta Thérèse. On peut dire que tu l'as vue grandir, celle-là. Et m... la v'là comtesse! T'as bien un peu d'mérite là-dedans!
— Comme tu « excrémentes » joliment ma fierté! Sais-tu que Flaubert disait: « Avec ce grand mot,

on se console de toutes les misères humaines ! »
Oui, je l'ai lorgnée avec quelque plaisir la Thérèse,
j'ai admiré sa volonté, son culot, sa soif d'ambition.
Bravo pour elle, le bonnet d'âne pour moi et des
remords cuisants...

— Je reprends mes vendredis, Théo. Je viens
vous chercher, pleine de remords ! Un homme
comme vous, le meilleur...

— Voilà Thérèse qui me gronde. J'ai bien travaillé dans cette vie. D'autres ont ramassé les lauriers !
Vous venez chercher l'ombre d'un homme. Si je
puis la glisser encore une fois au milieu de mes
amis, je le ferai.

Il le fera, deux ou trois fois encore, traînant son
corps perclus et son intelligence affaiblie, cramponné aux mots qui ne viennent pas, las de cette lassitude qui engourdit jusqu'à l'âme. Houssaye ne reconnaissait plus sa parole besogneuse. Girardin
s'impatientait. Saint-Victor le soutenait. Thérèse regardait s'éteindre une flamme qui l'avait réchauffée, encouragée, célébrée.

Quand Esther lui annonce, par une triste soirée
d'octobre 1872, la mort de Théo, terrassé par une
dernière crise cardiaque, Thérèse pleure. Elle
pleure le génie, la bonté, plus de trente années
d'une amitié sans faille. Et elle se rappelle le chemin parcouru : un soir au Café de Paris, lors de leur
première rencontre, son esprit et sa délicatesse
pour une inconnue ; pendant sa maladie, avec Esther, une tendresse vraie, réconfortante ; le retour
d'Angleterre et les mois un peu fous d'ivresse charnelle et poétique, *Le Poème de la femme*... Pour une
courtisane !

Adorable Théo, merveilleux conteur, immense
poète, son courage dans l'adversité, elle, Thérèse, à
ses côtés... Une vie parmi ses autres vies et sans
doute la plus loyale, la plus désintéressée.

Il était si bon. Si grand. Mort. Après Roger de

Beauvoir, Sainte-Beuve, Jules de Goncourt... combien d'autres ? Les rangs s'éclaircissaient autour d'elle : il fallait réagir !

*<br>* *

Le vaste hôtel était devenu un centre politique influent. Il n'était bruit que d'emprunts libératoires, que de la toute-puissance de M. Thiers, ce bouillant petit homme retors et plus rusé que tous les financiers lancés à ses trousses. D'Arnim, encore assez bien en cour — malgré Bismarck —, n'était pas l'homme de la situation. Bleischroeder fulminait. Henckel s'entremettait, assurant habilement, auprès de Thiers, sa position de négociateur privilégié. Fort de l'appui général des Français, le président se bat, discute, semble plier pour mieux refuser. Thérèse prêche la patience, se penche sur les notes successives que son mari adresse à Bismarck. Des notes personnelles souvent qui en disent long sur la confiance que le chancelier place en lui et, à travers lui, en Thérèse. Une entente tacite s'établit : on ne parlera plus d'un emprunt à lots refusé par l'Allemagne mais on s'appliquera à ne pas heurter le président dont on connaît l'humeur difficile et la fierté chatouilleuse. Henckel écrit des lettres abruptes, d'une sécheresse qui hérisse Thérèse, habituée aux mœurs françaises, plus courtoises et modérées. Le 24 mai 1872, le comte, butant sur les mots, martèle : « *Il vous est proposé l'arrangement suivant concernant les trois milliards restant à payer...* »

— Cher, c'est une note commerciale. Je connais M. Thiers, il va se fâcher, refuser tout net. Or, nous ne pouvons pas perdre la face. Ces milliards, nous devons les obtenir. C'est notre parole qui est en jeu.

— Que faire ?

— Tout simplement lâcher du lest, montrer que nous sommes ouverts à la discussion, que le chancelier en passera par nos offres et se montrera loyal. Tenez, quelque chose comme : « *J'ai l'honneur de vous adresser ci-joint mes idées personnelles, que vous m'aviez convié à vous transmettre, au sujet d'un arrangement entre la France et l'Allemagne pour les derniers trois milliards...* »

Thiers sera heureux, en effet, de se prévaloir des bonnes intentions du comte Henckel de Donnersmarck qui vient de lui remettre une note avec la mention : « *Si vous voulez bien en adopter les dispositions essentielles, je préviendrai des difficultés du côté de Berlin...* »

Et, quelques semaines plus tard, une nouvelle note met un point final au contentieux. Plus besoin de biaiser, de peser chaque mot. Thérèse donne son accord aux termes précis de l'arrangement : « *Entre* (...) *Il a été arrêté ce qui suit* (...) *Art. 1. La France paiera* (...) *négociera un emprunt* (...) *Les troupes allemandes évacueront...* »

Le 29 juin, la convention est signée ; le 15 juillet, elle est ratifiée par l'Assemblée nationale qui vote l'émission d'un emprunt de trois milliards. Bismarck sera content. Et l'empereur Guillaume.

— Nous avons bien manœuvré, constate Thérèse, mais ce diable de M. Thiers savait ce qu'il faisait : en moins de quinze jours l'emprunt a été couvert treize fois ! Plus de treize fois ! Nous avions donc mille fois raison dans nos estimations. Le crédit de la France est infini. Et le chancelier qui hésitait, ne voulant pas acculer ce pays à la ruine ! Et qui n'a demandé que cinq milliards et non six comme nous le suggérions ! Nous avons fait pour le mieux, comte.

— On ne nous aime guère à Paris. Et il faut à tout prix éviter de passer pour des agents de l'ennemi. Il y a déjà trop de tintamarre autour de ces affaires-là ! Je reconnais que le double jeu est pénible. Nous éviterons difficilement les jalousies, les mots durs, les calomnies, les scandales vrais ou fabriqués. Nous avons en Thiers un allié efficace, au-dessus de la mêlée, conscient des nécessités de nos deux grands pays. Il voit clair et loin et se garde bien d'envenimer les choses. Il nous faut continuer à travailler patiemment pour un rapprochement. A moins que la vague germanophobe ne nous submerge ! On parle très fort, en ce moment, des colères de Juliette Adam et de son désir de revanche qu'elle entend faire partager à tous les Français. Intelligente, cette femme de lettres : son salon retentit des pires anathèmes contre l'Allemagne. Si l'on n'y prend garde elle saura galvaniser les énergies pour une nouvelle guerre.

— Jouons serré, Guido. Faisons comme si la vie reprenait comme avant. Dans le calme et la fête. Il faut ramener tout Paris à nos vendredis. Il faut réunir plus souvent nos sympathisants à Pontchartrain.

— Vous oubliez le général von Thann qui a préservé le château en l'habitant pendant la guerre. Il s'y trouve encore.

— Vous oubliez que j'ai réussi à faire exonérer les habitants de la lourde charge de l'impôt de guerre, grâce à lui ! Mais vous avez raison. Attendons qu'il parte. Ça ne saurait tarder. Hier je ne pensais qu'à profiter de chaque moment, à regarder croître et fructifier ma fortune. Vous m'avez apporté la sérénité, la vie d'un couple uni par l'amitié et le désir de jouer un petit rôle dans le cours de l'Histoire.

Le comte, heureux, s'exaltait :

— Vous en avez tout le mérite, Thérèse. C'est à votre volonté, à votre lucidité que vous devez tout.

— C'est un rôle parfois bien lourd à porter. On n'a vu de moi que l'impure, la croqueuse de diamants... ! Aujourd'hui, c'est la frôleuse !

— La frôleuse, quel drôle de mot !

— C'est, paraît-il, le nom qu'on donne à ces teneuses de salon qui se frottent aux hommes politiques importants.

— Mais, c'est tout à fait ça, Thérèse, vous êtes une « frôleuse »!

— Va pour ce mot léger, ambigu, sautillant... Je le préfère mille fois à « espionne ». Mais là encore qui comprendra ce fol espoir qui m'anime : un jour ces deux grands peuples devront se rassembler.

— Qu'en penserait M. Thiers?

— « Ce vieux parapluie sur lequel il a plu pendant cinquante ans », selon l'expression qui court, est le plus étonnant des hommes politiques. Il s'emploie depuis des décennies à brouiller le jeu, basculant tantôt un peu plus à droite, tantôt un peu plus à gauche, caressant les uns, honnissant les autres. Sa bête noire: Gambetta. Il tremble devant les éclats du tribun. Si je suis une frôleuse, M. Thiers est assurément un maître frôleur! Il est partout! Une anguille. En haut-de-forme ou chapeau rond, il se glisse, s'insinue, observe, reçoit — pas toujours du beau monde —, accumule les informations. Son audace est proverbiale, son impétuosité, agressive. Dévoré d'ambition, il a tout pour réussir.

— Vous parlez de lui avec quelque enthousiasme. Un genre d'homme que vous... auriez aimé apprivoiser.

— Sans doute, la princesse Troubetzkoï y a pourvu!

— Vous êtes au courant de tout!

— Arsène Houssaye est bavard! Dommage que son imagination l'entraîne trop loin. Parfois jusqu'au mensonge! Ce furet qui est de tous les salons, entend tout, rapporte tout, mais il est nécessaire de trier sérieusement. Je crois y réussir et me flatte d'obtenir le meilleur et le plus sûr. On ne trompe pas une vieille amie!

— Mais, dites-moi, Thérèse, il me semble que

vous négligez notre château de Neudeck, notre château allemand.

— C'est vrai, comte, tout à ma joie de revoir Paris, de tout recommencer, j'ai un peu oublié la froide Silésie. Lefuel m'a promis de reprendre les travaux et de mettre les bouchées doubles. Votre petit Versailles sera ce que vous en attendez. D'ailleurs, j'ai promis à Lefuel de l'accompagner : je tiens à présider aux destinées de cette merveilleuse demeure. Ce seront les Tuileries ou rien !

Thérèse était fière d'élever ce palais dans son immense parc. « Le plus beau d'Europe », se plaisait-elle à dire. Mais le cœur n'y était plus. Au fond d'elle-même, elle repoussait la date d'une possible installation. Le château n'était qu'une copie, qu'un faux-semblant ! Et tout ce tape-à-l'œil qui flattait son orgueil à Paris, ce besoin de grandeur, de démesure, pour qui, pour quoi ? Lefuel pourrait faire merveille, Frémiet sculpter tous les animaux de la forêt dans le mouvement échevelé de la course, Carpeaux lui-même régner sur quelque fontaine baroque, pleine d'allégresse — une autre revanche sur la princesse Mathilde — mais qui le saurait !

— Nous y recevrons l'Allemagne tout entière, prophétisait Guido.

— Jamais un Parisien ne viendra se perdre aux frontières de la Russie, répondait Thérèse. Mais c'est bien ainsi...

Et passait dans ses yeux comme une étrange lassitude.

Cependant la reprise théâtrale battait son plein. Un bon signe, cette reprise. Le Parisien badaud, gobeur, celui des Boulevards et du spectacle, retournait à ses démons : voir et paraître ! Mais que se passait-il ? En ce premier rendez-vous de la nouvelle année 1873, Girardin avait son visage des mauvais jours : lorgnon en bataille, pince-nez récal-

citrant, plus maigre et décharné que jamais, frénétiquement agité dans son manteau triste et trop court.
— Monsieur de Girardin, qu'avez-vous? Notre absence a-t-elle suffi à vous jeter dans pareil désarroi ou la main d'un derviche tourneur vous a-t-elle soudain frappé?
— Amusez-vous! Amusez-vous! Rira bien qui rira le dernier!
— Cessez, ami, de jouer les sphinx. Dites-nous plutôt ce qui vous trouble ainsi.
— Eh bien, l'illustre Dumas fils s'apprête de nouveau à vous faire des misères!
— A me faire des misères? Quand je songe à la gentillesse de son père, à sa sérénité tranquille, ce bonhomme venimeux et outrecuidant dépasse la mesure. Qu'a-t-il mijoté encore?
— J'en suis au stade des on-dit. Mais j'ai de bonnes raisons de croire que sa prochaine pièce, annoncée à grand fracas sous le titre *La Femme de Claude*, pourrait bien être un pamphlet contre la marquise de Païva, comtesse de Donnersmarck. On annonce quelque chose de dur, à la limite de l'injustice et du supportable.
— Ne peut-on clouer le bec à ce pisse-froid qui n'aime les femmes que dans son lit! Et encore! Que prétend-il défendre? On ne peut pas à la fois s'extasier devant *La Dame aux camélias* et rejeter toutes les autres courtisanes. Attendons de pied ferme.

La pièce fit l'effet d'une bombe. Chargée de vitriol. Thérèse avait dépêché au Gymnase tous ses amis. Ils revinrent, en ce soir de première, un maussade et froid 16 janvier 1873, la mine longue et défaite. La table qui étincelait de tous ses cristaux, de toutes ses broderies, les lustres qui accrochaient toutes les lumières dansantes, le buffet garni des meilleures nourritures, les seaux pleins de champagne n'amenèrent pas un sourire sur les traits tirés des tristes spectateurs. Thérèse n'osait

interroger, accablée par l'accablement ambiant. Seul, le comte s'employait à sauver la face.
— Messieurs, ce n'est pas la guerre. Tout juste un pétard tiré au petit plomb !
— Au gros, au très gros plomb, monsieur le comte. Et c'est ce qui sauve la mise, parvint à articuler Girardin. C'est une pièce folle, absurde, totalement insensée. Et méchante. Parce que raciste.
Saint-Victor, à son tour, sortit d'une léthargie paralysante.
— On y meurt d'ennui. Mon voisin, un homme bien tranquille, l'œil vif et intelligent, spectateur assidu des pièces de Dumas fils, avouait d'un air contrit: « Je n'ai rien compris. Rien du tout ! Du théâtre, ça ? La pièce se condamne elle-même. Ce n'est même plus une tribune, c'est le tribunal révolutionnaire ! » Et, tourné vers moi, il a ajouté: « Excusez-moi, monsieur. Mais de quoi s'agit-il ? Et de qui ? J'accepte le moraliste, pas le justicier. Mon Dieu, la femme est souvent bien coupable, celle-là — que je ne connais pas, malgré la transparence, semble-t-il — plus que les autres sans doute. Mais *tue-la... Tue... Tue...* Où allons-nous ? »
— Oui, tu résumes assez bien le désarroi général, reprit Girardin. Ce n'étaient que regards interrogateurs, sourcilleux, inquiets, pétrifiés.
— Messieurs, messieurs, assez de résultats d'audience. Des faits. Que raconte cette pièce et quel y est mon rôle ?
— Eh bien ! Puisque vous voulez le savoir, vous y jouez le rôle principal ! Vous êtes Césarine, la femme de Claude.
— Claude, l'empereur romain ? Me voici dangereusement accouplée ! Mais est-ce bien mon portrait ou celui de toutes les courtisanes ?
— Ce Claude-là est votre victime car vous ruinez les hommes, faites de l'amour une industrie, de la corruption un jeu, de l'adultère une habitude. Vous détruisez tout sur votre passage: la société,

l'amour, un pays... Et Dumas fils va répétant : « J'ai voulu faire tuer "la Bête" — la prostitution — par un homme de conscience et de pureté. J'avais mes exemples sous les yeux : cette juive du ghetto qui montre ses millions, ceux d'un homme qui, venu de l'autre côté du Rhin, a brisé notre pays. »

— C'est du mélodrame. Trop, c'est trop ! Que faire ?

— Lui envoyer mes témoins. L'attaquer en justice ! cria le comte, horrifié.

— Non, non ! Mauvaise propagande, rectifia Girardin. Il faut se taire, patienter quelques jours. Je parie que la pièce va tomber d'elle-même. Il nous faut attendre le verdict de la presse. Ceux qui aiment le théâtre seront très durs pour ce pathos idéologique, ceux qui n'ont rien compris feront payer cher à l'auteur leur soirée perdue.

— Vous avez raison, renchérit Saint-Victor. Je venais ici, abattu par ce crime inutile. Vous me rendez un peu de lucidité. Et je dis comme vous, attendons la suite. Et toi, Houssaye ?

— Oh moi ! Sans doute le plus inoffensif de nous trois, je tordrais volontiers le cou à l'impudent. Quelle mouche l'a piqué ? Je hais cette morale et ceux qui la servent. Je hais ceux qui montrent du doigt, brandissent le couteau en se couvrant la face, obscurcissent leur sujet au point de s'y perdre et de s'y pendre. Haut et court.

— Est-ce que notre ami Houssaye deviendrait méchant ?

— Méchant contre la bêtise, la grossièreté antiféministe et anti-tout. Cet homme-là en veut à la femme. Parce que les femmes l'ont trop gâté. Il en veut au genre humain tout entier parce qu'il est las de la mansuétude que les autres lui ont montrée. Alors il singe les va-t-en guerre, fusil au poing, et frappe à coups redoublés sur tout ce qui vit, s'amuse, est heureux. Pour un peu il tirerait sur son ombre...

Esther, venue ce soir-là assister son amie, écoutait, un grand sourire carnassier éclairant son visage de sorcière.

— Il n'y a bien que toi qui t'amuses ce soir, constata Thérèse, fâchée.

— Oui, je m'amuse... Pauvre Dumas! Quand je pense qu'il me doit la scène finale de sa *Dame aux camélias*. Il les aimait, à l'époque, les cocottes... Pardon! les courtisanes. Et quel manque d'imagination! Ce *tue-la* mes amis, vous savez d'où il vient? Je lui ai raconté une soirée passée à l'Opéra avec Roqueplan. Un bafouilleur, à l'entracte, avait pris mon lion à partie... Je passe sur les détails! Echange de coups! J'étais furieuse et criai à Nestor: « Tue-le, tue-le. » La transposition est jolie mais cette petite histoire devrait suffire à « tuer » la pièce!

— Ah! Esther! Est-ce vrai?

— Si c'est vrai. Attends... Attends... Le bafouilleur se disait colonel... oui, c'est ça... le colonel Gallois! Pauvre colonel... Toute la presse a relaté l'incident, le lendemain!

— Allons, je suis de l'avis de Girardin. Attendons le verdict de la presse. De toute façon, je vous suis reconnaissante, mes amis, de votre compréhension, de votre générosité. Il n'en reste pas moins que ma vie n'a pas été un modèle de vertu. Mais que savent-ils donc de moi tous ces censeurs qui se font procureurs? Ont-ils connu la misère? Celle du ghetto, celle du cœur, celle de la jeune fille livrée à elle-même qui s'est forgé les armes de sa revanche? Revanche facilitée par une société qui n'y regarde pas de si près, par cet afflux de richesse et ce besoin de plaisir qui sont la marque d'une époque. D'une époque dont M. Dumas a profité. Presque autant que moi. Toutes ces mauvaises querelles qu'on m'a faites, ma vie traduite en mots offensants se voulant spirituels, ces regards d'envie et de jalousie qu'on m'a jetés, sans doute les ai-je mérités, peut-être facilités. Mais alors qu'on ne me prête pas une intelligence supérieure, celle du mal absolu! Mon attitude aujourd'hui n'est pas différente de celle d'hier: j'ai traversé des régimes dont j'ai déploré les faiblesses, les inconséquences. Puis j'ai rencontré un gouvernement fort, des hommes solides que j'ai admirés et aidés. Suis-je pour autant un serpent venimeux, une espionne? Ni Russe, ni Française, ni Allemande, j'ai vu Paris qui m'a comblée et le pays de mon mari que j'ai aussi adopté. Et ces deux peuples qui dominent et domineront l'Europe, il faut les rassembler, éviter à jamais ces guerres fratricides. C'est ce que je dis et rien de plus. Dommage que nos actes les plus simples, les plus sincères, soient mal reçus, mal traduits. Je n'ai de haine véritable pour personne.

Un long silence suivit. Puis la voix blanche d'Arsène Houssaye:

— Marquise, c'est vrai, nul n'a le droit de s'ériger en juge. Encore moins en justicier!

Il fallait détendre l'atmosphère. Le comte, grand seigneur, fit un geste de la main qui balayait à la fois les ardeurs verbales et la table royalement servie:

— Eh bien, messieurs, laissons tout cela et attendons sagement. Faisons honneur à ce dîner que la comtesse a préparé pour nous. Un peu de champagne va dissiper notre mauvaise humeur.

Attendre était la bonne solution. Dans les jours qui suivirent Thérèse se fit remettre tous les journaux parisiens: ce qu'elle y découvrit la combla d'aise. *Le Gaulois* déplorait que Dumas fils n'eût pas su « atteindre le but qu'il s'était proposé »; *Le Constitutionnel* glosait méchamment autour d'« une féerie philosophique » ; *La France* parlait de « mauvais mélodrame », *La Liberté* de « l'étrange emploi que M. Dumas fils a fait de son esprit (...) d'erreur énorme... ». Partout les mots de « reculade », d'« échec », de « Sedan littéraire »...

Thérèse pouvait pousser un grand soupir de soulagement et savourer quelques fines fleurs de la critique. Ses amis avaient eu raison et se félicitaient de leur prudence.

— La sagesse l'a emporté, se réjouissait Girardin. L'affaire était mauvaise: quelques années auparavant, elle se serait dénouée sur le pré!

— La volée de bois vert qui s'est abattue sur le dos du trop vertueux auteur dramatique va laisser quelques traces, soyez-en sûr, renchérit Saint-Victor. Il y a des échecs dont on se remet difficilement.

— Et moi, conclut Arsène Houssaye, je sais que frapper trop fort, à tort et à travers, n'est plus frapper. Voltaire, avant Dumas fils, en a fait la douloureuse expérience. Et Dumas n'est pas Voltaire, il s'est coulé. Corps et biens.

— Etes-vous sûr, cependant, que Dumas fils en restera là? demanda Saint-Victor.

— Oh non! je parierais même qu'il va rugir plus fort qu'un vieux lion blessé. Ce sera sa dernière erreur.

Le 3 février, Cuvillier-Fleury, dans un long article du *Journal des débats*, faisait rebondir l'affaire. Maladroitement, le critique prenait la défense *de la femme qui se noie*, ce qui lui valait une réponse de l'auteur, aussi échevelée, aussi lourde que la pièce elle-même. Dumas fils pouvait bien s'en prendre de nouveau à la Bête *minant peu à peu la morale, la foi, la famille, le travail* et montrer, plus clairement encore, *de l'autre côté du Rhin, un homme au front dégarni, à la moustache épaisse, aux yeux sombres, profonds, fixes et insondables qui se frotte les mains et dit à son faux maître: « Il n'y a plus rien à craindre du côté de l'ouest: on y meurt »*, la partie était jouée. Et perdue.

Esther, mise au courant par Girardin, était venue aux nouvelles. Toujours aussi férue d'histoires croustillantes, elle en faisait ses « choux gras », comme elle disait, avant de partir en flèche:

— Ben! Ma fille! Qu'est-ce qu'on raconte! V'là qu't'as foutu tout par terre dans c'pays: la morale — c'est quoi, ça? —, la famille, la politique, l'armée française et... Gramont-Caderousse! Ma copine, à toi toute seule, c'est un monde. J'te savais fortiche, mais quand même! J'ai connu le brave papa Dumas, un bon vivant ç'ui-là, qui n'crachait pas sur la gaudriole. Et qui rendait aux femmes ce qu'elles lui donnaient. Mais l'autre, ton dompteur, ce torche-cul, ce mal-mouché, ce monte-en-chaire, n'a-t-il pas oublié, lui aussi, quelque moutard en route ou donné sa bénédiction à quelque p... de passage? Quand on joue les père Fouettard ou les père la Pudeur faudrait pas avoir péché... comme tout l'monde!

Une grande inspiration après ce beau morceau d'éloquence guerrière et, d'une voix calme et presque sereine, elle reprit:

— Parlons sérieusement, ma grande. J'ai *entretenu* Girardin de tes projets au sujet de la France et de l'Allemagne. Il a rajusté son lorgnon qui a pris la détestable habitude de caracoler su' l'bout d'son nez, m'a r'gardé en chien d'faïence comme si j'disais des *incongruités* — il n'est pas mal c'mot-là, hein? —, puis a pris son élan: « Ta Thérèse, elle voit loin. Je sais bien qu'son M. Thiers a tiré quelques bonnes leçons du désastre mais de là à imiter les prophètes! Pour l'instant il faut faire la paix et régler tous les problèmes. Pour demain et après-demain, pas de meilleure solution. Mais la plus difficile à réaliser! Il y aura longtemps encore un clan puissant de revanchards — n'oublions pas l'Alsace-Lorraine — et des barrières quasi infranchissables. Mais pour qui aime l'impossible...! » Il a laissé sa phrase en suspens, le nez chatouillé par une matelote d'anguille... qui le fait toujours fondre de plaisir. Que veux-tu, on a les plaisirs qu'on s'donne. En tout cas le... suspens... les points d'suspension, si tu préfères, chez lui, c'est bon signe. On en reparlera.

— C'est bien, Esther. Tu vois, prise comme je suis entre Paris et Guido, entre deux pays qui me sont chers — quoi qu'on puisse dire —, je voudrais les aider tous les deux. Et puis, la revanche, c'est une autre guerre et je hais la guerre comme hier je haïssais le duel. Mon rôle est désormais de tout tenter pour rapprocher les deux peuples.

— Mince de truc!

Quelques mois après cette malencontreuse affaire qui devait tourner à la confusion de Dumas fils, Thérèse avait réuni une nouvelle fois, dans son hôtel des Champs-Elysées, tout ce que Paris comptait d'hommes célèbres et célébrés. Ayant achevé de meubler et de décorer ses salons, elle en offrait la primeur au Tout-Paris de l'après-guerre. Moins par nécessité de paraître que pour répondre aux mille questions que la grandiose demeure avait suscitées de toutes parts. Cependant que les invités, choqués ou séduits, pénétraient dans le marbre et l'onyx, Thérèse subissait sans déplaisir un véritable interrogatoire. D'Arnim, l'inquiétant ambassadeur prussien, menait le bal :

— Comtesse, cet hôtel vous ressemble. C'est un chef-d'œuvre qui vous doit beaucoup!

— Vous me flattez! Il est vrai que j'ai veillé personnellement à sa construction, que j'ai dessiné quelques plans et que je me suis entourée des meilleurs architectes et artistes d'aujourd'hui...

Arsène Houssaye qui revenait une fois de plus de Venise — il parlait de ses Venises comme autant d'escapades enchanteresses — s'était approché :

— Pourquoi, comtesse, ce bel hôtel Renaissance ?

— Comtesse est de trop. Nous sommes entre vieux amis et vous dites si gentiment Thérèse !

— Comme il vous plaira, Thérèse ! Mais vous éludez ma question !

— Vous voudriez m'entendre dire que j'ai regardé d'un peu trop près votre belle demeure ! C'est vrai, j'ai, grâce à vous, la passion du beau. Votre goût est si sûr qu'on ne résiste pas à votre exemple !

— Je n'ai d'ailleurs pas résisté moi non plus à votre charme.

Têtes levées, unies dans une même émotion, les invités de Thérèse la suivaient de pièce en pièce. Ce n'était qu'un long murmure d'admiration. Seul, Albert Wolff, un des journalistes qui n'avaient pas épargné *La Femme de Claude*, ne détachait pas son regard de la comtesse. Elle avait fort chargé son maquillage, à la manière d'une reine antique. Le noir dominait ce masque un peu rigide, plus sévère que de coutume, souligné des traits épais d'un crayon sans nuance ; les cheveux, masse sombre toujours vivante chiffonnée en bandeaux, s'enroulaient en tourbillons de perles comme on en voit dans les tableaux anciens. Une robe de satin noir, très longue, moulait ses formes. Dans les surjets de velours s'épanouissaient pierres et diamants choisis pour leur pureté. Des gestes et des poses de tragédienne. Electre à sa proie attachée.

— Monsieur Wolff, vous rêvez.

— Mais... ce plafond est lui-même un rêve, comtesse, bredouilla le journaliste, pris de court.

Elle sourit, un peu condescendante :

— Vous aussi, les charmes de la mythologie vous séduisent ? Apollon, Hécate et son manteau d'étoiles, Aurore reposant sur son nuage rose, Vesper tout de grâce pensive retiennent votre regard...

— Je connais Baudry, madame. On ne pouvait choisir un meilleur peintre. Et ce sont moins les personnages qui retiennent mon regard que la délicatesse des couleurs et le mouvement d'ensemble, ce vol léger qui semble tourner au cœur de la voûte.

— Qu'en pense M. de Villemessant? Vous savez que je ne vous oublie pas si vous boudez quelque peu ma maison! N'est-ce point grâce à vous que tout ceci existe?

— Bouder, comtesse. Comme voilà un vilain mot. Et qui me va si mal! Je ne suis pas un homme de salon et, puisque tout le monde s'extasie devant ce plafond, je ne vais pas hurler avec les loups. Ce qui m'a frappé le plus c'est la richesse du vestibule, l'escalier d'onyx, la double courbe de son dessin, la rampe et ses piétements travaillés, ses bronzes, un ensemble qui donne une idée de puissance et de royauté.

— Dois-je prendre ces derniers mots comme un compliment ou comme une critique?

— Avez-vous appris, comtesse, à démêler le compliment dans la critique? Moi pas! Je sais que je me suis arrêté quelques minutes et que j'ai admiré. Demain peut-être pourrai-je affiner cette impression. Pas ce soir! Qu'en pense l'homme à l'oreille cassée?

Barbe poivre et sel, air patelin, tout juste ce qu'il faut de bonnes manières, le roi des montagnes, Edmond About, s'était avancé:

— M. de Villemessant s'y entend pour faire rebondir la balle, dit-il, dans un demi-sourire, pour faire des mots sous le nez d'un notaire. Eh bien! madame, au risque de faire, à mon tour, cavalier seul, je m'avoue bourgeois à système. Mon horizon est tapissé de chêne et de cuir. J'aimerais caresser vos meubles et vos bronzes: Barbedienne est passé par là! Et ces tapis en damas cramoisi sont plus

confortables à l'œil qu'au toucher. On dit qu'ils ont coûté une fortune.
— Ah! Ah! Nous y voilà! Et si nous parlions des millions de la comtesse. Eh bien, messieurs, vous avez raison. C'est vrai que j'ai voulu posséder, non le plus beau, mais le plus luxueux hôtel de Paris. Par dérision et goût de l'absurde, j'ai choisi tout ce qui coûtait le plus cher. Et je ne crains pas d'en annoncer le prix, vrai ou approximatif. Ces damas... 800 000 francs. Le lit, bois de rose et ivoire sculpté, dont la forme en baignoire fait bâiller d'étonnement: 100 000 francs. Les robinets des lavabos, en vermeil, incrustés de pierres précieuses: 40 000 francs. Les serrures, différentes à chaque porte: 2 000 francs pièce!

Elle se mit à rire, d'un rire de gorge un peu faux et qui faisait craquer son fard:
— Eh oui, je l'avoue. Pour le plaisir de surprendre, d'étonner, d'égaler les autres et de faire mieux, toujours mieux, je reste prisonnière des richesses et du luxe. On m'a traité de mégalomane. Un diagnostic assorti de « folie des grandeurs. » Eh bien! je l'admets, j'ai donné dans tous ces pièges. En pensant parfois les éviter. Mais je sais désormais qu'on peut se battre pour autre chose que pour l'argent, qu'il est des plaisirs qui laissent des traces plus durables dans la mémoire.
— La mémoire des hommes n'est pas toujours reconnaissante, crut bon de souligner Villemessant.
— Sans doute, sans doute, mais alors il suffit de croire très fort à ce qu'on fait. Si l'on se trompe, il nous sera beaucoup pardonné!
— J'admire vos propos, comtesse, et je voudrais m'y associer. Du fond du cœur!

Scholl, tout l'esprit du boulevard, monocle vissé sur l'œil, semblait aux aguets, prêt à faire un mot. Quelque chose pétillait en lui qui donnait encore plus de chic à l'élégante recherche de sa tenue.
— Voyons, madame. Vous savez bien que la femme n'est guère responsable que de ses vertus!

Wolff, l'anti-Scholl, dos voûté, figure lourde aux lèvres lippues, crut bon d'intervenir, à son tour. Les deux journalistes — *Le Nain jaune* et *Le Figaro* — faisaient volontiers assaut d'esprit :

— Ah! madame, Scholl semble oublier que l'homme n'aime de la vérité que le costume!

— Messieurs, messieurs, intervint Girardin, la comtesse était au bord des aveux. Vous lui avez coupé la parole. Décidément, les journalistes passent leur temps à aiguiser leurs plumes.

Thérèse s'éloigna de la foule pour aller s'asseoir un peu plus loin avec quelques-uns de ses amis. Girardin, qui l'avait suivie, relança la conversation :

— Madame, votre nouvel engagement politique m'intéresse. Vous étiez sur le point d'en préciser les limites, sinon les justifications. Je ne me trompe pas?

— Justifications! monsieur de Girardin! Vous justifiez-vous toujours des écarts — parfois très grands — qu'il vous arrive d'exécuter?

— Allons, parlons net. Il est vrai que je cherche une voie... disons diplomatique... qui éviterait le retour d'une guerre semblable à celle que nous venons de vivre.

— Il se trouve que vos préoccupations rejoignent les miennes, dans ce cas.

— Encore que les points de départ ne soient pas tout à fait les mêmes, constata, non sans méchante ironie, Arsène Houssaye. Faut-il que nous nous mettions à aimer Bismarck?

Chevaleresque, Girardin vola au secours de Thérèse :

— Holà, monsieur Houssaye, quelle mouche vous pique? Est-ce si simple! Aimer ou ne pas aimer Bismarck! La fréquentation des dieux vous égare. Les hommes passent. C'est de l'avenir de notre pays qu'il s'agit.

— Oh! Oh!... messieurs, ne nous emportons pas. Nous sommes tous des patriotes et tous, nous voulons la paix. Cette guerre a été horrible. Trouvons le moyen d'en éviter le retour. Comment expliquez-vous, par exemple, la démission de Thiers ? Et qui est ce maréchal de Mac-Mahon, élu président pour sept ans ?

— La démission de Thiers, répondit Girardin, est un mauvais coup politique. Elle s'explique par la poussée conservatrice et monarchiste de l'Assemblée et la légèreté d'une opinion publique qui a déjà oublié le « libérateur du territoire ». Quant au maréchal de Mac-Mahon, le battu de Wissembourg, il a été porté au pouvoir par ces mêmes conservateurs qui lui ont su gré d'avoir débarrassé Paris des communards. Pas très glorieux, tout ça ! Qu'en pensez-vous, monsieur le comte ?

— Il est bien tôt pour vous répondre !

— Ce qui est sûr, précisa Thérèse, c'est que Bismarck avait de l'admiration pour M. Thiers et qu'il ne verra pas d'un bon œil cette poussée monarchiste. C'est bien cela, Guido ?

— Je crois pouvoir dire que le chancelier se méfie d'un possible retour en force de la France et de son armée. Il craint les monarchistes, ultramontains et autres conservateurs qui pourraient utiliser leurs alliés européens. Sans doute veut-il... diviser pour régner !

— Que signifie exactement « diviser pour régner » ? interrogea Girardin.

— Je ne voudrais pas dénaturer la pensée du chancelier mais, en bon diplomate, il préférera à coup sûr soutenir l'opposition, moins structurée, sans appui européen véritable, plutôt que de se heurter aux forces séculaires du pays bien établies dans leur orgueilleuse sécurité de race. Mais il est un peu tôt pour voir clair en tout cela.

Propos de lendemains de guerre, méfiances réciproques, l'air qu'on respirait alors à Paris n'avait plus ce parfum d'optimisme et de fête permanente. Un homme aussi placide qu'Houssaye laissait percer une sourde rancœur, montrait toute l'amertume d'un cœur blessé et il fallait l'intelligence de la comtesse pour redevenir la Thérèse d'hier offrant à ses amis et admirateurs la caution d'une neutralité vraie. Tout etait devenu si différent : l'atmosphère, lourde encore de tous ces miasmes entêtants, l'impression persistante d'être mal gouverné, le désir de revanche de quelques-uns, minorité puissante et agissante, le malaise qui s'installait au cœur d'un salon dont on ne pouvait plus assurer qu'il fût totalement fidèle à son inspiratrice.

Thérèse n'avait pas trop de toute sa persuasion, de toute son habileté de femme, de toutes ses largesses pour se faire pardonner son absence aux moments douloureux de la guerre. On lui reconnaissait son amour inconditionnel pour Paris, mais sa vie souterraine, dans l'ombre du comte, le double jeu politique auquel elle semblait se prêter ne paraissaient pas clairs. On savait le comte Henckel en marge des véritables fonctions politiques et diplomatiques mais lié à Bismarck autant par l'amitié que par l'admiration. Et Thérèse, toujours désireuse de jouer un rôle, entretenait forcément l'ambiguïté quand ce n'était pas le doute dans ses rapports avec le chancelier.

Elle continuait à recevoir en grande dame de Paris et beaucoup d'invités — même ceux qui la critiquaient durement par-derrière — vantaient encore l'éclat et la générosité de son accueil. Mais les amis sincères étaient devenus rares et Théo, l'inconditionnel, était mort. Et puis, ceux qui, hier, ne restaient pas insensibles à la majestueuse présence de Thérèse n'y trouvaient plus leur compte. Elle se négligeait, s'alourdissait. Seul Guido, toujours très amoureux, ne voyait rien !

Thérèse savait tout cela et cherchait à augmenter le nombre de ses amis, à expliquer longuement ses nouveaux engagements politiques, à paraître toujours plus ouverte et généreuse. Mais ce combat de tous les jours pesait de plus en plus sur elle.

*
**

Pour oublier ses soucis parisiens, Thérèse se rendait chaque semaine dans sa propriété de Pontchartrain. Elle aimait, par-dessus tout, levée de bon matin, sanglée dans sa tenue très stricte de cavalière émérite, se perdre sous les hautes frondaisons de son parc et de ses bois. Elle assistait, admirative, aux métamorphoses de la nature, à l'aube.

Le ciel, d'un bleu sombre, métallique, enveloppait le paysage et, cependant qu'elle parcourait lentement les allées de fleurs endormies, noyées par places dans un fin brouillard, elle respirait profondément un air froid et vivifiant qui la pénétrait.

Très vite, un jour pâle naissait, aux limites des bois encore lointains, marquant de cernes blanchâtres des boqueteaux aux branchages denses, disséminés çà et là. Quelques cris d'oiseaux trouaient l'air ouaté en sons gutturaux ou clairs, assourdis ou triomphants. Le cheval, naseaux frémissants barbés de givre, cherchait à prendre le trot mais la main exercée de la cavalière le retenait. Thérèse sentait le froid l'engourdir. Elle souriait, se souvenant des mines contrites de ses amis qu'en certaines circonstances elle exposait à des températures sibériennes et qui concluaient... à sa ladrerie!

Le ciel s'éclairait, les masses opalines à reflets de miel s'estompaient cependant que les rayons du soleil, plus lumineux, pénétraient les derniers résidus cotonneux qui semblaient s'étirer en filaments dansants et se déchirer devant le cheval piaffant. Elle libérait enfin la bête et commençait une course haletante à travers les chemins creux, les troncs rasés et moussus, les ronces traîtresses, torse en avant, muscles durement sollicités retrouvant force et souplesse dans un réchauffement progressif. Ni les ans ni la lassitude insidieuse d'un corps puissant n'avaient amoindri les qualités de la cavalière.

Soudée à l'animal, arc-boutée sur ses étriers, elle se laissait emporter à travers la blondeur étrange des sous-bois, jusqu'au ruisseau doublant le grand étang de l'immense propriété. Thérèse se redressait alors, lentement, pour un retour au calme de ses membres, de son cœur dont elle ne maîtrisait plus les battements. Ce faisant, son regard parcourait l'étendue aquatique prise dans le faux silence des eaux mortes, dans la fausse immobilité d'une nature encore assoupie. Le ciel se fardait de mille fossettes roses striées de traits grisés et le soleil éclatait soudain au-dessus des arbres, de l'autre côté de l'étang. Tout s'habillait d'or et de lumière, des lourdes toisons des grands arbres à la luisante et tremblante toile d'araignée qui recouvrait la clairière aquatique.

Thérèse s'asseyait sur un tronc rouge sang pour contempler cet éveil de la nature. Elle cherchait quelque trace de vie secrète, la fleur virginale des nymphéas, le dos vert sombre rayé de noir d'une perche flânant le long des bords, écoutait la chanson du déversoir, de l'autre côté de l'étang, le clapotis sec des vaguelettes venant cogner contre le fond des barques plates, au mouillage. Elle était bien loin de Paris et de ses intrigues.

Thérèse s'arracha vite à ce spectacle magique. Elle décrocha un long sac qui pendait à la selle du cheval et sauta dans une barque qu'elle détacha en un tournemain. La gaule qu'elle saisit s'enfonça dans l'eau verte. D'une forte poussée elle fit glisser sans bruit le bateau, bien équilibré. Elle dirigea l'embarcation vers une sorte de toupie tricolore qui pointait un nez trapu hors de l'eau. Plusieurs de ces étranges museaux apparaissaient de loin en loin sur l'étang : là, en bordure de marais, sur le passage des perches ; ici, en pleine eau, sur le trajet des carpes et des brochets et là-bas, dans un coin herbeux et abrité, refuge des anguilles sinueuses et noires.

Elle avait dit à ses amis : « Pontchartrain est un

lieu magique. Et les étangs du château recèlent bien des trésors. Je vous ferai apprécier une perche goûteuse, un brochet beurre blanc à la chair délicate et une matelote d'anguille... » Elle savourait par avance la joie de ses hôtes tout en tirant à elle le filin qui reliait la toupie ventrue à la première nasse perdue aux fonds noirs de l'étang. Elle ramena à elle un filet oblong, lourd de dizaines de poissons qui s'agitaient en violents soubresauts inutiles. L'eau dégoulinait au long des mailles fines et serrées, clapotait en bulles vivantes qui s'irisaient de mille couleurs. La récolte dépassait toutes ses espérances : brochets à la gueule plate et pointue, carpes miroirs à grandes écailles, tanches vert bouteille au ventre rebondi, gluantes de vase...

Elle leva toutes les nasses et se retrouva prisonnière au milieu des poissons fous qui sautaient, battaient de la queue en tous sens. Elle choisirait les plus belles pièces, laissant au garde le soin de distribuer les autres dans le village au nom de madame la comtesse.

Ce soir-là, la table fut admirablement servie, comme toujours. Les meilleurs vins et les meilleurs champagnes accompagnaient les nombreux plats. Et les convives de Thérèse furent comblés par la matelote d'anguille — petits oignons frais, bouzy rouge et carrés de lard délicatement fumés pour enrichir l'arôme — cuisinée par la mère Marie qui cachait sous ses manières un peu rudes le plus beau savoir-faire de toute la région.

Ce ne furent que compliments. Et le comte ne tarissait pas, racontait les perches soutachées de crème, leur chair fondante et onctueuse et trouvait là l'occasion, sous l'œil complice de la châtelaine, de se rendre sympathique à une table qui s'enchantait des mets les plus choisis et des vins les plus nobles.

Scholl faisait de l'esprit, accablait de traits acérés le jeu des politiques, gasconnant d'importance. Wolff, aussi fouilleur que les Goncourt, étalait une verve caustique qui égratignait tout le monde. Et les esprits, émoustillés, commençaient à oser des images lestes, des clins d'œil appuyés, des sous-entendus faussement complices.

— Chez les femmes du monde, remarqua Wolff, mi-sérieux, mi-plaisant, la beauté n'est qu'un fonds de roulement et l'ingénue n'est rien d'autre qu'une innocente qui sait son métier...

— J'espère, monsieur Wolff, que vous ne me comptez pas... au nombre de ces femmes-là !

Un peu confus mais pas à court d'arguments, le journaliste essaya de s'en tirer par une pirouette :

— Mais, madame, ce n'était pas l'avis de Dumas fils, que je sache !

Dans l'euphorie générale, l'ambiguïté des propos passa inaperçue.

— Ces Français... grondait le comte, d'une voix avinée, spirituels et cocardiers !

Scholl, qui attendait l'occasion, la saisit au vol :

— La cocarde. Peuh ! une conviction qui ne tient qu'à un fil ! Napoléon par-ci, Bismarck par-là. Jamais tout blanc, jamais tout... bleu, blanc, rouge !

— Mais enfin, monsieur le chroniqueur, vous parlez de ces choses avec bien de la légèreté. Et pourtant...

— Et pourtant, monsieur le comte, je ne devrais pas avoir la mémoire si courte ! C'est vrai, mais je ne prise guère les couleurs de la force. Encore moins le maquillage de la faiblesse. Alors !

— Alors seriez-vous un mauvais politique ?

— Vous êtes bon juge. Je n'ai aucune prétention en ce domaine. Il me plaît d'être journaliste, de regarder, curieux, autour de moi. J'ai eu le bonheur de connaître une époque où ce que vous appelez *la politique* chômait un peu... Aujourd'hui on m'oblige à prendre parti et je dirige naturellement quelques flèches empoisonnées contre mes anciens amis. Je suis et reste un homme libre qui se fait un devoir de dire ce qu'il pense avec des mains propres et des souliers vernis. Je tiens à conserver quelque chose d'hier : appelez ça un peu d'élégance. Ou de panache !

— Et de panache, il n'en manque pas, le bougre, approuva Villemessant. Savez-vous qu'au *Nain jaune* il est l'un des rares directeurs à me faire concurrence. Il est vrai que le scepticisme, joliment présenté, fait recette.

— Eh oui ! mon cher, et ce va-t-en-guerre de Gramont-Caderousse, avec lequel je m'honore d'avoir partagé la côte charcutière, n'y était pas insensible. Il est mort épuisé d'avoir trop vécu, solitaire au milieu du fracas qu'il s'ingéniait à produire. Ce fou de la noce, ce d'Artagnan qui multipliait les pieds de nez à Paris et prenait en pitié ses victimes, ce malade qui quittait la table pour écouter la mort le prendre en quintes de toux impitoyables, quel seigneur ! De cette fête, il me reste ce monocle de l'éternel curieux scrutant la comédie humaine.

— Comme vous parlez bien de ce Gramont, monsieur Scholl, murmura Thérèse, émue.

— Que voulez-vous, comtesse, le monde est paradoxe, injustice, bassesse... Il est bon de le rappeler à l'ordre, de temps en temps !

Un autre journaliste, Raoul Duval, se mêla à la conversation :

— Vous souvenez-vous, madame, de ma première soirée à Pontchartrain ? avec Théo, Houssaye et Saint-Victor et tout ce que votre générosité avait convié de têtes pensantes. Il y avait Sainte-Beuve qui minaudait dans un coin, About, les Goncourt, toujours un peu sarcastiques qui poussaient le trait cruel sur quelque malheureux... ami. Vous racontiez en changeant de voix, de ton, de langue, en actrice consommée, des souvenirs polonais, turcs, londoniens. Quelqu'un osa vous suggérer : « Madame, cette autre langue maternelle! — Laquelle, monsieur ? répondîtes-vous. — Le piano, marquise! » Ce fut le prélude de *La Norma* qui jaillit de vos doigts inspirés et qui tint sous le charme les plus endurcis. Théo prouva ce jour-là qu'il était plus proche d'une belle partition qu'on le dit communément. Il voulut se mesurer avec un molosse mal éduqué. La vilaine bête ne dut son salut qu'à Saint-Victor qui, découvrant que le chien était allemand, lui reconnut le droit d'exprimer hautement son horreur de la musique italienne!

— Je me souviens, monsieur Duval, une des dernières apparitions de Théo!

— Pour lui, ce prélude, s'il vous plaît!

On ne pouvait mieux terminer la soirée.

Elle n'était pas tout à fait terminée cependant. Il avait été décidé que les habitués se retrouveraient dans le petit salon tendu de cuirs et d'ors, pour une rencontre prévue comme... importante. Il y avait là, à côté de Thérèse et de Guido, Girardin et un nouveau venu, ou plutôt un revenant, le prince de Hohenlohe-Schillingsfürst, grand dignitaire, favori de Bismarck, un des plus habiles ouvriers du nouvel ordre allemand, au demeurant dilettante bon teint et fort intéressé à son cas personnel!...

— Monsieur de Girardin, dit Guido, puis-je vous présenter le prince de Hohenlohe qui remplace le comte d'Arnim, quelque peu... démis de ses fonctions!

— Le prince, renchérit Thérèse, aimerait s'entretenir avec vous de la politique française, vous dire les souhaits de Bismarck et vous suggérer la meilleure façon d'établir des rapports durables entre nos deux pays. Le chancelier s'inquiète de la conjoncture politique actuelle. Il regrette... M. Thiers! Le bon M. Thiers!

— Voyez-vous ça, le bon M. Thiers!

Le prince s'était avancé, un brin condescendant:

— Monsieur de Girardin, vous êtes l'un des

hommes les plus écoutés de France. On vous suit volontiers. Votre exemple...

— Monsieur l'ambassadeur, j'aimerais avoir toutes les qualités nécessaires pour être cet homme-là ! Hélas ! Mais, tout en vous précisant que ma plume n'est pas à vendre, j'aimerais connaître les véritables inquiétudes du chancelier. Si d'aventure elles rejoignent les miennes, je mettrai volontiers toute l'énergie dont je suis capable pour les effacer, sans travailler contre l'Alsace et la Lorraine !

— Je comprends votre position, monsieur de Girardin. J'irai donc droit au but. En vous rappelant d'abord que ce sont les maladresses de Napoléon III qui ont rendu la guerre inévitable...

— Et aussi la volonté indomptable du chancelier d'arriver par tous les moyens au but poursuivi sans trop se préoccuper des victimes semées sur sa route !

— Monsieur de Girardin !

— Passons en effet. Il y aurait trop à dire !

— Le chancelier a été contraint de faire cette guerre. Il l'a faite !

— En falsifiant... un peu... la dépêche d'Ems ! Une guerre implacable !

— Y a-t-il des guerres douces ? Aujourd'hui, en tout cas, il se retrouve dans les mêmes dispositions qu'en 1868. Et il a peur...

— Il a peur ! le pauvre homme !

— Girardin, coupa Thérèse, laissez parler l'ambassadeur. Ce qu'il a à vous dire peut se révéler intéressant... voire vital !

— Il a peur... qu'un bloc monarchiste prenne son pays en tenaille. Il ne supporterait pas l'idée d'une union sacrée des conservateurs. D'une coalition.

— En d'autres termes, il veut s'assurer d'une certaine sagesse politique de notre gouvernement... et de son splendide isolement !

— Quelque chose comme ça ! Et puis le bruit que font les « revanchards » l'obsède. Cette Mme Adam...

— Cette Mme Adam est une femme, pardonnez-moi, Thérèse, et tout ce que femme veut n'est pas forcément raisonnable !

— Bien sûr, mais le chancelier voit plus loin...

— Il voudrait peut-être qu'une habile campagne de presse s'employât à déconsidérer cette Mme Adam, l'altesse de la Revanche, et à l'éloigner de Gambetta avec lequel il croit pouvoir s'entendre ?

— Quand je vous disais, prince, que Girardin était une valeur sûre ! Et que ses capacités d'analyse politique allaient au-delà du médiocre !

— Moquez-vous, comtesse, mais ne perdez jamais de vue que ce terrain est brûlant. Cependant tout ce qui peut aller dans le sens d'une paix durable est bon. Et puis, chat échaudé craint l'eau froide ! Je connais un peu Léonie Léon, l'éminence tendre et écoutée du tribun. Je la verrai.

— Agissez donc sur elle afin que Gambetta accepte de présider le dîner que je donnerai en mon hôtel des Champs-Élysées, la semaine prochaine.

— C'est ce qui s'appelle battre le fer pendant qu'il est chaud, comtesse. Il semble que vous donniez furieusement dans la politique désormais !

— Ce *furieusement* est de trop, ami. Je vais répétant que mon cœur est et restera parisien si ma raison est allemande. Je vais répétant que je hais la guerre et que la meilleure façon de l'éviter est que nos deux pays apprennent à vivre en paix.

— Puissiez-vous dire vrai. Mais défiez-vous de la simplicité en politique ! Restons-en là. Pour une bonne soirée, comtesse, ce fut vraiment une bonne soirée...

Émile de Girardin avait été frappé par sa conversation avec l'ambassadeur allemand et les certitudes de Thérèse, des certitudes qui, rappelées à chaque rencontre, faisaient leur chemin. A Esther, qui l'interrogeait, il exprima ses inquiétudes :

— Vois-tu, Esther, ta Thérèse est en train de jouer une grosse, une très grosse carte !
— Elle n'a fait qu'ça toute sa vie !
— Oui, mais en des domaines précis, qui ne touchaient qu'elle ! Cette fois c'est la croisade au cœur de la grande politique, la caution d'une cause européenne.
— Pas plus !
— Elle rêve de paix entre la France et l'Allemagne, pour aujourd'hui et pour demain !
— Mazette, quand elle s'y met la Thérèse ! Et comme ça, en soufflant d'sus !
— Non ! Finaude, bien informée, sachant que Bismarck soutient l'opposition en France par peur d'une coalition monarchique européenne, elle entend mettre Gambetta dans son jeu ! Un Gambetta qui semble avoir compris, lui aussi, qu'il vaut mieux amadouer le chancelier que l'exciter. Elle veut l'inviter chez elle, lui faire rencontrer certains de ses amis.
— Elle a raison. Il faut l'aider, mon grand ! Tu m'as dit que Léonie Léon qui a, elle aussi, la tête politique a montré à Gambetta les avantages d'une entente. Et comme elle n'aime pas cette Adam qui entend mettre le grappin sur son grand homme, il est facile de placer quelques pions décisifs. Creuse de ce côté-là. Profond...
— On va l'aider, Esther, car l'entreprise est folle mais... grandiose !

— Quel triste avenir pour la France, ma pauvre chérie ! lança Gambetta à son amie, Léonie Léon.
— L'avenir dépendra, mon ami, de ce que vous, les grands politiques, serez amenés à construire.
— J'hésite, Léonie. Resterons-nous, aux mains

habiles de Bismarck, un enjeu, un pion qu'on promène sur l'échiquier ? Hier, grande puissance, modèle de vitalité économique et intellectuelle, la France est aujourd'hui affaiblie et tenue en laisse... Bien fol est celui qui assurerait comprendre le chancelier et nous continuons à vivre des heures aussi troubles qu'hier. Une France craintive, maladroite, à la merci d'une nouvelle dépêche d'Ems. Et ce pessimisme grognon qui envahit une Europe servile, plus léthargique que jamais...

— Voyons, ami, ce discours n'est pas de saison. Nous sommes des jouets entre les mains expertes du chancelier. Soit ! Alors raisonnons avec la même froideur, jouons serré à notre tour : le machiavélisme n'a pas de frontière. La conjoncture actuelle n'est pas si mauvaise. Bismarck — et c'est vrai — ne veut pas la guerre. Contre tout son entourage. Contre l'Europe tout entière. N'oublie pas qu'une guerre de trop et c'en est fini de lui, de sa légende. Il a ses démons, comme tu as les tiens. Il sait que la France, terrassée, reste économiquement puissante, que Paris continue à briller de mille feux. D'immenses intérêts financiers s'y jouent. En Allemagne aussi ! Alors, il faut l'amener à composer ! Il s'y prêtera !

— Comment peux-tu en être sûre ?

— Tu aurais tort de prendre mes propos à la légère. Je viens d'apprendre par Girardin que les Donnersmarck aimeraient te rencontrer, qu'ils t'invitent à leur table. Le loup... parmi les loups ! Tu représentes la fraction agissante du pays, son espoir. Tu es en même temps le diviseur. Solitaire. Une belle carte à retourner. Bismarck a peur des ultramontains, de l'Église, des conservateurs. Il penche du côté de ceux qui — en apparence tout au moins — font cavalier seul et semblent ne pas regarder de trop près la ligne bleue des Vosges. Va, accepte l'invitation, écoute et si tu parles — tu parles si bien — méfie-toi de chaque mot que tu prononces !

— Comment peux-tu m'engager à mettre les pieds en territoire allemand ?
— Aurais-tu peur à ton tour ?
— Mais ceux qui croient en moi, qui comptent sur moi !
— Qui comptent sur toi pour quoi faire ? Tu parlais à l'instant d'un pays battu, d'une armée désorganisée. Redeviendrais-tu cocardier et va-t-en-guerre ? Mme Adam et ses amis auraient-ils déjà fait tant de mal ?
— Puis-je donner l'impression de me renier ?
— Des mots de tribun ou de tribune. Tu as la chance de diriger toute l'opposition avec les coudées franches. Tu ne dois négliger aucune ouverture, si incertaine qu'elle paraisse au départ. Dans l'incroyable laisser-aller actuel, dans un monde politique où les apparences ont plus d'importance que les réalités profondes, tu peux et dois rétablir un ordre républicain. Et tous les moyens sont bons qui te mèneront à ce résultat.
— Je crois que tu as raison et ces idées ne me sont point étrangères : je veux être l'homme de la paix ! Et Bismarck n'a pas peur des trop jeunes républicains !
— C'est la voie que tu dois prendre. La générosité de Mme Adam n'est pas en cause, mais sa réflexion politique est inexistante. La Revanche ? Comment ? Sans armée, alors que la moindre tentative pour rendre quelque force à notre défense fait se lever l'Allemagne tout entière qui va répétant : « Nous devons empêcher que la France trouve des alliés. »
— C'est vrai, mais Mme Adam est une femme honnête, courageuse et qui, comme toi, souffre de la décadence de ce pays !
— Il faut tenir à Bismarck son propre langage, lui signifier qu'on veut la paix qui n'est pas forcément *sa* paix... et que rien n'est inéluctable. Il peut parler avec nous, non pas jouer avec nous, encore moins se jouer de nous...

— Ma chérie, tu parles avec une conviction qui me touche. Je me rendrai à l'invitation des Donnersmarck, curieux au demeurant d'affronter cette étonnante comtesse qui, non contente d'être parvenue aux sommets de la richesse, se pique de haute politique.

— Là encore, mon ami, il semble que tu parles un peu négligemment de cette femme qui, sa vie durant, a fait preuve d'une obstination que bien des politiques pourraient lui envier.

— Mais enfin, n'a-t-elle pas obtenu tout ce qu'elle souhaitait... Et au-delà?

— Les grands hommes sont de bien grands naïfs lorsqu'ils se mêlent de vouloir connaître les femmes. Que peut désirer encore la Païva quand elle devrait se dire comblée?

— C'est bien la question que je me pose!

— Elle veut, mon ami, vivre et mourir à Paris, tout simplement. Or, que la conjoncture lui devienne une nouvelle fois défavorable — la guerre, de mauvaises relations avec l'Allemagne — et c'est le peu glorieux retour en Silésie. Pour une femme dont les victoires les plus éclatantes ont été remportées à Paris, pour cette Parisienne d'adoption, plus Parisienne que les Parisiennes de naissance, la Silésie est le piège où elle risque de s'enliser et mourir. Elle fera tout pour soutenir et faire triompher une politique qui l'avantage elle-même!

— Décidément, je reçois aujourd'hui une bien belle leçon. J'ignorais que les femmes fussent à ce point douées de flair politique. J'ai soudain très envie de rencontrer Mme de Païva.

Quelques jours après cette conversation, Léon Gambetta faisait son entrée dans l'orgueilleux hôtel de l'avenue des Champs-Élysées. Guido et Girardin l'attendaient, avec tout un parterre d'amis de la maison.

Le tribun n'en croyait pas ses yeux. Abasourdi par tant de luxe tapageur, il regardait son hôtesse, manifestement désireuse de lui être agréable. Cependant qu'elle parlait, il s'étonnait de ce port toujours altier, de ces manières mondaines sans ostentation, de ce masque que les poudres et les fards accentuaient et qui aurait pu paraître laid sans ces yeux vifs et mobiles qui exerçaient sur tout nouveau venu une sorte de fascination. Gambetta put noter que Mme de Païva n'avait pas cherché d'effets faciles : la robe, en longue soie violette de Parme, n'était rehaussée que de rares bijoux et d'un collier d'une simplicité de bon goût.

— On dit que vous aimez les belles choses, monsieur Gambetta!

— Avec une faiblesse évidente pour les belles-lettres, comtesse. La passion du grec, de Démosthène et de ses *Philippiques*.

— Qui s'en étonnerait?

Il crut bon de remercier d'un large sourire.

Dans le grand salon du premier étage, il salua sans façon Houssaye et Saint-Victor, piliers de la maison, et Hohenlohe qu'il avait eu l'occasion de recevoir à sa table, plusieurs fois déjà. Les deux hommes, sans sympathiser — ils s'étaient bornés à des lieux communs d'ambassade —, se découvraient des goûts communs, un certain dilettantisme littéraire, une facilité à s'adapter que donne la véritable culture. L'homme de Berlin avait même commencé, dans ses rapports, à faire du tribun un portrait plus flatteur dont Bismarck s'était amusé : « Hohenlohe, qui est ce Gambetta, en vérité? Voyageur de commerce négligé et inculte ou tribun intelligent et cultivé? — Voyez-vous, monsieur le chancelier, les approches sont trompeuses. Gambetta a l'étoffe d'un homme d'État, éclairé et généreux. La séduction en plus. — Allons donc! N'imitez pas le mauvais exemple d'Arnim! — Je ne suis pas de nature méridionale et... faut-il aller si vite? — Eh oui! avait conclu Bismarck. Cela fait souvent partie des qualités d'un ambassadeur... »

Cependant, Gambetta poursuivait son chemin à la découverte des salons de la comtesse. Il se sentait saisi par la beauté particulière de chaque détail, de chaque objet, de chaque ensemble. Mais trop de talents avaient signé des œuvres disparates, apportant à leur manière propre leur désir de briller. Tout cela manquait d'unité, de cette émotion qui naît quand s'ajoute au savoir-faire le savoir-ordonner: une harmonie dans la composition. Il y avait ici et là du clinquant, de l'ostentation. Un tape-à-l'œil qui gênait l'homme de goût.

— Monsieur Gambetta, vous ne dites rien, mais je sais ce que vous pensez. S'il fallait refaire tout cela aujourd'hui... Les goûts, les modes... les êtres surtout... changent! Vous serez plus à l'aise à ma table. On vous dit fin gourmet!

— Plutôt grand gourmand, comtesse, vous me pardonnerez!

— J'aime les gens qui font honneur aux produits de mes serres et à la qualité de mes plats!

— De vos serres, madame. Auriez-vous quelque jardin secret?

— Faites-vous toujours assaut de mots à double entente? Mes serres — les vraies — se trouvent à Pontchartrain où je vous invite, dès dimanche, à poursuivre ces propos. Je vous ferai visiter mes jardins — qui ne sont pas secrets — et goûter à la grande cuisine de ce pays.

— Ce pays n'est-il pas le vôtre, comtesse?

— On m'avait dit que vous pouviez avoir la dent un peu dure!

— Allons, nous ne quittons pas la gastronomie mais ma question est d'importance, même si elle est marquée de quelque maladresse!

— Sans doute, mais comment répondre en deux mots ? Disons que je suis une Parisienne authentique mariée à un Allemand. Qui cherche sa voie et sa vérité. Et qui pense que cette voie et cette vérité passent peut-être par vous, monsieur !

— Par moi, comtesse, c'est me faire trop d'honneur et, sans doute, trop de confiance !

— Nous verrons ! Mais prenez au passage cette coupe de Veuve Clicquot, avec quelques amuse-bouche de... mon pays ! Eh oui ! ma malchance est sans doute d'avoir trop de racines. De quelle véritable naissance puis-je me prévaloir si vous ajoutez à ces racines-là quelques autres encore ? Je suis d'Europe, comme M. de Bismarck.

Un instant interloqué, Gambetta s'était jeté sur les friandises salées. Il ne goûtait pas, il avalait. Et ce serait ainsi pendant tout le repas. Ce petit homme avait de l'ogre en lui. Pas étonnant que sa table fût réputée : il était son meilleur hôte ! Au demeurant, il engloutissait de la même façon les questions auxquelles il s'empressait d'ailleurs de répondre. Inquiet du sort de la France, il se mit à s'apitoyer un peu lourdement sur les erreurs passées et présentes d'un pays qui était tombé si naïvement dans les pièges tendus par Bismarck.

— Voyons, monsieur Gambetta, le chancelier se contente d'avoir des opinions très pertinentes sur les affaires françaises... et il veut préserver la paix, souligna Guido.

Les choses sérieuses prirent la forme, à la fin du dîner, d'une joute verbale entre Gambetta, tout émoustillé, et Thérèse qui avait demandé à Guido, à Girardin et à Hohenlohe de rester, autant que possible, des témoins muets de leur dialogue. Le champagne et les cigares y aideraient. A tort ou à raison, elle se croyait mieux placée que ses amis pour convaincre le chef des républicains, n'ayant à défendre, pensait-elle, que son cas personnel.

— Monsieur, commença-t-elle, avec un sourire,

cette maison est désormais la vôtre et vous êtes notre invité chaque vendredi...

— Je sais ce salon merveilleusement hospitalier mais cet honneur que vous me faites ne saurait être tout à fait gratuit. Les femmes ont un si grand pouvoir de dissimulation, de fascination que je me méfie...

— Parleriez-vous de Mme Adam?

— De Mme Adam et de quelques autres, prêtes à tout tenter, à tout exiger pour obtenir la... grâce d'un homme... ou sa tête!

— Oui, mais moi je ne vous demande pas de réveiller le pays au son des trompettes guerrières. Je ne vous parle ni de Revanche aveugle ni de haine sourde. Ne dit-on pas de Mme Adam qu'elle est votre amie politique, que vous vous appuyez fort sur son salon et qu'elle connaît par vous bien des secrets d'État?

— Vous allez vite en besogne, comtesse. Je fréquente, il est vrai, le salon de Mme Adam et nous parlons beaucoup de cette France que nous aimons. Mais surtout de nos faiblesses, de nos incohérences et des moyens... pacifiques... d'y remédier. Je tempère quelques excès de langage ou d'écriture, dis mon émerveillement devant l'œuvre entreprise et menée à bien par Bismarck, son énergie pour secouer les torpeurs, sa grande habileté aussi pour « séduire les esprits libéraux et éclairés qui ont trahi la liberté moderne pour gagner une patrie ».

Le tribun s'arrêta un instant et reprit :

— Je dis aussi « que tout cela est si bien l'œuvre de la force qu'on sent que l'épée de la Prusse est la cheville ouvrière de tout ce mécanisme »... Quand on songe à l'état de notre pauvre armée!

— Une armée qu'on voudrait renforcer!

— Madame, il faudrait se montrer cohérent, abandonner la surface... un peu trop lisse de ces problèmes. On ne peut demander à la France de mettre à jamais un genou à terre, de continuer à observer en témoin bienveillant la formidable organisation militaire de la Prusse et les ruses du chancelier qui joue la carte russe, la neutralité de l'Angleterre, le désarroi de l'Autriche, l'avidité de l'Italie et l'étourderie des Français!

— Aussi n'est-ce point du tout ce qui vous est demandé. Ma question — qui englobe toutes les autres — est simple : est-il possible, oui ou non, que nos deux peuples cessent de se faire la guerre ? Et même d'en... parler sans cesse. N'y a-t-il pas place pour un compromis et, quelque jour, pour l'amitié ?

— Ah ! voici la grande question posée. Celle que j'attendais, comtesse. Pleine de noblesse et de fervente inquiétude. Mais n'est-ce pas là un espoir qui vous est... bien personnel ? Qu'en pensent ces messieurs, qui vous ont écoutée religieusement ? Et sans sourire, je le reconnais ! Sont-ils prêts à cautionner une telle politique, chacun en son domaine ? A moins que vous vous réserviez l'exclusivité de la conversation !

— Je saurai m'accommoder du bouquet, monsieur Gambetta !

— Eh bien ! avec la permission de madame la comtesse, j'écouterai volontiers ce que dit, sur ce sujet, monsieur l'ambassadeur d'Allemagne !

— Vous savez très bien ce que *nous* pensons, répondit Hohenlohe. Depuis l'écroulement des légitimistes, depuis la démission de Fourtou, le chancelier respire mieux... beaucoup mieux !

— J'ai bien peur, tout au contraire, que votre chancelier continue à avoir des nuits difficiles. Il suffit d'une timide loi des cadres — à laquelle madame la comtesse faisait elle-même allusion tout à l'heure — renforçant chaque régiment, pour que l'Allemagne tout entière soit prise de frénésie guerrière et que vous-même, monsieur l'ambassadeur, soyez prié de faire d'urgence des représentations à notre ministre. A moins que tout ceci ne soit que mise en scène... Et piège. Un de plus.

— Une loi qui transforme une armée de métier en armée de masse, la renforce de 140 bataillons ne me paraît pas si timide que ça! Mais il n'y a en Allemagne ni frénésie guerrière ni piège. Voyons, monsieur Gambetta, vous êtes trop habile diplomate pour ne pas savoir que Bismarck tend son arc au maximum et tire juste, mais toujours en deçà de l'apparence. A propos de cette fièvre dont vous faites état, je me permettrai de rappeler quelques-uns des propos du chancelier. Ils n'ont rien de secret et révèlent l'homme et le diplomate. Sur un échiquier où il faut tenir compte de la situation de l'Allemagne, de la jalousie de l'Europe et des rivalités des grandes puissances, Bismarck cherche à neutraliser le Fou anglais avec la Tour russe, le Cavalier gaulois avec des pions autrichiens et italiens. Il va répétant: « Je suis un Européen » et sait mieux que personne que déclarer la guerre aujourd'hui fournirait « un bon prétexte à l'Angleterre pour parler d'humanité, tout comme à la Russie... » qui s'empressera d'ailleurs de faire croire à l'Europe que Gortchakov a sauvé la France de la voracité guerrière de l'Allemagne. Et d'assurer avec force: « Mon idéal, après avoir réalisé notre unification à l'intérieur des frontières accessibles, a toujours été d'inciter aussi les grandes puissances à croire de confiance que la politique allemande veut-être pacifique et juste... »

— Monsieur l'ambassadeur, que voilà un merveilleux plaidoyer! N'est-ce pas, madame l'Européenne? Quelle modernité! Quelle hauteur de vues! Je veux bien en admettre la réalité mais je n'apprécie guère qu'on joue avec la paix et vos images d'échiquier, d'arc tendu et détendu, de Tour qu'on enlève et de pions qu'on emprisonne sont pittoresques, voire séduisantes, mais inquiétantes aussi. Car l'Europe et la France ont eu *vraiment* peur. Et la peur est mauvaise conseillère. Mais allons au fait! Qu'attendez-vous de moi?

— Que *La République française* cesse de propager des contre-vérités concernant les idées et les actes du chancelier.

— D'un chancelier dont on répète à l'envi qu'il n'est pas mécontent de la politique actuelle. Le quart du Sénat — 75 sénateurs — est républicain! La poussée de l'opposition doit lui rendre ses nuits plus légères et ses... respirations plus faciles! Mais est-ce suffisant pour lui rendre aussi le sourire? Et d'ailleurs sait-il sourire? Il devrait suivre les conseils de Thiers qui faisait du... sourire une nécessité politique.

— M. de Bismarck estimait en effet, le plus souvent, les prises de position de M. Thiers!

— Ce... *le plus souvent* ne manque pas de sel! N'est-ce pas, Girardin?

— Je vous l'accorde!

— Mais encore, monsieur le journaliste, êtes-vous du côté du sel ou de la question posée? Prétendez-vous aussi à un poste d'ambassadeur? On vous dit trop remuant pour cela!

— Cela fait bien des questions en même temps. J'écoute et... je réfléchis.

— Girardin réfléchit. Est-ce bon signe?

— L'avenir le dira! Tout le monde désormais se targue d'agir selon le mot de Bismarck lui-même, en honnête courtier. Pour ma part, je répondrai comme Bleischroeder: « Un courtier honnête, ça n'existe pas! »

Plus tard, les invités partis, Thérèse revint s'asseoir dans un salon éclairé par les dernières lueurs rougeoyantes des bûches. Guido, noyé dans l'ombre, suçotait son dernier cigare. Muet, comme à son ordinaire. Il ne tenait pas à jouer les premiers rôles, ni devant les invités de Thérèse, ni devant Thérèse elle-même. Son admiration pour sa femme, pour l'épouse volontaire, acharnée à soutenir et à faire triompher des idées qu'il voulait siennes, était entière. Quitte à rectifier parfois la trajectoire dans ses messages au chancelier. Il suffisait qu'elle fût là, souveraine et lucide, pour qu'il oubliât tout le reste.

Il savait, mieux que personne, respecter et satisfaire chez l'ancienne courtisane ce même désir de paraître et d'imposer qui continuait à dominer ses actions. Elle aimait Paris, champ clos de ses triomphes; il avait appris à aimer Paris, en gentilhomme optimiste et satisfait. Elle se faisait rare à Neudeck, il se gardait de lui imposer la froide et rébarbative Silésie. En attendant que sonne l'heure, peut-être! Elle trônait en son hôtel ou dans les jardins de Le Nôtre, à Pontchartrain, avec une aisance qu'il enviait. Il affectionnait par-dessus tout ces quelques heures volées aux autres, à la politique surtout, à la... notoriété. Il s'assurait alors que ces moments étaient bien à lui et en usait au mieux de ses intérêts et de ceux de son pays. Il acceptait de paraître lourd, discret, épris de vie mondaine et époux exemplaire. Au jeu des apparences il excellait et si, en quelque occasion, sa femme restait la plus forte, c'était tant mieux.

— Que pensez-vous, mon ami, de ce Gambetta?
— C'est un terrien, plein de sève, comme je les aime. Une laideur sympathique. Un charmeur aussi. Est-ce cela que tu souhaitais m'entendre dire? Aurais-tu succombé? Excusez-moi, madame, je dis *tu*, je dis vous. Mon français...
— Il est excellent... Mais vous esquivez ma réponse?
— Je vous taquinais, madame. Oui, ce Gambetta peut et doit servir votre dessein.
— Qui ne serait pas le vôtre? Donnez-vous, à votre tour, dans l'ambiguïté diplomatique? Auriez-vous peur que ce sirupeux Hohenlohe et votre chancelier ne soient pas d'accord?
— Sirupeux, comtesse!
— Sirupeux, comte. Je préférais la transparence

un peu gauche de d'Arnim. Avec lui on savait à quoi s'en tenir. Quant à Hohenlohe c'est une autre histoire : un pas en avant, deux pas en arrière, manières aristocratiques et ténébreuses, art de faire parler sans se compromettre. Il prend des notes, cet homme-là !

— Il prend des notes ?

— Eh oui ! Il se veut immortel. Je parierais qu'il écrira un jour ses *Mémoires*. Donnons-lui donc l'occasion de noircir quelques pages blanches.

— Vous êtes décidément étonnante, comtesse. Pardon ! Nous sommes sur la bonne voie et chaque jour persuade davantage Bismarck que la solution à ses problèmes passe par les républicains. Lui, l'implacable chancelier de fer, qui aime tant l'ordre et la force chez lui, ne peut que se satisfaire de la division et de la faiblesse chez les autres. Il faut donc se faire l'ami et l'allié de Gambetta !

— Gambetta, diviseur malgré lui !

— Un rapprochement entre le tribun et le chancelier c'est la paix assurée pour de longues années. Pour toujours peut-être...

— Oui, Guido, et cet espoir est immense.

— Derrière quelques rodomontades de circonstance, Gambetta ne m'a pas semblé scandalisé par nos propos !

— C'est aussi mon sentiment. Il est intelligent et pèse ses avantages. Pour son parti et pour lui-même. C'est un opportuniste. Il y a chez tous les grands de ce monde une immense vanité qui sommeille. Et notre Gambetta cache mal le désir qui l'habite de se mesurer à une personnalité aussi prestigieuse que Bismarck.

— Il va sans doute subir le feu roulant des anathèmes de la plupart des Français. Mais il a la carrure !

— Mme Adam ! Quand elle saura ! Je l'entends clamer à tous vents que l'homme de la Revanche, le héros de la défense nationale négocie avec Bismarck. Pourra-t-elle le convaincre de revenir sur sa position ? Que d'incertitudes, mon ami !

Tous les beaux sermons et toutes les exhortations enflammées de Mme Adam ne changèrent rien à l'inexorable déroulement de l'Histoire.
Le dimanche qui avait suivi cette première rencontre, Gambetta, poussé par une Léonie Léon triomphante, prenait ses habitudes à Pontchartrain. Couvé, choyé, encensé, le tribun n'avait pas assez de mots pour remercier son hôtesse. Il est vrai que les réceptions de Thérèse étaient incomparables et son hôte fondait devant ces tables généreuses où la Veuve Clicquot et le château-laroze offraient au cristal étincelant leur délicatesse espiègle ou parfumée cependant que la chair onctueuse de quelque brochet et celle craquante d'un pigeonneau rôti aux herbes ravissaient le palais.
Spuller, l'ami intime de Gambetta, son ange gardien, se faisait oublier, grignotant sans joie visible quelque grosse truffe achetée à prix d'or dont la table était chargée. Il dirait à Mme Adam, l'œil sombre, accablé : « Gambetta est subjugué, il oublie le salon turc, sa route est désormais tracée. »
Cependant la politique n'occupait pas toutes les conversations. En maîtresse de maison avisée, Thérèse faisait briller chacun, aimant entendre ses amis évoquer leurs souvenirs, proches ou plus lointains.
Mais Girardin, décidément incorrigible, revenait sans cesse sur le rapprochement franco-allemand :
— Ce nouveau combat me plaît. Une fois de plus je vais ramer à contre-courant. On dit les Français frondeurs, turbulents et Bismarck ne cesse, par journaux à sa solde ou agents stipendiés, d'user et

d'abuser de la fausse nouvelle. Pourtant l'Europe, cette fois, ne se laissera pas prendre. La tension, certes, persiste, avec des coups de chaleur brusques et des rémissions salutaires, mais tout le monde ne soutient pas Bismarck dans son propre pays, l'empereur Guillaume tout le premier.

— Eh bien, monsieur de Girardin, avez-vous vidé votre sac?

— Pas tout à fait, comtesse! Il y a encore ce M. de Gontaut, notre ambassadeur, qui tient tête au chancelier. Un homme honnête, ce Gontaut, qui parle en termes d'honneur et d'indépendance quand il faudrait ruser, jouer oblique... ne pas regimber à tout bout de champ, taper des pieds naïvement... Monsieur le chancelier veut la paix, prenons-le au mot! Et si Gontaut n'a pas appris la duplicité...

— Je préfère la fin de votre discours, Girardin. Vous m'avez fait peur en remplissant pêle-mêle votre sac à malices de ceux qui... qui... qui... Pour la première fois, je voyais les mains du comte se crisper.

— Thérèse, nous nous connaissons depuis bien longtemps et cela nous autorise à quelque humeur. Dire la vérité en secouant un peu le cocotier est mon métier. Je n'ai jusqu'ici épargné personne. Vous jouez, avec votre mari, une carte difficile, contestable pour certains. Vous souhaitez mon appui, celui de la presse. Si nous ne pouvons être d'accord sur tout, accordons-nous au moins sur les principes... Je soutiens que cette guerre larvée entre nos deux peuples est pire que l'autre, la vraie. Il faut apprendre à s'adapter aux circonstances, fuir l'enlisement inéluctable. Peut-être même devancer l'événement. J'aimerais damer le pion à ce Bismarck en le prenant à son jeu. Dire à l'Europe entière: « Nous voulons la paix! Le chancelier la veut-il vraiment? »

— Il la veut... vraiment, Girardin, assura Thérèse. Je n'ai aucun doute là-dessus.

— Alors tout est pour le mieux!

Gambetta restait silencieux, point mécontent d'une petite empoignade qui lui en apprenait plus que tous ses propres emportements. Il n'aimait pas ce Girardin à la rudesse intempestive, mais admettait le poids de ses arguments, admirait sa faculté de prendre quelque hauteur et de ne pas regarder en arrière. Quant au silence de Hohenlohe, il l'attribuait à sa satisfaction de côtoyer la richesse et le confort, au raffinement de sa culture autant qu'à ses vertus de diplomate. Et tous, avec des perspectives différentes, avec des caractères souvent opposés, se retrouvaient unis dans le même dessein: rapprocher les deux peuples ennemis, faire la paix.

Les objectifs politiques de la comtesse de Donnersmarck ne l'éloignent pas totalement de ses habitudes parisiennes. Elle reste la marquise de Païva et quand ses amis veulent lui faire plaisir ils se trompent volontiers de titre! Elle tient à se faire voir, flanquée ou non de Guido. On la rencontre toujours à la Comédie-Française, à l'Opéra, sur quelque champ de courses, à Baden... ou ailleurs. Elle reste aussi Thérèse, une Thérèse assagie, consciente de ses nouveaux devoirs d'épouse et de femme déjà vieillissante. Esther ne manque pas une occasion de souligner les différences! Ce matin-là, un peu agacée:

— Eh ben! ma fille tu t'ranges maintenant! Tu donnes dans l'approximatif!

— Qu'est-ce que tu vas encore me reprocher?

— Ton vocabulaire d'abord. Que tu soignes trop... Au détriment de ta toilette. Que tu négliges.

— Esther, donneuse de leçons!

— Il s'agit bien d'moi! Est-ce que j'ai jamais passé des heures dans une salle de bains à m'tortiller dans l'eau froide! Non, ma belle, il s'agit de toi. Finis les miroirs qui font peur, les pièges à baronne sur l'retour, madame va au plus pressé. Un p'tit coup d'encaustique et l'tour est joué. On peut pas dire que l'masque soit toujours réussi. Question fripes, ça va mieux. Faut dire aussi qu'la crinoline ça n'avantageait pas la marquise. Quand j'te voyais jouer au cerceau! On n'savait pas par quel bout t'aborder. Un monument, ma fille! Encore un peu, tu pouvais afficher tes heures de visite. T'aurais fait du flouze...

— Esther, ça t'amuse...

— Note bien qu'l'étroit, c'est aut'chose. Ça t'moule un peu mais ça fait grande dame. Sélect et tout! Et puis sur l'uni on voit mieux tes bijoux!

— Esther, Esther!

— Ben quoi, vivent les jupes plates et traînantes, la belle sincérité des formes! Où qu't'étais particulièrement gratinée, c'était au moment des corsages péplums... La tragédie, ma cocotte... Toi, t'as les mesures et tu fais partie des abonnés du mardi à la Comédie-Française grâce à Sa Majesté le prince de Sagan qui a eu le bon goût de te laisser filtrer entre les mailles. Rien que le haut du panier qu'i' sélectionne le prince, te v'là vraiment arrivée, consacrée! Et c'est c'moment qu'tu choisis pour être sage. Mon Girardin i' n'en r'vient pas! « La Thérèse, qu'i' dit, elle file le parfait amour sur fond de grandes théories politiques, d'accordances européennes et de société des Nations! »

— Peut-être est-il jaloux ton Girardin qui commence à m'écouter... un peu sérieusement!

— Tu négliges celle qui le pousse aux fesses! Eternelle oubliée, l'Esther, la cuisinière du journal! Pourtant! L'coup d'bluff! On s'offre Gambetta. Par quoi tu l'prends celui-là? Sa grande gueule ou avec c'qui t'reste de fascination? Vraiment, elle est gratinée celle-là! Et vous allez voir que madame la comtesse de Donnersmarck va s'payer l'tribun!

— Esther, ça suffit à la fin. Tu vas devenir méchante, désagréable. Détestable.

— Et si j'avais envie d'être tout ça à la fois! Ça finit par m'agacer vos simagrées politiques. Non contents d'être roulés dans la farine, bouffés-farcis par le chancelier de fer, alias « le Monstre », v'là qu'on veut lui tendre la main. Est-ce une façon d'récupérer l'Alsace et la Lorraine? Bien sûr, le Girardin et son journal, ils sont capables de faire croire ça aux foules, mais à moi, l'grand cirque, ça n'prend pas. Quand tu m'as d'mandé mon aide, bonne fille, j'ai bougé... Aujourd'hui, j'm'inquiète. Toi et ton Jules, qu'est-ce que vous mijotez? Singer les grandes dames, ça va... Avec l'opinion politique c'est plus dur à avaler. Hier, le Girardin, i' croquait du Prussien à s'en donner mal au ventre, aujourd'hui, i' fait ami-ami! Cohérent, ça?

— Esther, ce n'est pas si simple. Tu n'entends pas de nouveau monter les menaces. Tu accepterais une nouvelle guerre? Nous avons tous quelque chose à y perdre.

— Facile à dire... pour toi! Moins facile à l'autre bout de la lorgnette!

— Ni facile à dire, ni facile à faire. Admets au moins que j'apporte ma pierre à l'édifice!

— Ouais! Et la notoriété! Et la griserie! Hier il fallait décrocher le ténorino léger qui va à l'essentiel, puis le baryton sérieux qui cultive quelques perles, puis la grosse basse qui déplace tout l'air de Paris... Aujourd'hui c'est l'Europe entière sur tes épaules, transportée avec des commis voyageurs qui s'appellent joliment Hohenlohe, Guido de Donnersmarck, Bismarck... Je compte pour rien Mac-Mahon, Girardin et Gambetta! Du menu fretin dans ta basse-cour de grosses têtes. Ça donne à réfléchir! Tes trémolos sur la paix entre les peuples, c'est plein de séduction, mais je suis payée pour chercher le coup fourré et les petits avantages personnels!

— C'est bien, Esther. La politique et ses dessous ne sont pas ton terrain d'élection. Ils conviennent mal à ta franchise... Mais reconnais que combattre la guerre, faire taire ceux qui crient à la revanche et s'entremettre pour que les gens — Français ou Allemands — vivent heureux en bonne intelligence, c'est tout de même un programme alléchant qui vaut bien quelque sollicitude.

— Bon dieu! *Bonne intelligence, alléchant, sollicitude,* c'est ça ta nouvelle timbale diplomatique! Je mets deux sous dans la musique et ils me foutent la paix! Si c'est si facile que ça, i's'ra dit que tu m'auras encore une fois convaincue! Après tout si tu t'casses la gueule, c'est toi qui paieras les pots cassés!

Cette année 1875 avait été celle de tous les espoirs. Vinrent les premiers jours de 1876. Thérèse se sentait de plus en plus fatiguée, mais elle continuait à donner le change. Elle voulait ignorer l'embonpoint qui l'épaississait, l'insomnie qui la minait, la torpeur qui la saisissait après un repas trop copieux, ce cœur qui s'impatientait après quelque effort, ces gênes respiratoires qui l'assaillaient cruellement et qu'elle s'employait à cacher. Le miroir, souvent interrogé, disait la flétrissure des traits, la grisaille du teint, ces yeux que ternissait la fatigue, ces cheveux cassants qui perdaient jusqu'à leur éclat juvénile et frondeur. Elle se sentait lasse, infiniment.

L'hiver fut rude et ce froid qu'elle avait appris à dompter, dont elle nourrissait son corps puissant, Thérèse l'accusait aujourd'hui des mille maux dont elle se sentait de plus en plus affligée. Elle repoussait les soins que lui prodiguaient les mains expertes de ses femmes de chambre et se retrouvait seule, face à elle-même. Une atroce sensation de finitude la mordait. Ni les bains multipliés où elle s'endormait, ni les efforts de sa volonté n'effaçaient la dure réalité. Une question lancinante revenait : fallait-il que Paris, le Paris de ses succès, de ses triomphes, soit le témoin de sa déchéance ? Un jour, elle en eut assez de ce miroir intransigeant et moqueur. Se souvenant de sa mère, l'indomptable Circassienne, ensevelie vivante dans sa laideur, elle voila de crêpe l'obsédant témoin. Les médecins, consultés, montraient un optimisme commercial du plus mauvais aloi.

En février, elle dut s'aliter, prise de congestion. Des semaines atroces. L'ombre de la mort. Le cœur qui s'atrophie, le moindre effort pénible. Elle s'exila à Pontchartrain dans une solitude hautaine. Le printemps la trouva plus forte cependant, proche d'une nature dont elle appréciait l'amitié sans réserves.

Il y avait au fond du parc un noisetier qui servait de repaire et de terrain de jeu à un magnifique écureuil brun à ventre blanc. Thérèse s'installait à quelque distance. Elle se savait admise. Complice. Suivre le panache orgueilleux de l'acrobate l'enchantait : sauts, gambades, rétablissements, roulés boulés, descentes vertigineuses et remontées fulgurantes jusqu'aux extrémités du branchage, disparition ! Non pas ! Là-haut, tout en haut, quelques brindilles cassées qui tombent et, de nouveau, le corps qui se tend, queue retournée, s'accroche, tourne et tourneboule, grimpe le long des ramures, se noie un instant dans le vert profond de l'arbre, risque un dernier équilibre téméraire et reparaît sur le jour éclatant, au terme de ses entrechats de funambule inspiré.

Ce fut aussi le moment des doutes. De ceux qui creusent dans le corps et dans l'âme des sillons profonds et douloureux. Cette vie qui semblait l'abandonner, c'était la fin de la fête, la perte des dernières espérances, le temps des regrets inexprimés et de l'angoisse. Elle ne pouvait plus monter à cheval, déchirée qu'elle était par les brûlures et les crispations de ses muscles fatigués.

Thérèse avait éloigné Guido, prétextant les derniers travaux de Neudeck, une visite souhaitée par Bismarck dont la santé aussi s'altérait. Elle voulait surtout rester seule... Elle mesurait l'inexorable emprise de la vieillesse, l'irrésistible montée des tristesses comme autant de défaites, de rendez-vous manqués. Rien ne serait plus jamais comme avant ! Seules l'intéressaient encore quelques coulées de soleil entre les branches des hauts peupliers vers la rivière, la chanson allègre du ruisseau dont la jeunesse éclatante caracolait entre les pierres, les allées fleuries de la grande serre, au goût de miel lourd, la nuit qui descend derrière les haies du parc.

Elle traversa ainsi quelques longs mois de solitude aussi vides de désirs que d'espoirs. Les soirées surtout lui paraissaient interminables, comme si le temps voulait lui faire entendre sa force tranquille et montrer l'inéluctable échéance. Elle s'effrayait alors de ces clartés lunaires, sales et lugubres, qui moisissaient les trop vastes murs de sa chambre où coulait une lumière macabre de salle d'hôpital. Elle se levait, s'enveloppait fébrilement dans une immense couverture, chaussait ses bottes fourrées et s'en allait à la rencontre de la lune qui laissait tomber entre les ramures noires des branches une pluie de lait rafraîchissante. Le froid la saisissait, séchait son front moite, la faisait longuement frissonner cependant que, du même coup, elle retrouvait peu à peu sa volonté de résister et de combattre.

Son courage lui revint d'un coup. Elle balaya les miasmes de la maladie, chassa l'emprise d'une langueur vénéneuse et se retrouva prête à poursuivre le combat. La fin du printemps avait été belle et l'Europe se prenait à respirer. Gambetta n'en finissait pas de compter et de recompter ses forces montantes. Attendant son heure, luttant contre les ennemis de la République. De sa République. Fort de la toute neuve Constitution, il s'évertuait à améliorer ses positions. Il se sentait solide, porté par un grand courant populaire, chef incontesté de l'opposition. Un véritable homme d'État qui pouvait parler d'égal à égal avec les grands de ce monde.

Guido était revenu de Neudeck, plein d'un enthousiasme qu'il avait fait partager à Thérèse, encore convalescente.

— Thérèse, votre château est terminé. Gigantesque. Plus vaste que Pontchartrain. Vous en serez fière !

— Sans doute, mon ami, mais faut-il vraiment que je quitte... tout cela ?

— Ne songez-vous pas au repos, dans le calme de mon pays ? Vous en avez besoin. Votre maladie. Cette faiblesse parfois. Il faudra bien, quelque jour, vous libérer des bruits et des fureurs parisiennes. Et de ses méchancetés !

— Paris, Guido, et mes amis !

— Nous allons bientôt toucher au but. L'empereur Guillaume, qui n'aimait pas Gambetta, révise son jugement. En partie grâce à vous. Et Bismarck, malgré sa fatigue, se dit prêt, le moment venu, à rencontrer le tribun. Chez lui, à Varzin.

L'espoir renaissait en Thérèse. Elle voulait s'employer à rendre proche cette rencontre. Et inéluctable.


Gambetta ne manquait plus un seul vendredi aux Champs-Élysées. Il faisait partie de la maison. Avec la bienveillante autorisation de Léonie Léon qui, sentant la partie bien engagée, le pressait de prendre une décision. Le tribun, étendu sur un luxueux sofa, s'entretenait avec Henckel et Thérèse. Spuller — « ma douche », disait-il de son conseiller — et Houssaye se tenaient un peu en retrait.

— Ainsi, vous pensez vraiment que le chancelier veut cette rencontre ?
— M. de Bismarck est malade en ce moment, c'est son fils qui me charge de vous dire tout le bien qu'il pense de votre action en général... Une rencontre qu'il juge, aujourd'hui encore, quelque peu prématurée mais qui devrait venir à son heure. J'ai là son courrier.
— Ne trouvez-vous pas que l'homme qui ne cesse de faire peur à l'Europe tout entière souffle un peu trop facilement le chaud et le froid ?

Gambetta, l'œil flamboyant, était lancé. Il userait de toutes les ressources d'une voix qu'il savait chaude, pénétrante, avec des silences soudains, des reprises en demi-teinte. Cravaté de blanc, camélia à la boutonnière, mains dans les poches de l'habit, ventre en avant, il jouait d'une puissance physique réelle, d'un magnétisme certain, de cette séduction onctueuse ou populaire qui forçait les défenses du plus endurci.

— Tout s'est passé comme si le chancelier voulait poser une main de fer sur l'Europe. L'Autriche vassalisée, la Belgique, la Hollande, le Danemark inquiétés, la Pologne déchirée, l'Italie trompée... j'en passe. Les années 1875 et 1876 ont semblé longues à plus d'un. Votre Bismarck, mon cher, pratique l'intimidation comme personne. Et, à ce jeu, tout le monde perd et prend peur. Est-ce, comme le pense Decazes, notre ministre des Affaires étrangères, une manière d'aborder le désarmement, de se montrer plus méchant qu'il n'est ? C'est possible, non certain. Sa crainte d'une solidarité monarchique lui fait jouer la carte anticléricale à l'extérieur mais il fait preuve d'adresse et de prudence à l'intérieur ! Ce qui est bon pour la France ne convient pas forcément à l'Allemagne ! Et vous me dites que cet homme-là veut me rencontrer ! Est-ce pour m'enfermer dans un des pièges dont il a le secret ? Il se trouve que je connais assez bien les problèmes de l'Allemagne et de son chancelier, l'attitude de l'empereur et sa modération... Que je déplore aussi l'insurmontable faiblesse de nos gouvernants... Je devrais m'en féliciter mais le cœur n'y est pas. Hohenlohe a dû vous dire là-dessus l'essentiel !

— Monsieur, il est possible que votre analyse soit justifiée... dans ses grandes lignes mais ne réveillons pas le passé. Le chancelier croit le moment venu pour étudier un rapprochement réel entre nos peuples, sans compromission aucune. Je suis chargé de préparer ce sommet... historique.

— Permettez-moi tout de même, comte, de m'étonner...

— Vous oubliez le bon travail de Girardin dans la presse !

— Oui, c'est au nom de ce bon travail que Hohenlohe félicitait Girardin il y a quelques jours chez la princesse Troubetzkoï... Travail facile sur un pays désarmé, abattu, qui n'aspire qu'à la paix. Et puis je me méfie de ces sortes de déclarations : « Entre la revanche sans guerre et la guerre sans revanche, est-ce que nous pourrions hésiter un instant ? » L'Alsace et la Lorraine ne sont pas articles d'échange.

— Vous êtes désormais en position de force : 352 voix républicaines hier, 360 aujourd'hui, intervint Thérèse qui savait mieux que personne toucher l'orgueil de l'homme politique. Et l'on vous aime ! Votre verbe entraîne les hommes, captive les femmes. Vous êtes fort et admiré, soyez admirable !

— Bravo, comtesse, il ne vous manque que la tribune ! Mais une force politique, si bien ancrée soit-elle, est-ce une force réelle ? Certes, Girardin. Mais cet homme-là est-il fiable ? Belliciste en 1870, pacifiste aujourd'hui, mon ennemi en 1870, mon ami aujourd'hui ! Trop d'équivoques et une audience qui baisse. Et croire — ou faire croire — que l'Allemagne rendrait ou échangerait les provinces perdues contre une nouvelle carte de l'Europe du Nord ! Imaginations que tout cela !

*Belle-Amie*

— Bien entendu, reprit Thérèse, faire courir des bruits, se répandre en déclarations sibyllines indispose le chancelier qui n'a jamais eu la moindre ambition du côté de la Hollande, le moindre désir d'un remaniement européen! Il faut lui prouver que vous êtes l'homme d'une paix véritable. Non le réorganisateur de l'armée française.

— Thérèse — vous permettez qu'à mon tour je vous appelle ainsi —, vous avez la mémoire bien courte. Depuis trois ans, je vais répétant: « Empêcher la guerre, cela doit être notre but, celui de tous nos actes politiques, de tous nos efforts militaires, de toute notre sagesse diplomatique. » Ne suis-je pas assez clair? Je parle de *droit*, de *raison*, de mon espoir d'une réconciliation. Je m'inquiète seulement des absurdités d'un marchandage, du prix à payer. Oui, il faut faire l'Europe! Blanqui le disait en 1874, je le dis aujourd'hui, solennellement. Tous ces morts m'obsèdent. Tant de jeunes vies sacrifiées. Les forces vives de ce pays... Décimées. Il faut agir, tenter quelque chose. Mais puis-je avoir confiance en Bismarck?

— Il faut entamer sérieusement le dialogue et le chancelier fixera lui-même le moment le plus favorable à une rencontre. En attendant, les Russes s'approchent de Constantinople, sous l'œil vigilant des Anglais...

— Et Bismarck aimerait voir Gortchakov essuyer quelque revers!

— Le chancelier est un homme extrêmement prudent qui évite de mener plusieurs affaires délicates en même temps. Et sa santé actuelle lui interdit de brûler les étapes. Il se plaît à utiliser son fils comme intermédiaire..

— Ce qui lui donne un certain recul sur l'événement et la possibilité de se tenir à l'écart!

— Est-ce si mal? Nous recevons, en réponse à nos lettres, des commentaires tout à fait encourageants, marqués au coin d'un solide optimisme. Tenez, par exemple : « La nation française est aussi éloignée de l'idée d'entreprendre une nouvelle guerre que peut l'être la nation allemande. Il ne peut être qu'avantageux pour le développement et la prospérité des deux pays voisins qu'un homme politique aussi influent et aussi considérable que Gambetta se soit confirmé dans cette conviction et cherche à la faire partager à ses concitoyens... »

— Mais êtes-vous sûre ?

— Il n'y a pas de *mais* tant que les républicains seront au pouvoir. Or, que je sache, vous craignez autant les conservateurs que le chancelier, persuadé que vous êtes qu'un retour en force de ces « soldats du pape » amènerait la guerre. « Nous n'avons pas besoin d'une guerre avec la France, nous n'en voulons donc pas » : ainsi s'exprime ailleurs le fils de Bismarck.

— Eh bien, l'horizon s'éclaircit, Thérèse. Je le répète : « Il faut faire quelque chose. Agir. Aller de l'avant. L'Histoire nous jugera. »

C'est le moment des appels pressants à l'adresse du chancelier. Il est vrai que la conjoncture n'a jamais été aussi favorable. Dans une lettre en date du 23 décembre 1877, Thérèse et Guido saisissent l'occasion de l'arrivée du protestant Waddington au ministère des Affaires étrangères et du remplacement de l'ambassadeur de France à Berlin Gontaut-Biron (détesté par Bismarck) pour se faire les avocats déterminés du rapprochement. Le chancelier répond quelques jours après, dit « sa satisfaction extraordinaire » de voir s'éloigner Gontaut « associé à toutes les aspirations hostiles à l'État allemand ». Mais il y a l'empereur Guillaume ! Comment sauver les apparences ?

— Nous progressons, explique Thérèse à Gambetta, mais il faut habituer l'empereur à ces changements et, écrit le chancelier, dans l'intérêt des

deux parties « il faut ménager le capital » que vous représentez...
— N'est-ce point tergiverser ? Un excès de prudence ?
— Ne brusquons rien, je vous en supplie.
Pendant quelques mois, le tribun, qui juge le moment propice, piaffe. Il s'inquiète de ce qu'il considère comme une dérobade de la part de Bismarck. Il se sent harcelé de toutes parts. Léonie Léon reçoit lettre sur lettre, calme ses emportements. Mme Adam tonne et rameute tout le ban et l'arrière-ban de la Revanche. Gambetta brûle d'agir. Vite. Mais parfois il se prend à hésiter. Jusqu'au discours du « Monstre » prononcé le 19 février 1878 devant le Reichstag. Le lendemain, lyrique, il adresse à Léonie Léon un mot où la grandiloquence en dit long sur son exaltation : « Je suis ravi, enchanté : c'est bien ce que j'avais désiré, attendu, sans oser y compter (...) Voici que se lève maintenant dans cet homme l'aurore radieuse du droit (...) Je suis au comble de mes vœux, la paix assurée pour plusieurs années. »

Il se rend chez Thérèse et son mari pour leur exprimer une joie qui n'est pas feinte. Cette « paix venue de Berlin » l'enchante. Les Donnersmarck, un peu éberlués, l'écoutent, ravis.
— Ça y est, Thérèse. Nous touchons au but ! Cette fois j'ai confiance.
— Mais enfin, ose-t-elle demander, qu'y a-t-il de si nouveau dans ce discours ?
— Il me suffit que, par deux fois, il ait été fait une allusion respectueuse à nos droits et à nos sympathies. Un ton nouveau, des mots nouveaux qui engagent, des mots qui ne trompent pas !

Il fallait fêter l'événement. La comtesse avait fait prévenir tous les fidèles de son salon. On avait lu et relu le discours de Bismarck au Reichstag, pesé et soupesé chaque mot. Girardin, froidement logique et désireux de montrer qu'il n'avait pas apprécié quelques écarts de langage de Gambetta à son endroit, fit remarquer que ce discours n'était qu'une mise en scène savamment orchestrée en vue du Congrès de Berlin et que les quelques phrases cueillies çà et là n'autorisaient pas un tel remue-ménage.

— Avec vous, dit-il au tribun, c'est toujours la même chose, l'emballement. Hier, la tristesse noire, l'amertume, les plans sur la comète pour faire pièce à l'ennemi, pour lutter contre... *le Monstre*. Et puis, survient une apparence d'embellie et voilà que sonnent les trompettes de la paix une et indivisible. Un peu rapide tout ça, non !

— Comment pouvez-vous parler ainsi ? Pour la première fois Bismarck s'adresse à nous, à notre pays, en termes aimables.

— Il se force à être aimable.

— Girardin, ne m'obligez pas à vous rappeler que vous êtes allé beaucoup plus loin que moi — dans vos propos, vos articles ou vos rapports plus ou moins secrets — avec un homme dont vous ne voulez pas accepter aujourd'hui le ton nouveau et, peut-être... la main tendue. Un diplomate de la qualité du chancelier, qui pèse chacune de ses déclarations, se met soudain à prononcer devant le Reichstag des phrases où percent la sympathie et la solidarité : « L'amitié qui, heureusement, nous unit à la plupart des États européens, *je puis même dire à tous, en ce moment*... » et vous voudriez que je les néglige. Faites taire cette animosité hors de saison. Je dis très haut que nous occupons, dans ce discours, sous le voile de l'allusion, une place importante et distinguée. L'équilibre et la répartition des forces continentales y sont admirablement indiqués, l'Exposition universelle mise hors de péril, les puissances en demeure de se rapprocher de la France si elles veulent agir... Eh bien ! oui, monsieur de Girardin, ces propos et cette main tendue, je les accepte.

— Peut-être avez-vous raison après tout. Mes réflexions ont dépassé ma pensée. Il est vrai que nous sommes unis depuis quelque temps dans le même espoir : tout faire pour une paix durable. Je ne donnerais pas aux mots un contenu aussi éloquent et définitif mais votre foi est si communicative!
— Messieurs, vous m'avez fait peur, intervint Thérèse. Quelle mouche vous a piqué, Girardin? Certes, monsieur Gambetta ne nous avait pas habitués à pareille euphorie et moi-même je me sens quelque peu désarçonnée par tant de fougue, par cette analyse optimiste du discours du chancelier. Mais je ne bouderai pas mon plaisir si le chef du parti républicain découvre là des raisons de croire à la paix et à l'amitié. Nos efforts aboutissent enfin.

Houssaye devait avoir le mot de conclusion :
— Messieurs, tout cela est bel et bon. J'ai suivi avec intérêt et étonnement votre discussion... Pour le néophyte que je suis et veux rester, monsieur Gambetta joue quitte ou double. Il mise sur la réussite d'une rencontre dont il croit deviner les heureuses prémices. Apporter une longue trêve à son pays quand on pourrait le laisser aller aux facilités de la Revanche est une admirable entreprise. Elle vaut bien quelque déraison. Sinon quelques illusions. Le crime eût été de ne rien tenter. Il y a là un espoir, un jalon sur la route de la Paix. J'aime ces chimères qui sont des audaces généreuses.

— Le procureur a rendu son verdict, dit Thérèse. Buvons à la réussite de nos projets!

L'exaltation continuait à grandir. Gambetta remerciait Léonie d'avoir présidé à la « tentative la plus hardie et probablement la plus féconde de sa carrière ». Thérèse et le comte harcelaient Bismarck de lettres pressantes, de télégrammes anxieux. Et soudain le chancelier cède. Il accepte de rencontrer Gambetta à Berlin.

Guido exulte. Thérèse voit se réaliser ses plus secrets espoirs. Politicienne, elle a misé gros, très gros. Qu'importe après tout ce que seront les résultats des entretiens Bismarck-Gambetta : elle est au point de départ du plus étonnant pari politique de l'année. Elle entrera dans l'Histoire, effaçant dans l'esprit des Français maints souvenirs douloureux. La demi-mondaine orgueilleuse en mal de réussite, la femme du comte Guido Henckel de Donnersmarck usant de son influence pour continuer un règne controversé, deviendra symbole de réconciliation, image d'un avenir marqué de sagesse et de bonheur. Parisienne, elle restera parisienne !

Elle avait eu une longue conversation avec Girardin :

— Savez-vous, Thérèse, que vous avez réussi là un joli coup ! La grande, la vraie réussite.

— On dira de toute façon que c'est l'intérêt personnel qui m'a fait agir. Et rien que cela !

— Ce n'est pas sûr, Thérèse. Les méchants, les inquiets, les envieux, les jaloux, toute la cohorte des jamais contents ne vous épargnera pas. Mais laissez-moi vous dire que vos amis — et je crois compter parmi ceux-là — sont à la fois honorés et fiers du combat que vous avez mené. Sans vous jamais l'espoir d'une entente n'aurait pu naître. Oui, votre plus belle réussite, Thérèse. Bismarck, le chancelier de fer, *le Monstre*, l'indomptable ennemi acceptant de rencontrer l'homme de la République ! Ce désir est en lui-même un miracle. Et, s'il entre dans cette réussite quelque... intérêt personnel — mais votre amour de Paris, n'est-ce pas déjà un rachat ? —, qui oserait vous adresser des reproches ?

— Puissiez-vous dire vrai. Je suis fatiguée, Girardin. Je vieillis. J'ai près de soixante ans. Il était temps pour moi de... triompher. Une dernière fois !

— Vous si volontaire, si inflexible, vous découvririez-vous quelques faiblesses ?

— Les apparences sont toujours trompeuses,

ami, et cette volonté, si impérieuse soit-elle, ne saurait tout apaiser. Ni les doutes, ni les découragements. Encore moins ces signes qui disent que les temps sont proches...
— Que les temps sont proches!
— Girardin, ne jouez pas les naïfs. Regardez-moi... si vous savez encore regarder les femmes!
— Vous êtes toujours belle, Thérèse. Votre corps se refuse à l'outrage du temps et votre esprit ne saurait, avant longtemps, battre la campagne.
— Vos propos ne manquent pas de grâce et vous les éclairez d'une amitié sincère. Mais savez-vous qu'au bord de la réussite il me reste des doutes, une peur diffuse...
— Toute grande joie, Thérèse, s'accompagne d'une inquiétude dernière, de ce trouble sans lequel on n'apprécierait pas la victoire à sa juste valeur.

Thérèse, pourtant, avait raison. Femme d'instinct autant que de volonté, elle savait qu'une partie n'est gagnée qu'une fois la dernière carte abattue. Elle savait aussi que les hommes et singulièrement les grands sont versatiles, facilement impressionnables et que les riches heures de la création et de l'attente sont parfois suivies d'un vide mortel.

Bismarck, au terme d'un parcours difficile, accepte une rencontre longtemps mise en balance. Mais c'est à ce moment que Gambetta voit les difficultés encombrer sa route. La mort d'une tante très tendrement chérie lui fait d'abord retarder l'entrevue. Puis le doute s'installe avec la peur du *Monstre* et de ses pièges, les reproches amers et véhéments de Mme Adam et de ses amis qui n'hésitent pas à accabler l'homme dans ses sentiments et le politique dans sa raison en lui criant: « Trahison, casse-cou! »

Le tribun entend respecter la parole donnée — une question d'honneur — et il semble résolu à tout tenter pourvu que ce soit dans le secret des cours et des diplomaties. Il est alors question, dans les derniers télégrammes codés, de « primeurs » qu'on expédie mais qui ne partent pas et d'un « envoi » qui quittera Paris le dimanche et « sera à la disposition du chancelier » « dès le lundi soir, à Berlin ».

Las! Gambetta a-t-il appris que rien de substantiel ne sortirait de l'aventure? Qu'il serait la risée de ses amis, du pouvoir tout entier? Qu'un piège s'ouvre, béant devant lui? Girardin a-t-il eu la langue trop longue? S'est-il vanté de cette heureuse issue « qui lui doit tout »? Toujours est-il que le tribun, ulcéré, se sent trahi et fait machine arrière. D'un seul coup. Il avertit le comte, incrédule, qu'il ne peut abandonner un poste parlementaire au moment où s'ouvre « un grand débat sur le ministère de la Guerre ». Malgré les précautions prises pour donner l'apparence d'une totale légitimité au refus et laisser la porte ouverte à de nouveaux espoirs, personne ne s'y trompe. L'affaire est bien enterrée. Bismarck et Gambetta ne se rencontreront pas.

Les Donnersmarck sont effondrés. Thérèse accuse durement le coup. Elle perd tout : son crédit, ses dernières illusions quant à la certitude de paix entre les deux nations, son espoir d'un avenir tranquille à Paris. Un immense découragement l'étreint.

Comme un automate, elle marche en aveugle à travers les immenses pièces de son hôtel des Champs-Élysées. Elle a froid soudain. Froid dans tout le corps. Froid jusqu'au fond de l'âme. Elle erre des heures entières dans l'absurde dérision de ces marbres, de ces ors, de ces tentures, de ces diamants trop brillants, de ces sculptures ricanantes, devant le plafond de Baudry... On ne chasse pas la Nuit. On y entre de plain-pied.

Avec lucidité, Thérèse comprend qu'il ne lui reste qu'un chemin à suivre, quelques mois pour donner le change, pour dire à ceux qu'on a côtoyés qu'on est encore là, près d'eux, dans ce Paris qu'on a tant aimé. Et puis, à partir de 1879, quelques années d'exil dans la lointaine Silésie. Pour laisser libre la place à ceux qui ne pouvaient pas comprendre. Pour faire plaisir à Guido. Parce que plus rien n'a vraiment d'importance. Parce qu'elle espérait tout réussir, même sa mort.

Belle-Amie.

# Épilogue

Le jour va se lever en cette froide matinée du 7 février 1884. Maupassant n'a pas dormi et la lettre qu'il écrit à sa mère dit son inquiétude pour ses yeux fatigués et les névralgies persistantes. Il a pris du retard avec les chroniques et les contes promis au *Gaulois* et au *Gil Blas*. Il songe aux tâches harassantes de Flaubert, de Gautier, en apportant les dernières corrections à trois petits chefs-d'œuvre : *Le Parapluie* pour *Le Gaulois* du 10, *Idylle* pour le *Gil Blas* du 12 février et *La Parure* pour *Le Gaulois* du 17.

Il se sent plus las que de coutume et la comtesse Potocka, son amie du grand monde, n'a recueilli de lui la veille que des déclarations furibondes sur l'imbécillité du peuple et la bêtise de ses représentants avec l'aveu de cet ennui ravageur qu'il traîne comme un boulet : « C'est une sorte d'universelle désespérance qui s'attache à toutes mes actions, à toutes mes pensées, qui entrave toute activité créatrice. Ce roman que je veux écrire, ce second roman, que sera-t-il ? » Il doit d'abord achever *Yvette*, une longue nouvelle...

Devant lui, sur le grand bureau, s'entassent les journaux de la semaine : il les feuillette machinalement. Il y a là, bien sûr, ses *Notes d'un voyageur* dans *Le Gaulois* du 4 février, son étonnant personnage du *Protecteur*, un type du temps celui-là, à la une du *Gil Blas*, le 5, après *Un lâche* du 27 janvier et *Rose* du 29... Il y a là *Le Figaro* et *Le Voleur* et des articles, écrits par d'autres que lui, qui accrochent l'intérêt du lecteur et lui disputent la célébrité. Et presque tous retracent la vie de la plus célèbre aventurière du XIX$^e$ siècle qui vient de mourir: la marquise de Païva. Trois colonnes du *Gaulois*, le 25 et le 28 janvier, signées de son ami Arsène Houssaye et, hier encore, au lendemain du *Protecteur*, ce très long poème de Banville consacré au souvenir:

> *Paris, qui dans tout pays va*
> *S'en allait voyager naguère,*
> *Chez Madame de Païva.*
> *On y dînait, avant la guerre (...)*
>
> *Là se groupait le cercle entier*
> *Des causeurs dont chacun essaie*
> *De copier l'esprit: Gautier,*
> *Saint-Victor, Girardin, Houssaye (...)*
>
> *Ils admiraient les luxes lourds*
> *De ces emphatiques demeures,*
> *En marchant sur les tapis sourds,*
> *Puis, enfin, quand sonnait huit heures (...)*
>
> *Apparaissait la vieille dame.*

Maupassant relit d'un trait le poème et cherche à se souvenir. Mais, bien sûr, c'est Flaubert, son maître, son ami, qui lui a dit il y a quinze ans de cela: « Ce soir, je dîne chez la marquise de Païva. Le plus bel hôtel de Paris. Quant à la dame, elle mériterait un long chapitre! » Et le lendemain: « Tu sais ce que ton vieux a découvert? La plus étonnante des bonnes femmes, la plus riche, la plus somptuaire, la plus volontaire et de l'ambition... grand comme ça. Traîne à ses pieds un comte, cousin de Bismarck, auprès duquel elle se sent pousser des ailes politiques. Elle est allée très loin, elle montera très haut. Un type, et quel type! »

C'est ça, bien sûr, le plus bel hôtel de Paris, Gautier le fidèle, les Goncourt, pique-assiettes aussi assidus que méchants, Sainte-Beuve à Pontchartrain, Girardin, combien d'autres... La tentation politique : faire mieux que Mme Adam en l'écrasant sur son propre terrain, faire mieux que Léonie Léon auprès du grand homme, ce Léon Gambetta qu'il fallait à tout prix rapprocher de Bismarck...

Et Maupassant suivait le développement de l'article de son ami Houssaye cependant que se construisait le portrait de la marquise devenue comtesse, mariée avec l'une des plus grosses fortunes d'Europe. Cette femme, pour Maupassant, c'était la femme de ses propres fantasmes, la femme chasseur et piège tout à la fois, celle qui va au bout de son orgueil, de sa logique et de sa volonté. Et de nouveau, ces phrases écrites par Houssaye : « Cet empire inouï de quelques femmes (...) Elle n'avait bien lu que le livre du monde, mais elle le savait par cœur ! Comme elle dévisageait les gens et comme elle démasquait les hommes ! On allait chez elle comme on allait chez Ninon de Lenclos, chez Mme du Deffand (...) Musicienne... elle fit sa première halte parmi les pianos de Henri Herz (...) Théophile Gautier écrivit des sonnets sur cette beauté circassienne qui l'avait séduit. » Et Maupassant se rappelle que Maxime du Camp lui a confié que le plus beau morceau des *Émaux et Camées*, *Le Poème de la femme*, a été écrit pour la Païva, d'autres vers encore. Il poursuit sa lecture : « On lui fait fête même à la Cour (...) elle s'envole pour l'Angleterre (...) Croit épouser un grand d'Espagne qui n'était qu'un grand du Portugal (...) rencontre Henckel de Donnersmarck... »

Quelle ascension ! Et Santillane qui fait d'elle « un Vautrin femelle ! » et ajoute : « Il y faudrait Balzac ! » Quel itinéraire ! Et Aurélien Scholl, dans un autre article, qui se souvient de sa campagne anglaise, de quelques lords bien juteux et de ses réceptions dans l'écrin de satin noir de son boudoir chaleureux !

Remueuse de millions, croqueuse de diamants, qui dira de quelles aventures, de quelles cascades, par quelles sorcelleries la Païva en était arrivée à trôner en des palais de féerie, à voir à sa table, à ses genoux tout ce que Paris comptait d'artistes, de lettrés, de mondains, d'ambassadeurs ?

Maupassant avait repris la liasse de tous les journaux, lu et relu tous les articles, mesuré le chemin parcouru, imaginé l'incroyable fascination, la puissance d'une volonté tout entière tournée vers la réussite, pesé l'immensité des difficultés et des certitudes, balisé le chemin des doutes et des triomphes, ce chemin qui n'en finit pas de s'élever parce que « les femmes ont cette singulière et précieuse qualité d'être ce qu'elles doivent être dans le milieu où elles se trouvent avec des aptitudes surprenantes pour deviner, dominer, serpenter, ruser, séduire... ». Quel destin ! se répétait l'écrivain, ivre de fatigue et, malgré tout, plein d'admiration.

Les semaines qui suivirent furent consacrées aux besognes nécessaires du conte et de la chronique. Maupassant voulait terminer *Yvette*. Mais le petit tas de journaux ne quitterait pas le coin du bureau. Les articles seraient présents à Cannes, à bord de *La Louisette*, en filigrane de la correspondance avec Marie Bashkirseff... Et de nouveau, au fond de ses rêves quotidiens, la grande voix de Flaubert : « Quant à la dame, elle mériterait un long chapitre ! » Oui, peut-être pourrait-on faire de cette femme un personnage de roman. Bel Ami ?

*Yvette* s'achève enfin. Maupassant a posé un dernier regard sur les portraits-souvenirs de cette femme arrivée par les hommes. Il écrit à sa mère, en août : « Je compte beaucoup sur mon roman. Je crois que j'y suis et je tâcherai d'y rester. »

Et quelques mois plus tard, après un travail forcené, mené au pas de charge, Maupassant peut avi-

*Belle-Amie*

ser son éditeur : « J'ai fini *Bel-Ami*. Je n'ai plus qu'à relire et retoucher les deux derniers chapitres. Avec six jours de travail ce sera complètement terminé. »

La lettre est datée du 21 février 1885. Treize mois, jour pour jour, après la mort de la Païva !

Cet ouvrage a été composé
par Eurocomposition-Sèvres,
et achevé d'imprimer
en février 1989
sur presse Cameron
dans les ateliers de la SEPC
à Saint-Amand-Montrond (Cher)
pour le compte des Éditions François Bourin

N° d'édition : 36 - N° d'impression : 273.
Dépôt légal : février 1989.
ISBN : 2-87686-025-2.

*Imprimé en France*